12월의 웨딩

A Wedding in December

국립중앙도서관 출판시도서목록(CIP)

12월의 웨딩 / 아니타 슈레브 지음 ; 권혁정 옮김.
고양 : 나무처럼, 2008
　　p. ;　　cm

원표제: A wedding in December
원저자명: Anita Shreve
영어 원작을 한국어로 번역
ISBN 978-89-92877-08-4 03840 : \13500

미국 현대 소설[美國現代小說]

843-KDC4
813.54-DDC21　　　　　　　　　　CIP2008003536

12월의 웨딩

A Wedding in December

아니타 슈레브 지음 · 권혁정 옮김

나무처럼
Namubooks

차례

금요일

해후

"빙하가 점점 줄어들고 있어."

노라는 마치 북쪽으로 수천 마일이나 떨어진 곳의 빙하 상태를 보고 있기라도 한 듯이 창밖을 내다보면서 말했다.

"나도 아침 신문에서 읽었어."

자리에 앉기 전에 해리슨의 시선을 끈 것은 아직 푸른 기운이 남아도는 잔디와 동면상태의 장미 덤불, 잘 만든 철제 울타리와 정원 벤치, 관상용 잔디와 스트로부스 소나무 등의 풍경이었다. 쭉 펼쳐진 들판 너머로는 강이 보였고, 그 너머에는 우뚝 솟은 산들이 아침 햇살 속에서 아직 푸른 기운을 잃지 않고 있었다.

"새들이 헷갈리겠어."

해리슨이 말했다.

"그래, 그럴 거야. 새들이 계속해서 북쪽으로 날아가고 있어."

"날씨가 이렇게 따뜻하면 호텔 운영에 지장이 있니?"

"아니, 전혀! 스키장이 좀 타격을 받긴 하지만."

노라는 창가를 떠나서 의자로 자리를 옮겼다. 그는 노라가 다리를 꼬는 모습을 지켜보았다. 검은 가죽부츠 가장자리에는 커프스가 달렸고, 손목에는 매끄러운 하얀 피부에 잘 어울리는 가느다란 팔찌를 찼다. 그녀의 얼굴 위로 해리슨이 한때 알고 지내던 열일곱 살짜

9

리 소녀의 영상이 겹쳐졌다. 소녀는 부드러운 얼굴에 아몬드 모양의 큰 눈을 하고 있었고, 행동 하나하나에서 우아함이 묻어났다. 지금 그 소녀는 44세가 되어 그의 앞에 앉아 있고, 얼굴에는 부드러움이 그대로 남아 있지만 헤어스타일은 예전과는 사뭇 달랐다. 귀 뒤로 넘긴 짧은 머리는 미국 스타일이라기보다는 다소 유럽 스타일에 가까웠다.

조금 전 해리슨은 로비로 내려가는 복도 계단 발치에 서 있었고 노라는 작은 프런트데스크에 서 있었다. 노라는 고개를 들다 해리슨을 보았는데, 한순간 그녀는 웨딩파티에 참석고자 온 친구인가 싶어 유심히 그를 살펴보았다.

"해리슨?"

노라가 이렇게 부르면서 앞으로 나왔다. 그러자 해리슨은 미소를 지었다. 노라가 해리슨을 껴안자 그는 몽롱해지며 동시에 기분이 붕 떠올랐다. 미지의 물에 코르크 마개가 둥둥 떠다니는 느낌이랄까.

"방은 마음에 들어?"

그녀가 물었다.

"아주 편안해. 전망도 상당히 멋지던데."

"뭐 좀 마실래? 홍차? 커피?"

"커피가 좋겠어. 마침 저기 커피머신이 있네."

"크림이 듬뿍 들어간 에스프레소 맛이 환상적이야. 어떤 손님은 이 도서관의 커피맛을 못 잊어 다시 방문한다고 해. 음, 그러니까 커피와 음식 운반 엘리베이터 때문에 다시 찾아온다는 얘기야. 식당은 위층에 있어. 손님에게 전망을 즐기게 하려고."

책꽂이 양쪽으로 기둥이 절반쯤 나와 있었고, 책꽂이 아래로는 진열장이었다. 한쪽 벽에는 줄무늬 천을 씌운 붙박이 벤치 하나가 있었다. 서쪽으로 난 창문 세 개는 꼭대기에만 틀을 해서 해리슨이 앉은 긴 가죽 소파에서는 아무런 방해 없이 산의 전경을 감상할 수 있었다.

"이 건물을 호텔로 사용한 지 얼마나 되었어?"

"2년째야."

"남편 일은 정말로 안됐어."

"카드 보낸 거 받았어."

해리슨은 노라가 이 사실을 기억하고 있다는 것에 적잖이 놀라면서 고개를 끄덕이었다. 분명히 카드를 수백, 아니 수천 통이나 받았을 게 뻔했기 때문이다.

"호텔을 전체 다 수리했어."

그녀는 건물 전체를 가리키며 말했다.

"아주 대단한 일을 했군."

그는 원치 않는 방향으로 대화가 흘러가자 약간 신경에 거슬리는 듯이 대답했다.

해리슨은 호텔까지 표지판을 보면서 찾아왔다. 호텔이 있는 언덕 꼭대기까지는 꽤 멀었다. 마침내 그가 주차장에 도착하자 버크셔 산의 전경이 눈앞에 펼쳐지면서 어릴 때 아이맥스 영화를 보는 듯한 착각에 빠져들었다. 카메라가 하늘 높이 날며 그랜드 캐니언, 리프트 밸리, 남극대륙의 얼음 벌판 등을 앞에 펼쳐보였고, 촬영기술을 이용하여 가파른 절벽 등을 스팩터클하게 보여주었을 때 그의 가슴은 멎을 것만 같았다.

해리슨은 가방을 들고 정문 계단을 향하여 발걸음을 내디뎠다.

도중에 가지가 쳐진 관목들, 긁어모아 놓은 잔디, 아마도 여러 사람이 길을 잃었을 것 같은 전문적으로 잘 다듬어진 산울타리로 된 미로 등을 주목하면서 걸어갔다. 호텔은 하얀 물막이 판자와 자갈로 외장을 했고, 약간 앞으로 기운 굴뚝이 특징이었다. 꾸미지 않은 단순한 디자인의 창문들이 아침 햇살에 빛을 발하였다. 21세기로 바뀌는 과정에서 지어진 다른 많은 집처럼 이 집도 서로 다른 너비의 박공을 했고, 판에 박히지 않게 비스듬한 각도로 현관이 돌출되어 있었다. 예전에는 지붕의 윤곽이 어땠는지 떠오르지 않았다.

안으로 들어서자 화려하게 장식한 목조품과 사이즈 큰 창문이 시선을 사로잡았다. 세기가 바뀌는 분위기랄까. 일부 창틀에는 어마어마하게 많은 흰색 페인트와 크롬이 칠해져 있었다. 해리슨은 감탄을 금치 못하였지만, 동시에 방문객들이 칼 라스키가 거주하던 옛 집을 잃어버린 것을 슬퍼하지 않을까 하는 의구심이 들었다.

해리슨은 아직 아무도 오지 않았는지 궁금해졌다. 그는 첫 번째로 도착해 다른 누구의 방해도 받지 않고 노라를 만나고 싶었다.

"이 집은 오래전에 호텔로 사용되다가 세계 제2차대전 이후 개인 집으로 바뀌었어."

노라가 말했다.

"그럼, 이 건물은 호텔이었다가 집으로 바뀌었고, 다시 호텔이 된 거야?"

노라는 해리슨이 헷갈리는 모습을 보고 웃었다.

"칼과 함께 여기로 이사 왔을 때는 개인 저택이었어. 우리는 여기서 15년간 살았어. 그가 죽은 후에 호텔로 고쳐야겠다는 생각을 했지. 이 건물은 늘 호텔로 살고 싶어 했어, 집이었을 때조차도."

"방이 몇 개야?"

"22개."

"그걸 다 어떻게 운영해?"

"방은 대부분 닫아놨어. 커피 좀더 줄까?"

"아니, 됐어. 아직 아무도 안 왔어?"

"아그네스가 점심때까지 온다고 했어. 빌과 브리짓도. 롭은……
롭은 더 늦을 거야."

"롭이 온다고?"

해리슨은 반색하며 물었다. 그러고 보니 거의…… 27년간이나 그
를 만나지 못했다. 해리슨은 27년이라는 숫자에 움찔 놀라서 다시 계
산해 보았다. 맞다, 27년이.

"지금 보스턴에 있지? 기사를 읽은 기억이 나."

"전 세계를 다니며 공연을 해. 롭은 훌륭한 평가도 받고 있어."

"그 친구가 피아니스트가 됐다는 소식을 듣고 많이 놀랐어. 키드
에 다닐 때는 꽤 조용했잖아?"

"성격을 극복하려고 노력했나 봐."

"결혼을 너무 빨리 진행하다 싶은데."

"맞아."

빌이 해리슨에게 브리짓과 이 호텔에서 결혼하니, 아내 에블린
과 함께 오라는 이메일을 보내왔다. 해리슨과 빌은 자주 연락하는 사
이로, 두 가족은 두 번이나 스키를 타러 간 적도 있었다. 하지만 해리
슨은 빌과 브리짓의 관계에 대해서는 전혀 눈치 채지 못했다.

"브리짓이 아파. 그래서 빌이 결혼을 서두르는 거야."

"얼마나 아픈데?"

"아주 많이. 두 사람이 연인 사이였던 것 기억해?"

노라는 얼굴이 굳어진 채로 말했다.

"학창시절에? 물론, 기억나지."

빌은 힘이 좋은 포수였고, 늘 야구공을 펜스 너머로 넘기는 강타자였다. 브리짓은 신중했고, 약간 포동포동한 귀여운 아이였다. 두 사람은 캠퍼스를 종횡무진 휘젓고 다녀서 마치 둘이 하나인 것처럼 혼란스럽게 했다. 해리슨은 두 사람이 각각 다른 사람과 결혼한다는 소식을 들었을 때 한동안 어리둥절해했다.

"어떻게 두 사람이 다시 만났어?"

"25회 동창회에서. 동창회에 참석해본 적 있어?"

해리슨은 고개를 저었다. 그는 아내 에블린을 배려하여 동창회에 가지 않겠다고 다짐했었다. 에블린은 캐나다 출신이라서 동창들을 알지 못했고 더군다나 동창회에 참석하려면 그녀의 소중한 시간을 너무 많이 빼앗아야 한다. 하지만 해리슨은 왜 자신이 혼자서 가지 않았는지를 만족스럽게 설명할 수 없었다. 대답은 간단했다. 그것은 자신이 원치 않았기 때문이다. 수많은 동창회 초대장은 참석할 의향이 없는 그에게 근심만 안겨주었다. 이번 모임은 결혼식을 위한 비공식 동창회인데도 그는 참석을 할까 말까 망설였다.

"너는?"

해리슨이 물었다.

노라는 머리를 저었고, 해리슨은 담담한 표정을 지었다. 그는 키드 동창회에 참석한 칼 라스키가 상상이 되지 않았다.

"다른 친구들 만난 적 있어? 내 말은, 졸업한 후에 말이야?"

노라가 물었다.

"음, 빌과 연락하고 지내. 그리고 한 5년 전에 뉴욕에서 제리를 만났어. 함께 술도 한 잔 했어."

"제리는 아내 줄리와 함께 오고 있어. 제리 만났을 때 어땠어?"

"엄청나게 성공한 척하던데."

해리슨은 나쁜 평을 한 것에 대해 계면쩍은 듯이 어깨를 으쓱했다.

"일요일까지 여기 머물 거니?"

"그럴 예정이야."

해리슨은 토론토에서 하트퍼드까지 비행기를 타고 와서, 자동차를 렌트해 이곳까지 달려왔다. 그는 오는 도중 서부 매사추세츠를 한 번도 와보지 않았다는 사실을 깨달았다. 전에 뉴잉글랜드를 방문하면 항상 보스턴으로 가 곧장 메인(미국 동북부에 있는 주)에 있는 키드로 갔지 내륙으로는 가보지 않았다.

"걷기에는 아주 좋은 날씨야."

노라가 창 쪽을 향하여 손짓하면서 말했다.

"토론토 날씨도 제정신이 아니야. 아주 온화해."

"날씨가 점점 따뜻해지고 있어. 자연이 우리를 비웃는 것 같아."

"무슨 뜻이야?"

"9·11 말이야."

해리슨이 천천히 고개를 끄덕이었다.

"아! 그 공포. 그 슬픔……"

노라는 잠시 말을 멈추었다.

"거리에서 사람들이 서로 웅성거리던데, '상상이나 해봤겠어요? 어떻게 이럴 수가 있나요? 그러니까 즐길 수 있을 때 즐겨야 해요.'"

"사람들은 연일 기온이 기록을 경신한다고 하더군."

"오늘은 한 22도는 되는 것 같아."

"확실히 12월의 첫째 주 치고는 굉장한 온도야."

"혹시 끔찍한 인간의 죄가 자연의 관대함과 평화로움 앞에서는 보잘것없다는 메시지가 아닐까 하는 생각을 했어."

노라가 말했다.

"자연이라 함은 하느님을 일컫는 거야?"

해리슨이 의아하다는 듯이 물었다.

"아니, 실제로 존재하는 것."

"그럼, 가끔은 끔찍하기도 하겠네."

"오늘은 아니야."

"그래, 오늘은 아닌 것 같아."

해리슨이 말했다.

"아니면 우리가 살아 있다는 이유를 상기시켜 주려는 건 아닐까? 마치 하루하루가 마지막인 것처럼 살도록."

"은혜로운 자연? 오, 마음에 드는데."

해리슨이 말했다.

노라는 웃으며 앞으로 바싹 다가앉아서 해리슨의 무릎 끝을 가볍게 톡 쳤다.

"지금 우리 대화를 다 듣고 있을지도 몰라. 우리의 건방진 모습 말이야. 우리는 항상 미첼 선생님 수업시간에도 그랬잖아, 기억나?"

"그랬지."

해리슨은 노라가 옛일을 기억하고 있는 것도 기뻤지만 자신에게 생각지도 않은 스킨십을 한 것이 더욱 뿌듯했다.

"널 보게 되어 정말 기뻐."

노라는 진정으로 기쁜 듯이 말했다.

"9·11때 뭐 하고 있었어?"

해리슨이 물었다.

"여기 부엌에 있었어. 두 번째 비행기가 부딪치기 바로 직전에 텔레비전을 켰어. 너도 곧 만나게 되겠지만, 같이 일하는 주디가 들어와서 말해줬어. 너는?"

"토론토에서 아침을 먹는 중이었어. 커피를 마시며 신문을 보고 있는데 텔레비전에서 아나운서 목소리가 갑자기 격앙되더라고. 그래서 텔레비전을 봤더니 바로 그때 비행기가 두 번째 건물에 부딪혔어."

그 장면은 방송에서 몇 시간 동안 계속해서 방영되었다. 캐나다 방송국은 미국 방송국에서 내보낸 것보다 잔인한 장면들을 더욱더 많이 내보냈다.

"두려웠지?"

해리슨이 물었다.

"아니, 꼭 그렇지는 않았어. 당황하긴 했지. 무척 당황했어. 하지만 두렵지는 않았어. 순간 칼 생각이 나더라고. 칼이 살아서 이 장면을 보지 않은 게 다행이라고 생각했어."

노라는 집게손가락 피부 끝을 조금씩 물어뜯기 시작했다. 돌연히 그녀는 동작을 멈추더니 단호한 표정을 지으며 두 손을 무릎에 얹었다. 닫힌 도서관 문 뒤에서 진공청소기 소리가 들려왔다.

"사람들은 문학이 죽었다고 해."

노라가 덧붙였다.

"좀 극단적이라고 생각해."

해리슨은 의자에서 자세를 바꾸면서 말했다. 비극적 참사가 이어지는 요즘에 이런 감상적인 얘기를 나누는 것이 해리슨은 상당히 성가셨다.

"나는 네 남편의 작품을 존경해."

해리슨은 이 말을 이렇게 서둘러서 하지 말았어야 했다는 생각에 무력감을 느꼈다.

"남편은 훌륭한 사람이었어. 훌륭한 시인이었고."

"그래."

"너도 알다시피 나는 helpmeet(내조자)였어."

노라는 고어체를 사용해 해리슨을 어리둥절하게 했다.

"나도 이 단어가 정확히 무슨 뜻인지 잘 몰라. help와 meet이 합쳐진 단어라는 것밖에는."

"내가 찾아봐 줄게."

"내가 할게. 어딘가에 사전이 있을 텐데……."

노라는 책꽂이에 꽂혀 있는 사전을 응시하면서 말했다.

해리슨이 생각하기에 칼 라스키 작품의 탁월함은 부정적 본성에 근거를 두고 있다. 그의 시 포인트는 한번 쭉 훑고 지나가는 방법을 쓰고 있다. 예를 들면, 한 여자가 남편에게 애인이 생겼다고 말하는 동안 아침식사 테이블에 펼쳐져 있는 아침신문 헤드라인을 얼핏 본다든가 하는 방식이다.

물론 해리슨은 라스키의 명성을 익히 들어 알고 있었다. 그는 수많은 국제상을 휩쓸었고, 여기저기서 명예학위도 받았다. 그가 죽자 세인트마틴스 대학의 에머리투스 교수는 그에게 지분을 엄청나게 많이 나누어주었다(에머리투스 교수는 유명한 세인트마틴스 작가학교를 설립해 많은 작가를 상에 내보낸 인물이다). 라스키는 인간으로서 무척 찬사를 받는 시인으로 평가되었다. 그러다 보니 어쩔 수 없이 행복한 결혼과 건강을 잃는 대가를 치러야 함은 물론 재정적 문제 또한 말이 아니었다. 라스키의 노력 탓에 그가 죽었을 시기에 시는 다시 르네상스의 부흥을 맞는 듯했다. 하지만 칼 라스키가 100인의 시인 안에 든다고 말할 수 있는 사람은 아무도 없었다.

해리슨은 로스코프가 쓴 라스키의 전기도 읽었다. 이 책은 문학이라고 일컬어지고 있지만, 별반 관심을 끌지 못했다. 로스코프는 라스키의 삶에서 다소 선정적인 부분에 치중했다. 특히 학대하는 그의 아버지, 그의 초창기 음주문제, 뉴욕대학시절 교수로 재직하면서 있었던 강박적인 여성 편력, 그의 불행한 첫 결혼생활, 아들을 둘러싼 치열한 양육권 싸움에서의 패배, 그리고 서부 매사추세츠 세인트마틴스 대학으로 내려온 다소 염세적인 방랑생활 등에 치중했다.

"네 남편이 노벨상을 탔어야 했는데."

해리슨이 말했다.

노라가 웃었다.

"남편이 함께 있었다면 네 말에 동의했을 거야."

"노벨상을 타지 못한 것이 그를 힘들게 했나 봐?"

"매번 상이 수여될 때마다 대소동이 일어났어. 내 말은, 작은 지진을 겪은 듯했다는 뜻이야. 남편이 그 소식을 뉴스나 신문에서 읽고 알게 되었지. 또 누군가가 전화해서 알려주기도 했고. 소식을 들은 남편 얼굴은 순간 굳어졌어. 심지어 신문에서 다른 분야의 수상자들을 읽을 때에도 그랬어. 유일하게 별반 신경을 쓰지 않은 경우는 세

무스 히니가 수상했을 때였어. 남편은 셰무스를 좋아했거든."

해리슨은 컵을 내려놓았다. 라스키는 노라보다 서른 살이나 더 많았다. 노라가 열아홉 살에 그를 만났는데, 그때 라스키는 마흔아홉 살이었다.

"남편과 나이 차이 때문에 문제가 되지는 않았어?"

"그가 나보다 먼저 죽는다는 것 외에는."

해리슨은 쓸쓸함과 비통함을 느꼈다.

"당연히 그는 나보다 먼저 죽을 수밖에 없지."

노라가 덧붙였다.

해리슨은 고개를 끄덕이었다.

"그저 그 일이 그토록 끔찍한 일이라는 것만 몰랐을 뿐이야. 어느 날 밤, 건강이 아주 악화했는데도 칼은 마음이 아주 편해졌다고 했어. 칼은 고통을 느꼈는데도 그 고통이 다소 그를 진정시킨 것 같아. 하지만 그건 그가 죽어가고 있다는 뜻이었어. 그는 죽기 쉬운 방법을 찾은 거였어."

라스키는 욕조에 물을 가득 채우고 헤어드라이어 코드를 꽂은 다음, 그것을 욕조에 떨어뜨려 자살했다. 이 놀라운 소식을 접했을 때 편집자인 해리슨은 뉴욕시 레스토랑 테이블 옆을 걸어가는 중이었다. 옆 테이블에서 한 남자가 몸을 구부린 채로 "너 칼 라스키가 자살했다는 소식 들었어?" 하고 소곤거렸다.

"장엄한 삶의 끔찍한 종말이야."

해리슨이 말했다.

노라는 침묵했다.

"그것도 용기가 필요해."

해리슨이 덧붙였다.

"칼은 자신이 겁쟁이라고 했어."

"남편이 후두암이었니?"

"남편은 계속해서 고통스럽다고 했는데, 어떤 고통인지 말로 표현하지 못했어. 난 별로 대수롭지 않게 생각했어."

"건강한 사람이 그런 고통을 이해하기란 쉬운 일이 아니지."

"더 끔찍한 것은 칼은 한결같이 자신이 곧 죽게 될 운명이라고 노래를 불렀어."

해리슨도 동의했다. 그는 자신이 죽어가고 있다는 사실을 아는 것보다 인생에서 더 참혹한 일이 무엇이 있나 생각해 보았다. 그에게는 냉혹한 지식에 오염된 현재와 과거의 나날들이 몹시 괴로웠을 것이다.

"결국 그런 방법을 택할 수밖에 없었을 거야."

해리슨이 말했다.

노라는 날씬한 배 위로 블라우스 가장자리 단을 반듯하게 하면서 일어섰다. 노라의 몸매는 아이를 낳지 않는 몸이었다. 순간 해리슨은 아내 몸매를 생각했다. 수영으로 다져진 근육질의 큰 키, 약간 불룩 나온 배 (그는 이 배를 만지는 것을 무척 좋아했다).

"밖에 나가서 앉지 않을래?"

노라가 더블도어를 열면서 말했다.

해리슨은 갑작스런 한기를 기대했으나 도서관 밖 아담한 베란다에서 들어오는 바람은 포근했다.

"아그네스하고는 계속 만난다며?"

해리슨이 일어서면서 말했다.

"응. 그 애와도 한동안 못 만났어. 편지만 교환했어. 아그네스는 아직도 구식이라 컴퓨터를 못해서 이메일을 보낼 수가 없어. 지금 키드 선생님으로 있어."

해리슨은 아그네스의 튼튼한 신체와 현실적이지 않은 성격 등이 생각났다. 아그네스는 역사를 아주 잘했었다.

"학교에서 하도 뭐라고 하는 바람에 어쩔 수 없이 컴퓨터를 사서 침대 밑에 숨겨놓고 성적을 보낼 때만 사용하나 봐."

해리슨이 웃었다.

"브리짓의 엄마와 동생도 결혼식에 올 거야. 빌의 가족은 아무도 오지 않아. 빌에게 화가 나 있거든. 왜냐하면……그러니까……브리짓 때문에 아내와 딸을 버렸으니까. 브리짓의 아들은 친구를 데리고 올 거야. 전부 15명 정도 돼. 간소한 결혼식이 될 거야. 결혼식도 그렇지만 피로연은 더욱 간략하게 할 예정이야. 빌이 상세하게 설명하겠지만. 나는 꽃 장식과 식사를 맡았어. 빌은 결혼식이 완벽하게 거행되기를 원해. 브리짓을 위해서."

"브리짓에게 무슨 일이 있어?"

"유방암이야."

해리슨은 숨을 골랐다. 열다섯 살짜리 남자 아이의 엄마. 그는 이 문제에 대해 생각하고 싶지 않았다.

노라는 시계를 보았다.

"네 얘기 좀 해 봐."

노라가 말했다.

"별로 말할 것 없어."

"결혼했잖아."

"응, 아내와 토론토에 살아. 아들이 둘 있어, 찰리와 톰이야. 아내 이름은 에블린이고, 변호사야."

"왜 토론토에서 살아?"

"에블린 고향이야."

"출판 일을 하고 있지?"

"맞아."

노라는 앉은 의자에서 몸을 약간 움직였다.

"아내 얘기 좀더 해 봐."

"에블린 얘기? 글쎄, 음……아내는 프랑스계 캐나다인이야. 키가 큰 편에 짧은 금발이야. 내 생각에 이제 머리카락이 희기 시작하는 것 같은데, 누구에게도 그런 모습을 보이지 않으려고 해. 또 좋은 엄마이기도 해."

해리슨은 집에 있는 에블린과 두 아들의 모습을 언뜻 떠올렸다. 지금 사는 집의 내부가 머릿속에 그려졌다. 특히 작고 너저분한 부엌이. 두 아들의 빨간색 하키 셔츠를 비롯해 정신없이 뒤엉킨 세탁물은 빨랫감이 가득 찬 세탁실 바닥에 어지럽게 흩어져 있다. 아이들이 좋아하는 미국산 시리얼 박스, 말라비틀어진 티백, 딱딱하게 굳은 소스 그릇이 놓인 아침식사 테이블이 떠올랐다. 에블린은 해리슨이 생일 선물로 사준 캐시미어 잠옷을 즐겨 입었고, 잠자는 그녀의 머리카락은 헝클어졌다. 배경으로는 이른 아침 뉴스 소리가 한결같이 들려왔다. 이런 집안 장면을 생각하자 해리슨은 자신이 그렇게 어지러운 집에 사는 것을 그리 싫어하지 않았다는 사실을 깨달았다. 그러자 해리슨은 그 모든 것에 너무 친숙해졌다는 공허감과 낯선 장소에서 홀로 있을 때마다 느끼는 정처 없이 떠돌아다니는 기분, 어떤 일을 하든 정착하지 못한다는 공허감이 밀려왔다.

"큰아들 찰리는 열한 살인데, 외모는 아내를 닮았고, 성격은 나를 닮았어. 그리고 둘째 톰은 아홉 살이고, 나를 꼭 **빼닮**았는데, 성격은 반대로 아내를 닮았지."

해리슨은 잠시 말을 끊었다.

"약간 엇박자야."

해리슨이 웃으면서 덧붙였다.

"어떤 성격인데?"

노라가 물었다.

"에블린 말이야?"

"응."

"음, 사람들은 아내가 나보다 다소 드라마틱하다던데."

해리슨은 조심스럽게 대답했다.

"그러면 네가……."

"훨씬 더 성격이 급하다는 말이지."

"그렇구나."

노라는 머리를 숙이면서 말했다.

대체로 해리슨이 여행 중일 때 에블린은 멀리 떨어진 그와 더 가까이 있는 듯이 보였다. 해리슨은 아내와 떨어져 있을 때가 같이 있을 때보다 더 정답게 느끼는 경향이 있다. 해리슨은 아내의 생각도 같은지 궁금하다. 가끔 그는 결혼생활에서 아내를 실망시키고 있다는 자괴감이 든다. 변함없이 사랑하고 육체적으로 친숙하게 지내자고 약속한 결혼생활은 둘 모두에게 실망을 안겨주었다. 에블린은 해리슨이 전력을 다해서 자신을 사랑하지 않는 것을 비난했다. 하지만 해리슨은 이것을 인정하지 않았기에 아내를 달래줄 수 없었다. 해리슨은 두 사람이 함께 아이들을 돌보고, 자기 일에 충실하고, 행복한 가정을 이루고 있다고 여겼다. 그리고 가끔 정말로 즐거운 시간도 있었다. 두 아들이 저녁식사 테이블에서 귀엽고 쾌활할 이야기를 할 때이다. 또 해리슨이 에블린의 눈치를 알아채자마자, 둘은 침대에 뒹굴며 이른 일요일 아침의 어슴푸레한 빛 속에서 강렬한 섹스를 했다. 에블린은 그의 가슴에 머리를 파묻었고, 해리슨은 그녀의 어깨를 토닥거렸다. 잠시 만족스러움에 휩싸이다가 이내 그들은 잠으로 빠져들었다.

"얘기 좀 해 봐."

노라가 말했다.

해리슨은 웃었다.

"예전에도 늘 이런 식이었는데, 넌 변하지 않았구나."

"그래."

해리슨은 머릿속이 텅 비는 느낌이었다. 그는 흔들의자 맞은편에 앉아서 잠시 이야깃거리를 생각했다.

"퀘벡시의 르 콩코드 호텔에 머무른 적이 있었는데, 그랑달레 거리 방향으로 프롱트낙 성곽이 보이더라고. 내가 묵는 호텔과 프롱트낙 사이에는 지붕이 열두 개 정도 있었어. 모양과 사이즈가 모두 같았어. 그 가운데 한 지붕 위에 십대 청소년 남자아이들 4명이 보이더군. 모두 빗자루를 들고 있었어. 처음에는 그 애들이 지붕에 있는 눈을 쓸려나 보다고 생각했어. 하지만 곧 그 이유가 명확해졌어. 그 애들은 아이스하키를 하고 있지 뭐야. 그 일은 생각만 해도 소름끼치는 일이었어. 있잖아, 그곳 지붕에는 가드레일이나 어떤 보호장치가 전혀 되어 있지 않아서 만약 아이 중 한 명이 다른 아이와 보디체크를 한다면, 또 한 아이가 단순히 발을 헛디디기라도 한다면 지붕에서 바로 미끄러져 떨어질 게 뻔했어. 그럼, 죽는 거야. 그 건물은 적어도 7층 정도는 되어 보였거든."

노라는 머리를 약간 비스듬히 기울였다. 빨리 이야기를 해달라는 뜻이다.

"난 그 아이들에게서 눈을 뗄 수 없었어. 더 이상한 건 내가 아무런 행동도 취하지 않았다는 거야. 그 건물 이름도 알지 못했으니까. 내가 거리로 나가면 그 지붕이 어느 건물의 것인지 구별할 수 없을 거로 생각한 거 같아. 그래서 난 아무 조치도 하지 않았어."

"그래서 어떻게 됐는데?"

"아무 일도 일어나지 않았어."

노라는 등을 뒤로 제치며 손 등으로 턱을 받쳤다."

"또 다른 이야기는?"

해리슨은 잠시 생각에 빠졌다.

"여기로 출발하기 전에 아내가 일하러 가려고 옷을 입는 모습을 지켜보았어. 아내는 양말을 짝짝이로 신고 있더라고. 다리에 면도도 하지 않았고."

"느낌이 어땠는데?"

"약간 불쾌했어."

해리슨이 인정하면서 말했다.

"어쨌든 난 아내를 사랑해."

"알았어. 그런데 네가 편집한다는 말은 왜 하지 않아? 너 자신에 대해서 얘길 해달라는 질문을 받았으면 이런 상세한 것들은 말해줘

26

야지. 좀 낯선 모습을 보는 것 같아."

"예를 들면?"

"지금 나는 너와 사소한 비밀들을 공유하려고 해. 너는 겁쟁이일 지도 몰라. 아마 넌 너무 많이 관련되고 싶지 않겠지. 너도 네가 사랑하는 누군가에게 힘없이 퇴짜 맞을 가능성도 있다고"

"이미 일어난 일 아니었나?"

"우린 그때 어렸잖아. 지금은 완전히 변했어."

노라가 말했다.

'우리가?' 해리슨은 의아했다.

"호텔은 잘 운영 되니?"

"엄청나게 잘 돼. 내가 원하는 대로. 물론 늘 문제는 있지만. 화장실 변기가 너무 낮아서 자주 말썽을 일으켜."

"난 잘 모르겠던데."

"손님들이 돌아가서 주위 사람들에게 변기 이야기를 자주 하나봐. 올해 2월 말까지 예약이 끝났어."

"아주 잘 됐네."

"완전하진 않아. 아직 내 성에는 덜 찼어. 호텔을 완전히 내 스타일로 만들려고 해. 버크셔 곳곳에 있는 비앤비 체인하고 경쟁 중이야."

"주 고객층은 누구야?"

"대체로 보스턴과 뉴욕에서 온 사람들이야. 도시에서 벗어나고 싶어서 온 사람들이지. 그들은 마법에 걸린 듯이 이곳을 다시 찾게 된다고 해. 내가 뉴잉글랜드에서 하키의 매력에 빠진 것처럼. 그렇다고 여기가 대단한 매력이 있는 건 아니야. 기껏해야 지금 앉아 있는 흔들의자 정도밖에는 제공하지 못해. 또 주말 가족모임을 하려고 찾기도 해."

"좀 냉소적으로 말하는구나."

"사람들이 여기에 오는 진짜 이유는 섹스와 음식 때문이야. 그다음에 반드시는 아니지만 아울렛 때문이기도 하고. 여기서 10분 정도 가면 아울렛이 있는데 좋은 물건을 고를 수 있어."

"저기 있는 나무들 밑에?"

노라는 고개를 끄덕이었다.

"여기 앉아 있으니까 너무 더운걸."

해리슨이 의외의 날씨에 좀 놀라움을 표시하며 말했다.

"스웨터 벗어."

"그래야겠어. 우리가 원시인이었다면 이런 날씨가 섬뜩했을 거야, 그렇지? 괴상한 이놈의 날씨."

"작년에 뉴욕 매거진에 호텔이 소개되었어."

노라는 뒤로 기대면서 말했다.

"기자가 12월에 테라스에 앉아서 쉴 수 있는 곳이라고 묘사했더라고. 그 말은 파커를 입고 테라스에 앉아서 휴식을 취할 수 있다는 뜻이었어. 그런데 올해 너는 셔츠만 입고 그 일을 하고 있는 거야. 태양이 물막이 판자를 뜨겁게 달구어 놓았어."

"잔디도 아직 푸르네."

해리슨이 말했다.

"원래 이맘때쯤에는 바닥에 눈이 쌓여 있어야 하는데. 몇 년간 썰매를 타지 못한 남자들은 무릎이 지치도록 아내와 아이들 앞에서 썰매 실력을 뽐내보고 싶어 안달이 났거든."

노라는 시계를 흘끗 보았다.

"이제 정말로 가봐야겠어."

그녀는 일어서면서 말했다.

"결혼식을 준비해야 하거든. 내일 다른 결혼식이 있어. 아그네스와 롭이 1시까지 올 거야. 오늘 저녁식사는 식당이 아닌 별실에서 하게 될 거야. 물론 내일 저녁에도."

"나는 산책이나 할까 해. 아침은 오는 길에 먹었거든."

해리슨이 일어나면서 말했다.

"알았어. 그럼, 각자 일을 하자고."

"그래."

노라는 발걸음을 옮기다가 다시 뒤돌아보았다.

"친구들이 모이면 스티븐 얘기가 나올 거야."

늘 그랬던 것처럼 그 이름은 해리슨의 마음속에 치욕감으로 달라붙어 있었다. 해리슨은 정지한 채로 서서 노라의 말을 기다렸다.

"스티븐 생각을 많이 했어."

해리슨은 침묵했다.

"스티븐 장례식 기억나니?"

"물론."

해리슨은 조용히 말했다.

"그런 슬픔을 견디기 힘들어. 우리에게 일어난 최악의 일이며 너무 혹독한 일이야. 그 일은 우리가 그 아이를 피상적으로만 사랑했다는 걸 깨닫게 해줬어."

"아마도."

해리슨은 스티븐에 대한 자신의 사랑이 충분했다고 느꼈으면서도 이런 식으로 말했다.

"너하고 난 그날 밤 파티 이후로 서로 대화 한번 나누지 못했어."

"그래, 우린 한마디도 하지 않았어."

노라는 잠시 해리슨을 쳐다보았고, 해리슨도 노라를 뚫어지게 응시했다.

"여기에서 결혼식을 올리자는 빌의 의견에 동의한 것이 잘못한 게 아닌가 싶어. 너를 오게 한 게 나뭇가지로 깨끗한 연못 속을 들쑤시는 것이 아닌가 해서 걱정이야."

"내가 오기 전에 연못은 진짜로 깨끗했어?"

"그랬어. 그럼, 깨끗했어."

노라는 뒤돌아서 걸어갔고, 해리슨은 그녀가 호텔 앞에 원형으로 둘러놓은 좁은 자갈길을 따라 걸어가는 모습을 지켜보았다. 노라는 해리슨이 자신을 바라보고 있다는 걸 알면서도 당당하게 걸어갔다. 노라가 걷는 모습을 보던 해리슨은 갑자기 노라에 대한 고통스러운 기억이 떠올랐다. 그는 늘 노라를 어디서 만날까, 언제 만날까를 생각해왔지만, 사실상 많은 세월이 흐른 지금에서야 만나게 되었다. 예전의 노라의 모습을 생각하며 해리슨은 숨을 돌렸다. 그는 흔들의자에 벗어놓은 스웨터를 집어들면서 이번 주말에 일어날 일들을 생각해 보았다. 눈부시게 아름다운 경치가 눈앞에 펼쳐져 있는데도 아랑곳하지 않고 잠시 해리슨은 엉덩이에 손을 얹은 채로 묵묵히 서 있었다.

아그네스와 소설

최근 아그네스는 핼리팩스 대폭발을 주제로 한 소설을 쓰는 중이다. 아그네스는 작년 여름에 노바 스코티아에서 짧은 휴가를 보내는 동안 폭발에 대해서 처음으로 알게 되었다. 키드 고등학교 역사과와 관련하여 아그네스가 다니는 지방 라디오 방송국이 주선한 여행이었다. 6월 초 핼리팩스는 그 시기와 아주 잘 어울리는 것처럼 보였으나 막상 주변을 여행해보니 뭔가 긴장감이 맴돌았다. 좀 지루한 일과에 음산한 날씨까지 한몫 거들었다. 그칠 줄 모르고 내리는 비로 말미암아 그녀의 손과 발에서 오한이 났다. 호텔 방에서 그녀는 헤어드라이어를 사용하여 밤마다 손과 발을 따뜻하게 녹였다. 정해진 여행 일정은 그 지방과 박물관들을 둘러보는 것이었으나, 아그네스는 자유로운 시간이 더 행복했다. 아침마다 아그네스는 8킬로미터를 조깅한 다음 샤워를 하고 아침을 먹었다. 산책할 만한 곳이 없으면 그저 거리를 유유히 걸어다니며 키드의 일상생활에서 벗어나 일시적으로 즐기는 자유를 만끽했다.

이렇게 배회하다가 아그네스는 『태양보다 더 이글거리는 빛: 핼리팩스 대폭발A Flash Brighter than the Sun: The Halifax explosion』이라는 책이 서점 창가에 비치된 것을 보았다. 호기심이 발동한 아그네스는 안으로 들어가서 그 책을 집어들었다. 페이지를 훌쩍훌쩍 넘기며 책을 훑어보다가 그날의 도시 사진에 큰 관심이 끌렸다. 아그네스는 두 눈에 붕대를 감고 흰색 철제 침대에 앉아 있는 한 아이의 사진에 시선이 멎었다. 아이는 예전 아그네스의 어머니와 비슷한 헤어스타일의 숏커트를 하고 있었다. 어렸을 때 그녀는 엄마의 머리를 자주 빗겨주곤 했었다. 아이의 머리는 일종의 바가지 스타일로, 정수리 주위의 머리를 고무줄로 묶어놓았다. 책에는 다른 사진들도 많았다. 폭파된 목재 건물들, 황폐한 수많은 장소, 마치 미래의 전쟁을 겪은 드레스덴(독일 동부의 도시)이나 런던 같다고나 할까.

아그네스는 이 책을 사서 배낭에 넣은 다음, 커피숍으로 가서 카푸치노를 주문해 놓고, 다른 일은 까맣게 잊은 채로 1917년 12월 6일 아침에 일어난 사건을 읽어 내려갔다. 핼리팩스 항구에서 강력폭약과 피크르산을 운반하는 프랑스 화물선 몽블랑호가 벨기에 배와 충돌하였다. 아침 8시 30분이 채 안 되어서 발생한 이 충돌은 이 도시를 들썩이게 했다. 핼리팩스 시민들은 창가로 머리를 내밀고 이 광경을 지켜보았다. 호기심과 매력적인 장관 때문에 사람들은 아침도 먹지 않고, 학교도 가지 않은 채 이 장면을 지켜보았다. 비록 캐나다가 전쟁에 연루되어 있긴 했어도, 핼리팩스는 전쟁에 어떠한 작용도 하지 않았다. 그 대신 핼리팩스는 군인과 군수품을 유럽으로 공급하는 지류도시였다. 항구에서의 대폭발은 평온한 하루에 흥분을 일으켰다.

오전 9시 5분에 몽블랑호가 폭발하자, 항구 근처에 있는 집들의 창문이 일제히 산산조각이 났다. 유리파편이 이 모습을 지켜보던 사람들의 얼굴과 눈에 튀었다. 그 하루 동안 2천 명이나 되는 사람들이 죽었고, 9천 명이 부상을 당했으며, 199명이 시각장애인이 되었다. 이들 중 어린아이들도 꽤 많았다.

아그네스가 핼리팩스 대폭발을 주제로 한 이야기를 쓰기 시작한 이유 중 하나는 그녀 자신의 시각장애 때문이기도 했다. 그녀는 시야 표면에서 실린더 속 기름 거품처럼 솟아나는 괴상한 액체 영상을 보았기에, 몇 주 동안 아그네스는 안과에 갈까 말까를 고민하며 지냈다. 물론 그녀의 시력은 매우 중요했다. 시력 없이는 거의 일을 할 수 없을 테니까. 17년 동안 아그네스는 북동부 메인 주에 있는 모교 키드고등학교에서 역사 선생님 겸 여학생 필드하키팀 감독이었다 (키드 고등학교는 북동부 메인 주에 있으며, 그녀의 모교이기도 하다).

아그네스는 특히 키드 고등학교가 세워진 내력을 좋아했다. 이 학교는 1921년 직물 제조업자 제임스 키드가 창건했다. 그는 메인 주 펜튼이라는 마을 밖 가파른 곳에 있는 커다란 여름용 집을 대여섯 채 샀다. 그는 이 집을 자신의 아들을 포함해서 비범한 학생들을 위한 자그마한 기숙학교로 만들 계획이었다. 다음 세대를 위해 해안가 마을로 모여든 사람들에게서 조용한 방 20개를 얻은 키드는 월동준비를 했고, 교실과 기숙사를 만들었다. 사들인 옛 집들은 긴 복도와 작은 방이 많아서 특히 기숙사로 사용하기에 안성맞춤이었다. 가끔 아그네스는 여름용 집으로 만든 학교를 어떻게 계속 유지할 수 있었는지가 놀랍기만 했다. 키드 학교에는 고딕양식의 뾰족탑도 없었고, 넓은 잔디 운동장도 없었다. 비탈진 곳에 있는 건물들은 2~3층 높이 정도밖에 되지 않았다. 자동차는 원칙적으로 캠퍼스 안으로 들어가지 못했지만, 학생들은 새 학기가 시작할 무렵 마을 사람들을 대상으로 바자회를 여는 동안에 차를 학교로 눈치껏 몰고 왔다.

아그네스는 까다로운 공립학교 선생을 5년 동안 한 후인 1980년 대 초 모교의 선생이 되었다. 1917년 핼리팩스 사람들은 자신을 노처녀라고 불렀을 것이다. 노처녀라는 단어는 아그네스가 마음속에서 조차도 말하기를 주저하는 끔찍한 단어다. 이것은 시대에 뒤처지는 모욕적 말일뿐만 아니라 애매한 나이의 냉정한 여성을 뜻하기 때문이다. 시력이 좀 이상한 것만 빼면 아그네스는 건강했고, 몸 상태는 아주 좋았다. 그녀는 정확히 마흔넷이다. 핼리팩스 대폭발에 대해서 생각하면서 '이네스 핀치'라는 남자를 주인공으로 기용했다. 그는 12월 5일 오후에 핼리팩스에 도착한 메인 주 의과대학의 젊은 안과 수련생이다. 지금까지 아그네스가 쓴 내용은 다음과 같다.

이네스는 핼리팩스의 리치먼드 거리에 서서 태양이 구름층 너머로 넘어가는 걸 지켜보고 있었다. 햇빛이 그를 따라 움직였다. 처음에는 건너편 모퉁이에 있는 나무로 만든 집을 밝게 비추더니, 그다음에는 짐마차를 비추고, 마지막으로 까맣게 탄 도로에서 아기를 태운 유모차와 씨름하는 여자에게로 옮겨갔다. 비가 온 이후에 내뿜는 거리의 광채 탓에 이네스는 실눈을 떠야 했다. 그는 나룻배 여행으로 해진 여행용 가방을 내려놓고, 손바닥으로 태양을 가리었다. 초자연적으로 그는 투명도와 색채에 대해 알아차렸다. 유모차를 밀던 여자는 위쪽을 바라보았다. 해군제복을 입은 한 남자가 뒤를 보려고 몸을 돌렸는데 그는 바다에서 일어나는 수많은 현상을 경험한 것처럼 보였다. 이네스 옆 창문을 통하여, 목조 외벽이 화끈 달아오른 모습, 핑크색 색조를 띤 벽 위에 직사각형 형태를 이룬 창살 모습이 눈에 띄었다.

이네스는 해진 가방을 집어들면서 투명한 빛은 홍조가 아니라고 생각했다. 그는 이런 현상들을 발광과 각도 때문이든지, 아니면 파장과 방사 때문이든지, 단순한 물리적 현상으로 생각했다.

아그네스는 실제로 그 당시에 핼리팩스에 이네스 핀처라는 사람이 있었는지는 알지 못했다. 가능할 수는 있었지만 그럴 가능성은 거의 없었다. 놀라운 일은 이안 핀처나 이네스 핀들레이라는 이름을 지닌 사람들이 실제로 존재했다는 사실이다. 어쨌든 아그네스의 이네스는 실지로 살아있는 인물과 같아서 그 이야기는 허구가 아닌 것처럼 생각되었다. 이 소설은 아그네스에게 친숙한 패턴이다. 몇 년 동안 아그네스는 개인적으로 세상을 이해하는 방법을 배워왔고, 일상생활에서도 마찬가지로 이 방법을 이용했다. 아그네스는 어떤 사건이 너무 무서워서 받아들일 수 없다는 것을 알게 될 때마다 그 비극에 영향을 받은 특정한 사람을 상상하기 시작하는 방식으로 그 상황을 좀더 명확히 이해할 수 있게 했다. 이것은 완전히 잠재의식으로 되는 게 아니라 어느 정도는 의지가 있어야 했다. 아그네스는 지난봄에도 이런 일을 경험했다. 작년 봄에 아그네스는 백미러로 볼보를 탄여자가 자신의 자동차를 제어할 수 없게 되자 어쩔 수 없이 길을 일탈하는 걸 목격했다. 그런 다음 아그네스가 지켜보는 곳에서 꽤 떨어진 곳으로 굴러 떨어지기 시작했다. 아그네스는 지금도 가끔 그 여자의 당황한 얼굴이 떠오른다. 설령 순간의 표정이라 할지라도 그 표정에서 삶을 유추하여 그녀의 삶이 어땠을지를 생각해 보았다. 아그네스는 화강암 조리대가 있는 여자의 부엌과 아들을 상상했다. 아마 아들은 열다섯 살쯤 되어 보였고 식탁에서 체더치즈를 먹고 있었다. 아이의 배낭은 의자에 매달려 있고, 수학 책을 펼쳐놓고 텅 빈 우유잔을 만지작거렸다. 6시가 넘자, 소년은 처음에는 별로 신경 쓰지 않다가 점차 긴장하는 듯했다. 7시가 다 되어 아이의 아버지가 들어왔는데, 그의 안색에는 불안함과 두려움이 역력했다. 그의 아내이자 아이의 엄마에게 무슨 일이 일어난 것일까. 여자는 지금 메인 주의 어느 병원 영안실에 누워 있다. 그렇게 끔찍한 사고에서 누가 살아남을 수 있겠는가? 아그네스는 이런 결론을 내렸다.

초가을 9·11사태 이후로 아그네스는 이런 유추를 자주 했다. 며칠 동안 아그네스는 믿지 못할 정도로 멍한 상태로 주위를 걸어다녔다. 그러다가 〈뉴욕타임스〉에서 젊은 라틴아메리카 출신 여자가 노스타워 102층에서 죽었다는 기사를 읽었다. 아그네스가 잡지를 내려놓자마자, 그 여성이 커피자판기 앞에 멈춘 순간에 두 번째 비행기가 건물에 부딪히는 장면으로 되돌아갔다. 그 여자는 지금 아그네스에게는 실제로 존재한다. 여자의 삶은 정교하고 복잡했다. 누군가가 이 비극을 언급할 때마다 아그네스는 그 여자와 그녀 딸의 추억을 떠올리곤 한다.

이네스 핀치는 문을 노크했고, 빨간 실타래를 든 여자가 문을 열었다. 프라저 여사는 그가 몇 달간 이 집에 머물기로 한 이 집의 안주인이다. 이네스가 4시 전에 도착한다고 편지를 보냈는데도 여사는 이네스를 보고는 당황해 했다. 아마도 그의 외모 때문이었을 것이다. 피곤해 보이는 데다 머리는 바람에 날려 헝클어진 모습은 좋은 인상을 주지 못했기에 프라저 여사는 잠시 망설였다.

"들어오세요."

그녀는 미온적인 태도가 미안하기라도 했는지 서둘러 말했다. 이네스는 타일이 깔린 바닥에 물방울을 뚝뚝 떨어트리며 들어왔다. 그는 여행용 가방을 들고 서 있는 자신의 몰골이 창피스러웠다.

"미시즈 프라저예요."

그녀는 울 소재의 옷을 입고 팔짱을 낀 채 불필요한 말을 덧붙였다.

입은 스웨터 뒤에는 만지면 단단할 것 같은 가슴 윤곽이 보였다. 프라저 부인은 쉰다섯 살은 되어 보였다. 어쩌면 외모보다 다섯 살 정도는 젊을 수 있다는 생각도 했다. 비록 얼굴에는 예상치도 않은 불안한 미소를 짓느라고 주름이 졌지만, 헤어스타일은 외모만큼이나 깔끔하게 정돈되어 있었다. 이네스는 왜 그녀가 불안해하는지 이해할 수 없었다. 그녀의 태도는 무척 인상적이었다.

"박사님은 6시는 되어야 오실 거예요. 지금 병원에 계시죠. 복잡한 수술이 있는 것 같아요. 시장하세요? 아니면 목욕부터 하실래요? 문가에 가방을 내려놓으세요. 방에 갖다 놓으라고 할 테니."

이네스는 무슨 말이든 해야만 했다.

그때 약간 부루퉁한 남자가 나타났다. 그는 넥타이를 매고 양복을 입고 있었다. 그 사람을 그저 하인으로 오인할 만한 근거는 아무것도 없었다. 그는 가방을 들고 계단을 오르기 시작했다. 가방이 무거웠는지 계단 난간을 손으로 짚으며 올라갔다. 계단을 오르는 발걸음에 뭔가 모를 불만이 섞여 있는 듯이 보였다.

이네스는 장갑을 벗어 테이블에 올려놓았다.

"날 따라오세요. 방을 보여드릴 테니. 코코아 한잔하고 뜨거운 목욕부터 하는 게 좋겠군요."

그 순간에 이네스 핀치가 코코아와 뜨거운 목욕을 하고 싶어한다는 것은 순전히 아그네스의 생각이다.

아그네스는 자신의 외모가 특별하다고 생각하지 않았다. 그녀는 어릴 때부터 필드하키 수백 게임과 연습에 참여했을 뿐만 아니라 거의 30년 동안 메인의 해변에서 거센 바람을 맞으며 살아왔다. 그녀는 강한 신체를 지니고는 있으나 우아하지는 않았고, 키는 겨우 160센티미터 조금 넘었는데 당시 이 키는 상당히 작은 편에 속했다. 머리카락은 아주 짧은 밝은 갈색으로 최근에 이 머리가 습도에 축축해져서 곱실거리자 성가시기 시작했다. 아그네스의 깊고 짙은 갈색 눈은 유일하게 칭찬을 듣는 부분으로 무척 아름다웠다. 처음 가르치는 일을 시작했을 때는 울 스커트와 옥스퍼드 셔츠를 거의 매일 입고 다녔다. 느슨한 옷을 좋아하는 그녀는 요즘 치노바지와 폴로셔츠를 즐겨 입는데 아직 허리가 살아 있다는 사실에 자부심을 느낀다.

아그네스는 키드에 재직한 16년 중 12년을 학교 기숙사 생활을 했다. 교직원 중 일부는 해변에 있는 작은 통나무집에 사는 사람도 있었지만, 대부분은 캠퍼스 내 기숙사에서 산다. 기숙사 생활을 10년 넘게 한 후 지금 아그네스는 콘도에 사는 행운을 누리는데 이 콘도는 그녀가 학교를 퇴직할 때까지 사용하다가 그만두면 다시 학교로 반환될 것이다.

이것은 커다란 저택을 개조한 특이한 콘도로, 아그네스는 죽을 때까지 이 콘도에서 꽤 행복하게 살게 될 거로 생각한다. 그녀가 사는 콘도는 2층짜리로 작은 탑이 딸려 있다. 1층에는 부엌과 거실이 있고, 2층에는 거대한 욕조가 딸린 욕실이 있다. 작은 탑에는 창문들 옆에 가죽 의자로 둘러싸인 큼지막한 둥근 테이블을 놓았다. 아그네스는 대체로 이 테이블에서 밥 먹고, 신문도 보고, 필드하키팀에 대한 일을 구상한다. 또 탑에 침대를 놓았는데, 머리 위 판자 쪽으로 바다가 내려다보였다. 아그네스는 아주 많은 시간을 침대에서 바다를 바라다보며 지낸다. 침실 쪽으로 작은 발코니가 있는데, 그곳에 앉아서 카푸치노를 음미한다.

기숙사에 사는 사람들은 대부분 좋은 전망을 볼 수 있다. 파도, 조약돌이 깔린 바다, 바위가 많은 해안가 등 멋진 장면을 보며 지낸다. 학교 캠퍼스는 거의 돌보지 않은 상태로 놔두어 잡초들이 자라나서 건물과 건물을 이어주는 샛길도 좁아졌다. 어느 드라마에 나온 것처럼 깎아내린 절벽에 앉아서 바다를 내려다보아도 이 학교의 느낌은 웅장하기보다는 다소 소박하다. 겨울에 부는 바람은 대단하다. 겨우내 아그네스는 바람이 화분의 식물을 망가트릴 걸 두려워 창문 한번 열어놓지 못했다. 오래된 골프 코스는 운동장으로 바뀌었고, 그 중앙에는 체육관을 세웠다. 필드하키팀 훈련도중에도 아그네스는 바다를 볼 수 있을 뿐만 아니라 교장선생님 관사를 둘러싼 야생 수국도 감상할 수 있다. 학생들도 대부분 자신도 모르는 사이에 주위의 상쾌한 경관을 재빠르게 둘러본다. 가끔 아그네스는 몇몇 아이들이 바다를 내려다보려고 바위에 앉아 있는 모습을 보기도 한다. 금지 표시판에도 불구하고 학생들은 가끔 페퍼렐 섬으로 노를 저어가서 술을 마시고 파티를 한다. 불가피하게 아이들은 버려진 등대에 있는 좁은 나선형 계단을 오르기도 한다. 아이들은 계단 꼭대기까지 올라가서 아무것도 잡을 게 없는 난간에서 밑을 내려다보면 얼굴이 백지장처럼 하얘진다. 단 한 발짝만 미끄러지면 밑으로 떨어질 것이 뻔했다. 기적적으로 아무도 그런 식으로 죽은 사람은 없었다.

아그네스는 학교 캠퍼스가 마음에 든다. 캠퍼스의 해변 자두나무 사이사이에 피어난 야생장미 풍경을 사랑한다. 이곳에서 자라는 야생장미는 북부 뉴잉글랜드 연안에서 겨울에 자라나는 내한성이 강한 종이다. 그녀는 새에 대해 많은 걸 알고 싶다. 팬튼은 새들의 천국으로, 그들은 메역취 식물과 맑은 공기와 함께 습지에 서식한다. 팬튼에 사는 주민들은(진정한 원주민들) 148종이나 되는 이곳 새들의 종류를 아주 잘 알고 있고, 90세가 넘게 산다. 아그네스는 이런 현상을 완전히 유전학적으로 생각하지는 않는다. 팬튼 물 위에 핀 꽃은 몇 주간이나 피어 있고, 아그네스는 이 지역 물을 건강물이라고 상상하면서 마신다. 그녀는 정신없이 뒤엉켜져 있는 이 마을의 지붕선과 해안가에 늘어선 값비싼 술집에 매료되었고, 엔진 소리를 내며 선미에 적막한 실루엣을 보이며 바다로 나아가는 바닷가재 보트들의 행렬에 끊임없이 빠져들었다. 심지어 마을로 이어지는 해변 길을 따라 뻗은 속이 다 들여다보이는 1940년대 전화선의 모습조차도 마음에 든다. 이 전화선은 외부 세계와 실낱같은 연결을 의미했다. 키드에는 거대한 자연적 특권이 있었기에, 대서양을 바라볼 수 있는 전망 좋은 집을 사려고 수백만 달러를 소비하는 사람들도 있다. 이러다 보니 부모들은 이런 조건에 이끌리어 아이들을 이곳으로 보낼 수밖에 없게 되었다.

이런 공상에 잠기다가 아그네스는 그만 빠져나가야 하는 나들목을 놓치고 말았다. 운전을 하면서 공상을 하는 것은 그녀의 습관이다. 아그네스는 조수석에 손으로 써 온 지도를 흘끗 보았다. 하는 수 없이 다음 출구로 나가야 했다. 아주 장시간 운전한 탓에 오른쪽 허벅지에 경련이 일어났다. 아그네스는 다리를 다른 자세로 취해보려고 애써 보았지만 계속해서 가속 페달을 밟아야 했기 때문에 여의치 않았다.

계기판 시계는 정오를 가리켰다. 이제 겨우 남부 메인에 왔는데 시장기가 돌았다. 아그네스는 노라가 호텔을 경영하리라고는 상상도 못했다. 전에 그곳을 방문한 적은 있었지만, 칼 라스키가 그곳에 살고 있을 때였다. 그리고 그의 장례식 때 다시 한번 갔었다. 당시 그곳은 음침한 부엌이 있는 원시적이고 어두운 곳으로, 위층에 토끼장 같은 작은 방들이 많았다. 그녀가 쓴 침대는 따뜻하지 않았고, 노라가 벼룩시장에서 산 기묘한 벨벳과 실크 퀼트를 깔아놓았다. 퀼트 솔기가 약간 해졌지만 보기에는 꽤 멋졌고, 그 노고가 가상했다. 아그네스는 노라가 그 퀼트를 지금도 간직하고 있기를 희망했다. 얼마전에 노라가 아그네스에게 정확하고 정직하게 쓴 장문의 편지를 보내왔다. 그 편지에는 모든 것을 고쳐서 엄청난 비용이 들었다는 내용과 새로 호텔을 개업해 터무니없는 빚 일부를 곧 갚게 될 것이라는 노라의 신념이 실려 있었다. 칼 라스키가 노라에게 남기고 간 돈은 이미 다 쓴 상태였지만, 노라의 편지는 상당히 낙천적이었다. 호텔은 2월 말까지 예약이 끝나 있다고 했다. 노라는 이메일을 보낼 수 없어서 할 수 없이 편지를 쓴다고 불평을 늘어놓았다. 하지만 아그네스는 노라가 편지 쓰는 걸 즐겼으리라고 믿었다.

아그네스는 길게 쭉 뻗은 길을 운전해 가다가 휴게실로 들어섰다. 차를 주차하고, 배낭을 들고 안으로 들어갔다. 화장실에 들린 후 아그네스는 줄을 서서 커피와 도넛을 산 다음 테이블에 앉았다. 도넛을 다 먹은 후 냅킨에 손을 닦고 가방을 뒤적거려서 노트와 연필을 꺼냈다.

아그네스는 단편소설은 처음 써본다. 지금 소설을 쓰는 것은 비밀에 부치고 있으며, 짐에게조차도 말하지 않았다. 소설을 끝마치면 아마 어느 날 짐에게 그것을 보내게 될 것이다.

프라저 여사는 저녁 만찬은 여덟 시라고 알려주었다. 이네스의 학교에서는 저녁 만찬 때 정장을 갖추어 입었다. 집에서 저녁 만찬을 먹을 때 그의 가족은 일요일에만 정장을 했다.

이네스의 동생 마틴은 프랑스에 있고, 이네스는 핼리팩스로 왔다. 이네스는 발이 불편했고, 어린 시절에 앓았던 천식은 군대 신체검사에서 불합격한 지 몇 달이 지나서 감쪽같이 사라졌다. 그는 다시 군대에 입대할 생각을 했다. 발은 전혀 문제가 되지 않았다. 그러나 교수님들은 그가 의사로 나라에 봉사하는 것이 더 좋겠다고 충고했다. 전쟁 중 눈에 폭탄 파편이 박히는 병사가 많았고, 안과 의사만 있다면 병사들의 시력은 구할 가능성이 컸다. 이네스는 수련을 끝마치자 외국으로 가서 도움이 되는 일을 하기로 했다.

27세인 이네스는 직업을 늦게 가진 편이었다.

그는 대리석 화장대 꼭대기의 작은 얼룩을 만지면서 누가 쓰던 방인지 궁금해졌다. 서랍 딸린 큰 책상 위의 거울은 프레임이 타일로 되어 있었는데, 이네스는 이를 조절해서 자신이 보이도록 했다. 공부하는 몇 년간과 북부의 뙤약볕은 그의 피부를 창백하고, 머리카락은 새까맣게 만들었다. 그의 눈동자는 별로 두드러지지 않은 얼굴에 비하면 유전학적으로 잘못된 것처럼 새파랬다. 그의 두 눈을 바라보고 있으면 마치 한겨울의 바다가 밀려오는 듯한 착각에 빠져 들었다. 풍경에 그의 눈 색깔을 담아보면 7월의 선명한 파란 물과 똑같다고나 할까! 이네스는 가져온 책들을 대리석 옷장 꼭대기에 올려놓았다. 그는 돌결무늬가 있는 가죽 표지를 손바닥으로 쓸었다. 이 책들은 아주 잘 만들어졌다. 천 번쯤을 펼쳐보았는데도 아직 모양을 그대로 유지하고 있다.

책 속에는 그가 배워야 할 것들이 들어 있다. 일부는 임상시험을 하는 동안 배웠다. 예를 들어 그는 어떤 사람이 남은 인생 동안 눈이 먼 채로 살아야 한다는 소식을 듣고 반응하는 방식에 대해 배웠다. 우선 얼굴마비가 오고, 그다음에 몸으로 내려가게 되는데, 몇 분간이나 지속할 수 있는 오싹한 전신마비가 올 수도 있다. 세 번째로는 신체와 감정에 고통을 주는 쇼크가 온다. 이런 소식을 듣고 곧바로 그 자리에서 소리 지르는 환자는 거의 없다. 대신에 사람이 시력 없이 살아간다는 것이 어떤지, 평생 시각장애인으로 살아가는 것이 어떤지를 마음속으로 그리게 된다. 그리고 마지막으로 팔다리가 허약해져서 지탱하려면 의자에 손을 짚어야 할 지경에 이른다. 이런 환자 중 아주 젊고 강한 환자들조차도 마치 몽둥이로 얻어맞은 듯한 충격을 받는다.

이네스는 특히 안과에 이끌리었다. 이네스가 열세 살 때 자신의 엄마가 눈이 멀기 시작했기 때문에 더욱 그랬다. 이 일은 그가 늘 눈에 대해서 생각하도록 해주었고, 점점 자라면서 엄마가 볼 수 있도록 도움을 주는 독창적인 방법을 발명하려고 노력했다. 한번은 일종의 금속관을 만들어 엄마가 더 많은 빛을 보도록 하려고 얼굴에 씌운 적도 있었다. 안경 렌즈 만드는 방법을 배우려고 약제사에게 간 적도 있었다. 그러나 렌즈가 너무 무거워서 엄마는 안경을 코에 걸칠 수 없었다. 결국 엄마는 이네스에게 인제 그만 하라고, 이것으로 충분하다고 했다.

이네스는 의과대학을 가려고 메인 주로 갔다. 그리고 그는 지금 캐나다 핼리팩스에 와 있다. 그의 엄마와 동생이 그물과 스웨터를 만들던 케이프 브레턴 섬의 낚시 마을이 아니라 그가 항상 동경했던 도시에 와 있다. 그는 댈하우지 대학에서 프라저 박사에게 수련을 끝마치고, 이제 세상으로 나오게 되었다.

아그네스는 휴게소를 떠나 노라의 호텔 방향으로 달리기 시작했다. 잠시 후 아그네스는 표지판을 발견했다. 서서히 그 방향으로 가면서 아그네스는 자신이 흥분했다는 사실을 깨달았다. 누가 누가 올까? 일단 해리슨하고, 빌과 브리짓, 롭, 제리와 그의 아내가 올 것이다. 제리의 아내와는 한 번도 만난 적이 없었다. 그들 중 누구의 아내와도 만난 적은 없었다. 아그네스는 20년이 넘도록 해리슨과 롭, 그리고 제리를 만나지 못했다. 물론 그들을 만나면 끌어안아 주겠지만 무척 낯설 것이다. 그녀는 졸업한 이후 그들과의 공백 기간에 대해서 생각했다. 바로 그때 아그네스는 자신을 흥분하게 하는 원인을 알아차렸다. 그들은 짐을 알고 있다. 아그네스는 실제로 짐의 이름을 큰 소리로 그들에게 말하게 될 것이다. 물론 그들은 짐을 미첼 선생님이라는 이름으로 알고 있다. 그는 젊은 영어 선생님이었으며, 처음으로 화이트맨과 오닐, 캐로액과 실비아 플라스를 알게 해주었다. 짐은 친구들이 스스로 이제 막 피어나는 지식인이라고 상상하는 것도 예쁘게 봐주었다. 아그네스는 아주 우연인 척하면서 '미첼 선생님 기억나니?' 하고 말할 수 있을 것이다.

(숨 쉬는 것만큼이나 아그네스에게 친숙한 가슴을 후비어 파는 고통이 몸속으로 스며들어 왔다. 아그네스는 그 고통이 지나가기를 기다렸다.)

그들에게 말해야 하는가? 지금 그것이 중요한 일인가? 그렇다, 물론 중요하다. 짐은 지금 유부남이다. 이 사실을 말한다면 그들은 무엇이라고 할까? 분명히 그들은 충격을 받을 것이다. 친구들이 아는 강하고, 공부 잘하고, 가끔 고집스러운 아그네스가 한때는 그들의 스승이었던 남자와 관계를 맺고 있다는 사실을 어떻게 받아들일까? 그들은 아그네스를 섹시하다고 생각한 적이 결코 없었다.

짐은 그녀의 뼛속과 핏속에 깊숙이 들어 있다. 아그네스는 그들에게 이 모든 일이 어떻게 시작되었는지, 이 일을 비밀로 한 사연, 자신과 짐이 함께 만났던 장소 등을 털어놓게 될지도 모른다. 그녀가 공립학교에 재직 중일 때 어떻게 두 사람이 낯선 도시의 모텔과 호텔을 드나들었는지도. 아그네스는 낯선 곳으로 운전해 가서, 호텔로 들어가 약속한 대로 예정된 시간에 바에서 짐을 만나는 스릴을 즐겼다. 그 후에 아그네스는 키드로 자리를 옮겨서 짐을 화들짝 놀라게 했다. 그 후 3년 동안 날마다 그를 보게 되었다. 짐이 위스콘신으로 떠나게 되자 그들은 다시 간헐적으로 만남을 유지했다. 노라와 해리슨, 그리고 브리짓과 다른 친구들은 짐이 결혼했다는 사실을 기억할 것이다. 짐이 아직 이혼하지 않은 상태라는 사실을 알았을 때 그들은 어떻게 아그네스가 그 많은 세월을 견디면서 살아왔는지를 알고 싶어 할까? 정확히 말해서 26년간이다.

아그네스는 그들의 질문에 '왜 결혼이 유일한 해피엔딩이라고 생각하니?' 하고 대답할 작정이다.

(아니다, 짐에 대해서는 아무 말도 말아야 한다고 갑자기 깨달았다. 결국 이번 모임은 브리짓의 결혼식 때문에 만나는 거니까.)

그러나 여전히 아그네스는 그들의 진짜 생각을 묻고 싶다. 이런 관계를 유지하며 살아가는 것이 나을까, 아니면 마음속으로 모든 걸 접고 끝내는 것이 옳을까? 성가시고 지루한 실제 결혼을 견디는 것보다 직관적인 열정을 따르는 것이 더욱 즐겁지 않은가? 아그네스의 이상적인 시나리오에는 그녀와 짐은 낯선 호텔 방에서 계속해서 만나는 것이다. 아그네스는 그의 아내가 되고자 하는 욕망은 거의 없다. 오히려 한결같은 연인으로 남기를 원한다. 만약 아그네스가 진정으로 그러기를 확신한다면 이 연애 사건은 지속할 것이다. 짐은 그 자리에 일관된 모습으로 있게 될 거니까.

아그네스는 확신을 갈망했다.

아마도 아그네스가 짐과 결혼할 기회가 있었는데도 그것을 선택하지 않았다는 것은 전적으로 사실이 아니다. 가끔 짐의 행동이 의심스럽기 그지없다. 이것이 그녀가 고통스러워하는 부분이다. 그는 이따금 죄의식에 사로잡혀 도덕성과 씨름해야 했고, 이런 투쟁은 보통 그와 아그네스를 몇 달간, 경우에 따라서는 몇 년간 떨어트려 놓기도 했다.

그때 아그네스는 또 다른 질문에 맞닥뜨렸다. 만약 한 남자가 자신의 신념에 용기를 갖고 있지 않다면, 그는 그래도 좋은 남자인가?

그러나 어떤 방식으로 사람을 좋은 사람으로 정의할 수 있단 말인가? 아그네스는 의구심이 들었다. 그녀는 빌과 브리짓 생각을 했다. 두 사람은 자신들에게 끔찍한 시간이 오기 전에 행복을 조금이라도 움켜잡으려 하고 있다. 자기와 함께 하려고 아내와 자식을 버린 남자를 진정으로 사랑할 수 있을까? 빌은 좋은 남자인가? 남자가 스스로 배반할 수 있는 사람이라는 사실을 보여주었는데도 그 로맨스가 진실일까? 빌의 아내는 그의 행복을 위해 어떤 대가를 지급했을까? 반대로 짐의 아내 캐럴(정말로 비정한 이름이다)은 자신을 사랑하지도 않는 남자와 살고 있다는 것조차 알지 못하는데, 이것에 대해 어떤 대가를 지급하고 있을까?

물론 아그네스는 이것에 대해 아무 말도 안 할 작정이다.

짐이 아그네스에게 6월에 편지를 보내왔는데, 이것이 가장 최근의 편지였다. 아그네스는 9·11사태 이후에 짐에게 편지를 썼지만, 그는 아직 아무런 답장도 보내지 않았다.

아그네스는 짐의 편지를 소중히 생각한다. 그가 보낸 편지에는 사랑과 열정을 표현한 문구들로 가득 차 있으며 많은 것을 상기시켜 준다. 그는 두 사람이 함께 나눈 역사의 다른 한쪽에 서 있는 유일한 사람이다. 아그네스는 짐의 편지가 진심이라고 믿는다.

아그네스는 오랫동안 기다려 왔지만 아직은 좀더 기다릴 수 있다.

이야기라는 것은 대체로 현실에서도 일어날 수 있다. 그녀의 특별한 이야기는 아직 일어나지 않았다. 짐과 함께 하지 못한 세월은 결코 되돌릴 수 없다. 하지만 아그네스는 자신의 이야기는 아직 끝나지 않았다고 생각했다. 가능성이 남아 있었다. 가끔 아그네스는 아직도 실현가능성이 있는 놀랄만한 운명의 기대에 한기를 느낀다.

아그네스는 짙은 녹색 바탕에 세련된 금색 글자로 쓰인 호텔 표지판을 따라갔다. 자그마한 마을 몇 곳을 지나치면서 좁은 도로를 따라 달려가자 마침내 긴 여행의 종지부를 찍었다. 아그네스는 주차장으로 차를 몰아서 빈 공간을 찾아 주차하고 안도의 한숨을 내쉬었다.

그녀는 혼다 시빅에서 내려서 오랫동안 한 자세로 있어서 뻣뻣해진 무릎을 폈다. 약간 절뚝거리며 뒷좌석에서 짐을 꺼냈다. 잠시 아그네스는 경치에 빠져들었다. 예전과 하나도 변하지 않았다. 그러다 햇빛에 빛을 발하는 집으로 관심을 돌렸다.

'아! 맙소사! 이렇게 많이 변하다니!'

아그네스가 기억하고 있는 칼 라스키의 집은 거의 버려진 집과 마찬가지였다. 페인트도 벗겨지고, 문지방도 썩고, 베란다 바닥도 임시방편으로 해놓았었다. 그런데 지금은 창문도 새것이고, 페인트도 새로 칠하고, 베란다도 수리해 호텔로 바뀐 외관은 잡지에나 나올법한 모습을 하고 있었다. 한창 무성하게 피어나는 노란 국화는 입구 측면에서 자태를 뽐내었다. 크리스마스 화환이 있는 정문은 버팀목을 대어 열어놓았다. '어쨌든 오늘이 며칠이지? 12월 7일인가? 12월 8일인가?'

아그네스는 오렌지색 더플백을 집어들고 어깨에 배낭을 들어 올린 다음, 계단을 거쳐서 로비로 들어갔다. 안으로 들어서자 아주 반질반질하게 윤이 난 검은색 나무 마루 복도가 길게 펼쳐졌고, 복잡하게 구불구불한 계단이 보였다. 오른쪽 프런트데스크에는 아무도 없었다. 아그네스는 짐을 내려놓았다. 프런트데스크 뒤쪽에서 사람 목소리가 들려왔다. 아그네스는 팔짱을 낀 채로 오른쪽에 있는 휴게실을 두리번거렸다. 소파 두 개와 안락의자 여러 개가 세 그룹 정도로 나뉘어 정돈되어 있었다. 순간 아그네스는 눕고 싶다는 생각이 불현듯 밀려왔다. 한쪽 구석에는 불을 피우진 않았지만 벽난로가 하나 보였다. 다른 쪽 구석에는 검은색으로 만든 팔각형 게임 테이블이 있었다. 잠시 옛 휴게실이 떠올랐다. 어두운 월넛 가구에, 벽에 붙여 놓은 직립형 피아노, 책과 잡지, 와인 잔과 재떨이로 가득 찬 테이블과 마루 등이 떠올랐다.

아그네스는 복도를 건너서 또 다른 방으로 들어갔다. 이 방의 한쪽 벽면은 창문이었는데, 저 멀리 나지막한 전경이 보였고, 그 너머 하늘은 파란 먼지처럼 보였다. 아그네스는 개조하기 전 방을 기억해내려고 애썼다. 칼의 사무실이 여기였던가? 그때 걸어오는 발걸음 소리가 나더니 복도로 방향을 트는 소리가 들렸다. 숱이 적은 금발의 젊은 여자가 프런트데스크 뒤에서 커다란 숙박부를 손가락으로 넘기면서 서 있었다. 여자는 얼굴을 들어서 아그네스를 알아보았다.

"저, 안녕하세요. 방금 오셨나 봐요?"

여자는 말하면서 이곳과 어울리지 않는 오렌지색 더플백을 흘끗 내려다보았다.

아그네스는 고개를 끄덕이었다.

"아그네스 오티스예요."

아그네스는 이름을 밝혔다.

젊은 여자는 몸을 구부리고 숙박부를 넘겨보았다.

"도착하시면 노라 사장님에게 알려달라고 쓰여 있네요. 사장님 친구 분이시죠?"

"네, 그래요."

"우선 쓰실 방으로 먼저 가실래요? 아니면 사장님을 모셔올 때까지 잠시 기다리시겠어요?"

노라는 지금 꽤 바쁜 듯했고, 자신이 다소 바쁜 시간에 도착했다는 생각이 들었다. 그렇다고 노라를 만나지 않고 방으로 가는 게 무례가 되지 않겠는가?

"기다릴게요."

"아마 주방에 계실 거예요."

기다리는 동안 아그네스는 다시 복도를 둘러보다가 체어레일(의자 등받이로 인한 벽 손상을 막기 위해 벽에 댄 판자―옮긴이)에 눈길이 멈췄다. 그 위에 세련된 얇은 검은색 나무틀로 된 흑백사진이 시리즈로 보였다. 사진 속의 자동차를 보아하니 1920년대와 1930년대 마을 전경이 담긴 사진들 같았다. 그중 하나는 정장과 모자를 입은 여자가 서 있는 약국사진이었다. 언덕 위의 높은 집 사진도 있었고, 기억이 옳다면 에디스 와튼의 집 사진도 눈에 띄었다.

"아그네스."

아그네스가 몸을 돌리자 노라가 그녀를 껴안았다.

"어디 좀 보자!"

노라가 한 걸음 뒤로 물러서면서 말했다.

"그래, 나야. 집이 정말 멋있구나! 노라, 집에 도대체 무슨 짓을 한 거니? 정말 놀라워. 거의 알아보지 못할 지경이야."

"마음에 드니?"

아그네스는 순간 노라가 대답을 예상하고 상처를 받을지도 모른다는 생각을 했다. 어쩌면 이 집에 대한 평가를 두려워하고 있을지도 모를 일이다.

"내가 지금까지 본 집 중에서 가장 아름다워. 멋있어."

아그네스는 노라가 긴장을 풀도록 단숨에 말했다.

"솔직히, 정말로 고생했어. 늘 내가 고생한 것은 아니고, 대체로 계약자와 건축가, 그리고 기술자가 고생했지 뭐. 그런데 이상하게 내가 못 하나하나를 박은 것 같고, 모든 벽을 내가 다 해체한 것 같아.

자 이리로 와, 나머지도 보여줄게."

노라는 책상 뒤에 서 있는 웨이트리스에게 몸을 돌렸다.

"주디, 아서에게 아그네스 가방 좀 22호에 갖다 놓으라고 해요. 이게 다니?"

아그네스는 고개를 끄덕이었다.

"방이 마음에 들 거야."

노라가 덧붙였다.

"저번에 내가 쓰던 방은 아닌가 보네."

"아예 없어졌어. 드레스 룸이 있는 방을 대여섯 개 만들었어. 그중 하나를 네가 쓰게 될 거야."

"옛날 그 퀼트 아직도 있니?"

아그네스는 조금 전에 들렀던 휴게실로 들어가면서 물었다.

"무슨 퀼트?"

"벨벳과 실크로 만든 특이한 퀼트 있잖아?"

"아마 버렸을 거야. 많이 해졌잖아?"

"그래도 무척 예뻤는데, 어쨌든 난 그게 마음에 들었거든."

"여기 벽을 터서 공간을 크게 만들었어. 그리고 몇 년을 벼른 끝에 마침내 작동하는 벽난로를 놓았어."

노라가 벽난로를 손으로 가리키며 말했다.

아그네스는 예전에 이 집은 난방이 되지 않아서 칼과 노라와 함께 두꺼운 스웨터를 입고 담요를 두른 채 옹기종기 모여 앉아 있던 모습을 기억했다. 하지만 대부분은 아그네스와 노라가 같이 있었고, 칼은 대체로 글을 쓰느라고 복도 건너 다른 곳에 있거나 학교에 가곤 했다.

"주방 보여줄게."

아그네스는 회전문을 통과해 노라를 따라갔다. 노라는 단순하게 흰색 셔츠에 검은 바지를 입었는데도 셔츠의 세련된 마름질을 눈치채지 않을 수 없었다. 셔츠는 노라의 호리호리한 엉덩이 뒤로 미끄러지듯이 내려왔고, 바지는 맞춤복으로 곧게 뻗었고, 비싼 검은색 가죽 부츠와 잘 어울렸다.

"어머, 머리 좀 봐."

아그네스가 말했다.

노라는 손을 머리 뒤통수로 가져갔다.

"아예 잘라버렸어. 너무 일이 많더라고."

아그네스는 노라가 무슨 일이 많다는 건지 도통 알 수가 없었다. 아그네스는 빛을 받으면 빨간 실처럼 빛나는 숱이 많은 노라의 예전 밤나무 색깔 머리를 떠올렸다. 아그네스는 무심결에 자신의 머리카락을 손가락으로 만지작거렸다. 운동 때문에 머리는 늘 짧았고, 어떤 길이에도 너무 가늘어서 실처럼 보였다. 숱이 많은데도 왜 머리를 자르는 것일까?

"어떻게 지냈니?"

아그네스는 칼을 염두에 두고 물었다.

"잘 지냈어."

노라는 단호하게 대답했다. 이것이 아그네스에게는 낯설었다.

"잘 지냈어."

노라는 반복해서 말했고, 아그네스는 마음이 산란한 음조를 듣는 듯했다. 호텔 주인 역할을 하느라고 노라는 정신이 팔려 있을 거라는 예상이 들었다.

"해리슨이 와 있어."

"그래?"

아그네스는 옛 음침한 부엌이 이제는 빛바랜 기억이 되어버린 주방을 이리저리 뜯어보면서 말했다. 두 남자가 검은 화강암으로 장식된 스토브에서 일하고 있었다. 커다란 스테인리스 강철 냉장고가 두 대나 있었다. 거대한 자기 싱크대, 스테인리스 강철 식기세척기가 두 대, 수많은 아이보리 접시를 쌓아놓는 흰색 선반 세트 등이 보였다.

"접시를 모으는 게 취미야."

노라는 접시를 끌어안는 시늉을 하면서 말했다.

"벼룩시장과 골동품 가게에서 사 모은 것들인데, 아주 오래된 것들도 있어. 여기 있는 접시가 모두 서로 잘 조화되지는 않아. 하지만 이것이 매력이라고 생각해. 식당 테이블을 세팅하는데 한 테이블에 여러 가지 형태로 다양하게 세팅할 수 있거든."

길게 늘어서 있는 이 집의 창문들은 자연 채광이 아주 잘 들어왔다. 둥근 유리잔이 싱크대 꼭대기에 걸려 있었는데 그곳까지 채광되어 반짝반짝 빛이 났다. 순간 아그네스는 옛 부엌이 문뜩 떠올랐다. 한쪽 구석에 있는 작은 창문 밑에 테이블이 하나 있었고, 다른 쪽 코너에 냉장고가 하나 있는 아주 좁은 부엌이었다. 장식장은 1950년대 페인트로 칠하였고, 바닥은 검은 리놀륨을 깔아서 노라가 아무리 열심히 문질러도 전체적으로 깨끗이 한다는 것은 거의 불가능했었다. 텅 빈 와인 병들은 그 속에 초를 담아서 선반 위에 놓아두었고, 부엌 창문으로는 그저 현관의 희미한 빛을 제외하고는 보이는 풍경이라고는 아무것도 없었다. 어느 곳에서나 습관처럼 아그네스는 아침이면 늘 처음으로 커피를 마시러 내려왔다. 아그네스는 빛이 점점 들어와 밤이 낮으로 바뀌는 장면을 지켜보면서 이런 고독한 순간을 즐겼다. 노라는 8시 30분경에 합류했지만, 칼은 오지 않았다. 그는 자고 있었다. 칼은 보통 사람들과는 다르게 살았고 다른 시간에 일했다. 두 사람은 칼이 세인트마틴 학교에 강의하러 갈 때인 4시에 만났다. 칼은 저녁식사를 10시에 하고 이른 아침까지 자지 않았다. 가끔 노라와 칼이 아래층에서 술을 마시며 담배를 피우면 아그네스가 이런저런 핑계를 대고 독특한 퀼트가 있는 침대로 돌아왔다. 간헐적으로 아래층에서 다투는 소리가 들렸다. 한두 마디 말소리가 좁은 계단으로 올라와 홀을 거쳐서 아그네스의 귀에까지 들려왔다.

지금의 노라는 분명히 좋아 보였다. 표현하지는 않았지만, 예전의 노라는 전반적으로 잘 지낸 것 같지는 않았다. 아그네스는 노라의 창백한 예전 얼굴이 떠올랐다. 몸은 말랐고 눈 밑에 쉽게 알아볼 수 있는 푸르스름한 그림자가 생겼었다. 노라는 긴 스커트와 스웨터에 부츠를 신었고, 커다란 둥근 은귀걸이를 했었다. 칼의 본성이 별것도 아닌 말에 꼬치꼬치 캐묻고 따지는 성격인데도 아그네스에게는 늘 점잖게 대해주었다(그때 아그네스는 칼이 그렇게 하도록 노라한테 부탁 받은 느낌이었다). 사람들은 술이 떡이 되지 않는 한 칼 라스키 주변에서 말을 조심스럽게 했다. 그래도 가끔 분란은 일어났다. 술에 취해 무모해지면 부주의해지게 마련이고, 그렇게 되면 거의 틀림없이 쓸데없는 다툼을 하게 된다. 이럴 때 지적인 논쟁을 이끌어 낼 수 없게 된다. 이런 고삐 풀린 경우에도 아그네스는 짐에 대해 이러쿵 저러쿵 말하지 않았다. 심지가 그녀가 진심으로 사랑하는 노라에게 조차도.

아그네스는 잠시 눈을 감았다. 지금 짐은 어디 있을까? 그녀는 선반 가운데 놓인 상당히 큰 나무로 만든 시계를 흘긋 쳐다보았다. 아마 지금쯤 짐은 이른 아침을 먹고 있거나 재직 중인 사립학교 운동장을 산책하고 있을 거로 추측했다. 짐은 오늘 내 생각을 할까?

"저건 그대로네."

아그네스가 시계를 가리키며 말했다.

"응, 그래. 해리슨이 와 있어. 내가 이미 말했던가? 한 시간 전쯤에 왔어. 우선 방부터 보여줄게."

"노라, 네가 잘 지내는 것을 보니 정말 좋아."

아그네스는 키드 시절의 옛 룸메이트인 친구를 보고 만족스러워하며 말했다.

"난 잘 지내. 아주 잘 지내."

노라는 빠르게 미소를 지으며 말했다.

아그네스는 뒤 계단으로 올라가는 노라를 따라갔다. 계단은 정문 복도 계단만큼은 넓지 않았다. 그들은 중간마다 작은 테이블이 놓인 반짝반짝 빛나는 단단한 나무 마루 복도를 지나쳤다. 테이블마다 신선한 꽃으로 만든 부케가 놓여 있었다. 노라는 어떤 문 앞에 멈추더니 진짜인 것 같은 순금색깔의 열쇠로 문을 열었다. 노라는 아그네스가 먼저 들어가도록 옆으로 비켜서 주었다.

방에 들어서자 평범한 시골마을의 호텔방이 아니었다. 커튼도 일반적인 천이 아니고 디자인도 달랐다. 침대커버도 주름장식이 아니었다. 심플하고 안정된 느낌으로 아그네스를 압도하는 분위기였다. 다시 한번 아그네스는 눕고 싶다는 강한 욕구가 솟구쳤다. 침대와 사이드 테이블 재료는 검은색 나무였고, 이불은 검은색 테를 두른 심플한 오리털이다. 베갯잇과 침대 덮개도 이런 주제였다. 독서등은 벽에서 약간 튀어나왔다. 쭉 늘어선 창문 아래로는 셔닐 실로 짠 모포를 담아놓은 흰색 마차가 있었고, 반대편에는 검은색 책상과 의자가 놓여 있었다. 여행용 가방 스탠드 손잡이 위에는 아그네스의 오렌지색 더플백이 놓여 있었는데, 이 즐거운 소나타에 유일하게 어울리지 않는 음조였다.

"이곳은 잡지에 나와도 되겠어. 취재하러 안 왔어?"

아그네스가 물었다.

"어, 한번."

욕실에는 반짝반짝 광을 낸 대리석 세면대가 눈에 띄었는데 영국제처럼 보였다. 창문 아래로 타원형 욕조인 저쿠지(분류식 거품 목욕탕으로 상표이름-옮긴이)가 놓여 있었다. 수건뿐만 아니라 욕조 밑의 발 닦는 흰색 매트마저 호화로웠다.

"좀 놀랬는걸."

아그네스는 침대로 가서 드러눕고 싶은 욕망을 더는 자제하기 어려웠다.

"피곤해 보이는구나. 좀 쉬어라."

노라는 다시 한번 시계를 보았다. 전에는 이런 행동은 전혀 한 적이 없었다. 노라가 시계를 찬 적이 있었던가?

"이 모든 게 네 아이디어야?"

아그네스는 노라가 진정으로 잘할 수 있고, 참으로 원하는 일을 몇 년이 걸려서 찾아냈다는 생각을 했다.

노라는 책상에 황금 열쇠를 놓고 문으로 향했다.

"저녁에 술이나 한 잔 하자. 도서관에서 6시 30분쯤 어때?"

아그네스는 웃었다.

"빌과 브리짓이 결혼하기로 한 것은 정말 멋진 일이야."

아그네스는 잠시 말을 중단했다.

"브리짓은 어때?"

"좀 긴장하고 있는 것 같아. 하지만 빌은 아직도 에너지와 열정이 펄펄 넘친다고 우기고 있어. 우리는 그저 단순하게 생각하자고. 결혼 피로연 중간마다 브리짓은 잠시 쉬러 방에 들락날락할지도 몰라. 하지만 상관없잖아. 우리 모두 잘해낼 테니까."

"정말 멋진 결혼식이 될 거로 확신해."

"언제든지 배고프면 식당으로 와. 그곳 담당이 먹을 것을 챙겨줄 거야."

노라는 아그네스를 남겨두고 문을 닫았다. 홀로 된 아그네스는 침대에 눕자 오리털 이불 밑으로 푹 가라앉았다. 부드럽고 아삭아삭 소리가 나는 베개를 베고 누워서 휴식을 취했다. 곧바로 짐 생각이 났다. 지금 짐과 함께 있기를 얼마나 원하는지도 생각해 보았다. 아그네스는 노라와 다른 친구들이 짐을 보았을 때 어리둥절해하는 장면을 상상해 보았다. 그들의 스승이 모임에 나타난다면 어떤 일이 일어날까? 짐이 아그네스와 함께 나타난다면 커다란 스캔들이 될 것이다. 아그네스는 머리를 절레절레 흔들면서 그런 일을 저지를 수는 없다고 생각했다. 브리짓 결혼식에 그녀보다 더 큰 주목을 받는다는 것은 잘못된 일일 것이다. 그러니 아그네스가 짐을 간절히 보고 싶어 하더라도 그가 이 호텔에 없는 게 옳은 일이다. 아그네스는 만약 같이 왔다면 짐이 누웠을지도 모를 곳을 만지면서 부드러운 실크 이불을 따라 팔을 뻗었다. 가끔 보고 싶다는 갈망이 고통스럽도록 격렬해졌고, 순간 그 욕망이 분노나 자기연민으로 바뀌기도 했다. '내가 왜 이러지?' 아그네스는 때때로 큰 소리로 울 때도 있었다. 왜 그녀는 자신이 진정으로 원하는 것 하나 가질 수 없을까? 그를 가지려면 다른 모든 것을 포기해야 할 것이다. 정말로 그래야 한다. 설령 짐과 딱 1년만 공개적으로 만났다 해도. 그 일을 아그네스가 감당할 수 있을까? 1년간 자주 만나고 공식 모임에 함께 나간 다음 영원히 끝이라면? '그래, 그렇게 할 수 있을 거야' 1년 후의 생활이 아무리 힘들더라도 적어도 아그네스는 얻는 게 있을 것이다.

그러나 다른 측면으로 생각하면 그녀는 이미 얻은 게 있었다. 그것이 거대하고 막연한 것이긴 하지만 그래도 그것이 그녀의 인생이었다.

아그네스는 한숨을 내쉬었고, 몸을 엎드렸다. 모든 것을 다 잊고 싶었다.

그러나 아그네스는 망각이라는 사치를 누리지 못했다.

그녀는 침대에서 일어나 창문으로 향했다. 창유리에 이마를 대었다. 결국 아그네스는 너무 딱딱하지 않게, 처음으로 답장을 바라지 않으며 짐에게 편지를 쓸 수 있을 거라는 생각에 도달했다. 어떻게 그의 예전 제자들의 재결합에 대해서 편지를 쓰지 않을 수 있단 말인가? 짐도 옛 제자들 소식을 듣고 싶지 않겠는가? 아그네스는 자신이 묘사할 방법을 다 동원하여 호텔 이야기, 노라와 친구들 이야기를 담은 장문의 편지를 쓸 것이다. 그녀는 기탄없이 다 털어놓는 편지를, 아니 짐을 웃게 해줄 재치 있는 편지를 쓸 것이다. 편지에는 사랑한다는 말 따위는 하지 않을 것이다. 그저 친구끼리 보내는 다방면의 소식을 상세하게 전하는 편지가 될 것이다.

아그네스는 창문을 통해 입구에서 나오는 한 남자를 보았다. 그는 바짓주머니에 양손을 집어넣은 채로 걸어왔다. 흰색 와이셔츠에 짙은 남색 스웨터를 입고 있었다. 머리카락은 검은색으로 정수리 부분 쪽으로 숱이 없었다. 남자는 방향을 틀어 호텔 뒤로 난 구불구불한 길로 향했다. 그제야 아그네스는 그가 해리슨 브랜치라는 것을 알아차렸다. 아그네스는 창문을 열려고 밀어보았으나 잠겨 있었다. 창문을 열었을 때쯤 해리슨은 이미 코너를 돈 상태였다. 아그네스는 해리슨을 큰 소리로 부르고 싶은 충동을 느꼈다. 해리슨이 자신의 목소리와 얼굴을 보면 무척 놀라겠지? 둘은 아마 점심을 같이 먹을지도 몰랐다. 아그네스는 수줍어하고 재능 많던 어린 시절의 운동선수 해리슨을 떠올렸다. 해리슨은 다른 아이들처럼 그녀의 신경을 건드리지 않은 아이였다. 해리슨은 예외적으로 잘 생긴 외모는 아니었지만 (예를 들면 스티븐처럼 잘생기지는 않았다는 말이다) 그의 얼굴은 사람들에게 즉각적으로 어필했다. 해리슨 주위에는 인기 있는 친구들이 많았지만 그는 그다지 인기가 있는 편은 아니었다. 아그네스는 해리슨이 운동에 대한 열정만 없었다면 특히 야구에 대한 정열이 없었다면 무척 고독한 사람이었을지도 모른다는 생각을 했다. 자주 아그네스는 해리슨이 혼자서 팬튼 거리를 걷는 모습을 목격했다.

그러나 스티븐은 해리슨과는 사뭇 달랐다. 권태로움을 무척 두려워한 스티븐은 가끔 자신을 무턱대고 앞으로 밀고 나아갔다. 그는 꽤 인기가 있었는데도 더 큰 매력을 유지하려고 애썼다. 위험을 무릅쓰는 그의 이런 욕망은 종종 그를 더 발전시켰고 친구들에게 꽤 많은 호감을 사기도 했다. 친구들이 모두 어른이 되어서 결혼하고, 아이를 낳고, 일과 사랑에 실패도 하면서 살아가는 반면에, 스티븐은 그 자리에 그대로 남아 있었다. 그는 모든 것을 멈추었다. 9·11때 세계무역센터에 있던 모든 사람이 삶을 멈춘 것처럼. 핼리팩스에 사는 모든 사람이 삶을 멈춘 것처럼.

아그네스는 책상에 앉았고, 이네스는 책상 위에 걸린 거울을 보며 넥타이를 체크했다.

이네스는 자신이 저녁 만찬에서 제복을 입지 않은 유일한 사람일 것이 걱정되었다. 그는 프라저 박사에게 지적당하지 않기를 희망했다. 제복을 입지 않은 것을 설명해야겠지만 이네스는 변명을 하는 것을 싫어했다. 이네스는 미국이라는 우주 속에서 학생과 의사 신분이었기 때문인지 종종 제복을 입기 싫어하는 자신을 설명하지 못했다(미국이 전쟁에 참여하겠다고 선포한 4월 이후 실지로 의사들 숫자가 감소했다). 하지만 그는 왜 자신이 군복을 입지 않는지에 대한 납득할만한 이유를 만들어 내야 했다. 그는 저녁 테이블에 프라저 박사 외에 다른 남자가 없을지도 모른다는 생각이 퍼뜩 떠올랐다. 수많은 남자들이 전쟁과 관련해 외국으로 나갔기 때문이다.

그는 방문을 열고 복도 양쪽을 흘긋 훑어보았다. 다른 움직임은 없었고, 그를 거실로 안내해줄 사람도 없었다. 이 집에는 방은 많았지만 수수했다. 이네스는 문을 열고 다른 사람이 있나 두리번거리면서 방문을 나섰다. 그는 벌써 길을 잃기라도 한 듯이 어리둥절해했다. 그는 하인을 만나지 않기를 희망했다. 분명히 그의 가방을 들어다 준 부루퉁한 남자를 만나지 않길 바랐다.

이네스는 복도로 향하는 계단을 내려갔다. 저쪽 방에서 목소리가 들려왔다. 누군가가 질문 끝에 '처트니(카레 따위에 치는 깔끔하고 시큼한 인도의 조미료-옮긴이) 단지'라고 말하는 소리를 들었고, 다른 곳에서 '양말'이라는 단어를 강조하는 소리도 들었다.

이네스는 오른쪽에 있는 커다란 오크나무 문이 거실로 가는 길이라고 추측하고 그 문을 열어보았다. 안에는 어두운 넓은 공간을 거의 밝히지 못하는 둥근 램프가 켜져 있었다. 이네스는 등화관제용 커튼이 쳐져 있는 것에 주목했다. 벽난로에서 불꽃이 타는 소리가 들렸고, 그 소리가 마음에 든 이네스는 그 방향으로 향했다. 등을 돌리고 앉아 있는 한 여자가 보였다. 이네스는 주저했다. 여자는 그가 그곳에 있다는 것을 알지 못하는 것 같았다(고의적으로 무관심한 거든지 아니면 그가 정말로 살금살금 들어갔던지 둘 중 하나일 것이다). 그는 완벽하게 부동자세를 취하고 있는 그녀를 방해하고 싶지 않았다. 어쨌든 그는 손님일 뿐이었고, 조금 있으면 가족들도 소개 받을 것이고, 환영인사도 있을 것이 아닌가. 게다가 지금 그가 나간다면 분명히 무슨 소리를 내게 될 것이 뻔했다. 그리고 나중에 그가 왜 돌아갔는지에 대해서 문제가 제기될 수도 있었다.

"안녕하세요."

그의 목소리는 잠겨 있었다.

이네스는 앞으로 나아갔고, 여자는 머리를 옆으로 돌렸다. 그러자 여자의 측면 얼굴이 보였다. 여자 뒤에 있는 콘솔 위의 램프가 여자의 얼굴을 환하게 밝혀주었다. 여자의 머리카락이 인상적이었다. 복잡한 매듭을 지어 틀어 올린 검은색이었으며 앞머리가 이마로 살짝 내려와 귀를 덮고 있었다. 그녀의 뺨은 매끄러워 보였고 어린 듯했다. 한 열아홉 살이나 스무 살쯤 되었을까? 그녀의 속눈썹은 거의 일직선으로 깎아지듯이 내려왔고, 정교한 곡선을 형성했다. 전체 얼굴을 보고 싶은 마음에 이네스는 그녀에게 "안녕하세요, 누군가가 있어서 기쁘네요"라고 말을 건네면서 다가갔다.

그녀는 그에게 손을 내밀었고, 그는 그 손을 잡았다.

이제 이네스는 그녀의 얼굴 전체를 볼 수 있게 되었다. 야릇하게 쌀쌀맞아 보이는 옆모습은 어디론가 사라지고 그녀는 가볍게 미소를 지었다. 그녀는 빛나는 검은 눈을 지니고 있었다. 검은색 얇은 물방울무늬가 있는 드레스 위에 무지개 빛깔의 깃털 같은 파란색 숄을 두르고 있었다. 검은 코르셋을 입은 윤곽도 보였다. 드레스 깃은 넓고 낮아서 마치 세일러복 같았다. 드레스 아래 스커트 부분은 무릎 바로 밑에서부터 주름이 잡혔다.

"핀치 씨죠? 헤이즐 프라저예요. 백포도주 한 잔 하고 있었어요. 같이 드실래요? 죄송합니다만 아버지는 아직 도착하지 않으셨어요. 빨리 아버지를 만나고 싶으시죠?"

"네."

이네스는 차려자세로 서서 말했다. 그는 앉으라는 말을 아직 듣지 못했다. 직접 백포도주를 따라 마셔야 하나? 그렇다, 물론 그래야 한다. 이네스는 헤이즐 앞 테이블에 있는 병을 향해 몸을 숙였다. 그의 손이 떨렸다. 이네스는 점잖게 거리를 두고 기다리거나 정중히 거절하지 않은 게 후회스러웠다. 왜냐하면 헤이즐이 떨리는 손을 분명히 보았을 것이고, 그가 접시 위의 작은 황금색과 파란색이 섞인 술잔을 집어들 때는 떨리는 소리가 훨씬 심하게 들렸기 때문이었다. 이네스는 술잔이 여섯 개가 있는 것을 보고 다른 사람들이 오려는지가 궁금해졌다.

"앉으세요."

이네스가 떨리는 손으로 마침내 잔에 술을 따르는 일을 마쳤을 때 헤이즐이 말했다. 손을 떠는 것은 안과의사에게는 죽음이나 마찬가지였다. 물론 수술실에서 이네스의 두 손은 한 치의 흔들림도 없었다. 안과의사로서 이네스는 대단히 큰 조명을 받았고 재능도 부여받았다고 생각했다.

"오시는 길은 어떠셨나요?"

헤이즐이 물었다.

"특별한 일은 없었어요."

이네스는 앉아서 옷매무새를 고치면서 말했다. 그는 고작 정장 딱 한 벌과 와이셔츠 두 개밖에 없었고, 이 옷도 도시 생활에 어울리지 않았다. 이네스가 물건을 사는 것에 검소할 필요가 있긴 하지만 여기로 오기 전에 양복점에 들렀어야 했다. 월급을 타기 전까지 그는 누나와 엄마가 보내준 돈이 약간 있었을 뿐이었다. 이 돈으로는 새로운 정장을 살만한 형편이 되지 못했다.

"그게 가장 좋죠. 비록 사람들이 늘 비밀리에 모험을 갈망하긴 하지만요."

"그런가요? 저는 전시라서 좋은 모험거리는 거의 사라졌다고 생각했어요."

"이곳 사람들은 모험을 갈망해요. 이곳은 침체된 도시에요."

이네스는 멋진 대답을 찾아보려고 애썼다.

"나는 태어나서 여기서 살았어요. 하지만 당신은 모험적인 삶을 살았잖아요. 미국 의과대학에서 학위를 받았다고 들었어요."

그녀는 훌륭한 매너로 말했다.

헤이즐은 이네스가 케이프 브레튼 출신이라는 사실을 알고 있었다. 의심할 여지없이 헤이즐은 그의 환경 또한 잘 알고 있었다.

"시체와 도서관과 책이 모험이 된다면 그럼, 아마 전 모험을 한 겁니다."

이네스는 비꼬는 것이 아닌 친절하게 들리도록 말했다. 이네스는 지금 방금 만난 이 여자가 모험을 갈망하고 있다는 것을 눈치 챌 수 있었고, 이런 생각이 늘 그녀의 마음과 말 속에 내포되어 있다는 것을 알았다(이네스는 헤이즐의 나이를 스물세 살이나 스물네살 정도로 조정했다. 그녀의 말투에서 나오는 어떤 진지함 때문이었다). 하지만 그녀는 가능하면 사람들이 이 사실을 눈치 채지 않도록 애썼다.

(이네스는 자신이 어떤 종류의 모험을 했었는지를 생각해 보았다. 외국여행과 학위를 따려는 공부 말고. 그는 매일 먹기 위해 투쟁하는 피할 수 없는 가난한 사람들의 모험, 위험을 무릅쓴 노력, 가끔 배에서 물속으로 쓸려가 죽을 뻔한 모험 등을 경험했다. 이네스는 이제 육체적인 모험이 아니라 다소 정신적 모험을 갈망하는 사람들의 범주에 속해있다. 이네스는 이것을 몹시도 갈망하며 성마르게 기다렸다.)

"거기 있었군요."

뒤에서 말소리가 들렸다. 그는 급하게 조금 전에 보았던 프라저 여사의 모습을 떠올렸다. 이네스는 이런 갑작스러운 방해가 상당히 거슬려하는 자신의 모습에 적지 않게 놀랐다. 그는 심지어 헤이즐과 제대로 된 대화조차 하지 못한 상태였다. 이제 막 대화를 하려던 참인데, 프라저 여사의 출현으로 시작조차 할 수 없게 되었다. 그와 헤이즐 사이에 일종의 친밀감이 형성되어가고 있었는데, 아무리 시시한 대화라고는 하지만 이네스는 갑자기 재촉해서 대화를 좀더 해야 한다는 생각이 들었다. 대화의 내용 때문이 아니라, 결국 진부한 대화로 끝나겠지만, 그는 헤이즐의 목소리를 충분히 듣지 못했기 때문이었다.

"백포도주를 드시는군요."

프라저 여사가 허락도 없이 들어온 이네스의 행동을 암시하면서 말했다. 이네스는 예의상 일어섰다. 그는 프라저 여사가 앉을 때까지 앉을 수 없었다. 하지만 프라저 여사는 그럴 의향이 전혀 없어 보였다. 참으로 그녀는 속을 뒤집어놓았다. 심지어 약간 무례한 행동까지 했고, 이것은 단순히 백포도주 때문이 아니라고 결론을 내렸다.

"한 잔 따라 드릴까요?"

이네스는 자신이 그랬던 것처럼 헤이즐의 당황해 하는 눈을 보면서 포도주병 쪽으로 약간 몸을 굽히며 말했다. 그때 벽난로 불빛에서 파란색과 황금색이 섞인 술잔을 든 그녀의 손가락에서 다이아몬드가 반짝이는 것을 보았다.

"아니 아직 마실 시간이 아니에요."

프라저 여사는 아직 술을 마실 시간이 되지 않았음을 암시하면서 말했다(또 다른 작은 모욕인가).

"헤이즐, 루이즈는 대체 어디 있니?"

여사는 이네스 옆에서 계속해서 서 있는 헤이즐을 날카롭게 보면서 덧붙여 말했다.

이네스는 몸을 똑바로 하고 프라저 여사의 시선을 이해하기 시작했다. 아마 여사는 그가 잘못된 상대에게 자신을 소개한 것을 뭐라고 하는 것 같았다.

여기까지 쓰자 아그네스는 펜을 내려놓고 책상에서 일어섰다. 그녀는 침대로 가서 짐을 풀기 시작했다.

브리짓과 빌의 재회

브리짓은 뒷좌석에 앉은 열다섯 살 된 사내아이 두 명이 어떤지를 살폈다. 두 아이는 자고 있었는데, 팔다리는 큰 대자로 뻗었고, 입은 딱 벌렸고, 귀에 쓴 헤드폰에서는 작은 음악 소리가 흘러나왔다. 브리짓의 아들인 매트는 아버지의 여드름 피부를 고스란히 물려받을 거라는 예상을 깨고 매끄러운 피부를 자랑했다. 매트 친구인 브라이언은 청소년기의 도래를 알리는 잔혹한 상징인 여드름으로 얼굴이 거의 상한 상태였다. 브리짓은 브라이언에게 여드름 치료제 벤조산과 테트라시클린에 대해서 말하고 싶었다. 그러나 브라이언을 언짢게 하지 않고 그 얘기를 할 수 있을까? 아마 그렇지 못할 것이다. 그럼, 브리짓은 브라이언 엄마에게 항생물질에 대해 이야기를 할 수 있을까? 아니, 이것 역시 말하지 못할 것이다. 브리짓은 아무 말도 하지 못할 것이다. 그 애 엄마가 브라이언의 혈색에 대한 걱정을 충분히 하고 있지 않겠는가?

현대 의학을 믿어보자.

브리짓은 잠자는 매트의 얼굴을 들여다보았다. 지금으로선 그녀가 할 수 있는 일은 아무것도 없다. 종종 매트는 브리짓이 잠든 시간에 깨어 있었다. 매트의 24시간 주기의 리듬은 브리짓과는 너무나 맞지 않았다. 브리짓이 학교에 가라고 그를 부르러 위층으로 올라가면

늘 그때까지 자는 그를 깨우는 일은 브리짓의 징그러운 일과였다. 매트는 비협조적으로 부루퉁한 얼굴로 일어나서 자신이 꾸던 꿈을 빼앗겼다는 깊은 반감을 표시하며 무거운 발걸음을 욕실로 옮긴다. 장시간 샤워를 하고, 유행에 맞춰서 셔츠와 바지를 고르는 시간에 그는 미칠 듯한 무기력함에 빠져든다. 거의 아침식사는 거르고, 이른 아침에 매트와 대화를 시도하면 대부분 실패로 끝났다. 엄마와 아들은 짧은 의문문으로 의사소통을 한다. '가방은 가지고 있니? 숙제는 다 했니? 몇 시에 수업이 끝나니?' 대답은 브리짓의 질문이 좀 많다 싶으면 무뚝뚝함이 점점 확대되는 불평의 형태가 된다. 브리짓은 1년 반 동안 필요하면 표현할 수 있는 것을, 필요하지 않다면 눈으로 보지 않는 법을 배웠다. 그녀는 거의 모든 기술을 터득한 상태다.

오후에는 좀 나아진다. 학교에서 약간 유연해져서 돌아온 매트는 현관문부터 투덜거리기 시작한다. 체육관이나 운동장의 냄새가 어쩌고저쩌고하며 그 앞에 놓인 음식은 어떤 것이든 게걸스럽게 먹어 치운다. 이때가 브리짓이 매트에게 채소를 먹일 유일한 기회이다. 이때 매트는 브리짓에게 말을 걸기도 하고, 그녀의 질문을 타당성 있게 받아들이기도 한다. 브리짓은 매트에게 음식을 주면서 절대로 같은 질문을 이틀 연속으로 하지 않는다. 브리짓이 아픈 이후로 매트는 수시로 걱정이 되었다. 그는 갑자기 기타를 치다가 브리짓을 올려다보면서 괜찮은지 묻거나, 브리짓이 딴청하고 있을 때 그녀 얼굴을 살피곤 한다. 브리짓은 할 수 있는 한 병에 대해 많은 부분을 아들에게 숨기려고 했다. 빌은 그녀의 의견에 불평 없이 따랐다.

브리짓이 화학치료를 받는 날이면 빌은 늘 집으로 달려와 주었다. 빌은 브리짓이 치료약을 독약으로 여기지 않도록 치료를 받는 내내 함께 했다. 많은 환자가 이 약을 독약으로 여기었지만 브리짓은 그렇게 생각하지 않았다. 오히려 그녀는 몸에 투약하는 화학약품을 유익한 약이라고 생각하려고 했다. 브리짓이 기운이 빠져 베개를 베고 몸져누우면 오후와 저녁 내내 빌이 같이 있어 준다. 치료하는 날마다 빌은 브리짓에게 리코타 치즈와 과일을 사다 주었다. 기묘하게도 이 음식만이 그녀가 유일하게 먹을 수 있었다. 빌은 브리짓이 혼자 있고 싶어할 때만 그녀를 홀로 두었으며 브리짓이 욕실을 쓰는 동안에도 엉덩이에 양손을 올려놓은 채로 욕실 앞을 지켰다. 브리짓은 어쩔 수 없이 그가 욕실 소리를 듣는 것을 허용했지만, 그렇다고 욕실 모습을 보는 걸 허용치는 않았다. 이따금 욕실에서 구역질이 올라올 때면 끔찍한 고통이 그녀를 덮친다. 그러면 브리짓은 빌을 큰 소리로 부르고, 그는 곧바로 달려온다. 바로 욕실문 밖에 있는 그의 존재는 그녀를 진정시키기에 충분했다. 빌은 브리짓에게 곧 고통은 끝나게 될 것이고, 약이 제 역할을 할 거라고 상기시켜 주었다.

브리짓은 운전석에 앉은 빌을 응시했다. 견고한 머리카락, 세월이 묻어나는 둥근 얼굴과 몸, 얼음이 서서히 녹는 것처럼 세월과 더불어 빌은 더욱 멋있어졌다. 브리짓은 빌을 사랑했다. 아들을 사랑하는 것처럼 지독하게는 아니었지만, 청소년기에 한때 빌을 사랑했던 것만큼 그렇게 모든 것을 소모해버릴 만큼은 아니었지만 그를 사랑했다. 오히려 감사하는 마음 표면 아래로 굳건하게 깊은 열정과 추억이 흐르고 있다.

그녀의 시선을 느낀 빌은 머리를 돌려서 손을 뻗어 가볍게 그녀를 어루만져 주었다. 그의 이런 행동은 습관적이기도 하고 위안을 주기도 한다.

"어때, 괜찮아?"

"괜찮아."

브리짓은 빌이 자기가 거짓말을 하고 있을지도 모른다는 사실을 알고 있으면서도 그녀의 대답을 그냥 받아들이는 걸 알고 있었다.

브리짓은 괜찮지 않았다. 화학요법 치료를 한 이후로 차를 오래 타면 차멀미가 났다. 그녀는 고통스러워서 창문을 열고 다리를 쭉 펴 보았다. 그런 다음 신선한 공기를 들이마셨다. 화학치료의 부작용으로 그녀는 늘 배가 고팠다. 끊임없이 위에다 음식을 넣으려는 욕망이 일뿐만 아니라 자신을 만족하게 하고 싶다는 완벽히 정당한 갈망으로 그녀는 어떨 때는 몸무게가 6주에 6킬로그램이나 불어난 적도 있었다. 이런 모욕적인 몸무게는 브리짓에게는 엄청난 충격이었다. 특히 그녀는 결혼식이 꺼려졌다. 결혼식에 핑크색 부클레 울 드레스를 입을 예정인데, 이 옷은 스커트 허리 부분을 허리끈으로 꽉 조여야 하는 탓에 스커트 길이가 좀더 위로 올라가게 되어 있었다. 그녀는 맵시가 나도록 몸에 꽉 끼는 속옷과 팬티스타킹과 거들을 입을 생각이다. 거추장스러운 속옷을 여러 개 끼어 입어야 했지만, 아직 브리짓은 사람들에게 완전히 자신을 내보이고 싶지 않았기 때문에 달리 도리가 없었다.

예를 들어, 그녀는 거의 대머리가 된 모습을 드러내고 싶지 않았다. 그녀는 가발을 쓰는 것은 아들을 위한 일이며, 자기가 아프게 보이지 않아야 아들이 아주 많이 걱정하지 않을 거라고 스스로 위로했다. 또 이것은 주위 사람들에게도 좋은 일이었으며 자신을 위한 일이기도 했다. 3주간의 치료를 반쯤 받았을 때 그녀는 어느 정도 회복되었고, 스스로 좋아졌다고 믿게 되었다. 피부 톤은 이미 많이 변한 상태였지만(더욱 창백해졌는데 어쩌면 평생을 갈지도 모른다는 말까지 들었다), 가발을 쓰고 얼굴을 한번 붉히면 평범한 사람들과 비슷하다고 생각했다. 두려움은 역효과를 낼 수도 있고, 매 순간을 죽음에 대해서 생각하며 보낼 수는 없는 노릇이다.

그녀는 지금 가발을 손가락으로 만지작거리고 있다. 가발의 길이는 목 뒤에서 약간 올라갔고, 실제로 유럽 사람 머리카락으로 만든 것으로 색깔은 밝은 갈색이고 브리짓의 예전 숱보다는 좀 적었다. 아직 브리짓은 낯선 남의 머리카락에 익숙해지지 않았다. 그저 가발은 모자에 불과했다.

가발은 굉장히 비쌌고, 브리짓은 그것을 구하려고 상당히 먼 거리를 가야만 했다. 첫 3주간의 치료를 하는 동안에 브루클린에 유명한 세이틀마허라는 가발 가게를 소개해준 친구의 말을 따라서 브리짓은 지금 사는 보스턴 근교에서 뉴욕까지 다녀왔다. 브리짓은 맨해튼의 한 호텔에서 하룻밤을 보낸 다음 브루클린의 플랫부시 구역으로 택시를 장시간 타고 가서, 히브리어 표지판과 유대교 상점들이 줄지어 있는 곳에서 내렸다. 그녀는 미심쩍어 보이는 별로 호감이 가지 않는 가발 가게로 들어갔다. 브리짓은 자신이 아웃사이더란 느낌이 들었고, 종업원은 그녀를 꺼림칙한 밀실로 데리고 갔다. 그곳에서 주인을 기다렸다. 아마 주인은 그녀를 배려해줄 것이고, 첫 가발을 맞추는 몇 주 동안에 그녀의 비밀을 아는 친구가 되어 줄 것이다. 브리짓은 거울 속을 응시했다. 우연히 그녀는 옆의 의자에서 펼쳐지는 드라마를 지켜보게 되었다. 열여덟 살 정도쯤 되어 보이는 여자아이가 처음으로 새로 만든 가발을 쓰려고 노력 중이었다. 소녀는 나이에 비해 어려보였고, 보통 10대 여자아이들처럼 마음을 통제하지 못했다.

어떨 때는 가발을 쓴 모습에 기뻐하기도 했다가, 또 마치 병이라도 얻은 것처럼 머리에 쓴 가발을 잡아채며 엄마에게 불평하다가 흐느껴 울기도 했다. 이 소녀는 이틀 후에 결혼한다고 했다(날짜 계산을 해보니 결혼식이 수요일이었다. 수요일에 결혼하다니 참 이상한 일이다). 여자아이는 수요일 오후에 머리를 밀 거란다. 유대인 전통에는 결혼한 여자가 자신의 머리카락을 남편 외의 다른 사람에게 보이는 것은 금기시 여겼다. 젊은 여자는 남은 평생 가발을 써야 할 것이다. 여자의 머리카락은 놀라우리만큼 아름다웠다. 숱도 많고, 길었고, 윤이 났다. 브리짓은 그녀가 이틀 안에 머리를 잘라야 한다는 사실을 믿을 수가 없었다. 이것은 유대인의 집결 캠프나 세계 제2차대전 동안에 프랑스 여성조합 등을 연상시키는 가혹한 이미지였다. 브리짓이 안쪽 밀실에서 시간을 보낸 몇 분은 이제껏 그녀가 경험한 일 중에서 가장 낯선 장면이었다(어떤 방식으로 이해해야 할지 무척 어려웠다). 주인이 밀실로 들어와서 브리짓의 짧은 머리를 손가락으로 부드럽게 매만졌다(이 부분은 정말로 낯설었다). 브리짓은 당황하며 그곳을 찾은 이유를 설명했다.

　가발을 맞추느라고 브루클린까지 세 번이나 더 가야만 했고, 갈 때마다 매번 전보다 더 힘이 들었다. 마지막으로 방문했을 때는 브리짓의 머리카락이 급속도로 빠지고 있었기 때문에 거의 절망적이었다. 빌은 브리짓을 차에 태우고 이제는 친숙해져서 심지어는 편안하기까지 한 세이틀마허 가발 가게에 데려다 주는 일을 성실히 수행했다. 가발 가게 직원들은 그녀를 오랜 친구처럼 대해주었다. 빌은 차에서 브리짓을 기다렸다가 집으로 데려왔다. 이 여행은 왕복 13시간이나 걸렸고, 빌은 거의 비용을 천 달러 정도나 들였다. 브리짓은 나중에 이 돈 한 푼 한 푼이 다 그만한 가치를 했다는 결론을 내렸다.

지금 브리짓은 가발에 익숙해졌고, 심지어 그것의 편리함을 즐긴다(그녀는 아침에 일어나서 가발을 쓴다. 그러면 즉석에서 머리가 완벽해진다). 비록 빌이 곤히 잠든 밤, 침대에서는 환영받지 못하는 무생물 물체가 되긴 하지만. 암 투병 생활 가운데 가장 힘든 부분은 죽음에 대한 두려움이나 치료 자체가 아니라 존엄성의 상실이다. 특히 브리짓의 경우에 결혼식을 준비하는 동안에 느끼는 극심한 고통은 참기 어려웠다.

암은 브리짓을 불시에 습격했고, 그녀는 아주 서서히 암의 실체를 받아들이고 있다. 지난 8월에 정기 유방 방사선 사진 촬영을 예약했다. 그녀는 겁에 질려 일상적으로 빌에게 유방 촬영 과정이 얼마나 진저리쳐지고 불편한 일인지에 대해 투덜대며 엉엉 흐느껴 울었다. 유방 촬영 후 브리짓은 패소공포증을 느낄만한 방사선과의 작은 방에서 벌거벗은 느낌으로 초조하게 기다렸다. 기다리면서 패밀리 서클 잡지에 난 하루 세끼를 9끼로 나누어 먹는 방법에 관한 기사를 절반쯤 읽었다. 그러는 내내 전에 두 번이나 이곳에 왔을 때처럼 '괜찮다'는 말을 기다리고 있었다. 그러나 이번에 브리짓은 기술상의 문제가 있으니 촬영을 몇 장 더 하자는 요구를 들었다. 다시 한번 작은 방에서 기다려야 했다. 이번에는 아무것도 읽을 수 없었다. 손에 잡지를 꽉 쥐고 있었기에 손가락에 빨갛고 검은 얼룩이 묻었다. 방사능 기능사가 사전에 얘기되지 않은 초음파 검사도 해야 할 것 같다고 했고, 겁먹을 필요는 없다고 위로했다. 이것은 종양이 있는 브리짓에게는 중요한 검사였다. 브리짓은 어두운 방에 누웠다. 기능사가 그녀의 젖꼭지 주변으로 패들을 돌리는 동안 그녀의 오른쪽 가슴 주위로 젤이 퍼져 나갔다. 기능사는 같은 행동을 반복하다가 마침내 패들을 내려놓고, 방사선과 의사를 모셔왔다. "괜찮나요? 뭐가 보이나요?" 하고 물은 브리짓의 질문에는 대답하지 않고 의사와 기능사는 침착한 톤으로 서로 이야기를 나누었다.

어느 순간 불이 꺼지더니 브리짓에게 옷을 입고 방사선과 의사 방으로 가서 의사를 만나보라고 했다. 블라우스 단추를 잠그는 손이 덜덜 떨리고 있었지만 브리짓은 여전히 기본적으로는 좋은 소식을 들을 거로 예측했다. 종양의 제거나 심지어 생체검사가 필요할지 모르지만 그래도 그것은 사람들이 예상할 수 있는 결과였다. 어둡고 비좁은 방사선과 의사 사무실에서 브리짓은 자신의 엑스레이를 보았다. 의사는 '의심스럽게' 생각하는 곳을 보여주었다. 나중에야 브리짓은 'A 코드'라는 단어가 상황이 나쁘다는 뜻이라는 걸 알게 되었다.

"여기 별 보이시죠?"

의사가 브리짓에게는 일직선으로 보이는 모양을 가리켰다. 이날 오후에 빌에게 별 얘기를 해주었을 때 브리짓은 그것이 '게 crab'*의 완곡한 표현이라는 사실을 알게 되었다.

빌에게 치명적인 단어를 들었는데도 여전히 브리짓은 그 말을 믿으려고 하지 않았다. 종양이 양성으로 판명될 거라고 했다.

몇 주 안에 브리짓은 우울한 소식을 몇 차례 더 받고 충격에 휩싸였다. 우선 악성종양에 대한 생체검사를 해야 하고, 유방 절제술을 해야 하고(종양이 예상보다 약간 컸기 때문에), 치명적인 소식은 림프절에 관

---

*암(cancer)은 희랍어 'karkinos' 라틴어 'cancrum' 에서 유래했는데, 모두 'crab(게)' 을 뜻한다. 암세포가 다닥다닥 붙어서 성장하는 모습이 게가 앞다리로 꽉 물고 붙어 있는 모습과 유사해서 그런 이름이 붙여졌다고 함—옮긴이

한 것으로, 그들 중 다섯 개에 암세포가 번졌다고 했고, 방사능 치료와 혹독한 화학요법이 필요하다는 구체적인 내용을 들어야 했다.

심지어 브리짓은 항문위생과 성욕감퇴에 대해 강연을 듣다가 손을 들고 조용하게 '그만 하세요'라고 말하는 지경에 이르렀다. 그때서야 그녀는 비로소 이런 너저분한 치료들의 실체를 제대로 실감했다. 그녀는 두려움을 수반하는 말을 듣고 싶지 않았다. 부정은 효과적이지는 않지만 가끔 꼭 필요한 요소라는 것을 브리짓은 배워가고 있었다.

브리짓은 얼굴이 굳은 채로 집으로 돌아왔다. 매트도 알고 있어야 했다. 비록 그가 이전부터 엄마가 어떤 병을 알고 있었다는 것을 어렴풋이 감지하고 있긴 했지만, 암일 거라고는 전혀 짐작도 못 한 상태였다. 브리짓은 매트에게 거실로 오라고 한 다음, 격식을 차리며 앉으라고 했다. 브리짓이 거의 이런 행동을 보인 적이 없었기 때문에 매트는 몹시 어리둥절해했다.

"무슨 일이에요?"

매트가 물었다. 그는 앉으면서 다시 한번 물었다.

"왜 그래요?"

"엄마 유방암이래."

브리짓은 처음으로 '유방'이라는 단어와 '암'이라는 단어가 똑같은 무게가 있다는 걸 느끼면서 아들에게 말했다. 이제 열다섯 살인 매트는 실제로 존재하는 엄마의 가슴과 암과의 상관관계에 대해서 상상조차 하지 못할 것이다.

작년 과학 시간에 암에 대해 배워서 그 병이 무엇을 의미하는지를 다 아는 매트는 큰 소리로 외쳤다.

"말도 안 돼. 뭐 엄마가 암이라고!"

매트는 충격과 두려움으로 몸이 뻣뻣해졌다. 브리짓은 아들을 진정시키려고 애를 썼다. 그녀는 역경을 딛고 일어설 것이고, 모든 것이 다 괜찮아질 것이고, 육체적으로 힘든 일은 다 끝났다고 위로했다.

브리짓은 자동차 계기판에 발을 한쪽 올려놓고 오른쪽 팔을 창문 턱에 기대었다. 매트와 어려움을 겪은 밤 이후 몇 주가 지나갔다. 매트는 점점 더 집안에 틀어박혀 있는 횟수가 늘어났고, 무엇이 그토록 자신을 괴롭히는지 말하려 하지 않았다. 마치 그는 뭔가에 대해서 이야기하게 되면 그것이 실제로 일어날 것처럼 행동했다. 브리짓은 매트를 위해서 빌이 브리짓의 집으로 이사하는 것을 잠시 보류하기로 했다(향수에 젖은 비논리적인 결정이 10대들에게 잘못된 가족관을 심어줄 수도 있기 때문이다). 빌은 치료 내내 함께 있으려고 브리짓 집에서 더 많은 저녁과 밤을 보내었고, 매트의 숙제를 도와주고 요리도 해주었다. 브리짓은 의외의 시간에 잠을 잤다. 이따금 저녁 8시도 안 되어서 잠자리에 들기도 했다. 설령 매트에게 실제로 빌이 필요하지 않다 하더라도 그가 이 집에 있다는 것은 그녀를 편안하게 해줬다.

그러나 술 사건이 일어났을 때 빌은 집에 있지 않았다. 이 사건을 브리짓은 "알코올 사건"으로 기억했다.

월요일 아침, 브리짓은 매트와 그의 친구 루카스 프라이에게 먹일 토스트를 만들 요량으로 아침 일찍 일어났다. 루카스 부모님은 여행 중이었기에 루카스는 매트와 함께 잠을 잤고 빌은 출장을 갔다. 평소보다 기운이 넘친다는 느낌으로 브리짓은 목욕 가운을 입고 부엌으로 가서 재료를 꺼내놓고, 두 아이를 깨우러 2층으로 올라갔다. 그녀는 매트의 침실문 앞에서 아이들을 불렀고, 루카스가 힘없이 대답했다. 브리짓은 자신이 어떤 행동을 취하지 않아도 루카스가 매트를 깨워서 욕실로 데려가리라 생각했다. 그녀는 월요일 아침부터 예상치도 못한 도움을 받는다고 여겼다. 그러나 20분이 지나서 아침식사 테이블에 눈이 흐릿한 채로 루카스가 수줍음을 타며 나타났다. 브리짓은 아이들이 제시간에 잠을 자고 있는지를 확인하지 않은 자신을 자책했다.

"매트는 어디 있니?"

"일어나지 않아요."

"그래?"

"아무리 깨워도 일어나지 않아요."

루카스는 기름에 군 베이컨을 외면하면서 말했다.

"넌 괜찮니?"

브리짓이 묻자 루카스는 어깨를 으쓱했다. 브리짓은 루카스도 매트만큼 아침마다 학교에 가기 싫어한다고 생각했다.

다시 한번 브리짓은 2층으로 올라가서 매트의 방으로 갔다. 아이는 침대에 없었다. 그녀는 아이의 이름을 부르며 방을 나와 욕실에 있나 해서 그곳으로 갔다가 다시 방으로 돌아왔다. 바로 그때 브리짓은 청바지와 티셔츠, 그리고 비디오 게임이 서로 엉켜 있는 것을 눈치 챘고, 토한 흔적이 카펫 위에 동그랗게 있었는데, 오렌지색으로 말라비틀어져 있는 것을 보았다. 브리짓은 다시 한번 아들의 이름을 부르면서 방 안을 이리저리 돌아다녔다. 그러다가 투윈 침대 사이에 매트가 옆으로 누워 있는 것이 보였다. 그는 엉망진창이 된 야구 반바지와 티셔츠를 입고 있었는데, 두 발은 청바지에 끼어 있어서 마치 그가 청바지를 입으려고 무던히도 노력한 듯했다. 어찌할 바를 모르는 브리짓은 아들의 이름을 큰 소리로 불렀다. 그녀는 매트 옆에 무릎을 꿇고 앉아서 깨우려고 노력했지만 실패하고 말았다. 브리짓은 큰 충격을 받고 주저앉았다. 온몸이 가라앉는 느낌이었다. 매트가 발작이라도 한 것일까?

브리짓은 계단 위에서 아래층을 향해 루카스를 불렀다. 도대체 둘이서 무슨 일이 있었는지를 물어보려고 했다. 그러나 나중에 안 일이지만 루카스는 이미 집을 빠져나가 학교에 가는 중이었다. 브리짓은 911에 전화를 건 다음 부랴부랴 다시 매트의 방으로 돌아와서 맥박이 어떤지를 살펴보았다. 맥박은 불안정하게 뛰었다. 이상하게도 매트에게서 알코올 냄새가 나지 않았다. 앰뷸런스와 경찰도 이 사실을 인정하면서 혹시 매트가 발작한 경험이 있는지를 반복해서 물어보았다. 브리짓은 열다섯 살짜리 남자아이가 일으킬 수 있는 발작에 대해서 생각해 보았다. 그 어느 것도 좋은 것은 없었다. 그들은 매트를 들것 위에 눕혀서 계단을 내려가 밖으로 나가 기다리고 있던 앰뷸런스 문을 열었다. 브리짓은 청바지와 스웨터를 급히 입으면서 '도저히 상상도 못한 일'이라는 생각을 했다.

경찰차 두 대와 앰뷸런스는 집 앞에 주차되어 있었고, 차 3대 라이트가 모두 환하게 도로를 밝히었다. 주위 이웃이 창가로 하나둘씩 모여들게 할 만큼 작은 서커스 놀이 같았다. 이슬비가 약하게 내렸다. 지금은 고개를 설레설레 흔들지만 그때 브리짓은 루카스 걱정이 되었다. 그녀는 경찰에게 그 아이를 찾아야 한다고 말했다.

브리짓은 앰뷸런스 앞좌석에 탔다. 병원으로 달릴 때 사이렌 소리는 울리지 않았다. 이런 침묵은 그녀를 불안하게 하기도 했다가 진정시켜 주기도 했다. 그녀는 뒤에 조금 열린 구멍을 통하여 응급처치 요원이 매트의 가슴을 열심히 문지르는 모습을 보았다. 그러자 매트는 의식을 잠시 회복하여 몇 마디 말을 하였으나, 브리짓은 그 말이 도통 무슨 뜻인지 알아듣지 못했다. 그들이 병원에 도착하기 전에 구급차 운전자 무전기를 통해서 루카스를 찾았다는 소식이 왔다. 루카스는 학교에 가는 중이었고, 사실을 고백하기를, 둘이서 브리짓이 몇 달 동안 냉동실에 넣어놓은 보드카 다섯 병을 함께 마셨다고 했다. 그것은 그녀와 빌이 여름에 작은 디너파티를 하고 남겨놓은 술이었다. 브리짓은 그곳에 보드카가 있다는 사실조차도 기억하지 못했다. 그 술은 언 완두콩 상자나 잘 알지 못하는 냉동육 지퍼백과 같은 존재로, 그저 냉장고 안 내용물의 일부일 뿐이었다. 경찰의 끈질긴 질문을 받은 루카스는 둘이서 같은 양을 마셨다고 실토했다고 했다. 브리짓은 둘이서 똑같이 마셨는데 어떻게 루카스는 멀쩡하게 학교에 갈 수 있었는지 궁금했다. 보드카를 마시자는 생각은 매트의 아이디어일 것이다. 루카스는 그것이 냉동실에 있다는 사실조차 알지 못했으니까. 아마 매트는 냉동실에서 아이스크림을 찾다가 보드카를 발견했을 것이다. 그럼, 누가 먼저 감히 그것을 마실 생각을 한 것일까? 반대로 어떤 추측도 가능했다. 열다섯 살짜리 소년 두 명이 일요일 밤에 정신을 못 차릴 만큼 술을 마시고 싶어했다고 누가 상상할 수 있겠는가?

병원에 도착한 매트는 응급실로 향했다. 브리짓은 중앙에 텔레비전이 놓인 대기실에 앉았다. 텔레비전에서는 이른 아침 토크쇼가 진행 중이었다. 마침내 응급실로 들어와도 좋다는 허락을 받고 안으로 들어가자 매트는 환자복을 입고 의식이 없는 채 침대에 누워 있었고, 모니터 여러 대에 연결되어 있었다. 주삿바늘이 그의 머리 뒤쪽에 꽂혀 있었는데, 이 모습이 그녀를 오싹하게 했다. 이곳은 그녀가 화학 치료를 받는 병원이다. 그녀는 매트의 위를 세척했는지를 물어보았고, 그러기에는 너무 늦었다는 대답을 들었다. 이미 매트의 몸에는 알코올이 모두 흡수된 상태라고 했다.

7시간 동안 브리짓은 매트 침대 끝머리에 앉아서 간호했고, 그러는 동안 간호사들과 의사들이 비좁은 응급실을 뛰어다니느라 그녀와 부딪쳤다. 응급실에서는 다양한 냄새가 났고 종종 불쾌하기도 했다. 브리짓이 앉은 곳에서 1미터도 채 안 되는 침대에서 나이 든 노인이 배가 아파 고통스러워 죽겠다는 하소연을 했다. 의사가 브리짓에게 와서 매트의 알코올 섭취 수준이 아직도 상당히 높은 상태라 위험하다고 말했다. 내과 의사는 새벽 1시쯤에 거의 치사량에 가깝게 마셨다고 판단했다. 브리짓은 매트가 신장을 거의 못 쓰게 될 정도의 수준까지 와 있다는 말도 들었다.

악취를 풀풀 풍기는 매트는 가끔 의식을 회복해서 일관적이지는 않지만 말을 좀 했다. 브리짓은 화도 났다가 마음이 고통스럽기도 하고, 심정이 몹시 혼란스러웠다. '도대체 넌 무슨 생각을 하는 거니?' 이런 생각을 하며 그녀는 울다가, 즉시 '정말로 사랑한다, 얘야' 하고 속삭이기도 했다. 매트가 주삿바늘을 꽂고 있는 동안 아이는 끔찍한 숙취로 고생하지는 않을 것이라 했다.

빌에게 전화를 했다. 빌은 깜짝 놀랐다. 루카스의 부모에게도 전화했다. 그들도 깜짝 놀랐고, 당황해 했다. 매트의 학교에도 알렸다. 학교는 이미 경찰이 연락하여 알고 있었다. 매트의 오줌이 브리짓의 무릎 옆 플라스틱 봉지에 점차 차오르는 것을 보자 처음에 가졌던 두려움인 '매트가 죽으면 어떻게 하지? 그 아이의 신장이 잘못되면 어떻게 하지? 토한 걸 도로 들이마시면 어쩌지?'와 같은 문제는 잦아들었다. 하지만 그날 오후 3시까지 브리짓은 자신에게 좀더 긴장을 늦추지 않도록 '그 애가 거의 죽어가고 있다'는 말을 되풀이하면서 이 사건의 심각성을 스스로 상기시켜야만 했다.

침묵 속에서 엄마와 아들은 집으로 돌아왔다. 매트는 처음에 집으로 들어가려고 하지 않았다. 거의 1시간 동안 운전하는 내내 매트는 다리를 꼬고 앉아서 흐느껴 울었고, 브리짓은 왜 그런 짓을 했는지를 말해보라는 말조차 꺼내지 못했다. 집으로 돌아온 매트는 매스꺼움과 두통을 경험하기 시작했고, 위층 침실에서는 가끔 구토 소리가 들렸다(브리짓은 쌤통이라고 생각했다). 조금도 방심하지 않고 매트를 보살펴야 하는 브리짓은 매번 아주 잠깐 잠을 잤다가 깨는 아들의 잠자는 형태를 살피느라고 새벽 3시까지 한숨도 자지 못했다. 또 침대로 가서 눕기 전에 그녀가 할 마지막 과제는 집에 있는 모든 알코올을 쏟아버리는 일이었다. 레드 와인 두 병, 화이트 와인 한 병, 찬장에 있는지조차 몰랐던 시바스 리갈 작은 것으로 한 병, 냉장고에 있는 샘 애덤스 6팩 등을 모두 버렸다. 그러나 이런 행동은 어리석고 멍청한 짓이었다. 빌이 여행에서 돌아오면 그 자리에 다시 채워 넣을 것이 분명했기 때문이다. 샘 애덤스는 전혀 문제가 되지 않았다.

다음날 아침 매트는 자발적으로, 그리고 침착하게 옷을 입고 아침을 배불리 먹었다. 오후에 학교 갔다 집으로 돌아온 매트는 술을 마시게 된 사연에 대해서 말하면서 과카몰리(아보카도를 으깨어 토마토와 양파에 양념을 더한 멕시코 음식-옮긴이)를 샐러드와 함께 게걸스럽게 먹어치

왔다. 대담한 도전이 장난에서 비롯되었다고 했다. 두 소년을 그렇게 엄청난 알코올을 마실 생각은 추호도 없었는데, 어찌하다 보니 전율을 느낄 만큼 취하게 되었다고 했다. 그들은 술병을 이리저리 던지며 놀았다고 했다. 알코올 사건 이후로 매트는 점차 다소 호의적인 성격으로 변하였다. 브리짓은 때때로 이 경험이 아들에게 일종의 정화를 시켜주지 않았는지, 또 거의 치명적인 음주와 구사일생으로 살아난 경험이 그녀의 죽음에 대한 그의 두려움을 경감시키지나 않았는지 궁금해졌다.

"우리 커피 한 잔 해야겠지?"

브리짓이 자동차 계기판에서 발을 내리면서 물었다.

"아이들이 배고프겠군."

"쟤들은 늘 배고프지 뭐."

브리짓은 빌을 응시하면서 말했다. 그녀는 10년 넘게 남편 없이 홀로 지냈다. 빌은 사람 관계에서 최선을 다하는 특별한 재능을 지닌 드문 남자였다. 그녀와의 관계에서도. 매트와의 관계에서도. 소프트웨어 사업을 하는 그는 한 200여 명 정도 되는 직원들과의 관계에서도 의심할 여지없이 그 재능을 발휘했다.

"왜 그래?"

빌이 미소 지으면서 물었다.

"아무것도 아니야."

"왜 그러는데?"

빌이 다시 물었다.

"우리가 잘하는 일인가 싶어서."

빌은 팔을 뻗어서 그녀를 자기 쪽으로 끌어당겼다. 어설픈 그의 위로를 받은 브리짓은 그에게 잠시 기대었다. 빌은 시선을 도로에 고정한 채 빠르게 그녀에게 키스했다.

"우리를 죽일 작정이야?"

브리짓이 말했다.

빌은 휴게소 주차장으로 들어섰다. 아이들이 깨어났다. 거의 비슷한 노스페이스 양털 옷과 아베크롬비앤피치 청바지를 입은 아이들은 밴에서 내려 기지개를 켰다. 아이들은 자는 동안에 반 인치는 자라난 듯했다.

"여기가 어디예요?"

매트가 물었다.

"점심 먹으려고."

빌이 말했다.

잠에서 깨어난 아이들은 주차장을 가로질러서 패스트푸드 건물로 들어갔다. 빌은 팔로 브리짓을 감쌌다.

"좋아 보이는데."

"난 커피 마실래."

그녀는 빌의 걸음걸이와 보조를 맞추려고 애쓰면서 말했다.

"매트가 턱시도 빌리고 싶데."

"그래?"

브리짓은 아들이 엄마의 결혼식에 정장을 입겠다는 생각을 했다는 사실에 대견해 하며 말했다.

"응, 우리 다 원해."

"그럼, 당신하고 매트가 턱시도를 입는다고?"

"브라이언도."

"손님이 12명밖에 참석하지 않는 결혼식에?"

빌이 싱긋 웃었다.

"아니, 어떻게 그런 생각을 했어? 언제 작당을 한 거야?"

"농구를 하자고 나를 살금살금 데리고 나간 그날 밤. 턱시도는 그 애 생각이야. 매트는 우리가 턱시도를 입어서 사람들을 놀래주자고 했어. 그런데 지금 내가 비밀을 깨는 거야. 당신이 그 생각을 별로 내켜 하지 않을 경우를 대비해서, 미리 마음의 준비를 하라고. 우리는 꼭 턱시도를 입을 작정이니까."

"아, 난 무척 마음에 들어."

두 사람은 아이들이 버거킹에 줄 선 모습을 보았고, 빌도 그들과 합류했다. 아프기 전에도 패스트푸드를 거의 먹지 않은 브리짓은 자연히 냉동 요구르트 파는 곳으로 이끌리었다. 그녀는 너트를 뿌린 바닐라 요구르트 중간 사이즈를 샀다. 브리짓은 컵을 들고 주위를 둘러보는데 빌이 테이블에서 손을 흔들었다. 아이들은 이미 더블치즈버거에 정신이 팔려 있었다. 저놈의 지방! 그녀는 너무 걱정하지 말자고 생각했다. 매트와 브라이언 내부의 강력한 엔진이 그들이 버크셔에 도착하기도 전에 저 햄버거 칼로리를 다 태워버릴 테니. 일행이 앉은 테이블로 걸어오면서 브리짓은 노라가 사는 곳을 연상했다. 지난달에 빌과 함께 옛 친구의 새로운 보금자리를 방문한 여행이 기억났다. 빌과 브리짓이 결혼하기로 결심했을 때인 10월 말에 빌은 노라의 호텔을 생각해내어 편지를 썼다. 로맨틱한 아이디어가 떠올랐기 때문이다. 고등학교 때 아주 절친했던 옛 친구들을 노라의 호텔로 초대해서 결혼식을 올리자는 생각이다. 브리짓은 다른 친구들에게는 결혼식에 그저 가족들만 참석한다는 조금은 마음에 걸리는 선의의 거짓말을 했다.

"커피 마셔."

브리짓이 앉자 빌이 말했다. 아이들은 앞에 햄버거, 플라스틱 컵, 케첩, 빨대 등을 어지럽게 흩어놓았다. 빌은 특대 컵을 그녀에게 밀었고, 본능적으로 브리짓은 고개를 돌렸다. 커피 향이 거슬렸다. 빌이 눈치 채지 못하게 서서히 브리짓은 커피를 한쪽으로 밀어놨고, 플라스틱 스푼으로 요구르트를 떠먹었다. 얼은 푸딩이 혀에서 실크처럼 느껴졌다. 휴게실에 들어섰을 때 몹시 더웠기 때문인지 찬 것을 먹으니 한결 나아졌다. 브리짓은 어깨에 덮은 양털 옷을 벗어서 의자 뒤에 건 다음, 이마와 윗입술을 훔쳤다.

"괜찮아?"

빌이 물었다.

"좀 더워서 그래."

"점심 잘 먹었습니다."

브라이언이 말했다. 브라이언은 뜻밖의 순간에 예의를 지키곤 한다. 어떨 때는 식사를 한 지 1시간이 지나서 부엌에 있는 브리짓에게 잘 먹었다는 인사를 하려고 위층 매트의 방에서 아래층으로 부리나케 내려왔다. 그때 브리짓은 설거지까지 다 끝마친 후였다.

"그래."

브리짓은 브라이언이 이번 주말을 즐겁게 보내고, 결혼식이 끝날 때까지 매트와 바쁘게 지낼 수 있는 흥밋거리를 찾기를 희망하면서 말했다.

"어디가 불편한데?"

빌이 조용하게 말했다.

"화장실에 가고 싶어서 그래, 금방 돌아올게."

브리짓은 세균이 득실득실하고, 바닥에 화장지가 떨어져 있고, 가끔 변기도 막혀 있는 공중화장실이 몸서리치게 싫다. 물을 계속 나오지 않게 하는 자동 수도꼭지와 핸드로션을 바를 수밖에 없게 만드는 핫 에어드라이어도 지긋지긋했다. WOMEN이라고 쓰여 있는 문 앞에 도착하자 브리짓은 이마에 구슬땀이 송골송골 맺혔고, 익숙한 고통과 현기증이 났다. 서둘러 안으로 들어가서 비어 있는 두 번째 칸으로 들어갔다. 가능하면 다른 사람들에게서 멀리 떨어질 필요가 있었다.

브리짓은 문을 닫고 몸을 구부렸다. 변기 좌석을 부츠로 올렸다. 눈을 감고 마음을 다잡았다. 두 주먹을 마주하는 금속 벽에 갖다 댄 다음 잠시 기다렸다. 매스꺼움의 물결이 그녀를 뒤덮었다. 브리짓은 시험 삼아 기침을 해보았다. 그대로다. 땀이 가발 속에 있는 머리카락을 흠뻑 적셨고 척추를 따라 흘러내렸다.

'오 제발' 브리짓은 속으로 간절히 기원했다. 이 상황을 홀로 헤쳐나가야만 했다. 빌은 지금 이곳으로 올 수 없다. 곧 그는 걱정하기 시작할 것이 아닌가? 그가 화장실로 사람을 보낼까? 또 다른 매스꺼움이 몰려왔고, 더욱더 몸을 숙였다. 브리짓은 토해서 울렁거림을 없애보려고 노력했지만, 입속에 손가락을 넣는 짓까지는 하지 못했다. 화장실에서 무언가 더러운 것을 만져서 매스꺼울지도 몰랐다. 요즘 그녀는 특히 세균에 주의해야만 했기에 하루에 열두 번은 손을 씻도록 교육받았다. 세 번째 울렁거림이 그녀를 휘감았고, 그녀는 다시 한번 토하려고 시도했다.

잠시 후 브리짓은 몸을 똑바로 세웠다. 순간 괜찮아진 것인가? 그녀는 잠시 그대로 있다가 과감하게 눈을 떠보았다. 두루마리 화장지를 한 줌 뜯어서 이마와 얼굴을 닦았다. 가발도 들어 올린 다음 그곳에 축적된 땀도 닦아내었다. 기분이 한결 나아졌다. 고비를 넘긴 것인가? 결혼식 날에 이런 일이 일어나면 어쩌지? 브리짓은 휴지를 쓰레기통에 던졌다.

그녀는 칸막이에서 나와 손을 씻으려고 거울 앞에 섰다. 얼굴이 창백하고 막연해 보였고, 살이 찐 탓에 턱 선도 흐릿해 보였다. 가발은 이번 달에 세척했다. 브리짓이 월요일 저녁 6시쯤에 가발을 세척하러 보내면 수요일 오전 10시쯤에야 다시 받을 수 있었다. 거의 40시간이나 가발을 쓰지 않고 지내는 동안에 브리짓은 절대 집 밖에 나가지 않았다.

화장실에서 나오자 두 아이가 의자를 뒤로 기울인 채로 앉아 있는 모습이 보였다. 그들은 배부르게 먹었으니 다시 잠 속으로 빠져들 것이다. 빌은 그녀를 찾는 중이었다. 하지만 그녀가 그를 걱정시킬 만큼 그리 오래 사라진 것은 아니었다. 브리짓은 얼굴에 미소를 지었다. 그녀는 고통을 모면하게 해준 것에 대해 마음속에서 진정으로 고마움을 느꼈다(누구한테 고마운 거지? 하느님? 하느님은 9·11사태와 테러리스트에 대해 생각하시느라고 자신과 자신이 겪는 고통에 대해서 신경이나 쓰고 계실까).

"얘들아, 이제 갈까?"

그녀는 빌이 하려는 말을 가로채면서 말했다.

아이들은 의자를 멀리 뒤로 빼면서 햄버거를 먹은 쟁반을 들고 일어섰다. 빌은 테이블을 정리했고, 쓰레기를 갖다버렸다. 그들은 모두 버크셔로 여행하는 중이었고, 노라의 호텔에 묵을 예정이다. 두 아이는 턱시도를 입을 것이고, 브리짓은 핑크색 부클레 원피스를 입을 예정이다. 아그네스, 해리슨, 롭은 그들을 축하해줄 것이다. 내일이면 빌과 브리짓은 결혼하게 된다.

빌과 브리짓, 그리고 두 소년은 햇빛 속으로 걸어나왔다. 브리짓은 목과 뒷덜미에 부드러운 공기가 와 닿는 것을 느꼈다. 그녀는 지금 이 순간에 아프지 않은 것이 다행이라 생각했다. 정말 다행이다! 브리짓은 빌의 팔을 잡았다. 빌은 편하게 팔을 내어주었다. 이 세상에 건강한 것보다 더 좋은 것이 있었던가? 그런 것이 있을까?

해리슨의 추억

해리슨은 호텔 뒤에 있는 비탈길로 올라가려고 걷기 시작했다. 벌거벗은 나무가 겨울이라는 것을 알려주었지만, 날씨는 봄처럼 따뜻했다. 크리스마스가 채 3주도 남지 않았다는 사실을 상기해보면 꽤 당혹스러운 날씨였다. 그래도 포근한 날씨는 그를 기분 좋게 해주었다. 그는 자작나무 그룹이 두서없이 산재해 있는 잘 정돈된 길을 따라갔다. 주위에는 바위가 많았고 이따금 손으로 짚어야 할 정도로 무척 가팔랐다. 태양은 숲에 내리쬐었고, 한동안 해리슨은 포근한 겨울빛에 넋이 나갔다.

올라갈수록 언덕은 점점 더 부드러워졌다. 해리슨은 무릎까지 오는 돌담에 다다랐다. 돌담은 꽤 오래된 것임에도 상당히 놀라울만큼 그대로 보존되어 있었다. 그는 한동안 돌담을 따라갔는데 느닷없이 돌담이 끝났기에 조금 당황하였다. 사실 돌담이 끝난다는 어떠한 암시도 없었다. 해리슨은 몸을 돌려 거칠거칠한 돌담 끝에 앉아서 아주 보기 드문 전경을 바라보았다. 노라의 호텔뿐만 아니라 멀리 있는 버크셔까지도 한눈에 들어왔다. 아마도 이 돌담은 이런 목적으로 디자인했나 보다.

해리슨은 바로 이 순간에 노라가 어디 있는지, 무엇을 하는지 궁금해졌다. 그는 예전 생각이 났다. 노라를 처음 만난 그때의 모습이 아주 생생하게 떠올랐다.

　일요일이었던 것으로 기억했다. 해리슨은 오랜 시간 공부하다가 휴식이 필요할 때면 가끔 마을을 산책했다. 허공에 떠돌아다니는 공기에서 타는 나뭇잎 냄새가 났던 것으로 보아 3학년 때인 10월 말쯤이었다고 생각했다. 룸메이트였던 스티븐과는 다르게 해리슨은 일요일 아침 일찍 잠에서 깨어났다. 그는 할 수 있는 방법을 동원하여 주중 숙제를 되도록 많이 해놓으려고 노력했다. 해리슨은 요령꾼이 아니었지만 스티븐은 거의 모든 일에 요령만 피웠다. 스티븐이 침대에서 거꾸로 매달려서 시를 흘긋흘긋 보면서 랜돌 자렐의 『포탑 사수의 죽음*The Death of the Ball Turret Gunner*』을 자세히 설명하는 모습이 떠올랐다. 반장 선거를 하는 동안에 스티븐이 재치 있는 농담으로 반 아이들을 웃긴 일도 생각났다. 다른 자질보다도 쿨하고 유머감각이 있는 사람을 좋아하는 학생들에게 스티븐은 인기를 끌었다. 스티븐 아버지가 사람이 진정으로 잘할 수 있는 재능을 발견하는 것과 그 재능을 만드는 법에 대한 충고를 몇 마디 할 때 스티븐이 무척 열정적으로 고개를 끄덕이던 모습도 떠올랐다.

　일요일 아침을 먹기 전에 해리슨은 산책하러 나갔다. 그렇다, 분명히 그랬다. 거리에는 콘그리게이셔널 교회에서 예배를 보고 나오는 차의 행렬은 짧았지만 흐름이 꾸준히 계속되었다. 열한 대에서 열다섯 대쯤 되었나? 노라가 교회에서 나왔던가? 전에는 한 번도 이런 생각을 해보지 않았다는 게 오히려 이상했다. 해리슨은 그 당시에 종종 산책을 했는데 운동이 필요해서는 아니었다. 그는 학교에서 의무적으로 꽤 많은 스포츠를 해야 했기 때문에 그 이상의 것은 필요치 않았다. 일요일마다 공부를 한 후 해질 무렵에 가끔 산책을 하기도 하고, 첫 수업에 들어가기 전인 이른 아침에 산책을 나오기도 했다. 산책은 그의 머리를 좀더 맑게 해주었고, 자연의 일부가 된 듯한 느낌이 들었다. 그는 어렸을 때에도 늘 자신을 자연 예찬론자로 여겼다.

한 소녀가 그보다 약간 앞서서 건널목을 건너고 있었다. 소녀는 엷은 파란색 코트를 입고 있었고, 양모 스카프로 목을 여러 번 휘감았다. 그녀의 머리카락은 걸을 때마다 옆으로 찰랑찰랑 거렸다. 해리슨과는 다르게 그녀는 주위의 오두막집과 낙엽 더미에 별반 관심을 보이지 않았을뿐더러, 창문이나 뒤뜰을 전혀 주목하지 않았다. 오히려 2미터 정도 앞에 있는 장소를 뚫어지라 응시하는 것처럼 보였다.

해리슨은 한가로이 거닐던 발걸음을 점점 더 재촉했다. 그는 소녀의 얼굴을 보려고 그녀를 앞지르고 싶었다. 자신이 아는 사람이라는 생각이 들었다. 올해 중서부 어딘가에서 전학 온 아이 같았다. 해리슨은 그녀가 캠퍼스를 가로질러 식당으로 가는 것을 본 적이 있었다. 그 애 이름이……사라인가? 아니, 아닌데. 그래 노라였다.

그녀는 코트 주머니에 양손을 넣은 채 걸어갔고, 전혀 보폭을 깨지 않았다. 해리슨은 자신도 모르게 그녀에게 이끌렸지만, 간격을 좁히는 것이 좀 꺼려졌다. 그가 그녀를 흘긋 본다면 그녀도 그를 바라볼 것이다. 그럼, 그녀에게 말을 걸어야 하고, 어쩌면 함께 걸어야 할 상황이 올지도 모른다. 해리슨은 그녀와 대화하며 걷는 흥분을 예상하면서도, 혹시 그녀가 자신의 침입을 환영하지 않을지도 모른다는 생각에 머뭇거렸다.

이제 그녀의 턱과 검은 속눈썹을 볼 만큼 가까워졌다. 안개가 짙었고 신선한 공기가 기분 좋게 불어왔다. 그녀는 해리슨이 추측한 바로 그 아이, 노라였다. 성이 뭐더라? 해리슨은 그녀가 도대체 무슨 생각에 정신이 팔려서 주위는 전혀 신경도 쓰지 않는지가 궁금했다.

점점 더 가까워지자 그녀가 자신의 존재 자체를 알지 못할 수도 있다는 생각이 퍼뜩 떠올랐다. 바로 그 순간에 그 소녀가 해리슨 발걸음 소리를 눈치 챘다. 해리슨은 바로 그녀 뒤에서 아무 말도 하지 않은 채로 계속해서 따라갈 수는 없었다. 그렇게 하면 자신이 그 아이를 뒤쫓아 온 것처럼 보일 것이 뻔했다. 그녀는 보폭을 좀더 빨리 할 생각인 듯하더니, 당혹스럽게도 홱 돌아서더니 그를 마주 보았다. 해리슨은 딜레마에 빠졌다.

결국 그는 선택의 여지가 없었다. 어쩔 수 없이 해리슨은 앞으로 나아가며 거리 건너편을 바라보았다. 한 1초간 주저하다가 "안녕" 이라고 인사를 한 다음, 계속해서 걸어갔다.

그의 등을 뚫어지게 응시하고 있는 그녀의 시선을 느낀 해리슨은 마치 자신이 어떤 목적지라도 있는 것처럼 거짓된 목적의식을 갖고 움직였다. 그는 그녀를 지나칠 때 표정을 흘끔 훔쳐보았다. 검은 눈동자가 깜짝 놀란 것 같지는 않았지만, 약간 경계하는 듯한 눈초리였고, 자신의 인사는 받지 않았다. 곧 해리슨은 학교 교문에 도착했으나 학교 운동장으로 들어가고 싶은 마음이 추호도 없었다. 교문이라기보다는 공을 많이 들여 만든 철재 아치라고 하는 것이 더 옳았다. 어쨌든 교문 앞에 멈춰 섰을 때 돌아서서 그녀가 오는지를 보고 싶은 충동을 억지로 참았다. 돌이켜보면 그때 그러지 말고 노라를 향해 몸을 돌렸어야 했다. 해를 끼칠 일이 무엇이 있었겠는가? 그는 신발끈이라도 묶는 척 해야 했다. 아무리 변명에 서투르고 솔직한 성격을 지녔다 하더라도 그런 식으로라도 우물쭈물 거렸다면 그녀와 말할 수 있는 기회가 생겼을지도 모를 일이었다. 그랬으면 용기를 내어 어느 기숙사에 사는지를 물어보았을 것이다. 만약 그녀가 도로가 아닌 해변을 걸었었다면……그러면 둘이서 함께 걸으며 식당에 가서 점심도 먹으며, 서로 공유하는 선생님이나 좋아하는 수업과 좋아하지 않는 수업에 대한 연결고리를 찾을 수 있었을 것이다.

지금 생각해보니 이런 순간적인 결정들이 전체 우주를 결정한다 해도 과언이 아니라는 생각이 들었다. 그날 노라에게 말을 건넸다면 노라는 스티븐의 여자 친구가 아닌 자신의 여자 친구가 되었을지도 모른다. 그렇다면 그 오두막 집 사건도 일어나지 않았을 것이다.

해리슨은 돌담에서 일어나서 호텔 뒤로 연결되는 작은 길이 있는지를 탐색했다. 한번 잃어버린 기회는 다시는 돌아오지 않는다는 것을 해리슨은 알고 있었다. 순간의 결정도 마찬가지다.

언덕 위까지 오르는 시간은 거의 40분이나 걸렸는데도 내려오는 시간은 15분밖에 걸리지 않았다. 해리슨은 무릎이 좀 쑤시긴 했지만 식욕이 돋아진 채로 호텔로 돌아왔다. 그는 자신이 점심을 먹었는지, 안 먹었는지가 헷갈렸다. 로비에는 또 다른 결혼을 알리는 표시판이 눈에 띄었다(아까도 이 표시판이 있었나). 표시판에는 '카로라와 정백커의 리허설 디너, 펄스 룸, 7시'라고 적혀 있었다. 해리슨은 식당으로 들어와 앉았다. 웨이트리스가 메뉴를 들고 다가왔다. 메뉴를 들여다보니 런치 앙트레가 다양했다. 식초에 절인 작은 오이를 곁들인 라클렛과 구운 포테이토, 익힌 계란 크레페 외에도 몇 가지 더 있었다. 해리슨은 시금치를 곁들인 무화과 샐러드와 라클렛을 주문했다. 카베르네 소비뇽 와인 한 잔도 주문하여 조금씩 음미하며 마셨다. 창문을 통해서 그는 서쪽 산의 기분 좋은 전경을 감상했다. 식당에는 세 테이블에서 손님들이 식사 중이었다. 한 테이블에는 부부가 있었는데, 그들은 대략 톰의 나이 정도 되어 보이는 소년의 주체할 수 없는 에너지에 시달리고 있었다. 소년은 매직펜으로 색칠하면서 곤돌라를 탄 다음, 노스페이스 아울렛 스토어에 갔다가 저녁 먹기 전에 수영하러 다시 호텔로 돌아오자는 확답을 하라고 졸라대었다. 해리슨은 자신이 부모로서 같은 공감대를 형성하고 있다는 마음이 전달되기를 희망하면서 아이 아버지의 시선을 바라보았다.

해리슨이 즐기고 있던 좋은 분위기는 주문한 샐러드가 나오자 약간 방해를 받았다. 시금치 이파리 밑 주변에 죽은 파리가 있는 것이 보였다. 웨이트리스는 아직 이것을 보지 못한 듯싶다. 해리슨은 웨이트리스를 당황하게 하고 싶지 않았기에(사실상 노라 때문이지만) 문제 삼지 않기로 했다. 웨이트리스가 샐러드를 치우러 왔을 때 손도 대지 않은 샐러드를 보고 그제야 죽은 파리를 발견했다.

"어머! 진작 말씀하시지요."

"괜찮아요."

"다른 샐러드를 갖다 드릴까요?"

웨이트리스는 금발머리를 이마가 다 보이도록 뒤로 단단히 동여맸고, 뻐드렁니에 립스틱이 묻어 있었다. 그녀가 몹시 당황하는 모습을 보자 해리슨은 자신이 파리를 숨겨서 그녀가 허둥대지 않도록 돕고 싶을 지경이었다.

"정말로 괜찮아요. 마음에 계속 걸리시면 와인 한 잔 더 갖다 주실래요?"

그제야 웨이트리스는 안도한 것처럼 보였고, 파리가 들어간 불쾌한 접시를 치웠다. 그러나 해리슨은 12월 중순에 파리를 보았다는 게 별로 불쾌하지 않았다. 그저 계절의 변덕스러움이라고 생각했다. 즉시 웨이트리스는 와인을 한 잔 들고 나타났다. 해리슨은 라클렛을 먹는 시간을 즐기면서 다시 노라를 처음 만났던 옛 시절을 회상했다.

뒤도 돌아보지 않고 해리슨은 교문으로 곧바로 들어가서 스티븐이 깨어나기를 기다렸다. 스티븐은 1시쯤에 일어났다. 해리슨은 자신의 우유부단함이 괴로웠으며, 노라를 지나쳐서 걸어가기 직전으로 간절히 돌아가고 싶었다. 그렇게만 된다면 파란색 코트를 입은 그 아이를 그냥 지나치지 않고 말을 걸었을 텐데, 아니면 교문 앞에서라도 그 아이를 기다렸더라면. 이미 기회는 지나갔다. 다른 남자아이들이 보통 그러는 것과는 달리 그는 상황을 바로 잡지 않았다. 해리슨은 그날 오후에 식당에서 노라를 보았지만 말을 걸지 못했다(해리슨이 고개를 들어보니 노라는 이미 사라진 상태였다). 그리고 그날 3시에 매주 열리는 포커게임과 패트리어트 게임이 스터디 홀에서 8시까지 진행되었다. 그 시간에 해리슨은 아침에 내준 숙제를 모두 끝마쳤고, 노인과 바다를 읽었다.

해리슨은 그날은 아주 잘 기억했지만, 그다음날과 그다음날은 기억하지 못했다. 지금 그 무수한 날을 모두 기억할 수는 없는 노릇이다. 해리슨은 그저 키드에서 일어난 몇몇 중요한 순간만을 기억했다. 대부분 스포츠와 노라와 관련된 기억들이다. 억지로 기억을 끄집어내고 약간의 힌트만 있다면 몇 가지는 더 기억해낼 수 있을 것이다. 그러나 키드에서 보낸 마지막 2년은 별로 기억나는 게 없었다. 해리슨은 또 다른 여자친구 마리아를 기억했다. 3학년 때 마리아와 크리스마스 기간에 스키를 타러 간 적이 있다. 선데이 리버에 있는 마리아 부모님의 콘도에서 머물렀다. 해리슨은 건장한 마리아가 자신의 침대로 슬그머니 기어들어오자 당황하며 잠에서 깨어났다. 처음에 해리슨은 그녀의 부모님이 일어나서 복도를 걷는 소리에 극도로 민감한 반응을 보였다. 그는 자기 침대에 있는 여자아이의 흥분 소리가 밖으로 새어나갈까 봐 조바심이 났으나 마리아의 놀랄만한 특별한 기술에 전율을 느꼈다. 하지만 만족스럽지는 않았다. 그것은 해리슨이 별로 시원찮은 파트너였다고 해도 그 자신이 자청한 일이었고, 또 첫 경험이기 때문이기도 했다. 어쨌든 그런 일이 있은 후 해리슨과 마리아는 연인처럼 함께 지내게 되었다. 하지만 긴 금발머리와 지나치게 발달한 가슴을 지닌 마리아는 언제든지 다른 남자의 침대로 기어들어갈 준비를 하고 있었다. 파란색 코트를 입은 소녀는(겨울이 봄으로 향하면서 청재킷으로 바뀌었고) 훨씬 더 과거 속으로 멀어져갔다. 하지만 놓친 기회, 잃어버린 기회, 가벼운 후회는 과거와 더불어 점점 더 커져 갔다.

4월 초 야구시즌이 시작되면서 키드 팀은 노스팬튼 고등학교와 야구게임을 했다. 이 게임은 키드가 당연히 이길 것으로 예상하였다. 해리슨의 기억은 4회에서 멈추었다. 그가 기억하는 4회까지는 아직 명성을 잃지 않은 상태였다. 하지만 키드가 4점 차이로 패배를 맛보아야 했다. 마운드에 선 투수 제리 레이든은 완전히 좌절했다. 시합 전에 더그아웃에서 그는 선수들을 격려하며 이렇게 말했다.

"야, 우리 힙을 합치자."

우리 팀은 그에게 점수를 더 보태주지 못했다. 해리슨은 그날의 패배가 꼭 수비 탓이 아니라 투수의 서투른 피칭도 한몫 했다고 생각했다. 당황한 제리의 싱커는 제대로 컨트롤 되지 않았다. 노스팬튼 역시 그 사실을 알고 있었기에, 인내심을 발휘하여 4점을 내었다. 두 명이 사사구로 나갔고, 세 번째 타자가 3루타를 쳐서 주자 두 명을 불러들였다. 그다음에 홈런이 나왔다. 해리슨의 변덕스러운 기억이 또 게임을 중단시켰을 때는 1루에 한 선수가 있었다. 그 녀석은 해리슨을 미치게 하였다. 그는 1루 베이스에서 너무 멀리 떨어져 있는 상태였다. 투수인 제리가 견제구만 던진다면 1루 주자를 쉽게 아웃시킬 수 있는 상황이었다.

해리슨은 왜 코치가 투수를 마운드에서 내리고 교체 투수를 투입하지 않았는지 의아하게 생각했다. 2루와 3루 사이에서 유격수를 보던 스티븐은 자신의 글러브 속을 주먹으로 툭툭 쳐댔다. 점수를 내준 것에 몸서리친 사람은 제리보다는 오히려 스티븐이었다. 유격수인 스티븐은 몸을 구부렸고, 손은 무릎 근처에 두며 몸을 이리저리 움직였다. 해리슨은 베이스 뒤에 떨어져서 어떤 액션을 취하기를 바라면서 배회하고 있었다. 메인에서 야구는 겨울 스포츠로 진흙투성이의 운동장에서 살을 에는 듯한 추위와 대서양의 강한 바람을 맞으며 하는 운동이다.

강한 돌풍이 마운드로 휘몰아쳤다. 제리는 다시 바람이 잠잠해지기를 기다리며 시간을 벌고 있었다. 심판이 그에게 경기를 진행하라는 신호를 보냈다. 제리는 와인드업 자세로 들어가서 일부러 다리를 높이 치켜들었다. 해리슨은 이 행동이 비경제적이라고 생각했다. 이때 히트 앤드 런 작전이 걸렸다. 투수가 공을 던지자 타자는 그 공을 받아쳐서 2루와 3루로 쭉 뻗은 직선 타구를 날렸다. 유격수인 스티븐은 겉으로 보기에도 불가능한 각도로 아치를 그리더니 몸이 공중에

붕 뜬 상태로 허공을 가르는 공을 잡아냈다. 이런 동작은 고등학생으로서는 도저히 성공할 수 없는 행동이었다. 해리슨은 공이 오기를 기다렸다. 스티븐은 글러브에서 공을 빼내 1루로 던져서 달리는 타자를 아웃시켰다. 투아웃이다. 해리슨과 스티븐이 작년에 연습한 그들만의 독특한 더블플레이였다. 그들은 겨우 내내 끊임없이 연습했고, 가장 중요한 역할을 맡은 스티븐은 회전을 아주 성공적으로 해냈다. 그날은 이제껏 연습한 묘기를 선보인 첫날이었다.

가볍게 발을 높이 뛴 스티븐은 모자 아래의 금발머리가 바람에 뒤로 흩날렸고, 유니폼은 그가 가슴을 내미는 바람에 평평해졌다. 그는 해리슨에게 잘했다는 다른 사람들이 알아차릴 수 없는 제스처를 취했다. 제리가 마지막 타석을 땅볼로만 유도했다면 그들은 타자를 아웃시킬 수 있었고, 시합에서 이길 수도 있었다. 해리슨이 첫 타자로 나서서 안타치고, 롭이 안타를 쳐서 주자 1, 2루를 만들고, 힘 좋은 타자 빌리가 짧은 안타를 쳐서 주자 만루가 된 다음, 스티븐이 주자를 일소하는 안타나 만루 홈런을 치면 그만이었다. 아직 승리할 기회는 남아 있었다.

제리의 손가락에서 공이 빠져나가는 순간 해리슨은 아둔한 피칭이라는 것을 알아차렸다. 타자도 기회를 놓치지 않았다. 타자가 친 공은 높고 멀리 날아가서 펜스 위로 넘어갔다. 어떻게 해볼 도리가 없었다.

5대 0이다.

제리는 교체되었고, 다른 투수가 마운드로 올라가 몸을 풀었다. 해리슨은 관중석을 힐끗 쳐다보았다. 4월이었기에 5월보다는 관중이 적었다. 홈팬들이 어웨이팬들보다 훨씬 더 많았다. 야구 룰을 잘 모르는 부모님들도 꽤 많이 오셨고, 그중에는 아들이 경기하는 모습을 보려고 상당히 먼 곳에서 온 사람들도 있었다. 그런데 그때 펜스에 팔꿈치를 기댄 채로 앞으로 몸을 숙인 여학생이 보였다. 바로 노라였다. 그녀는 청재킷에 목에 핑크색 스카프를 헐렁하게 두르고 있었다. 또 카키색 스커트와 긴 검은색 부츠도 눈에 띄었다. 그녀는 손을 이마에 대어 그늘을 만들어 눈을 가렸지만 해리슨은 단번에 그녀를 알아보았다. 그녀는 스티븐을 응원하러 온 것이 틀림없었다.

호텔 식당에 앉은 해리슨은 그날 오후에 겪었던 전율이 다시금 희미하게 느껴졌다. 우선 당황하였고, 그다음은 매우 깜짝 놀랐고, 마지막으로는 스티븐에게 화가 났다. 설령 스티븐이 의식도 못 한 채로 우연히 자신을 배반한 꼴이 되었지만 그때 해리슨은 몹시 격분했었다. 해리슨은 자신이 놓친 기회에 대해서 스티븐에게 결코 말한 적이 없었다. 엄밀히 말하면 놓친 기회는 이야깃거리가 되지 못했다.

정신이 팔린 해리슨은 바뀐 투수가 초구를 던질 때 몸을 제대로 웅크리지 못했고, 정신이 산만한 상태였다. 원 스트라이크다. 해리슨은 스티븐과 노라를 흘끗 번갈아 보면서 만화책을 꽂아놓은 회전대처럼 자꾸 뒤를 돌아보게 되었다. 해리슨의 직감은 스티븐이 관중석을 슬쩍 보면서 미소 짓는 모습을 보자 명확해졌다. 스티븐이 전에 저렇게 미소 짓는 것을 어째서 보지 못했을까? 확실히 이번 게임이 처음은 아니었다.

타자가 좋지 않은 공에 방망이를 휘둘렀다. 투 스트라이크다. 이제는 해리슨이 자세를 잡고 땅볼이 올 경우를 대비해야 했다. 타자가 3구를 받아쳤다. 높은 아웃사이드 공이었다. 이 공은 1루 뒤에 서서 수비 중이던 해리슨에게 튀어 올랐다. 공을 놓친 해리슨은 나무 펜스로 굴러가는 것을 잡으려고 고전을 했다.

그러는 사이 주자는 2루까지 갔다.

스티븐을 슬쩍 바라본 해리슨은 친구의 얼굴에 당황한 표정이 역력한 것을 보았다. 해리슨은 격노한 채로 몸을 돌렸다. 노스팬튼의 투수가 다음 타자로 나왔다. 가장 쉬운 상대였다. 이번에도 키드 투수의 다리 사이로 빠져 오른쪽으로 굴러가는 타구가 나왔다. 해리슨은 공을 잡았지만 그만 공이 글러브에서 스르르 빠져나오고 말았다. 해리슨이 주자를 바라보았을 때 2루 주자가 홈으로 달려들었다.

6대 0이다.

해리슨의 기억은 여기서 멈추었다. 나머지 게임은 기억이 나지 않았다. 그러나 게임이 끝난 이후는 또렷이 생각났다. 선수들은 야구 방망이와 헬멧을 들고 팀의 부모님들이 싸온 브라우니를 먹고, 레모네이드를 마셨다. 그때 해리슨은 스티븐이 노라가 있는 곳으로 가는 것을 보았다. 그녀는 일어서서 스커트 뒤를 가다듬었다. 스티븐은 주저하면서 그녀에게로 다가가서 말을 건넸다. 보잘것없는 게임을 했다는 말인가? 아니면 자신은 아주 잘했지만 경기 자체가 수준이 낮았다는 얘기를 하는가? 노라는 스티븐을 올려다보면서 미소를 지었다. 그 커플은 서로 몸을 밀착시켜서 스킨십을 하지는 않았지만 어쨌든 키스는 했다. 벌써 두 사람이 애인 사이가 된 것이 가능한 일일까?

해리슨은 누군가 왼쪽 어깨를 가볍게 톡톡 치는 것을 느꼈다. 올려다보니 노라가 눈앞에 와 있었다.

"아까 그 파리는 단순히 과일 위에 앉으려고 나타난 건 아니야. 우연히 물에 빠져 익사한 것도 아니고. 하지만 파리가 벌렁 드러누워 있어서 약간 섹시하게 보일 거야. 드레싱의 끈끈한 시럽 속에서 몸부림치는 듯이 보일 수도 있고."

그녀는 얇은 검은색 스커트에 흰색 블라우스를 입고 있어서 블라우스를 통해서 그녀의 캐미솔이 보였다. 그는 일어섰지만 그녀는 앉으라는 손짓을 하면서 그 앞에 와서 앉았다.

"엄밀히 말하자면 파리사건은 범죄는 아니야. 그 사건이 내가 좀 전에 베란다에서 말한 웰빙의 뜻에 먹칠하질 않길 바라. 예를 들면 배관 통을 모조리 차단할 수는 없다는 말이야. 명백하게 파리는 주말이 다가오고 있다는 예고야. 주말에 쓸 웰빙 과일은 껍질을 다 벗겨야 하거든. 그러다 보니 파리가 달려들 기회도 많아."

해리슨은 화려한 사과를 들고는 피식 웃었다.

"농담이야. 파리 일은 정말 미안해."

노라가 말했다.

"괜찮아 신경 쓰지 마. 결과적으로 아주 매력적인 섹시한 모습이었는데 뭐."

"주디가 내게 점검해달라고 접시를 가져왔더라고."

노라는 진주귀고리를 하고 있었고, 오전과는 다르게 화장을 했다. 입술에서 윤이 났고, 눈동자는 더 까매져서 더욱 선명해 보였다.

"주디는 몹시 솔직하더군. 넌 그녀를 평생 고용하는 게 좋겠어. 우리 둘 다에게 그 정도면 충분히 사죄한 거야."

"주디는 큰 매력은 그리 없지만 예쁘고, 민첩하고, 똑똑한 아이야. 나도 그녀에게 상처주지 않도록 조심하는 편이야."

"난 예상치도 못한 날씨에 현혹된 파리가 주방으로 날아 들어와서 향기가 좋은 무화과에 매료되었다는 상상을 했어."

"그래서 어떻게 됐는데?"

"재미있군. 넌 기분이 좋아 보이는데."

"파리 사건이 생겼는데도 기분이 좋아."

"왜?"

노라는 의자를 뒤로 젖혔다.

"놀랍게도 난 지금까지 현실에서 도피하고 살았어. 그것을 극복한 지금 믿을 수 없는 행복감으로 가득 차 있어."

"나도 기뻐. 어쨌든 라클렛은 아주 맛있었어. 주방장 솜씨가 정말 대단해."

"에디라고 해. 그 말 전해줄게. 그 물 마셔도 돼?"

노라는 해리슨이 건드리지도 않은 물잔을 가리키며 물었다.

해리슨은 물 잔을 그녀 쪽으로 밀었다.

"궁금한 게 있는데, 왜 호텔을 경영해? 분명히 네 남편의 인세 정도면……."

"칼의 인세는 얼마 안 돼."

노라는 몸을 약간 비스듬히 움직여 다리를 꼬며 말했다.

"사람들은 잘 몰라."

노라는 옷의 칼라 높이로 물 잔을 들었다. 해리슨은 노라의 포즈가 인상적이었다.

"하지만 그것이 진짜 이유는 아니야. 진정한 이유는 내가 하고 싶어서야."

노라는 길게 물을 한 모금 마셨다.

"어떻게 남편을 만났니?"

해리슨은 명칭에 약간 문제점을 느끼면서 물었다. 노라의 남편을 칼이라고 부르려면 괜히 친한 척을 해야 했다. 그러나 노라의 면전에서 그를 미스터 라스키라고 언급하는 것은 이상야릇한 기분이 들었다. 또 해리슨은 네 남편이라는 말로 라스키를 계속해서 언급하기도 좀 편치 않았다.

"이미 대답을 아는 질문은 물어보지 말았으면 좋겠어."

거절당한 해리슨은 와인을 한 모금 마셨다.

노라는 물 잔을 내려놓았다.

노라는 생각에 잠기며 손가락을 물어뜯었다. 이런 행동은 매력적인 그녀의 자세를 흩트렸다.

"공원 벤치에 앉아 있었어, 워싱턴 스퀘어 공원에. 샌드위치를 먹고 있었는데, 그때 칼이 옆에 와서 앉더니 절반만 나눠 먹자고 하는 거야. 난 그가 라스키 교수라는 것을 알고 있었어. 한동안 아무 말도 할 수 없었어. 난 그때 뉴욕 대학 2학년이었고, 라스키 교수는……, 그러니까 그는 대단한 사람이었어. 1년 전에 그의 강의를 들었거든. 그는 날 기억하고 내게로 왔다고 주장했었지만 나중에 그게 아니었다고 고백했어."

해리슨은 어떻게 노라 같은 여자를 기억하지 못할 수 있는지 상상이 가지 않았다.

"칼은 매일 같은 시간에 그 공원으로 왔어. 그래서 그에게 점심을 주기 시작했어. 점점 난 점심에 공을 들이기 시작했고, 우리 두 사람은 본격적으로 피크닉을 즐기기 시작했어. 그때 이미 난 그가 결혼한 사람이라는 사실도, 그의 명성도 알고 있었어. 난 공원 벤치 이상으로 발전하지 않는 한 아무런 문제가 될 게 없다고 생각했지. 그리고 아주 오랫동안 아무 문제 없었어.

노라는 잠시 중단했다가 말을 이었다.

"그의 나이는 별로 중요하지 않았어. 지금은 다르지만 그때는 나이에 그리 많은 게 내포되어 있다고는 생각 못했어. 문제가 있었다면 교수들과 잠자리를 하는 여자아이들로 비추어질 수 있다는 거였어."

"그렇게 얼마나 지속했는데?"

"몇 주간. 봄에 만나서 여름에 헤어졌어."

"그 후로 어떻게 지냈어?"

"프로빈스타운에서 웨이트리스로 일했어. 그곳에서 다른 아이와 방을 같이 썼어. 그땐 그럴 수밖에 없었어. 일하면서 받은 팁으로 우린 바에서 술을 마셨거든. 7월에 우연히 유니테리언 교회에서 칼 라스키 교수가 낭독회를 한다는 포스터를 보게 되었어. 난 친구들에게 그를 알고 있다고 자랑삼아 말하지 않았나 싶어. 한번 그런 적이 있었거든. 그를 안다는 사실을 입증하려고 교회로 가야만 했어. 난 피크닉이라도 가는 기분이었어. 우습지?"

노라는 미소를 지었다.

"칼이 낭독을 시작했어. 사람들이 꽉 차서 그가 제대로 서 있을만한 공간도 없었어. 음, 한번 상상해 봐. 쾅쾅 울리는 목소리로 낭독하는 모습을. 칼이 설교하는 것 본 적 있어?"

"어, 한 번. 뉴욕에서였던 것 같아."

"정말로 대단했어. 마치 공연 같았어. 그의 말들……그 말들……."

노라는 가슴 높이로 손을 들었다. 비록 오랜 세월이 지났지만 노라는 아직도 예전에 그가 한 낭독에 사로잡힌 듯했다.

"그가 낭독을 시작했어. 금방 그가 나를 알아보았지. 낭독을 하는 내내 내게서 눈을 떼지 못하더라고. 칼은 실제로 읽는 것이 아니었어. 미리 모든 것을 다 암기해 온 거지. 그러니 한번 상상해 봐, 그 공연이 얼마나 멋졌는가를."

"카리스마 넘치게 그가 낭독하는 모습이 상상이 가."

해리슨이 말했다.

노라는 시계를 흘긋 보았고, 해리슨은 노라의 이 변함없는 태도가 불편해졌다. 해리슨은 접시 옆에 놓인 냅킨을 집어들었다.

"커피 마실래?"

"그래, 고마워."

해리슨은 노라가 뒤에 서 있는 웨이트리스를 부르는 모습을 지켜보았다.

"넌 호텔주인 같아 보이진 않아."

"어째서?"

"내 생각에, 호텔 주인은 술 취한 선술집 주인이나 뻣뻣한 노처녀가 연상되는데……."

그러나 그는 여기서 멈칫했다. 자신이 그녀를 어떻게 보는지를 말하는 것은 친밀감을 너무 많이 표현하는 것이라는 생각이 들었기 때문이다.

"예전 같았으면 넌 전쟁 영웅의 어머니였을 거야. 아니면 탁월한 의사의 아내든지. 어쩌면 너 스스로 시인이 되었을지도 모르지."

해리슨은 대신 이렇게 말했다.

"그 당시 사람들은 여류시인이라고 말했어."

"그래. 그렇게 말했지."

"경제적으로 자립할 수 있는 호텔주인이 되는 것이 단순히 아내

104

와 엄마가 되는 것보다 더 좋은 직업이라고 말하는 사람들도 많아. 당연히 시인이 되는 것이 더 좋긴 하지."

"맞아."

이때 웨이트리스가 와서 앞에 놓인 접시를 치우고 커피 한 잔을 갖다 놓았다.

"넌 안 마셔?"

"이미 너무 많은 카페인을 섭취했어."

"좀 전에 산책했어."

해리슨은 커피에 우유를 넣어 저으면서 말했다.

"돌담까지 갔다 왔어. 마치 미지의 장소에 있는 느낌이었어."

"내 재산의 일부였어."

"뜻밖의 장소를 재산으로 갖고 있었다니."

"미지의 장소로 인도하는 것처럼 보이는 그 숲 밑에는 도로가 아주 많이 나 있어."

"그 옷이 결혼식 리허설 유니폼이야?"

해리슨은 티스푼으로 가리키며 물었다.

"그래, 맞아."

"아주 예쁘네. 프로빈스타운에서 다시 뉴욕 대학으로 돌아와서는 어땠어?"

해리슨은 가벼운 마음으로 덧붙여 물었다.

"칼은 결혼한 사람이야. 아들도 둘이나 있고. 그의 아내는 과거에 일어난 일에는 다소 관대한 편이었어. 하지만 그때 칼은 뛰쳐나오고 싶어했고, 그의 아내는 그걸 참지 못했어. 그녀는 두 아들과 자신을 홀로 남겨놓고 떠난 그를 용서하지 않았어. 굴욕감을 느꼈지. 사람들은 그녀가 아주 오래전부터 치욕스러워했다고 말했어."

"그녀에게 동정적인 것 같은데."

노라는 다시 손을 뻗어 해리슨의 물잔을 집어들어 한 모금 마셨다.

"그래, 지금은 그래. 하지만 그때는 아니었어. 사랑에 빠진 사람보다 더 이기적인 사람은 없어. 칼의 아내는 두 아들을 혼자서 키우겠다는 소송을 내어서 보복했어. 칼은 저명한 변호사를 선임했어. 그는 소송에서 이길 거라고 확신했지만 일이 잘 풀리지 않았어."

"그 일은 너와 남편 두 사람에게 다 고통이었겠구나."

"한 남자가 처자식을 버리고 다른 여자에게로 가는 경우, 그 여자는 큰 부담을 안게 되지. 그 여자는 희생할 가치가 있어야만 하고."

해리슨은 커피를 다 들이켰다.

"넌 분명히 그래."

"그런 희생을 할 가치가 있는 사람은 아무도 없어. 칼은 훨씬 상황이 안 좋았어. 희생을 가치 있게 하려고 자신이 하는 말마다 빛나도록 만들어야 했으니까."

코너에서 해리슨은 주디가 접시를 닦는 모습을 보았다.

"사건이 좀 특별했으면 사람들은 아마 훗날에 예술적 위대함이 희생에서 나온 거라고 말할 수도 있었을 거야."

"난 네가 표현한 대로 그 희생이 가치 있다고 생각해. 단지 그 희생 속에서 진실로 위대한 시가 나와야만 하겠지."

"그게 있다고 생각하니?"

"당연하지. 그의 위대한 작품은 많아. 「빨간 가방*The Red Suitcase*」은 거의 최고 작품으로 칭송받고 있잖아. 하지만 개인적으로 난 「더

포스 캔토*The Fourth Canto is*」를 좋아해."

노라는 아무 말도 하지 않았다. 해리슨과 의견이 다르다는 침묵이다.

"그 작품을 상세하게 알고 있잖아."

해리슨이 말했다.

"그럴 수밖에 없지. 난 그것들을 한 백번쯤은 타이프 했으니까."

"타이핑 말하는 거야?"

"예전에는 그랬어."

"복사물까지도?"

"칼은 컴퓨터로 일을 처리하는데 꽤 느렸어. 지금에서 생각인데, 컴퓨터는 그가 음란물에 호기심을 갖게 된 원인이었던 것 같아."

해리슨은 친숙한 말에 크게 당황했다. 포르노라는 단어에는 이 세상 전체가 포함되어 있다. 불행한 부부간의 섹스? 신랄함? 배반? 아니면 그저 단순한 농담?

"칼은 아침에 서재에서 글을 썼어. 일어나자마자 즉시 서재로 올라가곤 했어. 한번 올라가면 점심때까지 내려오지 않았어."

"항상 아침에 글을 쓰나 보지?"

"그는 정오가 지나서 쓴 글은 가치가 없다고 주장했지. 서재에서 나오면 별로 기분이 좋지 않았어. 그래서 그에게 말을 건네는 건 거의 불가능했어. 난 그가 자신이 쓰는 작품 속에서 빠져나오지 못한 것에 화를 내고 있다고 생각해서 종종 그에게 샤워를 하라고 권했지. 하지만 대체로 그는 앉아서 창밖을 응시하는 걸 좋아했어. 정말로 난 그 시간에 그 옆에 있는 것이 싫었어. 내가, 혹은 그가, 말이라도 걸려고 하면 반드시 다투게 되는 거야. 그래서 그를 피했어."

노라는 다시 시계를 흘끗 내려다보았다.

"참, 아그네스가 와 있어."

"그래?"

"아직까지 둘이 만나지 못했다니 그것 참 이상하네."

"그 애는 어때?"

"우리의 아그네스가 변했을 것 같니?"

"글쎄, 잘 모르겠어. 난 그 애가 아주 멋진 모험을 하며 살 거로 생각했어."

노라가 웃었다.

"아주 좋아 보이던데. 건강해 보였어."

"계속 연락하고 지냈나보지?"

"응. 칼이 살아 있을 때는 가끔 오곤 했어. 두 사람은 놀라우리만큼 한 세트야."

"둘이 싸웠다는 말이야?"

"자주는 아니고. 난 두 사람의 논쟁이 말의 소용돌이와 같다고 생각해. 내면으로는 소용돌이치지만 다른 차원에서는 앞으로 나아가는 것 말이야. 칼은 말로는 누구라도 격파할 수 있었어."

"너조차도?"

"어, 특히 나를 이겼어. 내 방에 가서 서류를 좀 갖고 와야 할 것 같아. 같이 갈래?"

해리슨은 노라를 따라 복도로 갔다. 계단 몇 개를 올라가니 또 다른 복도가 나왔다. 아래 계단과 계단 숫자가 거의 같았다. 두 사람은 방 앞에 도착했다. 방 안으로 들어서니 확 트인 공간이 나왔고 개인 베란다로 향하는 프랑스풍의 문이 인상적이었다. 해리슨은 코너에 큼지막한 하얀색 욕실도 흘끗 보았다. 이국적 색깔로 칠한 유리 장식품들이 욕조 주위 대리석에 놓여 있었다.

"네 방이야?"

"그저 침실과 욕실뿐이야. 끼니는 거의 호텔 식당에서 때워. 요리는 해본 적이 없어."

"별로 나쁜 생활은 아닌데."

"하루에 15시간 일하는 걸 좋아한다면 나쁘지는 않지."

"그래?"

"주말에는 그래."

노라는 책상으로 걸어가 서랍을 열면서 말했다.

"파티는 보통 자정까지는 계속 돼. 11시쯤에 끝내려고 시도해볼 수는 있지만 불가능하다고 할 수 있지. 사람들은 우리가 허락만 한다면 밤을 꼬박 새울 거야. 신랑과 신부가 피로연이 끝나기 전에 이곳을 떠나 신혼여행 장소로 가야 한다는 개념에 대해서는 전혀 신경을 쓰지 않는 모양이야. 오늘은 결혼식 점심 준비하고, 만찬 리허설이 있고, 골프, 테니스, 쇼핑이 있어. 바에서 파티를 한 후에 아침에 신부의 아침 준비를 해줘야 해. 난 결혼은 시작부터 고통의 시작이라고 생각하게 되었어. 내가 일요일 오후에 파김치가 되었다면 신부들은 거의 초죽음이 되어 있어."

"하지만 네 사업에는 좋은 현상이잖아?"

"음, 좋아. 실은 내가 파티를 하도록 조장하기도 해."

노라가 웃었다.

상쾌하고 깨끗한 호텔의 모습은 노라의 방에서 시작되었다고 해도 과언이 아니다. 해리슨은 의자와 칵테일 테이블을 둘러보았다. 칵테일 테이블에는 꽃병, 책 더미, 노라의 엄마로 추측되는 작은 사진첩 등이 놓여 있었다. 창가 근처에는 이륜 경마차가, 한쪽 벽면에다가는 그림, 인쇄물, 사진 등으로 가득 치장해 놓았다. 이 장식품들은 계획성 없이 그냥 아무렇게나 걸어놓은 게 아니었다. 마치 노라는 이용할 수 있는 공간이면 어디든지 장식할 수 있는 것을 찾아 걸어놓았다. 해리슨은 즉시 벽에 걸린 사진을 빼어 들었다.

"너니?"

해리슨은 칼 라스키와 아주 어린 노라로 짐작되는 사진을 가리키면서 물었다.

"응. 결혼식 사진이야."

노라는 올려다보면서 말했다.

해리슨은 사진을 자세히 보았다. 스무 살 정도로 밖에 보이지 않은 노라는 파란색에 오렌지 꽃무늬가 있는 드레스를 입고 있었고, 긴 머리는 틀어올렸다. 라스키는 머리가 길어서 헝클어졌고 텁수룩해 보였다. 그는 흰 셔츠 위에 캐주얼 코트와 청바지를 입었다. 그의 눈동자는 초점이 없어 보였다. 이미 술이 얼큰하게 취한 상태 같았다. 사진을 보면서 해리슨은 그동안 그리워한 노라에게서 상처를 받고 있음을 감지했다. 안심시켜 주기를 바라는 어린아이의 심정이거나 위로가 필요한 상처받은 아내의 심경 같았다. 해리슨은 갑자기 노라가 참으로 어리석었다고 생각되었다. 그는 사진 속으로 들어가서 노라와 칼 라스키 사이에 끼어들고 싶은 충동에 휩싸였다.

"됐어."

노라는 서류철에서 종이 한 장을 찾으면서 말했다. 그녀는 해리슨을 향해 얼굴을 돌렸다. 입술에는 질문이 담겨 있었으나 노라는 잠시 망설였다.

"넌 스티븐이 무엇이 되었을지를 생각해본 적 있니?"

해리슨은 회피하지 않도록 마음을 다잡았다.

"그 애가 살아 있다면?"

"그래."

"야구 특기생으로 스탠퍼드 대학에 갔겠지 아마. 그러기로 되어 있었으니까. 그다음에 블루 제이스로 스카우트 되었을 거야. 그리고 투윈스로 트레이드 되었을 거고, 결국 레드삭스에서 유격수로 활약하며 제2의 노마로 불렸을 거야. 스티븐은 골든 글러브를 4번이나 차지할 테고, 타격도 평균 3할 1리를 유지했을 거야. '명예의 전당'에도 뽑혔을 거로 생각해."

"그렇게 잘했어?"

"오, 그럼"

해리슨은 손가락으로 마호가니 콘솔 테이블 가장자리를 훑으면서 말했다.

"너도 잘했니?"

"아니, 난 스티븐 때문에 잘해 보였던 거야. 우리 둘은 리그에서 그 누구보다도 더블플레이를 잘했거든. 하지만 모두 스티븐의 공이야. 그는 공중에서 공을 재빨리 잡아채서 나에게 로켓처럼 쏘아댔어. 스티븐처럼 이 묘기를 잘하는 선수는 사실 노마밖에 없어.

노라는 책상 의자에 앉았다.

"참으로……."

"슬프니?"

해리슨이 물었다.

"그렇지. 아니, 그 이상이야. 하지만 무의미한 얘기야."

그렇다고 생각했다. 절대적으로 무의미했다.

"그렇지. 벌써 3시가 다 됐네. 가봐야겠어."

노라가 일어서면서 말했다.

그녀는 문가로 가서 입구에서 멈추어 섰다.

"6시 30분까지 혼자 지내도 괜찮겠어?"

"물론이지. 할 일을 좀 가져왔어. 아그네스도 만나보고."

해리슨은 의자에서 일어나서 문으로 움직이면서 말했다.

그가 노라 옆으로 바짝 다가가자 그녀의 샴푸 향이 풍겨왔다.

"그날 밤."

노라가 말했다.

해리슨이 고개를 흔들었다.

"그래, 그만하자."

노라는 손바닥을 약간 오목하게 해서 그의 어깨와 쇄골 사이를 가볍게 쳤다. 그러자 해리슨은 마치 맨 피부에 그녀의 손이 닿기라도 한 듯한 전율을 느꼈다. 하지만 그가 이 접촉을 마음에 새기기도 전에 이미 끝나버렸고, 노라는 다시 앞서서 복도를 따라 걸어갔다.

"어서 빨리 롭을 보고 싶어."

노라는 앞서 가면서 말했다.

아그네스의 비밀

아그네스는 오렌지색 더플백을 풀고 침대에 옷을 펼쳐놓기 시작했다. 청바지와 손으로 뜬 스웨터, 저녁 칵테일 파티에서 입을 장미색 정장 한 벌, 내일 결혼식에서 입을 파란색 울 드레스. 아그네스는 침대 가장자리에 앉아서 점심으로 건강식품 파워바를 먹었다. 그녀는 호텔에서 점심을 먹을까도 생각했다. 노라도 그렇게 말하지 않았던가? 하지만 노라가 모든 식사를 결혼식 파티에 온 사람들에게 제공되도록 세심하게 신경 쓴 것을 확실히 몰랐기 때문에 점심을 준비해 왔다. 키드에서 받는 박봉으로는 꼭 필요한 것에만 예산을 써야 할 형편이다. 아그네스는 굳이 점심식사에 대해 노라에게 물어보고 싶지 않았었다.

점심을 먹고 있자니 아그네스는 전에 호텔로 놀러 왔던 때가 생각났다. 간결하지만 마음이 끌리는 거실, 새로운 주방기구로 꾸며진 주방, 깨끗한 흰색 페인트로 칠한 복도들. 노라가 디자이너나 실내장식가였다면 자기가 가진 미적 감각을 유감없이 발휘하고 살았을까? 마치 호텔이 통째로 식기세척기에 들어갔다 새것이 되어 나온 느낌이다. 그렇다, 너무 새것이라 그런지 뭔가 어색했다.

또 무언가 이상하기도 했다. 그것이 무엇일까? 분명히 주방이 이상했다. 주방이 굉장하긴 했지만 뭔가 낯설다고 느껴졌다. 아그네스는 두 눈을 감았다. 그렇다. 바로 그것이다. 고기 냄새. 고기 냄새 그 자체는 입맛을 돋우었지만 옛 주방을 생각해보면 낯선 냄새였다. 칼은 채식주의자에다 자연주의자였다. 아그네스는 홀 끝에 있는 조그마한 욕실에서 직접 손으로 만든 비누, 끈적끈적한 액체, 모래가 한꺼번에 뒤섞인 걸 보고 진저리치던 기억이 떠올랐다.

부엌에서 나는 고기 냄새. 칼 라스키가 무덤에서 벌떡 일어날 노릇이다. 그의 무덤이 어디였더라?

도착하자마자 제리나 빌, 브리짓과 바로 부딪히게 될지도 모른다고 생각하여 옷에 신경을 쓰고 온 아그네스는 스웨터와 청바지로 갈아입고, 부츠로 갈아 신었다. 그녀는 파워바를 다 먹고, 호텔에서 제공해주는 물 한 병을 벌컥벌컥 들이켰다. 황금열쇠를 주머니에 스르르 넣은 채 어깨에 배낭을 메었다.

로비 데스크에서 아그네스는 도보여행자들이 이용할 만한 길이 나온 지도를 발견했다. 그녀는 앞 계단에 잠시 멈추어 서서 지도를 답습하고 새로운 환경에 적응하려고 노력했다. 스웨터를 입어서인지 더웠지만 갈아입으려고 방으로 돌아가고 싶지 않았다. 분명히 오후가 지나면 점점 추워질 것이다. 또 언덕 그늘에서 좀 쉬면 싸늘할 것이다. 참으로 드물게 날씨가 좋았고, 그녀는 이날을 기억하고 싶었다. 얼굴에 살을 에는 듯한 바람을 맞지 않고 걸을 수 있다는 사실이 참으로 신기하기만 했다. 키드에서의 12월은 거의 살벌하리만큼 추웠기 때문에 더욱 그랬다.

아그네스는 장시간 차를 타고 오는 동안에 단단히 긴장된 근육을 한시라도 빨리 풀어주고 싶었다. 그녀는 언덕 옆길을 달렸는데, 처음에 생각했던 것보다 길이 좀 가팔랐다. 부드러운 햇빛이 나무 사이로 새어들어 왔다. 저 멀리 산과 호텔의 희미한 전경이 큰 나뭇가지 사이로 들어왔다. 짐이 함께 왔다면 그는 그녀와 이런 하이킹을 할 엄두도 내지 못했을 것이다. 명상을 즐기는 그는 운동을 좋아하지 않았다. 아그네스 꼬임에 넘어가 몇 번 산책하기도 했지만 즐거워 보이지는 않았다. 아그네스의 기억으로는 한 번도 짐이 아내와 산책이나 도보여행을 해본 적이 없었다. 하지만 애인과는 달랐다.

아그네스는 돌담을 따라 쭉 걸어갔다. 길은 점점 더 가팔랐다. 아그네스는 숨을 헐떡거렸다. 스웨터 속으로 땀이 줄줄 흘러내렸고, 발을 헛디디지 않도록 조심했다. 스웨터를 벗을까 말까 고민스러웠다. 날씨에 어울리지 않는 의상을 한 것은 전혀 그녀의 잘못이 아니다. 누가 뉴잉글랜드 12월의 날씨가 21도까지 올라가리라고 예상이나 했겠는가. 아그네스는 숨을 고르고자 나무에 몸을 기대었다. 땀이 목과 양팔 밑을 타고 흘러내렸다. 갑자기 아침에 방취제를 갖고 왔어야 했다는 생각이 퍼뜩 떠올랐다. 그랬다면 스웨터를 망치지 않아도 되었을 것이고, 땀 냄새도 나지 않았을 것이다. 완전히는 아니지만. 아그네스는 다른 사람들이 있는지를 둘러보았으나 숲에는 완전한 정적만이 흘렀다. 그녀는 혼자였다. 스웨터를 들어 올려 머리 위로 벗었다.

금방 땀이 피부에서 마르기 시작했다. 아그네스는 청바지와 브래지어만 입은 채 바위에 앉았다. 숲에서 절반이 나체인 채로 있다는 생각을 하니 다소 웃음이 났다. 청바지 허리띠 위로 불쑥 뛰어나온 폭이 좁은 살덩이에 약간 당혹스럽기도 했다. 앞으로는 앉았다 일어서기를 하루에 50번에서 100번으로 늘려야만 할 것 같다. 아그네스는 짐과 만나는 강박관념과 스트레스로 몸이 많이 불었다. 여자가 자신의 침대에서 날마다 남자를 만난다면 살찌는 걱정따위는 없어질까.

오늘 밤, 누군가가 왜 이제껏 결혼하지 않았는지, 왜 자식을 갖고 싶지 않은지 물을 것이다. 전에도 이런 질문을 받은 적은 있다. 말을 하지 않지만 그녀가 레즈비언이라고 생각하는 친구도 있을 것이다. 머릿속이 아주 복잡했다. 그녀는 결혼을 한 번도 하지 않았고, 눈에 보이는 남자친구도 없다. 노바스코샤 여행 중 한 여자가 물었을 때는 그런대로 잘 넘어갔었다. 재빨리 질문을 회피하거나 무시해버리곤 했던 이런 질문이 최근에 다시 고개를 들어 괴롭히기 시작했다. 아그네스는 아이를 갖고 싶지 않았다. 가끔 이런 생각이 자신의 글쓰기 상상력에 지장을 주지 않을까 걱정이 되긴 하였다. 그녀는 자신이 말을 타는 모습보다 아이를 안은 모습을 연상할 수 없었다.

산들바람이 약간 불어 와서 그녀의 피부와 면 브래지어 속으로 파고들었다. 아그네스는 가슴에 손을 갖다 대면서 자신의 피부가 상당히 부드럽고 팽팽한지를 다시금 상기했다. 또 남자의 손길이 닿은 지 상당히 오래되었다는 것도 일깨웠다. 1년이 지났을까. 피부가 얼마나 더 이렇게 부드러울 수 있는지는 알 수 없는 노릇이었다. 나이가 들면 어떻게 될까? 아마 그때는 모든 것을 잃게 될 것이 뻔했다. 탱탱한 피부와 아름다움. 이런 우울한 생각을 하다 보니 한 가지 의문이 생겼다. 충만하게 사랑을 받고 사는 여자가 그렇지 않은 여자보다 젊음을 덜 잃고 싶어할까?

오늘 모일 친구들은 모두 고등학교 졸업반 때 짐의 반이었다. 해리슨, 노라, 롭, 제리, 빌, 그리고 스티븐. 브리짓은 그들보다 한 학년 아래로 서클 후배이다. 짐의 현대미국문학 수업을 들으려면 대기표까지 받아서 기다려야 했고, 그 수업을 들은 학생들은 특권을 얻은 셈이었다. 그들은 블룸필드 휴게실 소파에 앉아서 벨로우와 긴즈버그 등에 대해 토론했다. 책을 거의 읽지 않는 스티븐은 요점을 토론하는데 재능이 있었다. 진정한 학자 타입인 노라는 글을 잘 썼고, 가끔 반 친구들 앞에서 발표할 기회를 얻었다. 아그네스는 해리슨을 사고가 깊은 친구로 기억했다. 새로운 아이디어와 재치 있는 논쟁은 스티븐의 장점이었다. 롭은 거의 들리지 않는 목소리로 토론에 참여해서 그 옆에 앉은 사람만 들을 수 있는 행운을 안겨주었다. 이따금 미첼 선생님(그때는 짐이라고 부르지 못했다)조차도 즐겁게 해주었다. 아그네스 기억으로 제리는 늘 준비성이 철저했고 무뚝뚝했다. 가끔 모두 틀렸다고 생각될 때면 인신공격을 하기도 했지만 너무 심하다 싶으면 상냥하게 한 발 뒤로 물러선 다음 그들 중 아무도 생각해내지 못한 멋진 질문을 했다. 그러면 미첼 선생님이 대답을 해주면서 부드럽게 학생들이 두뇌를 쓰게 하여 결론을 향하도록 대화를 이끌었다. 그런 분위기에서 실질적 학습이 진행되었다. 이후 아그네스는 선생님이 되어 그의 비밀스러운 학습 방법의 기술을 이해하게 되었다.

졸업반 11월이었다. 정확히 말해 11월 13일이었다. 그날을 아그네스는 해마다 개인 기념일로 축하해 왔다. 시험점수에 이의가 있어서 방과 후에 미첼 선생님 방으로 찾아갔었다. 키드에 다니는 내내 아그네스는 일부 학생들처럼 선생님을 괴롭히는 습관을 갖고 있지 않았다. 그래서 자신의 항변이 완벽하게 정당하다고 생각했었다. 아그네스는 만반의 준비를 하고 가서 자신의 말이 끝날 때까지 미첼 선생님이 한마디도 하지 못하게 하는데, 성공했다. 끝날 때쯤 흥분하여 침을 튀기며 말을 한 그녀의 얼굴은 벌겋게 달아올랐다. 짐은 아그네스가 서서 이것저것 따지는 동안 오크 책상 뒤에서 의자를 뒤로 젖힌 채 앉아서 팔짱을 끼고 묵묵히 듣고 있었다.

"미스 오코너."

그는 학생들을 모두 미스나 미스터로 불렀다.

"자네 말은 점수를 바꿔달라는 이제껏 내가 들은 논쟁 중 가장 설득력이 있군그래. 지금까지 네가 이 반에서 써낸 것 어느 것보다 더욱 설득력이 있다는 말이야. 아주 인상적이야. 그러니 점수를 올려주겠네. 하지만 한 가지 조건이 있는데."

"정말이세요?"

지칠 대로 지친 아그네스는 이렇게 쉬운 성공에 약간 당황해 하면서 물었다.

"지금 네 생각을 잘 정돈해 글로 써서 제출하면 점수를 올려주겠다고 약속하지."

아그네스는 뭔가 속임수가 있는 것이 아닌지 의심스러웠다.

"그러죠."

"좋아. 오늘 말을 잘 정리해서 리포트를 제출하면 A를 주겠네."

그는 일어서서 바지 벨트를 약간 끌어올리고, 두 손을 양쪽 엉덩이에 얹었다. 아그네스는 그의 엉덩이를 바라보았다. 셔츠가 벨트 위로 툭 삐져나온 것이 보였다. 또 허리의 맨 피부가 10센티미터가량 보였는데, 그 부분에 걷어 올린 그의 소맷자락이 닿았다. 순간 이상한 욕망이 솟아났다. 순수한. 익숙하지 않은. 타락하지 않은. 그녀의 두 눈은 그의 얼굴을 응시했다. 전에는 주목하지 못했던 파란 홍채가 눈에 들어왔다. 아그네스는 이 남자의 수업을 스무 번이나 서른 번쯤 들었는데, 한 번도 그의 얼굴을 제대로 본 적이 없었다. 말도 안 되는 일이다.

아그네스의 태도에 당황해서 어쩔 줄 모르는 미첼 선생님은 머리를 기울이면서 말했다.

"음."

아그네스는 꼼짝할 수 없었다.

"그러니까, 다음 주 수요일까지 준다면 시간은 충분하겠지?"

그는 아그네스의 이상한 행동에 불편해 하면서 말했다.

아그네스는 고개를 끄덕이었지만 책상 위에 올려놓은 시험지는 집어들 생각도 하지 않고 미동도 안 하고 서 있었다.

"뭐 다른 질문 있니?"

아그네스는 그의 나이를 계산해 보려고 시도했다. 아마 서른 살쯤. 그래, 그럴 것이다. 언젠가 그에게 어느 대학을 다녔는지, 언제 졸업했는지도 물어봐야겠다. 그에 대해 아주 많은 것을 알아야겠다!

"아니요. 전 그저……."

미첼 선생님은 제자가 말을 끝내기를 기다렸다.

"그저 뭐?"

그는 머리를 가볍게 숙이면서 부드러운 목소리로 물었다.

(짐이 나중에 말하기를, 그녀가 괴로운 가정생활, 룸메이트와의 갈등, 연애사건 등과 같은 사춘기 소녀의 고민거리를 상담하려는 게 아닌가 생각했다고 한다. 그는 이중 어떤 것도 상담할 준비가 되어 있지 않았고, 그 어느 것도 듣고 싶지 않았다고 했다.)

"난 얘기 다 했는데."

아그네스가 대답하지 않고 있자 그가 말했다.

아그네스는 책상에 있는 시험지를 집어들었다.

"고맙습니다. 수요일까지요."

"좋아."

그는 마치 제자와 까다로운 협상을 성공적으로 마친 것을 축하한다는 듯이 말했다.

하지만 아그네스는 달랐다.

숲 속 나무에 기대어 그날을 기억하면서 아그네스는 옛일을 그만 생각해야겠다고 다짐했다. 그러지 않으면, 눈물이 날 것만 같았다. 그녀는 사랑스럽게 우는 타입이 아니다. 두 눈은 충혈될 것이고, 눈꺼풀은 굽지 않은 베이컨 색깔로 변할 것이고, 화장한 것이 모두 엉망진창이 될 것이다. 아그네스는 다시 스웨터를 입고 깊게 심호흡을 몇 번 했다. 그녀의 머릿속에는 아직 고쳐서 받지 못한 시험점수, 은행 잔고, 청바지 위로 툭 튀어나온 뱃살에 대한 생각이 남아 있다. 최근 그녀는 온통 마음을 사로잡은 핼리팩스 재앙에 대해서도 생각하며 배낭에 손을 넣어 노트와 연필을 꺼냈다.

저녁식사 시간에 이네스는 헤이즐보다 좀더 키가 작은 루이즈 건너편에 자리를 배정받았다. 루이즈는 특이한 갈색 눈을 지녔다(그렇다. 그 색깔을 다른 말로 표현하기는 어려웠다. 이네스는 눈 색깔의 전문가였다). 사실 헤이즐의 눈이 갈색이라고 하기에는 약간 맞지 않는 구석이 있었다. 프라저 부부는 루이즈를 낳았을 때 갈색이라는 뜻을 지닌 첫아이의 이름을 헤이즐(Hazel)이라고 지은 것을 후회했을까? 아니면 이런 유전적 장난을 그저 즐기었을까?

"당신이 와줘서 정말 기뻐요. 전쟁 중이라 남자가 부족하다는 것은 하느님도 아실 거예요. 사실 남자들은 우르르 몰려다니죠. 우르르

왔다가 우르르 몰려가곤 하죠. 단순한 무리라고나 할까요."

루이즈는 입 주위가 잔뜩 긴장한 채로 불안함을 드러내며 서둘러서 말했다.

이상하다. 이네스는 루이즈가 왜 자신에게 적대적이지 않는지가 의심스러웠다. 어쩌면 이네스가 오해하고 있을지도 모를 일이다. 루이즈 역시 반지를 끼고 있었다.

"핀치 군처럼 능력 있는 사람은 별로 없어."

이 말은 프라저 박사의 말이다. 그는 술을 한 잔 마시고 싶어하는 눈치였으나 포기하고 저녁을 먹었다. 일종의 군복인 높은 칼라에 물방울무늬 넥타이를 맨 박사의 콧수염은 말끔하게 정돈되어 있었다. 이네스는 저녁을 먹기 전에 프라저 박사와 개인적으로 만나서, 인사도 나누고 자신의 정확한 임무를 이해하기를 바랐다.

"오시는 길은 어땠어요?"

루이즈가 물었다.

"추웠어요. 하지만 길은 상당히 쉽게 찾았어요."

이네스는 루이즈가 얼굴에 긴장을 푼다면 더 예쁠 거라는 생각을 하면서 대답했다. 이런 루이즈의 신경과민은 엄마에게서 물려받은 것이지 아버지를 닮은 것 같지는 않았다. 박사는 저녁을 먹는 내내 거의 말이 없었고, 어린 딸과 아내의 수다에 면역된 것으로 보였다. 대신에 박사는 부상자들과 수술기구 등에 몰두하고 있는 듯했다. 박사가 말한 몇 마디 언급에서 이네스는 부상자들과 사상자들을 위한 배가 들어오고 있다는 소식을 알게 되었다.

간과 베이컨이 나왔을 때 프라저 여사는 저 멀리 영 스트리트라는 곳에 부자들이 새집을 짓고 이사 왔다는 이야기를 했다. 영 스트리트,

이네스가 아는 곳인가? 아니다. 그가 모르는 곳이다. 프라저 여사는 실망감을 보였고, 이네스가 '부자들이 사는 곳'이라는 요점을 놓쳤다고 덧붙였다. 물론 이네스는 부자들 부류에 속하지 않았다. 비록 그도 그러고 싶었지만. 프라저 여사는 이 사실을 아주 잘 알고 있었다. 이런 대화를 들으며 헤이즐은 미소를 짓고 있었을까? 그는 다이아몬드 반지가 혹시 할머니가 유산으로 물려준 것이 아닐까 하는 생각을 해봤다. 하지만 거의 이와 동시에 에드워드라는 이름이 헤이즐과 나란히 언급되었다. 두 사람의 이름이 거론되자 루이즈가 미간을 찌푸렸다. 그녀의 행동으로 보아 두 사람은 연인관계임이 틀림없었다. 몇 마디 대화도 하기 전에 헤이즐과 끝이다. 그녀와 어찌해보기도 전에 끝이라니. 이네스는 전체적으로 그녀와 함께한 시간과 비교해볼 때 자신의 주장이 불합리하다는 걸 알고 있었다. 헤이즐은 그에게 생긋 웃어주는 것 외에는 아무것도 해준 것이 없었다. 그녀는 낯선 사람이다.

그러나 이네스는 그녀에게 본능적으로 끌렸다.

"이 집을 설탕 공장을 운영하는 고모부한테 물려받았어요."

프라저 여사는 주제를 다른 곳으로 돌리려고 시도했다.

"여기 오랫동안 있을 건가요, 핀치 씨?"

루이즈가 채소 그릇을 그에게 건네면서 물었다.

"6개월 정도 머무를 예정입니다."

그는 프라저 박사를 의식하면서 말했다. 하지만 그는 아무런 반응이 없었다.

"그럼, 크리스마스를 여기서 보내겠군요. 크리스마스에 여기 계실 건가요? 아니면 가족에게 돌아가야만 하나요? 가족은 어디 사나요?"

루이즈가 물었다.

"케이프 브렌튼에요."

"갔다 오기에는 상당히 멀군요."

"아마 일 때문에 그때는 집에 못 갈 것 같네요."

이네스는 루이즈의 질문에 당황해 하며 조심스럽게 말했다. 아마도 프라저 부부는 크리스마스 때 가족끼리 보내고 싶어할지도 모를 일이다. 그래서 그가 단 며칠만이라도 이곳을 떠나주기를 원할 수도 있다. 사실, 이네스는 케이프 브렌튼으로 갈 경제적 여유가 없었다.

프라저 가족은 저녁을 맛있게 먹었다. 이네스의 마음에 들고 싶은 루이즈는 대화가 중간 중간 끊어질 때마다 이를 이어갔다. 그녀의 빠른 말은 단지 신경과민 이상인 것 같았다. 이네스는 아직은 심하지 않은 히스테리로 진단했다. 루이즈의 머리카락은 밝은 갈색에 짧은 커트머리로 웨이브가 얼굴 양쪽 끝으로 조금 있었다.

"크리스마스에 핀치 씨가 함께하면 우리는 좋죠."

약간 늦은 감이 있지만 프라저 여사가 정중하게 말했다.

이네스는 헤이즐의 약혼자를 상상해 보았다. 제복을 입은 사람일까? 외과의사일까? 프랑스 장교일까? 루이즈는 항구에서 외국으로 배를 타고 가며 춤을 추는 여행에 대해 이야기하고 있었고, 이네스에게 그런 여행을 하고 싶은지를 큰 소리로 물어보았다. 이네스는 자신이 평민임을 상기시켜 주었고, 자신이 입은 평복으로는 제복을 입은 해군 장교들로 가득 찬 배를 타고 외국으로 갈 수 없음을 일깨워주었다.

"핀치 군, 오늘 저녁에 자네가 살펴봐야 할 서류가 좀 있네. 아침 9시 30분에 정문 현관에서 만나세. 아마 지독한 하루가 될 걸세. 프랑스에서 부상병들이 새로 들어왔어."

프라저 박사가 간과 베이컨을 먹은 후 푸딩을 먹기 전에 이네스를 일깨우면서 말했다.

테이블을 가로질러 들려오는 박사의 낮은 음성의 말투는 대화를 숨 막히게 했다. 견디기 어려운 침묵이 지속하였다. 헤이즐을 곁눈질로 힐끗거리는 입심 좋은 루이즈 조차도 조용했다. 추측이 확실해졌다. 헤이즐은 프랑스 장교와 약혼한 상태였다.

"지난주에는 배 15척을 잃었어. 사람들이 전방에 선 남자는 평균 수명이 석 달이고, 말은 한 달이라는 농담을 하지."

프라저 박사는 자신의 한 말에 대한 파급 효과는 전혀 개의치 않는 것처럼 덧붙였다. 아마 테이블에 앉은 여자들은 모두 그것에 익숙한 듯했다.

묘하게, 무시무시한 침묵을 깬 것은 헤이즐이었다.

"카드할 줄 아세요, 핀치 씨?"

마침 이네스 핀치는 카드를 꽤 잘했다.

"네, 그럼요."

"우리 진 러미 게임해요."

그들이 모두 일어섰을 때 루이즈가 말했다. 그녀는 다가와서 이네스의 팔을 잡았다.

"우리 한 팀 해요. 당신과 나. 왜냐하면 헤이즐 언니는 정말로 잘하거든요. 그래도 되지? 우리 자리를 옮겨서 후식으로 코코아부터 먹어요."

세 사람은 먼저 헤이즐이 와인을 마시던 거실로 돌아왔다. 전기 램프가 6각형 테이블 근처를 밝게 비추고 있었다.

어두운 빛과 새까만 커튼이 점쟁이 방을 연상시켰고, 이네스는 영혼들이 막 모임을 개최할 것 같은 기묘한 감정에 사로잡혔다. 그는 넓은 팔걸이의자에 앉아서 공처럼 생긴 털실을 보니까 이 생각이 더욱 확실해지는 것 같았다. 루이즈는 전쟁모금운동을 위해 양말을 떠서 파는 듯했다. 헤이즐은 참여하지 않는다고 이네스는 확신했다.

두 여자는 이네스 양쪽에 자리를 잡고 앉았다. 프라저 여사는 그들과 합류하고 싶지 않은 듯 약간 배가 아프다는 핑계를 대었다. 루이즈는 계속해서 전쟁에 대해 이야기했다. 영국은 배를 한 1000척 정도 잃었다는 등, 존 퍼거슨이 죽었다는 등, 메리의 아버지는 군수용품을 만들어 팔았다는 등의 이야기를 했다. 헤이즐은 루이즈의 이런 말에 무척 냉정해 보였다.

흐린 불빛에서도 전에는 눈치 채지 못했지만 이네스는 방이 허름한 것에 주목했다. 가구를 말하는 것이 아니다. 가구는 방의 검소한 소박성에 비해 너무 거대해 보였다. 다소 몰딩이 부족했고, 바닥이 좁았고, 회반죽 덩어리가 떨어져 나간 문 위의 일부분 등이 눈에 들어왔다. 이네스 뒤에 있는 창문을 통해서 바람이 들어왔다. 밖에서 자동차가 덜거덕거리며 지나갈 때 이네스는 집이 흔들리는 것을 느꼈다.

이네스는 루이즈를 위해 첫 게임에서 이겼다. 카드게임은 의식적인 사고 아래로 시냇물처럼 흐르듯이 진행되었다. 그는 게임에 능수능란했다. 고의적으로 다음 게임에서 헤이즐에게 져줄 때에도 능숙했다. 의과대학에서 학생들은 내기 게임을 해서 술값을 벌거나 다 털리기 일쑤였다. 이네스는 수준에 맞게 방법론적으로 정확하게 생각하도록 훈련되어 있었다. 그는 직감적으로 게임에 임했다. 이런 재주는 학창시절에 선배가 저녁때마다 그를 연습시킨 결과였다. 이 기술은 누구에게나 써먹을 수 있어서 수술하려고 환자들과 상담할 때에도 의식적으로 이 기술을 이용했다.

이네스의 짐을 계단으로 올려준 뚱한 하인이 멀리서 루이즈를 부르며 나타났다. 루이즈는 하인과 이야기를 나누러 테이블을 떠나자마자 이네스와 헤이즐은 서로 눈빛이 마주쳤다. 헤이즐은 마치 딴 곳을 쳐다보는 것처럼 눈을 치켜떴다. 문가에 있는 루이즈에게 가려고 그녀가 일어서자 그의 가슴은 방망이질 치기 시작했다. 이네스는 두 자매가 중얼거리는 소리를 들었고, 루이즈의 가벼운 고통스러운 표정을 보았다. 그러더니 루이즈는 뚱한 하인과 함께 어디론가 사라졌다.

난로 옆에 서 있는 헤이즐이 말했다.

"엄마가 컨디션이 별로 안 좋아서 루이즈가 필요하데요. 루이즈에게 엄마 약이 있거든요. 루이즈가 직접 만든 그 약을 드시면 좀 나아져요"

이네스는 변비라고 진단을 내렸다.

"어머님이 안 좋으시다니 유감이네요."

이네스는 6각형 테이블에서 일어나서 말했다.

"별로 카드를 안 좋아하시죠?"

헤이즐이 난로에 등을 대면서 물었다.

"상황에 따라서요. 오늘은 별로네요."

"전 진료소에서 아버지를 돕고 있어요."

"그래요?"

이네스는 진심으로 놀라면서 말했다.

"술 한 잔 드릴까요?"

"내일 아침에 대기해야 하기 때문에 안 마시는 게 좋겠네요."

이네스는 난로 방향으로 움직이면서 말했다.

헤이즐은 가죽소파 한쪽에 앉았다. 어디에 앉아야 할지 확신이 서지 않는 이네스는 소파의 맞은편 끝 근처에 있는 의자를 선택했다. 그는 벽난로 불빛에 비친 헤이즐의 얼굴을 보았다.

"진료소에서 무슨 일을 하세요?"

"붕대를 감아요. 또 두려움에 떠는 환자들을 위로하죠."

"저도 당신의 존재가 위로가 됩니다."

이네스는 용기를 내어 말했다.

"왜 미국에 계시지 않았죠?"

헤이즐은 이네스의 말을 무시하면서 물었다.

"여기가 제자리라고 느꼈기 때문에요. 지금 곳곳에는 민족주의가 격렬하게 퍼지고 있어요, 알고 있죠? 아버님과 함께 일하는 것은 제게는 큰 영광입니다."

"전쟁은 아버지를 고통스럽게 하고 있어요. 정신도요. 아버지는 부상자들의 죽음을 아주 많이 경험하셨어요. 미리 한 가지 사실을 알려드리죠. 아버지는 사람들을 아주 혹사하세요."

"그 도전이 기대되는군요."

"당신은 잘해낼 거예요, 핀치 씨."

"이곳에서 지내는 동안 절 이네스라고 불러주실래요?"

그는 대답도 듣지 않고 덧붙여 말했다.

"벽난로에 불을 좀더 때도 되나요?"

"전 곧 자러 갈 거예요. 하지만 여기 더 머물 계획이시라면 그렇게 하세요."

이네스도 곧 잠자리에 들어야 한다. 그는 자신의 방에도 난로가 있기를 희망했다. 만약 없다면 이불이 몹시 차가울 것이다. 학교 다닐 때는 가끔 침대 옆에 놓아둔 주전자에 얼음이 얼곤 했었다.

"루이즈는 약간 신경과민이에요."

해리슨은 고개를 끄덕이면서 이 말이 헤이즐의 입장에서 배반 행위가 아닐까라는 생각을 했다. 이런 말을 하는 것이 루이즈의 기회를 박탈하려고 하는 것인지, 아니면 단순히 주의를 주는 것인지도 혼란스러웠다. 루이즈는 사랑을 하고 싶어 안달이 나 있다. 이네스는 모든 관심을 헤이즐에게 집중해야 한다고 생각했다. 그녀가 이걸 부담스러워 할지도 모르지만.

"약혼했다고 하던데."

"이곳은 있을 곳이 못 돼요. 당신은 이런 생각은 못했겠지만."

"약혼자에 대해서 말해줘요."

"한 문장으로요? 그는 영국왕실해군 소속의 소령이에요."

이네스는 만약 자신이 누군가를 사랑하고 있다면 한 문장으로는 그 사람을 도저히 설명할 수 없다고 생각하면서 물었다.

"그럼 외과의사가 아니군요?"

"네. 그는 제조업을 하고 있어요."

이네스는 돈이나 멋진 외모에 이끌렸을 게 분명하다고 생각했다. 그는 자신이 이 거실에 있는 것과 마찬가지로 이끌림이라는 것이 논리적이지 않다는 생각을 하고 있으면서도 이런 생각을 했다.

"여기서 살 건가요?"

이네스가 물었다.

"그건 에드워드가 결정할 일이에요."

헤이즐은 고개를 추어올리며 대답했다.

그럼, 헤이즐이 여길 떠날 수도 있다는 말인가. 부자들이 사는 영스트리트에서라도 살면 좋으련만. 벌써 이네스는 헤이즐의 미래 부재에 대해 마음이 불편해지기 시작했다. 몇 시간 전까지만 해도 모험으로 가득 찼던 핼리팩스에 헤이즐이 없다면 텅 빈 것처럼 보일 것 같았다.

"핀치 씨, 당신은 일을 아주 잘해낼 거로 생각해요."

"저도 당신 말이 맞기를 바랍니다."

"당신에게는 직관과 동정심이 있어요. 전 그것을 저녁식사 때와 카드게임에서 보았어요."

"고마워요."

헤이즐은 창가로 향할 태도를 보였다.

"전 커튼이 싫어요."

그녀는 감성적으로 말했다.

"밖의 전경은 아주 사랑스럽죠. 달빛에 항구와 배들이 빛나고 있거든요. 전쟁이 끝나고, 내 집을 갖게 되면 창문에 절대 커튼을 달지 않을 거예요. 불빛과 별들을 보고 싶거든요."

그녀가 일어섰다.

"이만 자야겠어요."

이네스도 그녀를 따라 일어섰다. 그는 아무것도 쳐져 있지 않은 그녀의 미래 집에 질투가 났다.

"아침식사 때 봐요. 요리사인 엘렌이 당신이 온 기념으로 스코틀랜드식 아침을 준비한다고 했어요."

"저도 영광인 걸요."

"가족이 보고 싶으시죠?"

"연말에는 특히 그렇죠. 처음에는 가족과 떨어져 있는 것을 견딜수가 없었어요. 미칠 지경이었죠. 프랑스에 남동생이 하나 있어요."

잠시 대화가 중단되었다. 그동안 이네스는 프랑스 시골에 사는 동생을 생각했다. 동생을 만난 지 상당히 오래되었다.

"의료 수업을 받아볼 생각은 해봤나요?"

"용기가 없어서요."

그녀는 문으로 향하면서 말했다.

"루이즈가 굿나잇 인사를 못해서 서운할 거예요. 제가 생각했던 것보다 엄마가 심하신 것 같네요."

"두 분 다 아침식사 때 뵙기를 바랍니다."

"전 전쟁을 증오해요. 지긋지긋해요."

헤이즐은 돌아서면서 말했다.

이네스는 그녀의 거친 말에 깜짝 놀랐다.

"우리 모두 그래요."

"아뇨. 모두는 아니에요. 전쟁으로 번창하는 사람도 있어요."

이네스는 그녀가 제조업을 한다는 에드워드를 염두에 두고 하는 말인지 궁금했다.

"사람들은 의사라는 직업도 번창한다고 생각하죠. 출세를 한다고요."

"의사는 출세보다 피폐해지는 경우가 더 많다고 생각해요."

"당신 아버님도 피폐해졌나요?"

"그럼요. 아버지가 걱정이에요. 하지만 아버지는 훈련된 분이니 괜찮을 거예요."

"그럼, 당신은요?"

헤이즐이 문을 여는데 이네스가 물었다. 그녀는 다시 문턱을 넘어서 그에게 가까이 다가왔다.

"전혀 아주 조금도요."

헤이즐이 대답했다.

곧 이네스도 잠자러 갈 거라고 아그네스는 생각했다. 그는 차가운 이불을 덮고 잠을 자게 될 것이다. 따뜻한 난로는 없으니까. 아침이면 그는 스코틀랜드식 아침을 먹을 것이고, 생각지도 못한 일을 경험하게 된다. 프라저 가족 일부가 죽게 될 것이다. 한 사람은 시각장애인이 될 것이다. 이네스와 헤이즐, 그리고 루이즈에게 앞으로 소스라치게 놀랍고 오싹할 일이 벌어질 것이다.

아그네스는 자그마한 숲속을 다녀온 짧은 여행에 작은 추억을 간직한 채 호텔로 돌아왔다. 그녀가 안으로 들어왔을 때는 거의 어두워진 상태였다. 아그네스는 아무도 자신의 스웨터와 헝클어진 머리를 보지 못했기를 희망하면서 한꺼번에 계단을 두 개씩 올라갔다. 방에 도착하자 그녀는 마치 도망자라도 되는 양 문을 닫고 숨을 몰아쉬었다. 샤워를 하러 가면서 옷을 하나씩 벗어던졌다. 아그네스는 저쿠지를 바라보았다. 호텔방에 모두 저쿠지가 있었던가? 처음에는 즐겁다가 다음에는 고통스러웠다. 인생의 모든 것이 서로 관련되어야만 하는가? 짐을 상기시키지 않는 것은 없단 말인가?

아그네스는 마지막 속옷까지 벗어 던지고 욕조 위의 거울에 비친 얼굴을 살폈다. 두 눈동자는 맑았고, 피부는 약간 장밋빛이었다. 그녀는 어떤 상황에서도 울지 않을 작정이다. 사실 그녀는 욕조는 완전히 무시하고, 그것을 단순히 샤워하기 위한 발판으로만 여겼다. 거울 밑에 있는 선반 위 은쟁반에 목욕용품이 있는 것이 보였다. 그녀는 샴푸 뚜껑을 비틀어 열어서 냄새를 맡아보았다. 로즈메리 향과 포도 향이 났다.

해리슨의 편지

　해리슨은 방으로 돌아와서 노라가 자신의 어깨를 만진 의미에 대해 서너 가지 생각했다. 원래는 아그네스를 찾아 나설 계획이었지만, 지금은 마음이 내키지 않았다. 창가에 서서 밖을 내다보고 있는데, 낮은 언덕 아래에서 커브를 돌면서 오는 스트리치 리무진 한 대가 보였다 안 보였다 하며 올라오는 것이 보였다. 이것이 그의 관심을 끌었다. 빌과 브리짓일 거라는 생각이 들었다. 장엄하게 도착한다고 생각했다(해리슨은 빌이 잘했다고 생각했다). 그는 방을 가로질러 호텔 앞 전망이 잘 보이는 창문 앞에 섰다. 한 여자가 리무진 뒷문 오른쪽에서 내렸다. 브리짓이 아니었다. 여자는 검은색 스웨터와 검은색 바지를 세련되게 입었고, 단단한 몸의 라인은 그녀의 키를 더욱 두드러지게 했다. 180센티미터는 족히 되어 보였고, 헤어스타일은 금발로 상당히 세련되었다. 여자가 돌아섰다. 나이는 40세 전후로 보였다. 차의 어두운 내부에서 모피코트를 건네받은 여자는 한쪽 팔에 아무렇게나 걸쳤다. 해리슨은 그녀가 뒤도 한번 돌아보지 않고 곧장 호텔로 걸어 들어오는 모습을 지켜보았다.

　리무진 왼쪽에서 한 남자가 나왔다. 남자의 큰 키, 잘 다듬어진 체격, 차분한 붉은색 곱슬머리 등이 눈에 들어왔다. 그는 자갈 위를 걷더니 마치 호텔을 사기라도 할 것처럼 주위를 이리저리 뜯어보았다. 제리였다. 제리가 리무진을 타고 이곳에 등장한 게 완전히 말이 안 되는 건 아니었다. 그는 맨해튼에 살고 있고, 분명히 이렇게 시끌벅적한 차를 좋아할 것이기 때문이다. 하지만 정말로 저런 리무진을 타고 올 필요가 있단 말인가?

제리가 입장하는 데는 화려하지 않았다. 도어맨도 없었고, 포터맨도 없었다. 리무진 운전자는 짐을 꺼내서 호텔 첫 계단 위에 깔끔하게 올려놓았다. 짐 가방은 낙타가죽으로 강한 인상을 주었다. 이것으로 그의 임무는 끝났으니 운전자는 이제 가봐야 한다는 자신의 성급함을 드러내었다(그는 배가 고팠을까? 소변이 마려웠을까? 제리가 불쾌감을 주는 손님이었을까). 제리는 짐을 처리해야 하는 것이 성가신 듯싶었다(아니면 주디가 가방을 들고 계단으로 운반해야 할까). 해리슨은 제리가 로비에 들어섰는데 그를 맞이하는 사람이 아무도 없는 상황에서 무슨 말을 하는지를 단순히 엿듣고 싶어서 방문을 열고 계단을 걸어내려 가고 싶은 충동을 느꼈다. 어쩌면 리무진의 출현이 사람들을 불러 모을지도 모를 일이다.

해리슨은 다시 산책하러 나가고 싶었다. 그는 생각을 정리할 시간이 필요했다. 다른 세계에 사는 친숙한 얼굴을 만나는 것은 분명히 흥분되는 일이다. 비록 그는 그들 중 대부분을 27년 동안이나 보지 못했다고는 하지만 그들이 아주 가까운 친구라는 환상을 갖고 이제껏 살았다. 그렇지만 이제 그들에게 자신을 내보여야 하는 것이 편치는 않았다. 그들은 "해리슨은 잘살고 있니? 결혼생활은 행복하다니? 야, 해리슨이 마흔네 살로 보이니?" 등과 같은 질문을 던지며 판단하려고 들 것이다. 그렇지만 그들은 곧 그동안의 공백과는 상관없이 금방 허물없이 지내게 될 게 뻔했다. 그러나 아직도 허공에서 떠다니는 개념이 있었다. 벌써 두 번이나 언급된 스티븐이었다. 그의 영적인 존재는 B등급 영화의 특수효과처럼 주위를 가득 메웠다. 스티븐의 이야기가 나올 것이고, 해리슨은 이에 대비해야만 한다. 20년 넘게 보지 못했던 친구들은 그를 보면서 '스티븐'생각을 할 것이다. 이건 자연스러운 일이고 예상한 일이다. 결국 해리슨은 스티븐의 베스트 프렌드이자 룸메이트였으니까.

해리슨은 램프와 압지, 그리고 전화가 놓인 책상에 앉았다. 그는 책상 위의 호텔 팸플릿(상품판매 카달로그와 그 지역의 볼만한 곳이 나온 목록)을 치웠다. 그가 손을 대자 책상은 말끔해졌다. 커피 생각이 나자, 도서관에 맛있는 에스프레소 머신이 있다는 생각을 했지만 그곳에 가다가 브리짓이나 아그네스, 심지어 제리까지도 만날지 모를 일이다. 그는 아직 그들을 만날 준비가 되어 있지 않았다. 안 가는 게 좋겠다. 지금 그는 아내 에블린에게 편지를 쓰는 편이 더 나았다(이 편지가 집에 도착하기 전에 그가 먼저 도착해 있겠지만). 그는 전화로 대신할 수도 있었으나 아내의 성급한 목소리를 듣고 싶지 않았다. 아내는 '잘 지내지? 비행기는 어땠어? 호텔은?' 등과 같은 형식적인 질문을 퍼부어댈 것이다. 그는 에블린의 가라앉은 모습을 보고 싶었다. 그녀가 자신이 보낸 편지를 읽는 동안 커피 한 잔을 들고 아동용 책으로 가득 찬 세 번째 책꽂이 앞 가죽 소파에서 웅크리고 앉은 모습을 보고 싶었다. 편지를 보내는 일은 이메일 시대에는 어울리지 않았다. 고의로 기계화와 자동화에 반대하는 사람이 된 듯하고, 시간낭비이기도 했다. 그러나 편지를 쓰다 보면 현실에서는 거의 찾을 수 없는 에블린의 모습을 본다. 그래서 해리슨은 필기도구를 찾으려고 책상 서랍을 열어 뒤적거렸다. 그곳에서 일기장만 한 크기의 메모지를 발견했다. 봉투는 플립 위에 흰색으로 호텔 이름을 새겨 넣어 편지를 쓰는 사람의 생각에 상업적인 면이 침입하지 않도록 배려했다.

순수한 노라.

에블린에게

당신에게 편지를 쓰려고 이렇게 앉아보기가 얼마 만인지 모르겠군요. 한 1년쯤 되었나요? 런던으로 여행 갔을 때가 마지막이었나요? 지금 다시 당신에게 글을 쓰고 싶은 충동을 느꼈어요. 당신이 이런 두서없는 글에 마음 쓰지 말았으면 하는 바람입니다. 또 당신이 이 편지를 받을 즈음에 난 토론토로 다시 돌아가 있을 거란 사실도 마음에 두지 않길 바랍니다. 예전에 당신은 토론토에, 난 몬트리올에 살았을 시절을 회고해 보았어요. 그때 우리는 끊임없이 글을 주고받았지요. 복도를 따라 걸어오던 집배원 발소리를 듣고 단숨에 계단으로 뛰어내려가 봉투를 가로채던 일이 기억나는군요. 한결같이 똑같은 회색봉투였지요. 난 그 편지가 마치 부서지기라도 할 것처럼 조심스럽게 누추한 내 방으로 갖고 왔지요. 편지를 읽을 때 복받쳐 오르는 감정 때문에 기절할 뻔 하기도 했고요. 가능하면 지금 그런 느낌을 되찾고 싶어요. 세월이 흐르면서 거의 없어지긴 했지만. 우리 아이들을 지켜볼 때면 그와 비슷한 감정이 드는 것 같아요. 그건 그렇고, 잘 지내죠(참으로 어리석은 질문이죠. 당신이 이 글을 읽을 때 이미 대답을 알고 있을 텐데 말이요)? 내가 없는 동안 별일 없길 바라요. 당신과 아이들이 내가 없는 휴일을 재미있게 즐기고 있다고는 생각하지만.

난 오늘 아침에 호텔에 도착했어요. 좀 독특한 호텔이에요. 모두 박공구조로 되어 있고, 베란다가 있고, 지붕 라인이 아주 기발하죠. 고딕풍이라고나 할까. 하지만 똑같다고는 할 수 없죠. 호텔은 칼 라스키가 살던 집인데, 지금은 그의 아내인 노라(내가 노라 얘기한 것 기억할 거요)가 소유하고 있어요. 노라는 호텔을 다시 정비해서 빌과 브리짓의 결혼식 장소로 사용하기로 했고, 이곳은 엄청난 초대의 장소로 변했어요. 좀 전에 에스프레소 머신에서 커피를 한 잔 마셨고, 욕실마다 저쿠지가 있어요. 방은 조용하고 사람들에게 '이제 도착했구나' 하는 느낌이 들게 해줘요. 내 생각에 노라는 이 분야에서는 천재인 듯해요. 아마 노라는 천직을 찾은 것 같아요. 분명히 노라도 행복할 거라 믿어요. 우리는 모두 믿을 수 없는 이곳 날씨에 깜짝 놀랐어요. 해가 쩅쩅 내리쬐는데다가 온도는 21도나 돼요. 이곳 날씨가 축복이라고 생각하지 않나요? 난 이것이 빌과 브리짓에게 좋은 징조라고 생각해요. 그들에게 앞으로 좋은 일만 일어났으면 하는 바람이에요. 브리짓에게는 열다섯 살짜리 남자아이가 있는데, 그 애를 빨리 만나보고 싶어요. 아직도 빌은 손에서 글러브를 놓지 않는지도 궁금하고요.

내가 당신에게 키드 시절 이야기를 별로 한 것 같지 않네요. 당신이 한번 왜 얘기 안 하느냐고 물은 적이 있지요. 내가 말하기 싫어한 것도 알고 있어요. 그 시절이 몹시 좋지 않았기 때문일 거예요. 내 룸메이트가 졸업을 한 달 앞두고 죽었다는 말 한 적 있지요. 하지만 어떤 식으로 이야기했는지는 확실히 기억이 나지 않네요.

우리는 모두 친구였어요. 스티븐(내 룸메이트였죠), 빌, 제리, 롭, 그리고 나, 모두 2학년 때부터 야구팀 대표선수였지요. 그중에서도 스티븐은 재능이 아주 많아서 명문대학에 야구 장학생으로 입학하기로 되어 있었어요. 덧붙여 말하자면 그의 학과성적으로는 갈 수 없는 좋은 대학을 갔죠. 그의 성적과 토론 기술은 보통수준이었죠. 지금 당신이 상상한 대로 이것은 그 친구와 나 사이의 끊임없는 팽팽한 긴장감을 주는 원인이었죠. 나는 꾸준히 공부하는 사람이었고, 테스트가 있기 3~4일 전부터 미리 준비했죠. 하지만 우리는 성적 차이가 나는데도 상관하지 않고 꼭 붙어다녔죠. 스티븐은 독특했고, 더 큰 인물이 될 수 있는 녀석이라고 생각했지요. 물론 우리는 모두 그와 같이 되기를 원했어요. 공평하지 않게 그는 정말로 잘생겼어요. 이것은 확고부동한 말이었어요. 그의 얼굴은 눈 깜짝할 사이에 생기가 넘치게 하고, 그의 지은 미소는 순수하게 주위로 퍼져 나갔어요. 아마 당신도 그 주변 어딘가에 서 있고 싶어했을 정도로요. 그는 돈도 많았는데, 우리는 그러지 못했어요(키드는 부유층이 다니는 학교가 아니었어요). 스티븐의 아버지는 초창기 전기 통신 사업을 해서 돈을 벌었고, 웰즐리에 거대한 집을 샀어요. 그 집에는 욕실이 일곱 개나 있었어요. 그의 아버지는 이혼했고, 젊은 여자와 재혼했어요. 아마 이름이 앤젤리카였을 거예요. 그녀는 우리보다 열 살밖에 많지 않았기에 우리는 당혹스러웠죠(나는 1학년 내내 그 여자를 경멸했어요). 내가 처음으로 술을 마신 곳이 스티븐의 아버지 집이었어요(결정적으로 스티븐은 처음이 아니었죠). 3학년 때였는데, 어느 날 밤에 몰래 집으로 숨어들어 가서 스티븐의 아버지 캐비넷을 따서

137

잭 다니엘을 거의 5병이나 해치웠어요. 그 이후 숙취로 고생했는지는 기억이 확실하지 않아요.

빌과 제리는 룸메이트였어요. 빌과 두 번이나 스키 타러 간 것 기억나지요? 학창시절에 빌은 조용하고 겸손했어요. 반면에 제리는 언제 친해졌는가 싶게 우리와 함께 하게 되었어요. 제리는 싱커를 굉장히 잘 던지는 투수였어요. 그가 마음먹고 공을 내리꽂으면 다른 팀 선수들은 내야 안타조차 칠 수 없을 정도였지요. 학창시절에 제리는 반은 떠버리였고, 반은 선천적으로 호기심이 많은 아이였어요. 나는 늘 선천적으로 호기심이 많은 이 아이가 성공하기를 바랐죠. 하지만 5년 전 뉴욕에서 그를 만나서 점심을 먹었는데 그만 실망하고 말았어요. 제리는 허풍쟁이가 되었을 뿐만 아니라 사회에 악영향을 끼치고 있었어요. 그동안 별로 많이 변한 것 같지 않았어요. 몇 분 전에 스트리치 리무진을 타고 호텔로 올라오는 것을 보니 말이에요. 난 그 차에서 긴 목과 긴 팔다리를 지닌 제리가 내리기 전까지는 신랑 신부인 빌과 브리짓이라고 생각했어요. 어쨌든 큰 허풍 탓에 그는 우리 중에 가장 성공한 사람이 될 거예요. 난 오늘 밤에 그 친구가 무슨 말을 할지 몹시 기대가 돼요.

롭은 키가 크고 마른 아이였어요. 포지션은 우익수였죠. 하지만 잘하지는 않았던 것 같아요. 우린 그때를 잘 기억하진 못하지만, 그는 피아노에 대한 예술적 열정으로 줄리아드 음대를 향해 질주했었나 봐요. 그가 줄리아드에 들어갔을 거라고 확신해요(키드를 졸업한 후에 이 대학에 들어가려고 두세 번 더 시도했다는 소리를 들었어요). 친구들은 그가 다시는 야구공을 잡지 않았다고 하더군요. 난 지금도 그 친구가 야구게임을 쫓아다니는지 궁금해요. 그는 레드삭스 열혈팬이었거든요. 키드 시절에 그 친구가 손가락을 다치지 않은 건 정말로 기적이었어요. 그런 일은 늘 일어나거든요.

우리 그룹 중에 다른 세 명은 여자아이들이에요(지금은 명백히 여성이지만요). 아그네스, 브리짓, 노라예요. 이들 중에 브리짓과는 그리 친하지 않아서 그 애에 대해서는 잘 몰라요. 또 그 애는 1년 후배이기도 해요. 빌은 조용하고 겸손했죠. 브리짓은 말이 없고, 빌 외에는 무관심한 편이에요. 두 사람은 커플이었어요. 둘은 대학 내내 성실하게 사귀었고, 졸업한 후에 결혼할 예정이었죠. 그런데 뭐가 잘못됐는지 빌이 다른 여자와 결혼했다는 소식을 듣고 정말 충격이었으니까요.

노라는 내가 가장 잘 아는 친구로, 스티븐의 애인이었어요. 기숙사 방문이 허락되는 시절에 두 사람은 기숙사 안팎으로 늘 붙어다녔어요. 또 노라는 야구게임에 스티븐을 응원하러 자주 왔어요. 만약 키드가 킹과 퀸을 선발하는 학교였다면 두 사람이 뽑혔을 거예요(키드는 번잡한 것을 좋아하지 않는 학교여서 우리는 킹과 퀸을 뽑아보지 못했어요). 내 생각에, 노라는 다소 힘들고 기능장애가 있는 남자들을 선호하는 것이 틀림없어요. 졸업반 봄까지 스티븐은 자주 술이 곤드레만드레 되었어요. 이야기를 들어보니 칼라스키도 술주정뱅이에 사생아라더군요. 그가 노라를 까칠하게 대했는지는 모르겠으나 적어도 문제가 많은 사람임은 틀림없어요.

4학년 졸업반 막바지에 이르러 스티븐은 일주일에 두세 번은 술을 마실 구실을 찾기 시작했어요. 그는 "야, 우리 파티하자!"나 "야, 우리 놀러 나가자!"라고 자주 말하곤 했죠. 술 마시는 것은 금요일과 토요일 밤에 늘 밟는 절차였어요. 스티븐은 한 번 학교에 걸려서 4일간 정학을 당한 적이 있지요. 그때 그는 술을 끊겠다고 선뜻 집으로 간 적도 있어요. 왜 노라가 이런 것을 참고 있었는지 이해가 안 돼요. 스티븐이 위험을 즐기고, 흥미롭고, 우스꽝스럽지만 잘생겼다는 것만 제외하면 볼 것이 하나도 없는데 말이에요. 노라는 나처럼 스티븐의 이런 모습을 보지 못했나 봐요. 토함, 숙취, 자기 증오. 정직하게 말해서 4학년 봄 학기까지 많은 학생이 술을 마시고 파티를 했어요. 대학 입학을 축하하는 의미이기에 안전하다고 생각했어요. 대부분 우리는 해변에 있는 빈집에서 술을 마셨어요. 집들은 대부분 잠금장치가 허술해서 우리는 쉽게 안으로 들어갈 수 있었어요. 어두워질 때까지 기다렸다가 비가 오면 안에서 파티를 했고, 날씨가 좋으면 방파제나 해변으로 나갔어요. 좋은 시절이었지요. 나도 그때를 기쁜 마음으로 기억하고 싶지만 그럴 수가 없네요. 이런 종류의 파티가 열리는 동안 스티븐은 얼큰하게 취해서 바다로 걸어 들어가 죽고 말았거든요.

아무도 그가 없어진 걸 눈치 채지 못했어요. 우리가 알았을 때 이미 너무 늦은 상태였어요. 우리는 모두 그가 해변을 따라 캠퍼스로 돌아갔을 거라고 추측했지요. 당연히 기분 좋을 때 음정이 맞지 않는 노래를 습관적으로 부르면서요. 그가 밤까지 돌아오지 않자 나는 학생주임 선생님에게 말했어요. 그때 좀더 일찍 그를 찾으러 해변으로 나가보지 않은 나 자신을 결코 용서할 수 없었어요.

그의 시신은 일주일 후에 페퍼렐 섬에서 발견되었어요. 나는 몇 주를, 몇 달을, 몇 년간을 그날 밤 일을 잊으려고 몸부림치며 살았어요. 그의 장례식을 했고, 졸업생 목록에서 그의 이름이 빠졌어요. 졸업해서 모두 흩어진 후에도 난 수치스러웠고 가슴이 찢어지는 듯이 아팠어요. 이 사건은 스티븐과 그의 가족에게는 비극이었지요. 남은 우리에게도 추악하고 부끄러운 비극이었지요.

해리슨은 펜을 내려놓고 이마를 훔쳤다. 여기까지 쓴 이야기는 반은 진실이고, 반은 꾸며낸 이야기다.

아직 아그네스 이야기를 안 했네요. 우리 중에 가장 열정이 넘치는 아그네스는 노라의 룸메이트였어요. 그 아이는 늘 유행에 뒤떨어진 옷을 입고 다녔고 너저분했지요. 하지만 모든 사람의 환영을 받았어요. 그녀가 키드에서 데이트를 한 적이 있는지는 기억이 나지 않네요. 지금은 그곳 키드 선생님이래요. 메인 주에 남아 있는 유일한 친구죠. 결혼은 한 번도 한 적이 없는데, 이유는 모르겠어요. 우리를 상당히 많이 알기 때문이 아닐까 하는데요. 우리 남자들이요. 멍청이들이요. 지금 호텔에 와 있다는데, 아직 만나지 못했어요.

여기까지네요. 등장인물을 다 소개했어요. 아직도 키드의 일부 전경이 내 마음속에 살아 있어요. 이따금 난 지금 현재의 친구들보다 옛 친구들을 더 잘 아는 것이 아닌가 하는 착각에 빠지곤 하죠. 예를 들면 20년간이나 나와 함께 일한 조지보다도. 당신도 언젠가 10대 때 만난 친구들에 대해서 이런 감정을 느낀다면 내게 꼭 말해줘야 해요. 당신이 로웨나 얘기를 한 것이 기억나는군요. 하지만 다른 사람 얘기를 했는지는 잘 모르겠네요.

에블린, 당신이 그립네요. 오늘 밤 칵테일파티 때 당신이 멋진 드레스를 입고 내 팔을 잡고 걷는 모습을 보고 싶었는데. 아마 이곳의 모든 남자가 날 질투했을 거예요. 그런 다음, 당신과 함께 이 멋진 방으로 돌아와서 외설적으로 보이는 편안한 침대에 푹 파묻혀 사랑을 나누고 싶었어요. 우리는 늘 만족스러운 사랑을 나누지 못했어요. 당신도 그걸 인정할 거예요. 사랑을 나눌 때마다 왜 우리는 좀더 잘하지 못하는지를 스스로 물어보곤 하죠. 그래도 우리는 삶을 잘 헤쳐나갈 거라고 믿어요, 당신도 그렇죠? 우리 두 아들도 그러기를 바라고요. 아이들은 내 보물이에요. 당신 또한 마찬가지고.

당신에게 고마움을 표하는 남편 해리슨

해리슨은 편지를 봉투에 넣어서 앞면에 주소를 적어, 램프에 기대 세워놓았다.

그는 침대 위에 놓아둔 짐을 뒤적뒤적 거려 욕실용품을 찾아내어 옷을 벗으면서 욕실로 향했다. 샤워박스 안에서 그는 목 뒤로 뜨거운 물이 뿜어져 나오도록 했다. 고개를 숙이고 팔을 축 늘어뜨린 채로 그는 아무 생각도 하지 않으려고 애썼다. 대신에 몇몇 바에서 흘러나

왔던 '레이디 마멀레이드'를 흥얼거렸다. '오늘 밤 나랑 자고 싶나요?' 해리슨은 그 자세로 오랫동안 서 있었다. 그러다 노라의 온수 난방장치가 걱정되기 시작했다. 모든 손님이 저녁마다 동시에 샤워를 한다면 어찌 될까? 그는 허겁지겁 비누칠을 해 헹구어 내고, 머리에 샴푸를 한 다음, 린스를 했다. 서둘러 타올로 몸을 닦고, 수증기로 가득 찬 거울을 닦아낸 다음 면도를 했다. 쓸데없는 걱정이 다시 고개를 들었다. 술을 마신 다음에 저녁을 먹게 되나, 아니면 자기 마음대로들 하는 건가? 그렇다면, 어떻게 그룹을 지을까? 해리슨은 노라가 미리 준비해 놓았기를 바랐다. 그런 다음, 결혼식이 걱정되었다. 주례는 어떤 분인지도 언급이 없었다. 브리짓은 가톨릭이었던가? 그는 결혼식이 어떨지, 브리짓이 흰 드레스를 입을지가 궁금해졌다. 암에 직면해서 필사적인 행동으로 둘이 결혼을 한다는 것인가?

면도가 끝나서 깨끗해진 해리슨은 와이셔츠 두 개 중 하나를 선택했다. 오늘 밤에는 스포티한 옷을 입고, 내일 정장을 입을 예정이다. 넥타이를 매러 욕실로 들어갔을 때 거울은 깨끗해져 있었다. 자신이 마흔네 살처럼 보이는가? 마흔네 살의 모습은 어떤 모습인가? 어쨌든 간에 노라는 그렇게는 보이지 않았다. 나이에 상관없이 아직도 노라는 소녀 같은 구석이 남아 있었다.

해리슨은 황금열쇠를 챙긴 다음, 방을 나섰다. 즉시 로비에서 왁자지껄한 소리가 들려왔다. 물론 호텔에는 다른 손님들도 있겠지만 꽤 조용한 것처럼 보이는 이곳에서 시끌벅적한 소리가 들리는 것이 왠지 낯설었다. 해리슨은 엘리베이터를 타지 않고 계단으로 재빠르게 내려갔다. 혹시 엘리베이터에서 친구들을 만날 가능성 때문이었다. 쓸데없는 걱정이라는 걸 알고 있다. 로비에서 그는 노부부가 식당으로 가려고 엘리베이터를 타려는 모습을 보았다. 그 부부가 저녁을 먹으러 간다고 생각했다. 한 젊은 부부는 저녁을 먹으러 가기에는 너무 이른 것 같고, 그렇다고 침대로 가는 것도 아직 아닌 것 같고, 결정을 못 내리고 갈팡질팡하고 있었다.

해리슨은 도서관 쪽으로 걸어갔다. 그곳 가까이 갔을 때 더블도어가 열리는 것이 보였다. 그는 잠시 멈추었고 목소리가 들려왔다. 빌의 목소리인 것 같았다. 그가 코너를 돌아서 도서관으로 들어가자 익숙한 얼굴들이 보였다. 해리슨은 롭 조알이 어떤 남자와 대화 중인 것을 보았다. 롭은 남자의 목 뒤에 손을 얹고 가까이서 상체를 굽힌 채로 은밀한 대화를 나누고 있었다. 해리슨은 약간 어리둥절해했다. 이제껏 롭이 게이라는 사실을 알지 못했기 때문이다. 키드에서도 그랬던가? 다른 아이들은 알고 있었던가? 코너에서 제리 레이든이 손을 흔들었다. 아그네스 오코너도 두 팔을 활짝 편 채로 다가왔다. 해리슨은 자신의 이름이 계속해서 불리는 소리를 들었다. 마치 거창한 모임의 서막을 알리는 커튼이 올라가고 불이 밝혀지는 느낌이었다.

작은 동창회

"해리슨."

"아그네스."

"좋아 보이는데."

"너도."

해리슨은 상체를 구부려 아그네스를 안았다. 품에 안은 아그네스는 그가 생각했던 것보다 훨씬 더 단단했다(하지만 자신도 단단하다고 생각했다). 그는 팔을 뻗어 아그네스를 잡고 찬찬히 얼굴을 훑어보았다. 아그네스는 진정으로 그를 만나서 기쁜 듯이 보였고, 자세히 관찰당하자 약간 무안해했다. 해리슨은 아그네스를 풀어주었다. 그녀의 얼굴은 생각했던 것보다 더 많은 풍파를 겪은 듯했고, 해리슨이 구식이라고 여길만한 옷을 입고 있었다. 세속적 수녀가 장밋빛 옷을 입은 것 같다고나 할까. 해리슨은 아그네스가 정장을 거의 입지 않는다는 사실을 알 수 있었다. 그녀는 단순히 캐주얼을 즐기는 듯했다.

"잘 지냈어?"

아그네스가 말했다.

"그럼, 너는?"

아그네스는 웃으면서 와인을 한 모금 마셨다.

"모든 밤이 오늘 밤만 같았으면? 넌 좋아 보이는데?"

아그네스가 물었다.

"일찍 와서 좀 쉬었어. 동창회 하는 기분이야."

"동창회야."

"일종의."

"빌과 브리짓 얘기를 듣고 놀랐어."

아그네스가 말했다.

"나도 놀랐어."

"넌 빌을 알잖아. 내 말은, 빌과 연락하고 지내잖아?"

"그랬지. 그의 아내도 알아. 이전 아내."

"난 게네들이 합친 게 잘됐다고 생각해. 브리짓의 용기가 가상해. 물론 빌도."

해리슨은 문 옆에서 노라를 보았다. 코너에는 바텐더가 우아하게 꾸며놓은 드링크 테이블 뒤에 서 있었다. 갑자기 술을 한 잔 하고 싶은 강한 충돌이 일었다.

"이 호텔은 아름다워."

해리슨이 말했다.

"경관이 정말로 멋져.

함께 두 사람은 높은 창문으로 눈을 돌려 경관을 바라보았다. 물론 밤이라서 아무것도 볼 수는 없었다.

"이렇게 변화된 것에 놀랐어. 전에 여기 와본 적 있니?"

"빌과 제리를 제외하고는 27년간 누구도 만난 적 없어."

해리슨이 말했다.

"넌 예전의 이곳이 지금과 같은 장소라고는 꿈에도 생각하지 못할 거야."

"이런 것에 노라가 흥미가 있으리라고는 생각도 못했어."

"누군들 알았겠어?"

"너하고는 서로 연락하고 지낸 줄 알았는데."

"그럼, 예전엔 칼 때문에 너무 그늘져 있었거든."

"그래도 확실히 자기 인생을 살았던데."

"꼭 그런 건 아니야."

해리슨은 이 말이 마음에 걸렸다.

"마치 넌 칼 라스키를 그다지 좋아한 것처럼 들리지는 않는구나."

"오, 내가 그런 인상을 주었니?"

아그네스가 물었다.

해리슨은 웃었다. 바텐더가 마치 자신의 마음을 읽은 것처럼 무엇을 마실지를 물어보았다. 해리슨은 아그네스의 술잔을 바라보았다.

"넌 뭘 마시고 있니?"

해리슨이 물었다.

"백포도주. 평소에 마시는 것보다 맛이 상당히 좋은데."

"그럼, 나도 이거로 한 잔 해야겠군요."

해리슨이 바텐더에게 말했다.

"넌 편집자라고."

바텐더가 가버리자 아그네스가 말했다.

"응. 토론토에 있는 작은 출판사에서 일해. 우리는 대체로 캐나다와 영국작가 책을 출판해. 오드리 하인리히나 와스디 베이커 알아?"

아그네스는 모호하게 고개를 끄덕이었다.

"애들도 있다며?"

"아들이 둘이야. 찰리는 열한 살이고, 톰은 아홉 살이야."

해리슨은 차가운 백포도주가 담긴 우아한 잔을 건네받았다.

"노라가 그러는데, 키드에서 선생님으로 있다며?"

"내가 유일하게 그곳을 떠나지 않은 사람이야. 너도 알다시피 반마다 한 명 정도는 항상 남아 있기 마련이잖아. 누가 영원한 학생이되고 싶겠어?"

"어쨌든 그곳은 어때?"

"몰라보게 많이 변했어, 해리슨. 지금은 멀티 문화단지야. 과학을 엄청나게 신봉하지. 건물들은 모두 새로 증축했어. 나도 로완 하우스에 콘도를 갖고 있어."

"정말? 그 작은 탑에?"

해리슨은 재빠르게 롭과 그 옆에 있는 남자를 바라보았다. 그는넥타이를 맨 것이 불편한 듯했다.

"그래."

아그네스가 말했다.

"부럽다. 항상 그 작은 탑 안이 어떻게 생겼는지 보고 싶었는데."

"음, 메인으로 오면 언제든지……."

해리슨이 미소를 지었다.

"넌 한 번도 동창회에 나오지 않았더라."

아그네스는 사실적으로, 약간은 나무라는 투로 말했다. 해리슨은아그네스가 친구들을 모두 만나고 왔다고 추론했다.

"그래, 한 번도 안 나갔어."

"정말로 흥미를 끄는 친구들은 모두 안 나오더라고."

해리슨은 와인을 한 모금 마셨다. 롭과 그의 친구는 제리 부부와

148

얘기를 나누는 중이었다. 롭은 오픈 칼라 셔츠에 짙은 회색 정장을 입었는데 우아해 보였다.

"롭과 함께 온 남자는 누구야?"

"조시라는데, 첼로 연주가래."

"롭이 그런 줄 몰랐는데……."

"나도. 나도 몰랐어."

아그네스가 말했다.

"키드 시절부터 그랬니?"

해리슨은 자신이 상관할 바가 아니라고 생각하면서도 물어보았다. 그는 롭이 누구와 데이트했는지를 기억해 내려고 애썼다.

"그랬을 거야. 내가 책에서 읽은 내용을 추론해 볼 때 생리학상으로 그는 알고 있었음이 분명해. 하지만 그 당시에는 그런 식으로 행동할 수는 없었을 거야, 안 그래? 그러니 애들이 눈치 채지 못했지. 물론 지금은 게이와 레즈비언 연합이 있지만. 다행스러운 일이야. 그런 단체가 있는 것이. 하지만 아직 어린 학생들이 자신이 어떤지 알기도 전에 그런 단체에 이끌리게 되는 건 걱정이야."

아그네스는 브래지어 끈이 잘못되었는지 블라우스 속에 손을 넣어 뭔가를 정돈했다.

"롭과 조시는 내일 아울렛에 가고 싶어해. 두 사람은 에미질리오 지그나와 알마니 아울렛에 갈 거고, 난 제이크로우 아울렛에 들릴 거야. 크리스마스 쇼핑을 할 생각이야. 우리와 함께 갈래?"

"좀 생각해볼게."

아그네스는 상체를 뒤로 젖혀서 해리슨을 머리부터 발끝까지 살펴보는 시늉을 했다.

"어디 보자, 버튼다운 셔츠에 파란색 상의라, 브룩스 브라더스 맞지?"

해리슨은 웃었다.

"그리 형편없지는 않지?"

벽을 통하여, 혹은 복도 밑에서 해리슨은 또 다른 파티의 웅성거림을 생생하게 들을 수 있었다. 우리보다 좀더 규모가 큰 모임인 듯했고, 음악이 곁들여 있었다. 테이블 옆에 서 있는 제리는 그의 아내 줄리에게 "당신이 하고 싶은 대로 해. 난 상관없어"라고 말했다.

한쪽 귀 뒤로 머리카락을 넘긴 노라가 테이블에서 바텐더에게 이야기를 하고 있었다. 해리슨은 노라가 아까 입은 유니폼인 얇은 블라우스와 스커트를 입을 거로 예상했었다. 하지만 그녀는 푹 파인 브이넥 칼라가 있는 검은색 드레스를 입고 있었다. 다시 한번 해리슨은 그녀가 유럽 여성 같다고 생각했다.

"비행기 타고 왔어?"

아그네스가 물었다.

"토론토에서 하트퍼드까지 직항으로 왔어."

"끔찍했겠네? 사람들이 그러던데. 난 9·11사태 이후 비행기는 타지 않아."

"항로가 좋지 않았어. 발이 퉁퉁 부어 신발을 벗고 있어야만 했어. 그 외에는……."

"물론 폴트랜드까지는 괜찮았을 거야, 그렇지? 거기서부터 힘들어졌을 거야. 내 생각에는 메인 사람들은 모두 부담감을 느끼는 것 같아."

아그네스가 말했다.

"나도 머리들이 데굴데굴 굴러다니는 상상을 해."

"음, 너도 분명히 지금 당장은 폴트랜드 밖으로는 날아가고 싶지 않을 거야. 미국에서 가장 긴 항로잖아. 캐나다에서는 안전하니?"

해리슨은 아그네스가 어울리지 않은 섹시 하이힐을 신은 것을 알아차렸다. 그는 아그네스가 오늘을 위해서 이 신발을 샀는지가 궁금해졌다.

"토론토에서? 아니, 전혀 안전하다고 느끼지 않아."

아그네스는 주위를 흘끗 둘러보았다.

"브리짓과 빌은 어디 있을까? 궁금하네."

"빌을 보았어. 아 그래, 저기 있다. 제리의 아내와 얘기 중이야."

해리슨이 말했다.

"정장 입은 저 두 아이는 누구지?"

오르되브르가 준비된 테이블에 10대 남자아이 두 명이 주위를 관찰 중이었다. 그들이 자신의 두 아들과 비슷하다면 그들은 배를 불려줄 것이 나타나지 않는 한 테이블을 떠나지 않을 것이다.

"두 아이 중 하나는 브리짓의 아들이야. 누가 누구인지는 구별을 못 하겠군."

"불쌍한 빌."

아그네스가 말했다. 해리슨은 그녀가 어떤 사실을 언급하는지 이해하지 못했다. 빌의 가족이 결혼식에 참석하지 않는 걸 이야기한 건지 아니면 브리짓의 암이 악화한 걸 언급하는 건지 전혀 감을 잡지 못했다.

"브리짓이 괜찮기를 희망할 뿐이야. 난 한 잔 더 해야겠는데, 너는?"

아그네스는 해리슨의 질문에 즉시 대답하면서 덧붙여 말했다.

"지금은 생각 없어. 고마워."

노라는 여전히 문 옆에 서 있었다. 해리슨은 그녀가 있는 방향으로 향했다.

"와인이 맛있는데. 잔도 마음에 들어."

해리슨은 노라의 옆에 도착해서 이렇게 말했다.

"벼룩시장에서 산 거야. 와인 수업도 받았어."

"그러니?"

"포도원에서. 여기서 안 멀어."

"뉴잉글랜드에서 포도가 생산되는 줄은 몰랐는걸."

"버몬트, 매사추세츠, 코네티컷 전역에 작은 포도원이 꽤 많이 산재해 있어. 몇몇 곳은 상당히 좋기도 해."

"넌 여전히 행복하니?"

해리슨이 물었다.

노라는 잠시 생각했다.

"예전처럼 황홀할 정도는 아니야. 그 시절은 이제 사라졌어, 그렇지 않니? 하지만 사람들과 이렇게 오랫동안 함께 할 수 있는 것에 흥미를 느껴."

"드레스가 잘 어울리는데."

해리슨은 노라의 드레스를 가리키며 물었다.

노라는 어깨를 으쓱했다.

해리슨은 그녀의 맨 팔을 만지고 싶은 날카롭고 부적절한 욕망을 느꼈다.

"아그네스와 나는 브리짓이 어디 있는지 궁금해. 그 애가 여기 있는 거 맞지?"

"그럼. 아직 방에 있어. 부끄러운가 봐. 그 애가 무척 수줍음을 탔던 거 기억나니?"

"난 그 애가 빌 엉덩이에 늘 붙어다녔던 것만 기억이 나."

"모두 빌이 브리짓을 위해서 결혼식을 하려고 한다고 생각해. 그 애가 죽을지도 모르니까. 하지만 진짜 이유는 따로 있어. 그것은 빌이 대학 시절 브리짓과 헤어지고 질과 데이트를 시작했을 때 자신이 했던 방식으로 그 애를 아프게 하고 싶지 않아서 그래. 난 질을 만난 적은 없어."

"생각해보면 질은 건강미를 지닌 굉장히 매력적인 여자야. 빌이 질에게서 빠져나올 만한 기회가 없었을 거야."

"빌은 지금이 자신과 브리짓에게 기회라고 생각해."

"그 말이 진실이기를 바라."

해리슨은 잠시 말을 중단했다.

"실은 우리 모두를 위해서 진실이기를 원해."

노라는 웃었다.

"리허설은 어땠어?"

해리슨이 물었다.

"신부가 사람들에게 벗어날 핑계를 대느라고 울기 시작하던데."

"넌 술 안 마시니?"

해리슨이 노라의 소다수 잔을 가리키며 물었다.

"일하는 중이잖아."

"공정하지 않은 것 같은데."

"음, 공정한 거야. 이따가 저녁에 마실 거니까."

노라는 귀 뒤로 머리카락을 넘겼다.

"이야기 좀 해 봐."

노라가 말했다.

"무슨?"

"간단하게. 시간 여유가 많질 않아."

"여기서?"

노라가 끄덕이었다.

"알았어. 음, 어디 보자……."

해리슨은 말하다가 잠시 중단했다.

"좋아. 이야기해줄게."

해리슨은 이야기를 시작했다.

"키드시절 일요일 아침 어느 날 난 산책을 하는 중이었어. 저 앞에 아주 아름다운 소녀가 걷는 것이 보였어. 난 그 아이를 따라갔어. 가면서 생각했지, 그녀를 불러세워서 말을 건 다음, 이름을 물어봐야지. 하지만 마지막 순간에 숨이 멎을 것만 같았어. 마음속으로는 걸으면서 '안녕' 이라고 말해야지 하고 생각했지. 너 그거 아니? 내가 그때 멈춰서 그 애에게 말을 걸지 못한 것을 평생 후회하고 있다는 것을."

두 사람 사이에는 긴 침묵이 이어졌다. 노라는 빈 물잔 손잡이를 손가락 사이에 낀 채로 팔짱을 끼고 있었다.

"난 무척 실망했어. 네가 교문 앞에 없어서."

노라가 마침내 말했다.

해리슨은 목이 뜨거워지는 것을 느꼈고, 곧바로 그 열기가 양쪽 귀 뒤로 기어올라오는 것을 느낄 수 있었다.

"진실을 말하니까 에로틱하네. 키스하려고 입을 크게 벌린 것처럼 말이야."

노라가 말했다.

예전에 가졌던 쿵쾅거리는 감정이 그의 가슴 속에서 다시 살아났다.

"난 애인을 원칠 않아. 그런 건 애인끼리나 하는 행동이지."

노라가 말했다.

"남자들은 그렇게 말하지 않는데. 아니 그렇게 말할 수는 있지만, 그건 말뿐이야."

해리슨이 말했다.

"생각건데 넌 결혼했기 때문에 애인이 필요 없는 거야. 그럴 거야."

해리슨은 주저하지 않고 말했다.

해리슨은 누군가 자신의 근육을 가볍게 툭 건드리는 것을 느꼈다.

"해리슨 브랜치."

"제리."

해리슨은 악수하면서 말했다. 그러는 사이 노라는 그에게서 떠나가고 있었다.

"아직 토론토에 산다며?"

제리가 물었다.

"그래."

해리슨은 노라가 사라지자 약간 실망스러워하며 말했다.

"뉴욕은 생각해본 적 없어? 내 말은, 뉴욕이 네 비즈니스의 노른자위 아니냐고? 출판 말이야?"

"아내 고향이야."

해리슨은 무조건 자신과 제리는 만나면 질문과 대답의 순서가 정해져 있다고 생각했다. 뉴욕에서 5년 전에 만났을 때도 그랬다.

"랜덤하우스에 다니는 사람을 알고 있는데, 원하면 소개해줄게."

"생각해볼게. 그 사람이 너에게 빚진 게 많은가 보네."

"90년대 초에 내가 크게 좀 도와줬지."

제리는 스카치처럼 보이는 것을 한 모금 마셨다. 그는 값비싸 보이는 캐시미어를 입고 있었다. 유일하게 혼자서 양복을 입지 않았다.

"잠시 전에 네 아내를 본 것 같은데?"

해리슨이 물었다.

"아내는 화장을 고치러 위층으로 올라갔어. 곧 돌아올 거야. 노라가 이 일을 이렇게 성공적으로 해낼 줄 누가 생각이나 했겠어? 누가 그 애 뒤를 봐주는지 아니?"

"몰라. 노라 혼자 힘으로 했다는 인상을 받았는데."

"화장실은 똥을 누라고 있는 거야. 저렇게 예쁜 과부를 누가 가만 두겠니? 어쨌든 방은 좋더라. 불만 없어. 노라는 외모도 그대로더라, 그렇지?"

해리슨은 노라 편에 서서 이 성차별주의자의 말을 염두에 두고 있음을 깨달았다.

"그 애는 사랑스러워."

해리슨이 말했다.

"집어치워. 넌 늘 그 애 편만 들더라."

제리는 잔을 비우며 말했다. 그는 잔을 머리 높이 들어서 바텐더에게 한 잔 더 갖다 달라는 신호를 했다.

"노라는 스티븐의 여자친구였어."

해리슨은 스티븐이라는 이름이 자기 입을 통해 나오는 것을 증오하면서 말했다.

"너와 스티브는 베스트 프렌드였지."

제리가 말했다.

키드에서 스티븐을 스티브라고 부른 사람은 아무도 없었는데도 제리는 이렇게 불렀다.

"그리고 너도 거기 있었지, 맞지? 그 애가 바다로 걸어 들어가던 그날 밤에 말이야? 정말로 그 애가 그랬니, 그냥 물속으로 걸어 들어갔느냐고? 내 말은, 누가 그런 미친 짓을 하겠느냐고? 물의 온도는 영상 4도를 넘기가 어렵단 말이야. 사람들이 그러는데, 랍스터 어부들은 수영을 기를 쓰고 배운데. 그 시기에 배에서 떨어지면 심장이 멈추는 데 1~2분이면 충분하다는 거야. 어쨌든 수영한다고 꼭 살아나는 것은 아니니까."

"나도 실제로 보지 못했어."

해리슨이 말했다.

"그래?"

해리슨은 침묵했다.

"내 말은, 네가 보았다면……."

"내가 스티븐이 물로 향해서 걸어가는 것을 보았다면 분명히 말리지 않았겠니?"

해리슨은 가능한 한 강한 어조로 말했다.

"물론 그랬겠지."

제리는 스카치 너머로 그를 주목하면서 말했다.

"내일 아울렛에 갈 거니?"

"봐서."

제리는 바텐더 방향 쪽으로 참을 수 없는 시선을 보냈다.

"빌과 브리짓이 다시 합치게 될 줄 누가 알았겠어? 심하데, 응?"

"심하데."

"맙소사. 암이 림프절까지 번졌다고 하던데."

해리슨은 천천히 고개를 끄덕이었다.

"함께 스쿼시 치는 레녹스 힐이라는 친구가 그러는데, 화학치료가 안 맞으면 기껏해야 2년밖에 더 못 산다던데."

제리가 말했다.

"그럼, 우리는 화학요법이 잘 맞기를 바랄 수밖에 없네, 응?"

"어, 그렇지."

제리는 돈은 걸지 않겠다는 듯이 머리를 치켜들면서 말했다.

"롭을 믿니?"

제리가 잠시 후에 물었다.

"무슨 소리야?"

"몰라서 물어? 게가 데려온 남자 애 말이야?"

"아직 롭과 얘기할 기회가 없었어."

제리는 해리슨의 어깨너머로 신호를 보냈다.

"이봐, 롭."

제리가 롭을 불렀다.

해리슨은 롭이 그들을 향해서 걸어오자 등을 돌려 그를 바라보았다.

"제리, 해리슨, 이 친구는 조시야. 조시, 이 친구는 해리슨 브랜치와 제리 레이든이야. 제리는 메인에서 한때는 싱커를 최고로 잘 던지는 투수였어."

"모두 뉴잉글랜드 출신이죠."

제리가 말했다.

해리슨은 롭을 여드름투성이에 수줍음을 많이 타는 천성이 좋은 아이로 기억했다. 하지만 그 앞에 서 있는 남자에게서 소년 시절의 모습은 거의 찾을 수 없었다. 롭의 패브릭 코트는 특히 멋져 보였고, 얼굴에는 오래전에 났던 여드름은 흔적도 없이 사라졌다.

"이봐, 여기 술 한 잔 가져다줄 사람 없어? 얘기는 나중에 하고."

제리가 텅 빈 술잔을 드링크 테이블을 향해 가리키며 물었다.

"성공 축하해. 엄청나게 많은 관중 앞에서 연주한다고 들었어."

해리슨은 제리가 그들 곁을 떠나자 롭에게 말했다.

롭은 어깨를 으쓱했다. 칭찬에 익숙해 보였다.

"조시와 난 여름에 처음으로 여길 와봤어. 노라가 이 호텔주인이라는 사실을 안 다음부터는 이 호텔에서 가끔 머물러."

롭은 조시를 바라보면서 그의 어깨에 손을 올려놓았다.

"조시는 다음 주에 런던 심포니에서 연주할 예정이야."

"축하해요."

해리슨은 조시에게 말했다.

"난 빌에게 무슨 말을 해야 할지 난감하더라고. 결혼식 축하 인사로 시작해야 할지, 아니면 브리짓에 대한 연민을 표현해야 할지 도통 모르겠더라고."

롭이 해리슨에게 털어놓았다.

"그냥 축하로 시작해서 축하로 끝나면 될 것 같아."

"두 사람이 다시 어떻게 만났는지 아니?"

"25회 동창회에서 만났다고 하던데. 너도 갔었니?"

"아니. 왜 안 갔는지는 기억이 안 나. 아마 순회공연 중이었을 거야. 어쨌든 갔어야 했다는 생각이 들어. 그래, 분명히 갔어야 했어."

롭이 말했다. 그러는 동안 해리슨은 예전 키드 시절에도 게이의 삶을 인정해 달라는 학생운동이 있었는지가 궁금해졌다.

"오늘 오후에 막 생각난 건데, 키드에서 네가 한 마지막 야구 경기 말이야. 그때 넌 손가락을 움직이지 않게 꽉 오므렸어야 했는데, 그것이 네 경력에 먹칠했어."

해리슨이 말했다.

"지금 생각해 보면 난 남자다움을 과시하려고 했던 것 같아."

롭이 말하자 조시가 웃었다. 해리슨은 사적인 조크라고 추측했다.

"음, 그 정도면 아주 잘했어."

해리슨은 롭이 우익수 수비를 보면서 멋진 다이빙을 해서 공을 잡은 것을 기억하면서 말했다.

"아내와 함께 왔니?"

롭이 물었다.

"사정이 있어서 오지 못했어. 소송이 있어서."

"변호사야?"

"응."

"사진 있어?"

해리슨은 고개를 저었다. 가족사진을 갖고 다닌다는 생각은 전혀 해본 적이 없었다.

조시는 봉투 하나를 휙 끄집어냈다.

"그리스로 여행 갔을 때 찍은 사진들이에요."

해리슨은 사진 한 묶음을 하나하나 자세히 보았다. 롭과 조시가 하얀 모래사장에서 찍은 사진. 요트를 탄 두 사람 사진이 너무 커서 잘린 사진. 해변이 내려다보이는 흰색 대리석 발코니에 서서 검은색 넥타이를 맨 두 사람 사진 등.

"롭은 피아노를 사랑하는 사람들의 초대를 받아 전세계를 돌아다녀요."

조시가 설명했다.

"키드에서도 콘서트를 연 적 있니?"

해리슨이 물었다.

"마을 조합교회에서는 콘서트를 자주 개최했어. 하지만 키드에는 말하지 않았어. 학창시절에는 피아노 공부를 계속할지 결정을 못한 상태였어. 램 선생님한테 도움을 많이 받았어. 그분 기억나니?

"그래, 어렴풋이."

"숱이 많았잖아? 핑크색 안경을 끼시고, 선생님은 나를 팔에 끼고 졸업반 내내 지도해 주셨어. 졸업한 후에도 2년간 더 지도해 주셨지. 졸업하고 난 레슨비를 벌려고 마을 슈퍼마켓 케셔로 일했어. 램 선생님이 나를 줄리아드에 가게 해준 거야."

"나도 그 슈퍼에서 자주 일했는데."

해리슨이 조시에게 사진 꾸러미를 건네주면서 말했다.

"노라는 좋아 보여. 너도 그렇게 생각하지?"

롭이 물었다.

"그래."

"노라는 정말로 센스가 있어."

"분명히 노라는 자기 역량을 십분 발휘하고 사는 것처럼 보여."

해리슨이 말했다. 그는 술을 한 잔 더 하고 싶었다. 그는 제리가 허공을 향해 팔을 치켜든 방식을 따라할까 생각 중이었다. 가끔 제리의 행동이 편리할 때도 있다.

"보스턴에 사는 것이 만족하니?"

해리슨이 물었다.

"아주 좋아. 우리는 남쪽 끝에 살아. 그곳엔 멋진 레스토랑이 많아. 물론, 가보지는 않았지만. 어쩌면 가봤는데, 기억이 안 나서 가보지 않은 것처럼 보일지도 몰라."

"순회공연은 힘들지 않아?"

해리슨은 자신과 거래하는 작가들을 떠올리며 물었다. 그들은 여기저기 돌아다니는 것을 푸념하며 최고의 호텔을 요구했다.

"세력 범위를 넓히는 거야, 그렇잖아?"

롭은 상냥하게 말했다.

해리슨은 제리의 아내를 보았다. 흰색 울을 입고 드링크 테이블 근처에서 외톨이처럼 떨어져 있었다.

"너희 두 사람 술 더 갖다 줄까? 난 한 잔 더 할 건데."

해리슨이 물었다.

롭과 조시는 눈빛을 교환했다.

"아니, 우리는 됐어."

조시가 말했다.

"나중에 만나자. 저녁식사 때 올 거지?"

"그럼, 당연하지."

해리슨은 드링크 테이블로 이동했다. 그는 자신이 무엇을 마셨는지를 알아보도록 바텐더에게 술잔을 내밀었다.

"같은 걸로 드릴까요?"

바텐더가 물었다. 해리슨은 고개를 끄덕이었다.

"안녕하세요."

해리슨은 손을 뻗으면서 줄리에게 말했다.

"저는 해리슨 브랜치라고 합니다. 제리와 같은 반이었어요."

"전 줄리에요."

그녀는 손가락 끄트머리로 해리슨의 손을 잡으면서 말했다. 해리슨은 줄리가 물을 마시고 있다는 점을 눈치 챘다.

"별로 재미없나 봐요."

"좀 그러네요."

줄리의 길고 윤기나는 머리카락이 그녀의 광대뼈와 큰 눈과 잘 어울렸다.

"아웃사이더가 된 장소에 있기란 어려운 일이죠."

해리슨은 바텐더가 내민 와인 잔을 받아들면서 말했다.

"약간요."

그녀는 여전히 망설이면서 말했다.

"제가 도울 수 있는지 좀 볼까요."

해리슨은 실내를 빙 둘러보았다.

"여기 있는 남자들은 모두 키드에 야구팀이었어요. 저기 검은색 재킷을 입은 롭의 친구만 빼고요. 빌과 제리는 룸메이트였죠. 아마 이미 알고 계셨을 줄 압니다. 아그네스와 이 호텔주인인 노라도 룸메이트였죠. 그리고 브리짓과 빌은 연인 사이였고요. 이들이 모두 다예요. 저쪽에 있는 두 아이는 브리짓과 빌을 따라온 거예요. 한 아이는 브리짓의 아들이고요."

"고마워요. 어디 사세요?"

"토론토요. 출판 일을 하고 있어요. 한 사람이 이리로 오는군요."

해리슨은 핑크색 소매를 보고 아그네스인 것을 알아보았다.

"아그네스 오코너예요. 만나본 적 있나요?"

"아주 잠깐이요."

해리슨은 아그네스와 줄리가 서로 포옹하는 것을 지켜보았다. 흰색 캐시미어와 폴리에스테로 혼방 기성복의 포옹.

"뉴욕 어디에 사세요?"

아그네스가 물었다.

"트리베카 아파트에 살아요.

줄리는 쌀쌀맞게 말했다. 해리슨은 아그네스가 트리베카를 모른다는 확신이 들었다.

해리슨은 줄리에게 직업이 무엇인지를 묻고 싶었으나 여성에게 그런 질문을 하는 것은 늘 부담스러웠다. 대체로 묻지 않는 게 더 나았다.

"멋진 날씨에요."

해리슨이 대신해서 말했다.

아그네스는 필드하키 대화에 줄리를 참여시켰다. 해리슨은 줄리가 흥미를 느끼리라고는 상상도 하지 못했었다. 아마도 필드하키를 하는 딸이 있는 듯했다. 해리슨은 이 방에서 11명이 만나고 헤어지고 하며 순환하는 모습을 지켜보았다. 이제는 놀라움을 외치는 소리가 많이 줄어들었다. 해리슨은 혼자 있고 싶었다. 방으로 돌아갔다가 저녁 시간에 맞춰서 내려와야겠다고 생각했다. 그는 신선한 공기가 그리워졌고 좀 지루하다고 느꼈다. 마치 이 안에 있는 사람들이 모두 1부를 충분히 즐겼고, 이제 2부로 가고 싶어하는 것 같았다. 하지만 2부는 브리짓이 없어서 시작할 수 없었다. 빌도 이 방에서 때때로 사라졌다가 다시 나타났다. 어떨 때는 꽤 오랜 시간 자리를 비우기도 했다. 해리슨은 노라를 찾으려고 방을 둘러보았다. 그는 별실로 통하는 더블도어를 발견했다. 그 안에 있는 노라의 모습이 보였고, 흰색 접시들로 세팅된 테이블을 보았다. 촛불과 흰색 꽃들로 장식되어 있었다.

"브리짓은 괜찮아?"

방으로 들어가면서 해리슨이 물었다. 노라는 은그릇들을 점검 중이었다.

"금방 올 거야."

"한 잔 더 줄까?"

노라는 텅 빈 글라스를 보면서 물었다.

"아니, 됐어. 지금도 충분해."

"저녁식사 때 마실 와인은 상당히 좋을 거야."

"넌 일종의 안무가 같아."

"나도 그렇게 생각해."

해리슨은 노라의 안색을 살폈다.

"말해줘."

그가 갑자기 말했다.

"뭐를?"

"칼 라스키와 결혼하게 된 이야기."

"그건 무척 긴 이야기야."

"좋은 이야기니?"

"재미로 좋은 거?"

"아니. 내면에서 좋은 것. 네가 그를 사랑했고, 그가 다시 너를 사랑했고, 너희 둘 다 그 후로 행복하게 살았다는 이야기."

"내가 그런 적이 있었는지 잘 모르겠어."

노라가 가볍게 말했다.

노라가 해리슨의 어깨너머를 응시했다. 해리슨이 돌아섰다. 문가에 회색 정장을 입은 옅은 갈색 머리의 브리짓 케네디가 서 있었다. 수줍고, 좀 불안해하는 브리짓은 노라의 눈앞에서 해리슨의 방향을 보고 웃고 있었다.

결혼 전야

　도서관으로 향하는 문가에 서 있는 브리짓은 그들의 시선에서 놀라움, 당황함, 연민, 호기심 등을 보았다. 한 남자(제리 레이든?)가 '여기 신부가 오네!'를 부르기 시작했다. 즉시 빌은 브리짓의 곁으로 가서 팔을 잡았다. 동창들과 결혼식을 올린다는 아이디어는 끔찍했고 대실수였다. 여기 온 사람들은 모두 낯선 사람들이었다. 낯선 사람들. 도대체 무슨 생각을 하고 있단 말인가?

　노라는 브리짓을 안아주었고, 그녀는 동창의 품이 갑옷처럼 느껴졌다. 화학요법을 받으면 이마에 땀이 맺히거나 뺨이 붉어지는 현상이 자주 나타난다. 이 중 하나가 그녀에게 나타났다.

　"오늘 예쁜데."

　노라가 그룹을 위해서기보다는 순전히 브리짓을 배려해서 말했다. 노라는 브리짓을 빌의 팔에서 넘겨받아 함께 드링크 테이블로 갔다.

　"금방 저녁 먹을 거야. 그래도 술 한 잔 할 시간은 있어. 소다수도 있고."

　"물 먹을래."

　브리짓은 갑자기 목이 탔고, 와인을 먹어도 되는지 전혀 확신이 없었다.

"약간 네가 걱정됐어."

노라가 말했다.

"드레스를 입었어. 그런데 입은 옷이 마음에 들지 않아서, 다시
갈아입고……."

"방은 마음에 들어?"

"훌륭해. 정말로 고마워."

노라는 그런 말 하지 말라고 손을 저었다.

"매트와 브라이언은 건강해 보여."

"그 애들이 오르되브르를 모두 먹어치우진 않았지? 그러면 안 된
다고 말했는데."

노라가 웃었다.

"아주 많아."

테이블에서 멀리 떨어져 있던 매트가 다가와 어색하게 엄마의 어
깨를 가볍게 두드렸다.

"안녕, 엄마."

매트는 머리를 잘 정돈되게 빗었고, 얼굴은 깨끗했다. 정장을 입
은 그를 보자 자신도 모르게 눈물이 났다. 브리짓은 그 순간을 모면
하려고 아들을 급히 끌어안았다.

"너 모든 걸 다 먹어치우지는 않았지?"

브리짓은 약간 꾸짖는 투로 말했다.

매트는 어깨를 으쓱해 보였다.

브리짓은 브라이언을 바라보며 미소를 지었다.

"네가 지루하지 않으면 좋겠구나."

브리짓이 소년에게 말했다.

"아니요. 전 좋아요."

드링크 테이블에서 노라는 브리짓에게 줄 소다수를 주문했다.

"이제 곧 별실에서 저녁을 먹게 될 거야. 첫 코스가 나오고, 앙트레가 나와. 그런 다음 사람들을 다시 도서관으로 이동시킬 거야. 그곳에서 커피와 디저트를 먹게 될 거야. 그때쯤에는 네가 방으로 사라지기도 쉬울 거야."

"고마워. 노라는……."

"널 빌과 매트 사이에 앉게 해줄게. 하지만 네가 다른 사람 옆에 앉고 싶다면 바꿔줄게."

노라가 빠르게 말했다.

"아니. 그게 좋아."

브리짓은 자신을 위해 적절하게 정해놓은 모든 결정사항에 다소 당황해 하며 말했다.

"지금은 너를 다른 사람들과 나누어야 한다는 생각이 들어. 플라워아티스트를 불렀어. 아네모네로 장식하는데 별문제가 없데."

빌과 브리짓이 호텔에 도착했을 때 노라는 로비에서 브리짓을 맞이했다. 두 사람은 도서관에 앉아서 결혼식 얘기를 나누며 차를 마셨다. 두 사람은 각각 간단하게 하자는데 동의했다. 브리짓이 보기에 노라는 모든 세부사항인 음악, 꽃 장식, 사진, 식사 등에 대해 빌의 도움을 받은 것이 틀림없었다. 점차 브리짓은 피로를 느끼며 어깨가 짓눌려지는 것을 느꼈다(브리짓이 두 달 넘게 생각한 결혼은 규모가 작은 짧은 단막극이었다. 풍경이 있고, 청중이 있고, 자신들의 배역을 잘 소화하는 배우들이 있는). 감각적으로 분위기를 파악한 노라는 브리짓이 쉬고 싶어 하는 순간을 정확하게 알아차렸다.

"가서 좀 쉬어. 룸서비스 보내줄까?"

노라가 말했다.

룸서비스를 받아볼 기회가 거의 없었던 브리짓은 그저 웃었다.

"샌드위치 좀 올려 보낼게."

노라가 일어서면서 말했다.

브리짓은 방으로 올라오게 된 것이 기뻤다. 이 방은 분명히 스위트룸일 것이다. 거실이 그녀의 집 거실보다 컸다. 거실 중앙에는 일종의 솟아오른 플랫폼과 같은 거대한 욕조가 있었다. 크롬 수도꼭지가 반질반질 윤이 났다. 매트와 브라이언은 눈이 휘둥그레졌고, 그다음에는 고급스러운 실내장식에 약간 어리둥절해했다. 호화스러운 욕조. 침대 옆 촛불. 거실 스탠드에 놓인 샴페인용 은잔.

브리짓은 침대에 누워 깃털 이불을 덮고 잠시 눈을 붙였다가 음식이 도착하자 깨어났다. 아이가 없는 노라가 10대 남자아이들의 식욕이 대단하다는 것을 이해한 모양이었다. 샌드위치가 산을 이루었다. 아이들과 빌에게는 소고기와 치킨 샌드위치를, 브리짓에게는 딱딱하지 않은 오이 샌드위치를 보내왔다. 오이는 아삭아삭 씹혔고 차가왔다. 브리짓은 돌아갈 때 여섯 개 정도 사가기로 마음먹었다. 몇 주 동안 그녀는 맛있게 먹은 음식이 거의 없었다. 점심을 먹은 후에 아이들은 산책하러 나가고 싶다고 했고, 브리짓은 빌이 아이들과 함께 갈 것을 재촉했다. 그녀는 혼자 있고 싶었다. 쉬기도 하고, 이런저런 생각도 할 요량이었다.

브리짓은 턱까지 거품을 일게 하여 목욕을 했다. 호텔에 도착했을 때 브리짓은 꽤 지쳤으나 곧 안정을 되찾았다. 이 상태는 화장하고 꼭 달라붙는 속옷을 입기까지는 지속하였다. 브리짓은 칵테일파티를 위해서 옷을 두 벌 준비했다. 하나는 허리라인을 강조한 몸에 꼭 맞는 드레스다. 이 옷을 입었을 때 그녀는 매들린 올브라이트를 연상시키도록 연출했다. 그래서 가발과 함께 드레스를 입었다. 이렇게 하는 것이 메들린 올브라이트를 연상시키는데 도움이 될 거로 생각했다. 하지만 이런 모습은 오히려 마거릿 대처를 연상시켰다. 브리짓은 회색 원피스 정장을 입을 수밖에 없었다. 이 옷은 너무 딱 맞아서 불편했지만 참아야 했다. 우선 원피스를 입고, 팬티스타킹을 신고, 거들을 입었다. 브리짓은 스커트 매듭을 짓기도 전에 땀을 줄줄 흘렸다. 이따금 빌이 문을 노크해서 밑의 상황을 보고했다. 매트와 브라이언은 매우 말끔한 차림으로 차려입었고, 제리는 아내와 싸우는 중이었고, 롭은 애인을 데려왔다. 그런데 남자란다. 상황을 알려고 브리짓은 문을 살짝 열어놓았고, 열기가 밖으로 나가게 했다. 그녀는 모든 세부사항을 알고 싶어했다. 잠시 후 빌의 노크가 점점 잦아졌다.

"모두 기다리고 있어."

그는 걱정이 통제되지 않는지 가볍게 노래하는 식으로 말했다.

열기 때문에 브리짓의 가발이 곱슬곱슬해졌다. 브리짓은 재킷의 단춧구멍이 벌어지지 않도록 숨을 깊게 쉬지 말아야 하는지를 생각했다. 그녀는 욕실에서 나왔다. 빌이 문가에서 기다리고 있었다.

"아름다운데."

물론 그로서는 당연한 말이겠지만 그녀는 잠시 이 말을 믿지 않았다. 브리짓은 핸드백을 들고 구두를 신으면서 어떤 면에서는 사람의 외모에 관심을 끊어버리는 것이 좋을 때가 있다는 생각을 했다.

나이도 병도 인정해야만 한다. 이번 주말은 결혼식을 거행하는 날이다. 그것 자체로도 중요한 행사가 아닌가?

브리짓은 동요하면서 아래층으로 내려갔다. 내려가는 계단에 걸린 거울 속에서 그녀는 화장이 너무 짙고, 무릎 근처에 이미 스커트올이 나가 있음을 알아차렸다. 여덟 살인가 아홉 살 때 침실에서 놀던 일이 떠올랐다. 미스 아메리카 행렬이 나오는 텔레비전 방송을 보다가 거울을 보고 '여기 그녀가 나오네'를 흥얼거리면서 언젠가는 자신도 이 행렬에 참여할 거라는 확신을 했다. 마치 자신이 실제로 거기에 있기라도 하듯이 1등이 뽑히는 순간을 즐겼다.

정말로 미스 아메리카가 되고 싶었다.

브리짓은 자신을 부르는 소리를 들었다.

해리슨이 그녀의 양쪽 어깨를 부드럽게 잡고 뺨에 키스했다.

"축하해."

"해리슨."

그녀는 앞에 그가 서 있다는 것이 믿기지 않는다는 듯이 말했다. 그는 흰머리가 빌만큼 많진 않았지만 정수리에는 숱이 많이 빠진 상태였다. 브리짓은 해리슨의 부드러운 갈색 눈과 한쪽 눈썹 위에 브이자 모양의 상처가 있는 것을 기억했다(어렸을 때 집에 있는 나무에서 떨어진 것으로 기억하고 있다). 강인했던 몸은 이제는 좀 덜 강인해 보였다. 그는 브리짓이 상상했던 모습 그대로였지만 얼굴은 정확히 똑같지는 않았다. 그의 얼굴에서 세월이 느껴졌다. 하지만 그 외에 뭔가 또 다른 것이 있었다. 어쩌면 후회 같은 것일 수도 있고, 어쩌면 지혜일 수도 있었다. 하지만 브리짓은 지혜의 모습이 어떤 것인지는 정확히 몰랐다. 해리슨은 웃으면서 브리짓이 멋져 보인다고 말했다. 브리짓은 사람들이 모두 자신이 여전히 매력적이라는 사실을 그녀에게 재확인 시켜줄 필요성을 느끼지 않기를 바랐다. 브리짓은 자신이 가진 것과 갖고 있지 않은 것을 명확히 알고 있었다. 자신이 가진 것은 병이고, 갖고 있지 않은 것은 건강이다.

해리슨을 바라보면서 브리짓은 학창시절에 그와 함께 한 순간들이 떠올랐다. 한번은 그녀가 포드홀에서 저녁을 먹으려고 코트도 입지 않고 심한 눈보라 속을 바보처럼 걷고 있을 때 해리슨이 다가왔다. 그는 자기 코트로 텐트를 만들어서 두 사람이 눈을 맞지 않고 걸을 수 있게 해줬다(브리짓은 바다로 향해 나 있는 창문들에 바닷물이 튄 것이 얼어서 서리가 내린 것처럼 뿌옇게 보였던 것도 기억났다). 반장이 되려고 연설을 하던 해리슨의 모습도 떠올랐다. 그때 핑크플로이드의 '머니'를 배경음악으로 사용한 것 같았다. 브리짓은 또 해리슨이 홈플레이트에서 야구공으로 머리를 맞았던 일도 생각났다. 물론 해변에서 마지막 파티를 하던 해리슨의 모습도 잊을 수 없었다. 그와 스티븐 그리고 노라 사이의 긴장감은 허공에 퍼져 있는 짠물의 물보라만큼 짙었다. 해리슨이 혼자 틀어박혀서 누구와도 말하려고 하지 않았던 끔찍한 마지막 몇 주도 생각났다.

"빌이 보낸 이메일을 보고 깜짝 놀랐어."

해리슨이 말했다. 해리슨은 오늘 온 친구 중에서 빌의 첫 아내 질을 아는 유일한 사람이다. 브리짓은 해리슨에게 빌이 첫 결혼에서 행복했었는지, 어린아이들과는 어떻게 지냈는지, 자신이 잘 모르는 사실 등을 물어보고 싶었다. 하지만 그의 옆으로 아그네스가 와서 브리짓의 이름을 불렀다. 아그네스는 브리짓을 사납게 포옹했지만 브리짓은 아그네스가 자신을 부서트릴 거라고는 생각하지 않았기에, 그녀를 만난 것이 기뻤다. 아그네스는 해리슨보다 더 나이 들어 보였다. 하지만 풍파를 겪은 얼굴이 더 풍부한 삶을 살았다는 징조가 아닐까?

"와우, 정말 너로구나. 믿기지가 않아."

아그네스가 말했다.

(나라니? 무슨 의미인지 브리짓은 궁금했다. 내 어떤 것이?)

"이건 정말로 로맨틱 스토리야. 빌과 다시 만난 것이 얼마 만인 거야?"

"거의 22년이야."

"분명히 말이야……. 예지 능력이 있는 사랑인 거야. 나도 그때 동창회에 갔었는데 토요일까지는 있지 못했어."

"약간 좀더 복잡한 문제도 있었지만, 우린 즉각 서로 알아봤어."

"정말로 멋진, 아주 멋진 이야기야. 원래 삶은 이런 식으로는 잘 풀리지 않는데, 그렇지?"

대답이 필요 없는 질문이었다. 삶이 그런 식으로 풀렸기 때문이었다. 롭이 왔다. 그는 브리짓의 양쪽 뺨에 키스를 했고, 조시를 소개해 주었다. 그런 다음 제리가 넓은 품으로 그녀를 안았고, 아내 줄리를 소개해 주었다. 사람들이 많이 모인 중심에 서 있는 브리짓은 마치 자신이 굉장한 상이라도 타는 심정이었다. 키드에 다닐 때보다 훨씬 더 인기가 많아졌다.

브리짓은 옛일을 떠올렸다. 빌의 아내 질은 동창회가 있던 그 주 전 목요일에 독감에 걸렸다. 빌은 혼자서 동창회에 갈 작정은 아니었고, 질은 그에게 괜찮다고 말하면서 참석하겠다는 의사를 밝혔다. 빌은 금요일 밤에 열리는 칵테일파티에만 참석하자고 타협했다. 빌은 제리, 해리슨, 롭, 그리고 깜짝 출현한 영어 선생님인 짐 미첼 선생님과 술을 마시고 싶었다. 빌의 소프트웨어 회사는 마침내 상승기류를 탔기에 자신이 이룩한 일에 대해 옛 친구들에게 자랑하고 싶은 욕망으로 그는 이기적이며 유치해졌다. 빌은 동창회가 열리는 백베이 저택으로 차를 몰았다. 그 당시에 열일곱 살이던 딸 멜리사는 친구 집에서 밤을 보내고 있었다. 질은 차 한 잔 먹으면 괜찮아질 거라고 말했다. 질은 자신이 이렇게 통제가 잘 안 된 적은 거의 드물었다.

브리짓은 친구 앤과 칵테일파티에 왔다. 앤은 전학 온 친구였다. 이 친구는 동창회에 혼자 갈 용기가 없었다. 브리짓은 이 반 출신 친구가 많았기 때문에 앤과 함께 가기로 했다. 동창회에 참석하면 노라나 아그네스, 또는 해리슨을 만날 수 있으리라 기대했었다. 하지만 이들은 파티에 참석하지 않았다. 물론 브리짓은 빌을 볼 가능성에 대해서도 생각했었다. 그녀는 적어도 질에 대한 호기심은 있었다. 어쨌든 빌을 얻는 데 성공한 여자니까. 어쨌든 브리짓은 25년이 지나서 옛 애인을 볼 기회가 생길지도 모를 일이었다.

칵테일파티는 사소한 충격들이 연이어 반복되었다. 낯선 사람들의 얼굴이 계속해서 나타났다. 세월이 모든 걸 앗아가 버렸다. 눈 깜짝할 사이에 우연히 만나는 사람들과 여러 가지 정신적이고 감정적인 조절을 거치고 나자 예전으로 되돌아갔다. 이것은 보상과 비탄의 경험이었다. 그녀에게 인사를 하는 사람들도 모두 같은 조절과정을 거쳐야만 했다는 사실을 알았기 때문이다(물론 예전 그대로라고 앤과 같이 칭찬을 흠뻑 받은 사람들도 있었다. 의심할 여지없이 앤이 이 파티에 참석하고자 한 갈망이 이것으로 설명되었다).

파티가 30분 정도 흘러갔을 때 브리짓은 누군가가 어깨를 가볍게 치는 것을 느꼈다. 돌아보았을 때 그녀는 한눈에 그를 알아보았다. 20년 전보다 더 강력한 자장이 두 눈에서 나왔다.

"빌"하고 그녀가 말했다.

빌은 브리짓의 뺨에 키스했다.

잠시 두 사람은 아무 말도 하지 못했다. 브리짓은 손가락이 부들부들 떨리고 불안하여 두 손으로 와인 잔 자루를 꽉 붙잡고 있었다. 브리짓은 시선을 어디로 두어야 할지 몰라서 위로 봤다가 아래로 내리기를 반복했다. 반면에 빌은 브리짓을 단순히 응시했다.

사실상 이 순간이 브리짓에게는 숨 막히는 경험이었지만 빌은 인생에서 가장 슬픈 순간이었다고 했다. 그것은 브리짓이 너무 당황해 어쩔 줄 몰라 하는 모습을 눈앞에서 봐야 했기 때문이었다고 했다. 그 숱한 나날들을 그들은 함께 그리워하며 살아왔다.

브리짓은 동창회에서 빌을 우연히 만나는 운명에 대해 대비를 많이 했는데도, 그녀와 빌은 동창회에서 거의 말을 주고받지 못했다. 사람들에게 관심을 두게 하지 않으려고 그저 낮은 목소리로만 대화했다. 그들의 멋진 행운에 내포된 반역 행위를 두 사람은 알고 있었다. 매트는 빌이 아내 곁을 떠나서 브리짓에게 오게 된 이런저런 정황에 대해서는 아직 모르고 있었기에 브리짓은 곧 아들에게 말해줘야 했다. 매트는 곧 알게 될 것이다. 알려주지 않는다면 언젠가 멜리사에게서 듣게 될 것이다. 갑작스러운 한기를 느끼며 브리짓은 매트가 이 일을 이제는 알 때가 되었다고 생각했다. 그녀는 아들에게 비밀을 두고 싶지 않았다. 정직한 것이 역효과를 낼 수도 있었다. 브리짓은 엄마와 열다섯 살 소년 사이에 완전히 정직한 관계가 가능한지 확신이 서지 않았다. 예를 들면 매트는 어떤 비밀을 소중히 간직하고 있을까?

　동창회가 있은 후 9개월 동안 빌과 브리짓은 서로 이메일을 주고받았다. 브리짓은 점심을 먹자는 빌의 요청이 꺼려졌다. 그는 결혼한 사람이다. 점심을 먹자는 제안은 단순히 식사를 하자는 뜻이 아니라 다소 두 사람의 관계를 좀더 진행해보자는 신호로 밖에 볼 수 없었다. 브리짓은 빌이 그동안 자신을 생각하며 보냈고, 두 사람이 함께 했어야 했다는 말을 했을 때 그를 의심하지 않았다. 학창시절부터 빌은 자로 잰 듯이 정직했다. 그렇지만 브리짓은 거짓말을 해야 하거나 은밀히 만나야 하는 관계로는 결코 접어들지 않겠다고 다짐했다. 비록 그녀가 빌을 향한 감정이 계속해서 증가하는 것을 감추려고 일종의 연막을 피고 있더라도 말이다. 또 그녀는 처음부터 결국은 자신이 항복하게 될 거고, 스스로 정한 억제심이 자신의 죄의식을 완화시키고, 두 사람이 다시 만나게 되면서 발생될 불가피한 혼란을 조금이라도 피해보려는 미약한 몸부림이었다는 것도 알고 있었다. 동창회가 있은 후로 7개월이 지나자 브리짓은 결국 점심 약속에 동의하게 되었다. 케임브리지에 있는 인도 식당에서 브리야니와 치킨티카를 먹었다. 하지만 한 가지 해프닝이 있었다. 치킨티카 양념이 브리짓의 콘택트렌즈 밑으로 들어가서 매우 격심한 고통을 안겨주었다. 결국 브리짓이 화장실로 가 눈을 씻어내야 했고, 그만 눈화장을 망치고 말았다.

　점심을 먹은 이후로 브리짓은 사랑 때문에 이전의 도덕성과 기꺼이 타협하고 있는 자신을 발견하고는 좀 당황스러웠다. 빌을 만나기에 앞서 브리짓은 결혼한 남자와 관계에 절대로 빠지지 않겠다고 마음먹었다. 복잡하고 위험한 관계는 결코 안 된다고 생각했다. 하지만 이건 틀린 생각이었다. 자신도 모르는 사이에 여자는 지독하게 상처를 받기 마련이다. 브리짓은 이런 일이 어떻게 진행하는지 직접 경험으로 알고 있다. 11년 전에 아서가 떠났을 때 엄청난 상처를 입지 않았던가? 아서는 매트가 학교에서 집으로 오기 한 시간 전에 그저 간단히, 마치 단순한 과학적 사실을 발표라도 하는 것처럼 손바닥을 펴고 그녀를 떠나야겠다고 했다. 이 소식이 너무 충격이라서 브리짓은 사실상 그의 말을 이해할 수 없었다. 그녀가 대학교 1학년 때 미적분학을 이해할 수 없었던 것과 똑같이. 브리짓은 고개를 좌우로 흔들고, 입은 벌린 채로 믿을 수 없다는 듯이 질문을 했다. "그 여자가 누군데? 언제 만났는데? 얼마나 됐는데? 어디서 만났어? 매트는 어쩌려고?" 마지막 질문에 대한 대답에 너무 격노한 브리짓은 손에 잡히는 물건은 무엇이든지 다 집어던졌다. 지갑, 립스틱, 핸드크림, 동전, 슈퍼마켓 영수증 등이 아서의 가슴으로 흩날리며 바닥으로 떨어졌다. 아서는 브리짓이 던지는 물건을 잡으려는 노력도 하지 않았다. 그는 그녀의 핸드백이나 그 내용물에 대해서 어떠한 관심도 없었다. 그는 매트를 키우기 위한 소송을 하겠다고 했다.

"이유가 뭔데?"

브리짓이 물었다.

"난 매트를 부양할 수 있지만 당신은 할 수 없어."

아서가 간단하게 말했다.

"내가 죽는다 해도 안 돼" 진부한 표현이었지만 브리짓이 아는 가장 진정어린 표현이었다.

그러고 나서 추악한 전쟁이 시작되었다. 밤새 사랑이 증오로 바뀌었고, 한 달 새에 넌덜머리가 났고, 1년이 되자 연민이 생겼고, 마

178

침내 무관심해졌다. 방법이란 방법은 다 썼고 녹초가 되어버린 브리짓은 두 번째 재판에서 승리를 거두었다. 기적적으로 세 번째 재판은 필요하지 않게 되었다. 합의가 이루어졌다. 매트는 아서를 격주 주말에 볼 수 있고, 여름에 한 달간 함께 보낼 수 있다는 선에서 합의했다.

(실험실에서 쥐를 연구하는 과학자처럼 브리짓은 매트가 그를 위해 써 놓은 극본대로 행동해 주기를 기다렸다. 그의 분노는 어디로 갔을까? 알코올 사건은 별도로 하더라도 지금까지 아무 일도 일어나지 않았다. 매트는 아버지와 빠르게 포옹하면서 여름 한 달간을 함께 보내러 떠났다. 올해까지 매트는 아버지와 다시 헤어질 때 눈물이 흘렀고, 돌아오면 행복해 했다. 겉으로 보기에는 아무런 상처도 입지 않은 것처럼 보였고, 그의 일상생활을 다시 시작할 준비가 된 듯 보였다. 물론 그의 아버지를 방문하는 것도 매트의 일상생활이다. 지금 빌의 존재와 마찬가지로. 아이들은 자신들의 환경에 굉장히 유연하게 대처한다.)

모든 아이가 그러지는 않았다. 빌의 딸 멜리사는 확연히 유연하지 않았다. 몹시 억지스러운 멜리사는 자기 엄마 편이었다. 브리짓은 이것을 완벽하게 이해한다고 생각했다. 빌은 가능하면 종종 딸과 저녁을 먹으려고 보스턴 대학으로 갔다. 브리짓은 멜리사를 딱 두 번 만났다. 암에 걸리기 전에 한 번, 걸린 후에 한 번. 두 번 다 비참했다. 브리짓이 암에 걸렸다는 폭로는 빌의 희망대로 두 사람 간의 틈을 메워준 것이 아니라 오히려 브리짓이 멜리사에게 불쾌감만을 더해줄 뿐이었다. 멜리사는 브리짓이 아버지에게 더 다가서면 안 되는 질병을 앓고 있는 것으로 여겼다.

브리짓은 보스턴에서 멜리사와 두 번째 저녁을 먹었을 때를 회상하면 진절머리가 났다. 그녀는 왜 멜리사가 저녁을 같이 먹는 것 정도를 그토록 싫어하는지 이유를 알 수 없었다. 아마도 빌이 강요했기 때문일지도 모른다. 저녁 먹는 내내 멜리사는 이야기를 빌에게만 했고, 기회만 닿으면 이야기 속에 자신의 엄마 이야기를 삽입시켰다. 마치 브리짓이 그곳에 없는 것처럼 행동했다. 빌이 브리짓의 존재를 매 순간 확인시켜 주었지만 소용없었다. 멜리사는 빌을 똑바로 바라보면서 눈 하나 깜짝 안하고 말했다. 마치 긴급한 메시지를 전달하려고 노력하려는 듯이. "빨리 집에 가요"

브리짓이 여러 질문을 하면 멜리사는 단답형으로 대답했다. 그녀는 미칠 지경이었다. 두 사람이 서로 진정한 애정을 형성할 수 있는 관계를 만들 수 있다고 생각했기 때문이었다. 보기에 멜리사는 관대할 것 같았다. 하지만 전투태세를 갖춘 갑옷이 본질적인 부드러움을 가로막았다. 멜리사는 광택이 나는 검은 머리카락을 등까지 늘어트리고 가끔 양쪽 어깨에 부채질을 하며 천천히 머리카락을 들어 올렸다. 브리짓은 멜리사의 잘록한 허리와 콧구멍 아래로 완벽하게 커브를 이은 입에 경탄해마지 않았다. 멜리사의 외모는 파리 토박이 같았다. 잘록한 허리와 사랑스러운 입은 엄마에게서 물려받은 것이다. 브리짓은 빌의 아내에 대한 가벼운 질투심을 느낄 수 있었다. 브리짓은 그녀를 사진으로만 보았지 실제로는 보지 못했다.

커피를 마시면서 빌은 딸에게 결혼 소식을 알렸고, 멜리사는 브리짓이 예상한 대로 반응했다. 멜리사는 물잔을 내려놓고 입술을 훔치며 의자에서 벌떡 일어섰다. 멜리사는 빌이나 브리짓의 시선은 아랑곳하지 않고 식당을 나가버렸다. 그날 밤 이후 멜리사는 빌의 전화를 받지 않았다.

"곧 돌아올 거야."

빌이 말했다. 하지만 브리짓은 멜리사가 그럴 거로 생각하지 않았고, 화해하는데 몇 년이 걸릴지도 모른다고 생각했다.

매트는 결혼 소식에 좀 다른 반응을 보였다. 브리짓은 매트에게 결혼 얘기를 하는 것은 너무 이르다고 말했지만 빌은 이에 반대했다. 오히려 매트는 가족을 더 필요로 한다고 생각했다. 빌의 말이 옳았다. 매트는 결혼소식을 듣고 기뻐하며 싱긋 웃었다. 빌은 매트에게 신랑 들러리를 부탁했다(실제로 신랑 들러리는 필요하지 않았지만). 두 사람은 즉시 결혼식 장소와 연회 음식에 대한 토론에 들어갔다. 마치 그들은 기껏해야 앞으로 2년을 살 가능성이 15퍼센트밖에 안 되는 여자와 결혼하는 남자가 완전히 정상인 양 수선을 피웠다.

브리짓은 도서관에 모인 친구들을 둘러보았다. 이런 상태에서 결혼한다는 것이 음탕하지 않은가? 브리짓이 첫 암 진단을 받았을 때는 15개월밖에 살지 못한다고 했다. 이때 브리짓은 암이 일종의 보편적인 처벌은 아니라고 생각했다. 그녀는 치료 초창기에 대기실에서 기다리는 혈액암에 걸린 두 여자의 대화가 기억났다. 한 여자가 숨이 찬 목소리로 2주 후에 결혼한다고 했다. 브리짓은 그 여자가 숨이 가쁜 것이 흥분 탓이라고 여겼다. 그때 브리짓은 여자가 옆에 있는 여자에게 암이 폐에서 시작해서 뇌까지 퍼졌다고 말하는 소리를 들었다. 뇌종양과 결혼. 브리짓은 실로 어리둥절해했다. 마찬가지로 자신의 절박한 결혼도 마찬가지가 아닐까?

노라는 별실로 자리를 이동해야 할 시간이라고 발표했고, 어떤 자리에 앉아야 할지를 알려주었다. 브리짓은 노라가 처음에 약속한 대로 아들과 빌 사이에 앉게 될 거고, 브라이언은 매트와 마주 앉도록 했다. 테이블은 결혼식 분위기를 한껏 내었다. 테이블보는 하얀

무늬를 넣어 짠 천으로 장식했고, 그 위에 고풍스러운 아이보리 접시들, 크리스털 글라스, 커다란 은그릇 등으로 치장되어 있었다. 브리짓은 자리에 앉아서 맞은편 창문을 내다볼 수 있었다. 멀리서 반짝거리는 불빛만이 유일하게 보였다. 대체로 브리짓이 관찰한 것은 하객들의 얼굴 표정이었다. 손등을 턱에 댄 해리슨은 빌의 이야기를 경청 중이었다. 아그네스는 날카로운 각도로 줄리를 향해 비스듬히 앉아 있었다. 노라는 웨이터에게 뭐라고 지시를 내렸다. 저녁 메뉴는 접시 위에 놓인 빳빳한 흰색 판지 위에 새겨져 있었다. 브리짓은 연어는 당기지 않았지만 염소젖 치즈 샐러드는 입맛을 당기었다.

웨이터가 브리짓 앞에 있는 작은 컵에 샴페인을 채웠다.

"건배!"

제리가 일어나서 말했다. 그가 허리를 쭉 펴고 서자 근사해 보였다. 그의 담황갈색 브이넥 스웨터는 넓은 양쪽 어깨에 매력적으로 걸쳐 있었다. 제리는 규칙적인 운동을 하고 있음이 분명했다.

긴장의 잔물결이 테이블을 따라 흘러갔다. 늘 행동을 예측할 수 없는 제리는 동성연애자임을 밝힐지도 모를 일이다. 브리짓은 매트와 브라이언의 잔에 샴페인이 조금씩 채워지는 것을 보았다. 제리가 술잔을 들자 줄리의 얼굴은 이해할 수 없는 표정을 지었다.

"빌과 브리짓의 결혼. 근처 극장에 곧 개봉될 코미디. 톰 행크스와 앤디 맥도웰 주연(웃음이 여기저기서 흘러나왔다). 놀라운 해피엔딩인 유니버설 사의 자기만족 영화(각자 마음속에 해피엔딩이 아닐 수 있다는 가능성이 불가피하게 들었기 때문에 씁쓸한 웃음을 지었다). 여기 모인 모든 사람을 대신해서 제가 한마디 하겠습니다. 난 두 사람이 평생 함께할 사이가 다시 되리라고는 꿈에도 생각하지 못했습니다(사람들이 모두 줄리를 바라볼 때 어색한 침묵이 이어졌다). 키드 시절에 두 사람은 떨어질 수 없는 사이였습니다. 솔직히 말해서 우리는 모두 두 사람의 행복을 부러워했지요 (나도 그랬어, 롭이 말했다). 그런데 두 사람 사이에 좀 거북한 문제가 생겼어요……. 음, 22년간의 거북한 문제……그리고 지금 두 사람은 다시 합치게 됐고, 이제 합법적으로 일을 성사시키려 하고 있습니다."

(브리짓은 매트를 슬쩍 보았다. 그녀는 매트가 거북한 문제가 있던 시기에 태어나서 어린 시절을 보낸 일을 마음에 두고 있지나 않은지를 신경 쓰면서 그를 흘긋 보았다.) 제리는 술잔을 높이 치켜들었고, 테이블에 앉은 사람들이 모두 일어섰다. 빌과 브리짓만 앉아 있는 상태였다.

"결합과 동창회를 위해서! 만일 동안 행복하길 바란다!"

제리가 말했다.

사람들에게는 놀라움을, 줄리에게는 명확한 안도감을 준 제리는 나름대로 세련되고 유머러스하게 임무를 완성했다. 빌은 일어서서 이에 답례했고, 제리에게 고맙다고 훈훈한 인사한 다음, 노라의 후한 배려에 고마움을 표시했다. 제리도 빠르게 인사로 답했다. 노라는 웃었다. 웨이터가 아그네스 옆에서 주문을 받을 준비를 하고 있었다. 매트와 브라이언은 잔을 쭉 비웠다. 브리짓은 웨이터에게 아이들에게는 와인은 주지 말라고 말해야겠다고 생각했다. 그녀는 결혼식 전날 밤에 아들이 술에 취하는 모습을 보고 싶지 않았다. 또 술 문제로 다시 한번 속을 끓이고 싶지 않았다.

만일 동안이면 대략 30년이다. 두 사람의 행복이 다 닳을 때쯤인 그때 브리짓은 70대 초가 될 것이다.

'만약 살아 있다면'

브리짓의 스커트 거들이 배에 꽉 꼈다. 그녀는 염소젖 치즈 샐러드와 연어를 주문했다. 하지만 주문한 음식을 먹을 수 있을지는 의심스러웠다. 브리짓은 테이블 건너편에 있는 제리에게 고맙다는 말을 했고, 그는 그녀에게 손가락으로 총을 쏘는 모습을 보였다. 이와 거의 동시에 방에 활력이 생겨서 브리짓은 빌에게 말할 때조차도 목소리를 높여야만 했다. 시끌벅적한 소리는 점점 더 커져서 사람들은 서로 대화할 때 소리를 질러야만 했다. 마치 파티 같았다. 이에 대해 브리짓은 고마움을 느꼈다. 그녀는 모임이 다소 뻣뻣하고 지루할까 봐 걱정했고, 혹시 노라의 체면이 깎일 것을 고심했었다.

빌이 그녀의 무릎에 손을 얹었다. 만약 손을 통해서 좋은 건강을 전달할 수 있었다면 그는 자신의 건강을 희생하더라도 그렇게 했을 것이다. 줄리가 브리짓에게 두 사람이 다시 만난 스토리를 이야기 해 달라는 요청이 나오자 대화가 갑자기 소강상태로 접어들었다. 브리짓은 빌을 쳐다보며 도움을 청했다. 두 사람은 이야기의 핵심을 매트와 브라이언이 있는 앞에서 얘기할 수는 없다고 생각했다. 호텔에서의 밀회, 빌의 아내에 대한 배반, 브리짓의 아들이 잘 때 나눈 정열적인 전화 내용 등을 어찌 그들 앞에서 나눈단 말인가! 빌은 두 아이가 있는 방향을 보며 친구들에게 의미 있는 시선을 보냈다. 오늘 밤 준성인용 영화를 볼 수 없다는 뜻이었다. 대신에 그는 삭제본을 간단하게 말해주었다.

"25회 동창회에 참석했어요. 실내를 쭉 둘러보는데 브리짓이 보이더라고요. 22년이라는 세월이 녹아 사라져버리는 것만 같았어요. 마치 그동안 한 번도 떨어지지 않은 것처럼 말이에요."

질의 분노, 멜리사의 슬픔, 그리고 빌이 치른 상당히 큰 대가 등은 언급하지 않았다. 통계적으로 볼 때 브리짓이 얼마 살지 못하는데도 빌은 모든 위험을 감수했다. 두 사람이 최대한도로 함께 할 수 있는 기간은 3~4년밖에 되지 않을 것이다. 그는 아직도 이런 희생을 치를 가치가 있다고 생각할까?

브리짓은 허벅지 위에 올라와 있는 빌의 손 위에 잠시 손을 올려놓았다. 노라는 브라이언과 매트와 잡담을 나누고 있었다. 두 아이는 노라의 말에 상당히 귀를 쫑긋 세우며 듣고 있었다. 이미 약간 취한 제리는 종종 친구들에게 노라와 실질적으로 가장 친구 사이라는 것을 허풍을 떨며 말해댔다. 노라는 이를 못 들은 체했다. 브리짓은 노라는 우정을 약간 다른 식으로 생각하고 있을지도 모른다는 생각을 했다.

"물론, 난 시를 읽지는 않아. 너희도 그렇지?"

제리가 서로 잡담하는 좋은 분위기를 망치며 말했다.

"바보 같은 소리 그만 해, 제리."

해리슨이 말했다.

"좋아. 네가 마지막으로 읽은 시집 이름 대 봐."

"난 오드리 하인리히를 출판했어."

해리슨이 말했다.

"그래, 넌 빼고."

제리는 와인 잔으로 해리슨을 가리키면서 말했다. 그러는 바람에 그는 와인을 약간 테이블에 흘렸다.

"넌 어때?"

제리는 그의 팔을 잡고 말리는 줄리를 무시하면서 롭에게 물었다.

"어, 난 잘 몰라. 한때는 예이츠를 좋아하긴 했었지."

"난 빌리 콜린즈를 읽었어. 난 그 사람을 무척 좋아해."

아그네스가 말했다.

"빌리 콜린즈는 누구야?"

제리가 물었다.

"계관시인이야."

해리슨이 조용히 말했다.

"로봇 프로스트도 있어. 계관시인과도 같은 존재야."

제리가 말했다.

"네 남편의 작품은 대단하다고 생각해."

롭이 대화를 원점으로 되돌리면서 노라가 있는 쪽에 대고 말했다.

"고마워."

웨이터 두 사람이 샐러드를 서빙하기 시작했다. 그녀는 샐러드 접시가 제대로 놓였는지 점검했다.

"난 그분이 누구인지조차 몰랐어요. 롭을 만나고서야 알게 됐어요. 하지만 지금은 칼 라스키가 쓴 책은 모두 읽었어요."

조시는 활짝 웃으면서 애매한 칭찬을 겉으로 보기에 알아차리지 못하게 말했다.

"내 작가 리스트에 누군가를 추가한다면 아마 칼 라스키이지."

해리슨이 말했다.

브리짓은 노라와 해리슨 사이에 오고가는 표정을 목격했다.

"넌 늘 스스로 절반 시인이었잖아."

제리가 딱딱한 프렌치 빵을 한 조각 물어뜯으며 심술궂게 말했다.

"어떤 식으로?"

해리슨이 물었다.

"아, 그건 몰라. 넌 늘 꿈을 꾸는 듯했어. 항상 혼자서 돌아다녔잖

아. 자연과 그 밖의 모든 곳으로."

"그래, 그랬던 것 같아."

해리슨이 말했다. 브리짓의 마음속에서 '이게 뭐야?'라는 소리가 들려왔다. 해리슨도 꽤 많이 마셨다. 그는 샐러드는 손도 대지 않았다. 갑자기 위험한 감정이 허공에 둥둥 떠다니는 것 같았다. 잠재적인 위험인가? 브리짓은 어떠한 말로도 묘사할 수가 없었다. 그녀는 긴장을 비켜나가려고 뭔가 할 말을 생각하느라고 정신을 집중했다.

"하지만 스티븐은 아니야. 너희도 스티븐이 시를 읽는 것을 보지 못했잖아."

제리가 버터 나이프를 흔들면서 말했다.

"아니야. 스티븐은 시에 대한 이야기도 한 걸."

아그네스가 말했다.

롭은 피식 웃었고, 빌은 만족한 웃음을 지었다.

"넌 그 애가 책을 읽는 것을 보지 못했을 뿐이야."

해리슨은 가볍게 말했다. 브리짓은 해리슨이 적포도주와 백포도주를 함께 마시는 것을 보았다. 웨이터가 백포도주를 다시 채우고 있었다. 브리짓은 빌 건너편으로 가서 해리슨의 팔을 잡고 그만 마시라고 말하고 싶었다. 선동꾼 제리는 늘 말썽이다.

"그 애는 내가 아는 사람들 중에 유일하게 책을 읽지도 않고 이야기나 시에 대해서 지적으로 토론할 수 있는 아이였어."

"어떻게 그렇게 할 수 있어?"

줄리가 물었다.

"스티븐은 잠시 이야기를 듣고 실마리를 잡아내지. 그런 다음 초자연적인 솜씨로 이야기의 본질이나 핵심 주제를 뽑아내서 그것으로 토론하는 거야. 그럭저럭 아주 잘 해나가지. 대체로 스티븐이 토론의 중심에 서 있었어."

"하지만 그건 거짓이잖아요."

줄리가 말했다.

"음, 그렇기도 하고 그렇지 않기도 하죠."

해리슨이 말했다.

"야, 우리 내일 게임이나 할까?"

빌이 말했다.

"무슨 게임?"

롭이 물었다.

"네가 심판을 보면 되겠네."

빌이 롭의 백만 달러짜리 손가락을 가리키며 말했다. 브리짓은 그들이 안전할지가 의심스러웠다.

"내가 볼과 글러브, 그리고 야구방망이를 준비할게."

빌이 말했다.

"오, 좋아요."

매트가 말했다.

"두 팀으로 나누자. 아그네스 팀 대 노라 팀으로."

이 말을 하면서 빌은 브리짓을 돌아보았다. 그녀를 포함시킬 의도였다(물론 그는 브리짓이 경기를 할 수 없다는 사실을 누구보다도 잘 알고 있었다. 우선 브리짓은 가발이 벗겨질까 봐 게임에 참여하지 않을 것이다).

"브리짓, 당신도 해야지. 매트와 브라이언과 함께."

"나도. 야 해리슨, 넌 유격수를 봐야지. 너 충분히 할 수 있다고 생각하지?"

제리가 말했다.

해리슨은 조심스럽게 술잔을 내려놓았다. 툭 튀어나온 턱을 지닌 제리는 해리슨을 노려보았다. 아그네스는 먹는 것에 열중하고 있었다. 줄리는 먼 거리에서 의심할 여지없이 뉴욕으로 돌아가기를 희망하면서 이 장면을 응시했다. 단지 빌만이 제리와 해리슨 사이에서 지금 당장이라도 테이블로 뛰어올라가 심판을 볼 기세였다.

"그만해."

롭이 작은 목소리로 말했다.

"뭐 어쩌라고?"

제리가 무시하는 체하면서 물었다.

이때 노라가 손을 들어 손가락을 민첩하게 움직여, 기술적으로 즉시 분위기를 쇄신시켰다. 웨이터 두 명이 와서 샐러드를 가져가고 앙트레를 내놓았다. 브리짓의 연어는 거의 익히지 않았고, 빌의 것은 바짝 익혀서 나왔다. 브리짓은 빌과 접시를 교환했다. 제리는 앞에 주문한 소고기 요리가 놓이도록 하려고 공격적인 자세를 풀어야만 했다.

"시대가 변했어."

노라가 멋지게 화제를 다른 데로 돌렸다.

"분명 그렇지. 불행히도 부시는 시대를 모든 정치적 이익에 이용하려고 해."

롭이 노라의 말에 대답했다.

"너 거기 있었니?"

제리가 톱니모양의 나이프로 롭을 가리키면서 물었다.

"난 보스턴에 있었어."

롭이 말했다.

"음, 네가 만약 거기 없었다면 입 다물어야 할 거야. 줄리와 난 그 곳에 있었어. 우리는 시체들을 보았어. 무척 대단했지. 경찰과 소방수들은 부시가 나타나자 그를 환호했어."

사람들은 롭이 민주당원이라고 추측할지도 모른다. 그럼 제리는 공화당원인가?

"너 정말로 시체들을 보았어?"

아그네스가 테이블 끝 좌석에서 물었다.

"점프하기도 하고, 떨어지기도 했어. 쿵하는 소리가 들렸다니까. 사무실이 바로 그 거리 건너편이었어."

제리가 말했다.

침묵이 찾아왔다. 그들은 각자 점프하는 공포와 떨어지는 순간을 상상했다. 120층 아래로 떨어진다는 것. 브리짓은 두 눈을 감았다.

눈을 떴을 때 브리짓은 매트를 흘긋 보았다. 그는 파랗게 질려 있었다. 매트는 텔레비전에서 그 광경을 보았지만, 그렇다고 쿵하고 떨어지는 시체들을 상상했겠는가? 브리짓은 브라이언을 바라보았다. 그 아이는 당근을 포크로 찍고 있었다. 그렇게 하는 것이 아닌데.

"제리, 직접 겪은 일은 참으로 안타깝다고 생각해. 여기 모인 사람들은 모두 9월 11일에 뉴욕에 살았던 사람들이 공포와 정면으로 맞섰다는 사실에 동의할 거로 생각해. 하지만 이 테이블에 있는 사람 중에 상처를 받지 않았거나 냉정한 사람은 아무도 없어. 그 대참사는 우리 모두를 다치게 했어."

브리짓은 사람들이 모두 자신에게 집중할 만한 어조로 말했다.

"그래, 대재앙이야. 민주주의 국가에서 종종 발생하는 사건이지."

롭이 두꺼운 다마스크 냅킨으로 입술을 닦으면서 말했다.

"너희가 9·11사태로 마음을 다쳤다고는 하지만 너흰 그곳에 없었기 때문에 진정으로 그 사태에 대해 잘 몰라."

제리가 주장했다. 그리고 브리짓은 제리의 화가 조금 누그러졌다는 것을 알 수 있었다.

"여기 있는 사람들은 당신 말을 인정하고 싶지 않는 거 같은데, 제리."

줄리가 말했다.

제리는 아내를 못마땅한 얼굴로 노려보았다.

"짐 미첼 선생님이 한 번은 이런 말씀을 한 적이 있어. '대참사 민주주의', 기억나니? 『서부 전선 이상 없다All Quiet on the Western Front』를 읽을 때 해주신 말인데?"

아그네스가 말했다.

"네 기억력 한 번 대단하구나."

해리슨이 말했다.

"내가 배운 선생님들 중에서 그분은 최고였어."

아그네스가 말했다.

"아, 미첼 선생님. 남자분이셨지. 아직도 키드에 계시니?"

제리가 말했다.

"아니. 위스콘신으로 이사 가셨어. 그곳에서 사립학교에 다니셔."

아그네스가 말했다.

"위스콘신. 거기가 선생님 고향이야?"

"아니. 고향은 매사추세츠야. 내가 처음 키드에 발령 받아 갔을 때는 거기 계셨어. 3년간 함께 근무했어."

"자기를 가르쳤던 선생님과 동료가 된 기분이 묘했겠네요?"

조시가 물었다.

"약간이요. 처음에는 그랬죠. 하지만 곧 익숙해졌어요."

아그네스의 얼굴이 분홍빛으로 물들었다. 그녀에게 전신 열감(熱感)이 나타난 것이 틀림없다고 브리짓은 생각했다. 얼마 안 있어 아그네스에게 폐경기가 올지도 모른다는 징조로 생각했다.

다른 선생님들도 기억이 났고, 포드홀 앞을 페인트칠하던 일도 떠올랐다. 빌은 롭이 오두막에서 트럭을 '빌려서' 포틀랜드까지 갔다 오던 밤을 언급했다. 키드의 4년 세월의 기억 파편이 하나둘씩 떠오르면서 되살아났다. 전반적인 모습은 떠오르지 않았지만 하이라이트는 생각이 났다. 제리가 모텔 방을 빌려서 파티를 하다가 경찰이 들이닥친 밤. 해리슨이 무대로 뛰어올라가서 믹 재거 흉내를 내던 때 (“난 그런 행동한 적 없어”라고 해리슨이 말했다). 줄리는 매트와 브라이언처럼 고리타분한 이야기가 지겨운 듯했다. 완벽한 타이밍에 노라는 사람들에게 이제 도서관으로 가서 커피와 디저트를 먹을 시간이라고 알려주었다. 술 마시고 싶은 사람들을 위해서 2차가 이어질 것이다. 브리짓이 예상한 대로 이미 얼큰하게 취기가 오른 사람들이 코냑이나 드럼뷔를 달라고 했다. 해리슨은 조심스럽게 일어섰다. 제리는 디너 냅킨처럼 보이는 것에 코를 풀었다.

줄리는 어떻게 제리를 참아낼까?

브리짓은 줄리가 자신만의 탈출구를 만들어 놓았을 거로 생각했다. 그녀는 굿나잇 인사도 하지 않고 방으로 돌아갈 것이다. 그것은 그녀가 친구들과 섞일 수 없다는 사실 하나만 봐도 뻔했다. 지금까지 어느 누구도 '암'이라는 단어를 입 밖에 내지 않았다. 이것이 브리짓은 고마웠다. 급소를 찌르는 제리의 취향을 고려해볼 때 이것은 기적이라 아니할 수 없었다.

빌은 어찌할지 잠시 망설였다. 노라는 주방으로 사라졌다. 브리짓은 노라에게 저녁식사 정말로 고마웠다고 다시 한번 인사를 하고 싶었지만 아마 아침까지 기다려야 할 것 같았다.

"매트와 브라이언은 어디 있어?"

브리짓이 물었다.

"분명히 지하에 있는 당구대에 갔을 거야."

빌이 말했다.

"그래서 그렇게 귀를 쫑긋 세우고 있었군. 분명히 양복저고리를 망쳐놓을 거야."

아이들이 정장을 입고 당구를 치기 시작한다면 윗도리는 결국 의자에 걸쳐놓게 될 거고, 그럼 바닥으로 미끄러져 내릴 거고, 손에 당구 큐대를 든 아이는 윗도리를 밟고 다니게 뻔했다. 시나리오는 다 나와 있었다.

"당신은 어떻게 할 거야?"

빌이 물었다.

"좀 누워야겠어."

"같이 갈게."

"아니, 친구들과 함께 있어. 제리와 해리슨이 기다리고 있잖아."

빌은 웃었다. 브리짓은 문가에서 조시가 롭의 흠잡을 데 없는 양복저고리 뒤를 손가락으로 훑어 내려가는 모습을 보았다. 손이 허리선 바로 아래에서 멈췄다. 줄리는 바닥에 떨어진 귀고리 한 짝을 찾으려고 몸을 구부렸다. 제리는 소변을 봐야 한다고 공표했다. 아그네스는 해리슨에게 핼리팩스 재앙에 대해서 들어봤는지를 묻고 있었다.

브리짓은 빌이 있는 방향으로 몸을 돌렸다. 그러자 그녀의 오른쪽 무릎이 빌의 왼쪽 무릎에 닿았다. 빌은 다시 그녀의 허벅지에 손을 얹었다. 그는 한쪽 팔꿈치를 테이블 위에 기댄 채 그 손으로 턱을 괴었다.

"당신 오늘 밤 정말로 아름다워."

브리짓은 한숨 돌린 다음 웃었다. 이에 간단하게 어울리는 대답이 없었다.

"제리는 정말로 괴짜야."

브리짓이 말했다.

"일부 사람들은 결코 변하지 않아. 아마 우리는 아무도 변하지 않을 거야. 어쨌든 건배는 멋졌어."

"제리 아내는 어떤 사람이야?"

"냉정하고 거만한 여자?"

"제리 주위에만 있던데. 첫째 아내야?"

"그럴 거야."

"난 조시가 마음에 들어. 귀여워. 게이 커플은 항상 평범한 커플과 다른 방식으로 서로 아껴주는 것처럼 보여. 그들은 별 의미가 없는 사소한 순간들도 소중히 여기는 것 같아. 우리에겐 그런 것들이 그냥 스쳐지나가는 건데 말이야."

"분석되지 않은 삶이야."

빌이 말했다.

"그들에게 아이들이 없기 때문일지도 몰라. 아이들이 모든 산소를 차지하잖아, 그렇지 않아? 또 혼란도 창조하고. 난 제리와 해리슨이 그런 관계였는지는 몰랐어."

"나도 그 애들이 그런 관계였는지 확신이 안 서. 이런 감정이 내게도 낯설어. 가끔 제리는 약하게 보이기도 하고, 또 별안간 죽일 듯이 덤벼들기도 해."

"제리는 항상 그런 식이었어?"

"지금이 한결 더 한 것 같아."

빌이 말했다.

브리짓은 나이에 대해 생각했다. 나이는 사람을 조각할 수 있어서 강인한 특색만이 남게 된다.

브리짓은 옷을 벗고 싶었다.

"노라는 정말로 놀라워. 부분적으로는 노라가 자신이 이룩한 이곳을 보여주고 싶었을 거야. 하지만 훨씬 그 이상이야. 노라는 엄청나게 관대해졌어."

브리짓이 말했다.

"우리도 노라를 위해 뭔가 해줘야지. 언젠가 우리 집에 초대하자."

빌이 말했다.

"당연하지. 그럼, 두 번째 모임은 우리 집에서 2박을 하는 거네."

빌은 브리짓을 향해 몸을 구부려 키스했다. 뜻밖의 강렬한 키스였다. 브리짓은 그의 가슴에 손바닥을 얹었다.

"키스, 키스."

제리가 그들 뒤를 지나가면서 말했다.

밀회

"그러니 넌 그 이야기는 잘 모를 거야."

해리슨이 말하고 있었다.

그들은 주방 중앙에 설치된 바에 앉아 있었다. 전등 하나만이 불을 밝히었는데, 마치 섬 상공 위에 떠 있는 지구 같았다. 해리슨은 크림색 페인트, 제혀쪽매(판재나 널판에서 한쪽 측면에 홈을 파고 다른 쪽 측면에 내밈(혀)을 만들어 여러 개의 판재나 널판을 접합하는 방법-옮긴이), 하얀 골동품 접시 선반, 스테인리스 개수대 등에 깊은 인상을 받았다. 쭉 늘어선 창문 아래로는 장식용 쿠션이 있는 빌트인 벤치가 놓여 있었다. 해리슨은 주방 밖 어둠 속에서 냉동식품 저장실의 인테리어를 볼 수 있었다. 저장실이 밤이라 닫혀 있었다.

해리슨은 커피머신에서 뽑은 커피를 한 모금 마셨다. 도서관에서 마셨던 것과 비슷했다. 커피. 아마 아침이 되기 전에 잠이 든다면 아주 운이 좋은 셈이 될 것이다. 해리슨은 몇 년간 마실 커피를 오늘 다 마셨다. 거기다 술도 지난 몇 년간 마신 것보다 많이 마신 상태다. 커피와 술의 결합이 독특한 숙취를 형성한 상태라 해리슨은 이 숙취로 고통스럽기 시작했다.

호텔은 조용했다. 접시 선반 사이에 있는 커다란 나무로 만든 시계가 1시 25분을 가리켰다. 해리슨은 친구들 각자 방에서의 모습을 간단하게 상상해 보았다. 서로 등을 맞대고 있는 제리와 줄리는 서로 침대 양쪽 끝자락을 부여잡고 잘 것이다. 브리짓 옆에서 웅크리고 자는 빌은 약간 코를 골며 잘 것이다(브리짓은 가발을 쓰고 있을까? 자면서도 쓰고 잘까). 똑바로 누운 아그네스는 가슴에 양손을 포개고 잘 것이다. 순수한 아그네스는 자면서 뒤척이지도 않을 것 같았다. 롭과 조시. 한쪽이 다른쪽 품에서 웅크리고 잘 것이다. 해리슨은 그 이상은 상상할 수 없었다. 어쩌면 그가 잘못 상상했을지도 모른다. 아마 사람들 앞에서 적대적인 제리와 줄리는 침대에서는 열정적일 수도 있다. 브리짓과 빌은 브리짓이 화학치료를 받는 동안 서로 떨어져 잘 수도 있다. 아그네스의 깃털 이불이 이리저리 엉키어 있고, 악몽을 꾸느냐고 몸부림치고 있을지도 모를 일이다. 해리슨이 개인적인 생활에 대해서 아는 것이 있다면 그것은 외면적인 모습뿐이지, 실지 모습은 전혀 알 수 없었다.

노라는 좀 지쳐보였다. 해리슨은 그녀가 자야 한다는 것을 잘 알고 있었다. 노라는 내일 일찍 일어나서 아침 준비를 해야만 했다.

"칼과 나에 관한 얘기 할까? 아니……그러지 않는 게 좋겠어."

노라는 창을 통해서 비추는 해리슨의 모습을 보면서 말했다.

"눈이 오네."

그녀가 다시 말했다.

해리슨은 돌아섰다. 두툼한 눈송이가 불빛에 비추면서 표류했다.

"완전히 신비스럽네."

해리슨은 선 채로 말했다. 그는 문가로 걸어가서 문을 열었다. 날카롭고 차디찬 바람이 확 느껴졌다. 그들이 저녁식사를 하고 2차를 하는 동안에 온도가 뚝 떨어졌다. 해리슨은 문밖에 있는 온도계를 바라보았다.

"영하 6도야. 이건 말야······, 이렇게 기온이 뚝 떨어지다니? 휴."

해리슨은 문을 닫고 다시 섬으로 돌아왔다. 그는 스툴에 불안정하게 엉덩이를 걸치고 앉아서 커피를 한 모금 마셨다. 노라의 립스틱이 다 지워졌고, 눈 바로 밑에도 뭔가 검은 것이 묻어 있었다.

"22년간의 결혼 생활은 긴 이야기야. 매 순간순간을 담은 각본의 연속체야. 무감각하고 지루하게 산 세월이야. 거대한 희망의 통로이기도 하고, 체념의 통로이기도 해. 누구도 결혼 이야기를 제대로 할 수는 없어. 완벽한 결혼 이야기는 없어. 매일 쓰는 일기에조차도 진정으로 솔직하지 않아. 적어도 결혼은 엇갈리는 두 이야기라는 생각이 들어. 우리는 그 중 하나는 평생 알지 못하게 되지."

노라가 말했다.

해리슨이 하고 싶은 질문들은 모두 그의 입속에서만 맴돌았다. 자신의 결혼 이야기는 어떨까? 주말에 그와 에블린이 샤토 프롬트낙 호텔에서 보내는 생활을 말하는가? 두 사람은 침대에서 결코 내려오지 않기 때문에 룸서비스로 생활비를 다 탕진했다. 아니면 자신의 아파트 주차장에서 주말이 거의 끝나갈 무렵에 스노우타이어 때문에 싸운 일이 포함될까? 일요일 저녁마다 두 아이는 바쁘고, 에블린과 자신은 서로 아무런 할 말이 없을 때 느끼는 두려움과 같은 불완전함인가? 아니면 온 가족이 작년 봄에 캘거리에서 밴쿠버로 여행을 하면서 캐나다 유람열차를 타고 가며 참으로 완벽하게 행복한 순간을 이르는 이야기인가?

"네가 행복한지 알고 싶어."

해리슨이 말했다.

"가끔 행복했어."

노라가 대답했다.

"그 정도면 충분해."

"제리는 괴로운가 봐. 그렇게 보이지? 물 좀 줄까?"

"좋아. 숙취 때문에 죽을 지경이야."

노라는 선반에서 물잔 두 개를 가져와서 수도꼭지를 틀었다. 그녀는 온도를 테스트하려고 물에 손가락을 대어본 다음 물컵에 물을 채웠다.

"제리가 스티븐에 대해서 한마디만 더 했으면 분명히 그 놈을 두들겨 패줬을 거야."

해리슨이 말했다.

노라는 카운터에 물컵을 놓으면서 웃었다.

"웃지 마. 정말 그렇게 했을 거야."

"네가 누군가를 때리는 것을 보았으면 아마 졸도 했을 거야. 네가 상대를 혼쭐내는 너만의 방법이 있을 거란 생각이 드는데. 하지만 때려눕히는 것은 네 방식이 아니잖아."

"줄리는 어떻게 그놈을 견디나?"

"줄리는 성격이 좋은 것 같아. 우리의 모든 이야기를 다 참아주잖아. 그녀에게는 분명히 지루하고 시시했을 텐데 말이야."

"몇 살이야?"

"서른여섯? 마흔? 잘 모르겠어. 난 조시가 재미있어. 롭을 위해서는 다행스러워."

"우리 중 아무도 몰랐잖아. 학창시절에."

"자기 자신도 잘 몰랐을 텐데 뭐. 롭은 아주 우아하고 무척 세련

됐어, 그렇지?"

노라는 커피를 한 모금 마셨다.

"분명히 유럽 영향을 받았을 거야. 정확하게 어떻게 된 거야? 불현듯 재능을 발견하기라도 한 거야?"

"아니, 아니야. 어렸을 때부터 레슨을 받았어. 어려서부터 재능이 있었는데. 고등학교 내내 그 중요성을 잘 인식하지 못하다가 음악공부를 해서 줄리아드에 넣었는데 떨어졌어. 그때 이후 음악을 진지하게 시작했다고 하더라고."

"난 늘 롭을 좋아했어."

해리슨이 말했다.

"오, 우리 모두 그랬다고 생각해."

"이해가 안 되는 부분은 어떻게 빌과 제리가 계속해서 친구로 남아 있느냐는 거야."

"그것은 제리의 공이 커. 제리가 수백만 달러를 주었어. 내 말은 기부했다는 뜻이야."

"그래?"

"국경 없는 의사회는 그의 특별한 관심대상이라고 줄리가 말하던데."

"난 몰랐어."

"너와 제리는 결혼식 전에 일종의 휴전 같은 것을 해야만 할 거야. 제리는 브리짓보다 더 큰 관심을 얻으려고 할지도 몰라. 하지만 넌 그렇지 않잖아."

"아니, 당연히 아니지."

해리슨은 성질을 누그러뜨리며 말했다.

"케이크 좀 줄까? 결혼 파티에서 많이 남았거든. 아주 맛있어. 코코넛을 싫어하진 않지?"

"좋아해."

노라는 어두운 냉동 저장 창고로 가더니 쟁반에 케이크를 들고 나왔다.

"참 재미있는 일이야. 아그네스가 얘기하기를, 키드에 처음 부임해서 갔을 때 영어선생님을 하다가 역사 선생님으로 바뀌었다는 거야. 어쨌든 그 이야기는 그렇다 치고, 그것이 중요한 것은 아니니까. 난 아그네스가 아주 좋은 선생님이라고 생각해."

해리슨이 말했다.

"그 애 필드하키 팀이 큰 대회에서 우승했어. 언제 한 번 그것에 대해 아그네스에게 물어봐줘."

노라는 선반에서 케이크 접시 두 개를 꺼내면서 말했다.

"핼리팩스 대재앙에 대해서 얘기하더라고. 너 알고 있니?"

"아니."

"외관상으로는 세계 제1차대전 동안 핼리팩스 항구로 들어오는 배에서 불이 났어. 이 광경을 도시에 사는 사람들이 대부분 창문을 통해서 보았어. 잠시 후에 배가 폭발했고 원자폭탄이 나타날 때까지는 역사상 이것이 인간이 만든 가장 큰 폭발이었어. 창가에 서서 이 광경을 지켜보던 사람들은 모두 폭발로 깨진 유리조각에 시각장애인이 되었어. 그러니까 모두는 아니고, 아주 많은 사람이."

노라는 후하게 케이크를 두 조각 잘라서 하나를 해리슨에게 내밀었다.

"그 애는 게이야?"

해리슨이 물었다.

"아그네스?"

노라는 은식기류 서랍을 열면서 물었다.

"아니."

"어떻게 알아?"

"남자들에 대한 얘기를 하는 걸 들어보면 알지."

노라는 해리슨에게 포크를 건네면서 말했다.

"관계는 가져봤데?"

"그런 것 같아. 결혼한 남자와 사귄다는 느낌이 들어. 가끔 간접적으로 언급해."

해리슨은 케이크를 크게 떠서 입에 넣었다. 안에 으깬 코코넛이 들어 있는 일종의 생크림 케이크였다.

"맛있어."

"마을에 아주 빵을 잘 굽는 할머니를 찾았어. 73세인데, 수년 동안 가족을 위해서 케이크를 만드셨어. 할머니 며느리한테 소식을 듣고 찾아가서 우리한테 케이크를 좀 구워달라고 졸랐어. 할머니는 정말로 굉장해. 굽는 케이크마다 항상 먼저 것보다 맛있다니까."

"두 사람을 위한 멋진 협정이었네."

"아이들은 정말로 잘 먹더라."

"브리짓의 애가 마음에 들어. 그 애 친구도. 하지만 좀 거칠더라. 게임하자고 강제로 수영장으로 끌고 가더니 날 완패시켰어. 카드를 열 개나 잃었어."

노라가 미소를 지었다.

"열일곱 살 때 꿈 기억나니? 27년 전에 무엇이 되고 싶었는데?"

해리슨이 물었다.

노라는 머리를 창가로 돌렸다. 그녀의 검은색 드레스 소매에 뭔가 흰 얼룩이 묻어 있었다. 밀가루 같았다. 일어서서 주방 안으로 들어간 노라는 밤에 어디라도 갈 것처럼 머리카락을 정돈했다. 하지만 결과적으로 더 엉망이 되어서 마치 지금 막 자다가 일어난 사람 같았다.

"나는 선생님이 되고 싶었어. 그게 꿈이었지. 넌?"

"난 화학엔지니어가 되고 싶었어. 그래서 노스이스턴 대학에 갔어."

"넌 키드에서 장학생이었잖아."

"그래."

해리슨은 노라가 포크를 깨끗하게 핥는 것을 보면서 말했다.

"노스이스턴에서는 재미있었어?"

"다 옛날이야기야. 1학년 때 훌륭한 영어선생님을 만났고, 수학은 아주 싫어했어. 그게 다야. 대학원은 맥길 대학에 갔어."

"왜 캐나다 대학을 갔어?"

"학비가 싸니까."

"거기서 아내를 만났어?"

노라는 포크로 접시에 마지막으로 남은 케이크 조각을 집으면서 물었다.

"넌 그 케이크를 정말로 잘 먹네."

노라는 올려다보고 미소를 지었다.

"사실, 그래."

"맞아. 대학에서 에블린을 만났어."

주방에는 침묵이 흘렀다. 해리슨은 벽에 걸린 커다란 시계가 두 번 치는 소리를 들었다. 해리슨은 노라에게 열일곱 살 때 일을 말하고 싶었다. 그는 두 사람이 사귀었어야 했다고 생각했다. 생각보다 많이 마신 그는 큰 소리로 말했다.

"사실, 난 너와 내가 사귀었어야 한다고 생각했어."

노라는 아무 말도 하지 않았다.

"너도 비치하우스 부엌에서의 그날 밤을 기억하지?"

"물론 기억하지."

"그건 단지 시기의 문제였어."

노라는 케이크 접시를 개수대에 갖다 넣었다.

"그 이후로 스티븐을 보지 못했어."

노라가 말했다.

"그래."

두 사람이 각자 스티븐을 생각하고 있을 때 창가에서는 눈이 점점 더 두터워졌다.

"그 일은 우리에게도 아주 좋지 않은 일이었어."

노라가 말했다.

"난 이번 모임의 목적이 그것인지가 의심스러워. 마음속 비밀을 털어놓으려고. 그 시절에 말할 수 없었던 것을 말하려고."

해리슨이 말했다.

"이런 속도로 계속 눈이 내린다면 아침에는 적어도 10센티미터는 쌓이겠는 걸. 일기예보가 맞을 것 같은데."

노라가 말했다.

"눈 오는 걸 알고 있었어?"

노라가 고개를 끄덕이었다.

"오늘 아침에, 그러니까 우리가 어쩜 이렇게 날씨가 아름답냐고 얘기했을 때 말이야. 그때도 눈이 올 거라는 걸 알고 있었어?"

"캐나다에서 오고 있다고 했어."

"오! 계속해 봐. 계속 캐나다 탓을 해보라고."

노라가 웃었다. 해리슨도 접시를 가지고 개수대로 가서 그녀 뒤에 섰다. 그는 그녀의 목덜미에 키스하고 싶었다. 해리슨에게는 오늘 하루의 매 순간이 지금 이 순간을 위해 존재했었던 것처럼 느껴졌다. 이것이 특별한 이야기의 끝이 될 것 같았다. 어쩌면 또 다른 이야기의 시작.

"내가 상관할 바는 아니지만 칼이 잘해줬어?"

"현실에서는 그래. 하지만 상상 속에서는 아니었어."

노라는 빠르게 말했다.

해리슨은 그 대답을 듣고 침묵했다.

"벌써 2시 15분이야."

노라가 소매에 밀가루가 묻은 것을 눈치 채면서 말했다. 그녀는 그것을 털어내려고 애썼다.

해리슨은 노라가 자신을 만지도록 틈을 보인 것일지도 모른다고 느꼈다. 이런 생각과 자신과 노라, 에블린에 대한 생각이 약간 그를 주저하게 했다. 명확히 로비에서 처음 그녀를 본 순간부터 솟아난 그의 욕망은 가까이 접근하자 더 절실해짐과 동시에 알코올과 예전의 경험 때문에 망설여지기도 했다. 이대로 그녀를 보낸다면 그는 후회할 것을 알고 있다. 몇 달 동안 안타까워 할 것이다. 어쩌면 몇 년간 그럴지도 모른다. 여기서 그녀에게 키스한다면 그것도 후회할 것이다. 아마 몇 년간.

노라는 접시에 세제를 풀어서 스펀지를 집어들었다. 해리슨이 그녀의 어깨에 손을 얹었다.

"인제 그만 가서 자. 내가 할 테니까."

노라는 그에게서 빠져나와서 돌돌 말려 있는 종이타올 한 장을 찢어서 손을 닦았다.

"너도 자."

양복에 정장 신발을 신은 해리슨은 눈 위를 걸었다. 누군가가 위층 창문에서 내려다본다면 차에 가방을 놓고 와 아침까지는 기다릴 수 없어서 찾으러 나온 사람이라고 여길 것이다. 해리슨은 얼굴에 차갑게 부딪히는 이 신선한 공기를 맡고 싶어서 방에 있을 수 없었다. 그는 환상을 깨끗이 씻어버리고 싶었다. 차가운 공기가 자신의 폐를 웅징하는 것 같았다. 노라가 나뭇가지와 연못 얘기를 했을 때 그녀 말이 옳았다. 막대기로 깨끗한 물을 쑤셔 파면 더러운 흙탕물이 깨끗한 물로 번져나갈 것이다. 여기 오는 것은 위험스러웠다. 해리슨은 몇 년간 위험한 일은 피해왔다. 그는 쌓인 눈 위로 살짝 미끄러졌다. 3센티미터 아니 이미 5센티미터는 쌓였다. 그는 렌트한 타우러스의 뒷문을 열고 서류가방을 꺼냈다. 그 속에는 영국 소설가가 쓴 멋진 원고가 들어 있다. 해리슨은 이미 그 작품이 좋다는 것을 알고 있었다. 그는 영국 비평을 읽었다. 그는 내용을 읽어보지도 않고 이 책을 출판하려고 했는데, 오늘 밤 어떤 인연으로 이 책은 세상을 피하려는 그의 목표가 될 것이다. 어떤 운으로 이 책은 잠자기 위한 그의 목표물이 될 것이다.

해리슨은 차를 뒤로 한 채 다시 걸었다. 가죽 창을 댄 신발을 신고 걷는 것은 위험스러웠다. 그는 호텔의 맨 앞 계단을 지나서 오늘 오후까지만 해도 푸른색이었던 잔디를 가로질렀다. 잠 못 이루는 친구가 창가에서 그를 지켜보았다면 해리슨이 눈을 밟는 발자국 소리 때문에 더욱 그의 잠을 방해했을 것이다. 해리슨은 호텔 코너 주위가 보일 때까지 계속해서 걸었다. 그는 노라가 사는 별관까지 갔다. 불은 아직 켜 있었다. 그녀의 방에 연결된 프랑스풍 베란다 문이 생각났다. 가능하면 극적으로 입장할 방법과 노라가 자신을 방에 들어오게 할 확률도 생각했다. 확률은 높았다.

그는 장갑도 끼지 않았고, 옷은 가을 양복을 입었다. 그의 머리는 녹은 눈 때문에 거의 맨살이 드러나 보였다. 해리슨은 후회로 가득 찬 삶을 원하지 않았다. 그는 로맨스를 하기에는 자신이 너무 늙었다고 생각했다. 그가 원하는 것은 시간을 되돌리는 것이었다. 하지만 거의 즉각적으로 해리슨은 이 소망을 철회했다. 그렇게 되면 두 아들 찰리와 톰과의 삶을 지워버려야 했기 때문이다. 사람들은 결코 아이가 태어나도록 한 것을 후회하지 않는다. 이것은 어떤 수학적 공식만큼 자명한 일이다. 이러한 사실이 그 자체가 순수하고 완벽하다 하더라도 욕망을 덮어버리지는 못했다. 오늘 밤 해리슨이 원하는 것은 평행선을 잇는 두 세계에 사는 것이다. 하나는 아이들과 토론토에서, 다른 하나는 노라의 방에서 그녀와 함께.

그러나 오직 한 가지 삶만이 존재할 수 있었다. 다른 하나는 상상 속에서만 존재할 뿐이다. 해리슨은 머리에 쌓인 눈을 털어냈고, 눈 속으로 발길을 되돌렸다. 그는 호텔방을 올려다보았다. 2층에는 아직 불빛이 있었다. 하지만 창가에는 아무도 서 있지 않았다.

토요일

아그네스의 사랑

　이네스는 춥고 배고픔을 느끼며 잠에서 깨어났다. 순간 그는 이곳이 의과대학이라고 착각했다. 그는 머리를 일으켜 정신이 들자 핼리 팩스의 프라저 박사 집에 머물고 있다는 사실을 기억해냈다. 시계를 보자 늦잠을 잤다는 사실을 깨달았다. 그는 늦어도 일곱 시까지는 일어나서 박사가 준 서류를 읽어볼 요량이었다. 기껏해야 이네스는 대충 훑어볼 시간밖에 없었다.

　벌벌 떨며 이네스는 세수를 하고 단벌 정장을 입었다. 셔츠는 새로 갈아입었다. 세탁은 어떻게 해야 하는지 어제 물어봤어야 했다. 그는 또 능력 있는 재단사를 알아봐야만 했다. 프라저 여사가 둘 다 알려줄 것이다. 양말을 카펫 위에 그냥 둘 수 없어서 이네스는 창가로 가서 묵직한 검은 커튼 뒤에다 숨겨 놓았다. 반짝반짝 빛나고 황량한 항구의 전경이 눈에 들어왔다. 화물선, 운송선, 고깃배 사이로 보이는 물이 햇빛에 반짝거렸다. 수많은 보일러와 용광로에서 증기와 연기를 뿜어내는 데도 아침은 맑았다. 길 건너편에는 저택에서 내뿜는 연기가 차갑고 메마른 허공 속에 솟은 양철 굴뚝을 통해 증발해버렸다.

　이네스는 전쟁과 상업적 이유로 만들어진 항구가 추하다고 생각했고, 천 년 전의 모습이 어땠는지를 상상하려고 애썼다. 활기 넘치는 천연 그대로의 항구, 숲 건너편의 다트무스 해안. 이네스는 항구에 커다란 배 두 척이 출항하려는 것에 주목했다.

이네스는 방을 나와서 음식 냄새를 쫓아서 식당으로 갔다. 프라저 여사와 루이즈가 테이블에 앉아 있었다. 그런데 각자 다른 단계의 식사를 하는 중이었다. 루이즈의 접시는 아직 다 차지 않은 상태였고, 프라저 여사는 옆에 차 한 잔을 놓고 펜으로 뭔가를 작성 중이었다. 루이즈는 접시에 김이 푹푹나는 음식을 담았다. 요즘에는 여성들의 의상에서도 막연히 군대 분위기가 풍겼다. 프라저 여사의 블라우스에는 넓은 세일러 칼라가, 루이즈의 블라우스에는 놋쇠 단추가 달린 어깨 장식이 있었다. 이네스는 아침인사를 하고 음식이 담긴 여러 가지 은그릇이 놓인 마호가니 뷔페 테이블로 갔다. 이네스는 뚜껑을 쭉 열어보았다. 한 곳에는 스코틀랜드식 계란 요리가 있었고, 또 다른 곳에는 훈제연어가, 옆에 있는 그릇에는 포리지(오트밀에 우유 또는 물을 넣어 만든 죽-옮긴이) 등이 담겨 있었다. 토스트를 세워 놓는 은그릇에는 갈색 빵조각을 두툼하게 잘라서 담아놓았다. 잼과 양념들은 타원형 접시에 가지런히 놓여 있었다.

이네스는 접시에 계란과 연어, 토스트 두 조각을 담았다. 테이블 양쪽 끝에 의자 같은 것이 있을리 만무하다고 생각한 이네스는 두 여자 맞은편에 앉았다. 그는 리넨 냅킨을 펼쳤다.

루이즈와 프라저 여사는 이네스가 항구의 전경을 볼 수 있도록 배려하여 항구를 등지고 앉아 있었다. 4개의 아치형으로 된 창문을 통해 항구의 측면이 보였다. 이 저택은 이 전경을 위해 특별히 설계해서 지었다는 생각이 들었다. 평화시에는 더욱 매력적인 풍경이었을 거라고 상상했다. 어쨌든 이러한 배치의 결과로 말미암아 프라저 여사와 루이즈는 햇빛 때문에 짙은 그늘이 졌다. 이네스는 아침식사 때 대화를 하는 것이 이 집의 에티켓인지 아닌지 혼란스러웠다.

"핀치 씨, 핼리팩스에서 일 시작하는 첫날 날씨가 무척 좋네요."

마침내 루이즈가 말을 걸었다.

"그러네요. 하늘이 무척 맑네요."

그가 잠시 중단했다.

"어젯밤에 언니한테 저를 그냥 이네스라고 불러달라고 청했는데, 당신에게도 똑같이 청해도 되는지 잘 모르겠군요."

프라저 여사는 뭔가를 적다가 날카롭게 고개를 들었다. 즉시 이네스는 이 말을 후회했다. 의심할 여지없이 프라저 여사는 이네스가 큰 딸에게 사적인 제안을 할 만큼 너무 편안하게 생각하고 있는 것이 아닌지에 대해 의구심을 지녔다.

"괜찮다면."

이네스가 덧붙였다.

이 제안에 만족했고 어쩌면 이네스의 의도를 잘못 해석했을 가능성이 있는 루이즈는 그를 향해 웃으면서 말했다.

"괜찮고 말고요. 첫날이라 긴장되세요?"

이네스는 아직 긴장된다는 생각은 해보지 않았다. 아마 그랬던 것 같다.

"잘 해나가기를 바라야죠"

그가 말했다.

"오, 당신은 아주 잘할 거라고 믿어요."

루이즈는 아랫입술에 토스트 조각이 묻었는지도 모르고 말했다.

"하지만 나라면…… 난 결코 누군가의 안구를 자른다고는 상상도 하고 싶지 않아요."

루이즈는 자신의 염증을 강조하려고 일종의 전율을 보여주었고, 이네스는 이 말에 약간 흠칫했다. 확실히 프라저 박사의 딸답게 루이즈는 풍부한 경험이 있어서 안과수술이라는 개념에 익숙해져 있었다.

식당 문이 흔들리면서 열렸다. 이네스는 헤이즐이 오기를 희망했다. 그는 일어섰지만 헤이즐은 그에게 앉으라고 손짓했다. 헤이즐의 옷은 확실히 군대 분위기는 나지 않았다. 그녀는 목라인에 아이보리 레이스가 달린 연한 복숭앗빛 실크 블라우스를 입었다. 오늘 아침 그녀는 머리를 깔끔하게 틀어 올렸다. 이마에 남은 머리카락은 전혀 없었다. 이네스의 모든 감각은 그녀의 존재에 맞추어졌다. 헤이즐은 어젯밤에 이네스와 나누었던 친밀감을 전혀 표현하지 않았다. 이네스는 프라저 박사가 어제 그에게 준 과제물을 읽어봐야 할 처지였지만 그래도 천천히 먹으려고 애썼다(의과대학에서 생긴 마구 먹는 습관을 꺼려고 무던히도 노력했다). 뷔페 테이블 시계가 8시 36분을 가리켰다.

토스트와 차 한 잔만을 가져온 헤이즐은 본능적으로 엄마 옆에 앉았다. 이네스에게서 거리를 둘 생각으로 그런 것일까? 아니면 진정으로 방어적인 제스처일까? 어쩌면 그를 루이즈에게 맡기려는 관대함 때문인가(아니면 단순히 아침 일찍부터 그를 보고 싶지 않은 욕망의 반영인가)?

"잘 주무셨어요, 핀치 씨?"

헤이즐은 마치 이네스가 루이즈에게 그냥 이름을 불러달라고 이른 아침부터 제안한 일을 무심코 비웃기라도 하듯이 이렇게 말했다.

"안녕하세요."

이네스는 간신히 대답했다.

결국 아침식사 때는 아무도 이름을 부르지 못했다.

"엄마, 침대 위에 빨래 올려놨어요. 엘렌보고 가져가라고 하세요."

루이즈는 참으로 기다란 테이블 끝에서 말했다.

"아마 오늘 너에게 편지가 올 거야, 헤이즐."

편지가 무엇을 의미하는지는 의심할 여지가 없었다.

"욕실에 비누가 다 떨어졌어요."

루이즈가 덧붙였다.

"엘렌이 갖다 놓을 거야. 헤이즐, 오늘 진료소 근무지?"

프라저 여사가 말했다.

"네, 1시까지 근무예요."

"오늘 네 아버지가 수술하는 날인지 기억이 안 나네."

프라저 여사가 말했다.

"내 파우누스 스카프가 안 보이는 데."

루이즈가 말했다.

"아마 어제 쇼핑하러 갔다가 집에 돌아오는 길에 잃어버렸겠지."

헤이즐이 말했다.

"설마, 그럴리가. 내가 가장 좋아하는 스카프인데."

비록 대수롭지 않은 대화가 이네스를 둘러싸고 무심결에 벌어지고 있다고는 해도 이때 세탁물이나 제단사의 필요성에 대해 언급하기에는 적절한 시기가 아니라는 생각이 들었다. 또 문이 열렸다. 이번에는 프라저 박사가 칼라 깃을 세워 나비넥타이를 메고 식당으로 들어왔다.

"아, 핀치 군, 허공에 소리 지르기. 얼굴 자극하기. 폐에 아주 좋아."

박사는 힘차게 두 손을 비비면서 말했다.

프라저 박사의 두 뺨은 핑크색이었고, 코에서는 콧물이 흐르고 있었다. 이네스는 아침운동은 생각지도 못한 일이었다.

"6 킬로미터를 뛰었지."

프라저 박사는 손가락으로 콧수염을 만지면서 뷔페 테이블 메뉴를 빙 둘러보았다.

"자네 멋진 코트를 입고 있군."

박사는 마치 이 방안에 그와 이네스만을 제외하고는 아무도 없는 것처럼 행동했다.

"쓸만합니다."

"좋아. 우리 병원까지 걸어가세."

프라저 박사는 테이블 앞으로 가서 접시를 가져왔다.

"부상병들이 프랑스에서 새로 들어왔네."

박사는 음식을 맛있게 먹기 시작했고, 겉으로 보기에는 어제 저녁에 한 말을 기억하지 못하는 것처럼 보였다. 헤이즐은 침착하게 토스트를 한입 베어 물었다. 아마 그녀는 편지 생각을 하는 듯이 보였다.

순간 불기둥과 거대한 연기 기둥이 창문 턱 위로 솟아올랐다.

"불이 났나 봐요."

이네스는 절반쯤 일어서면서 말했다.

프라저 박사는 의자에 앉은 채로 돌아보았다.

"도대체……."

이네스는 아치형 창문 네 곳 중 한 곳으로 급히 움직였다.

"항구에서 폭발이 있었던 것 같은데요."

이네스가 말했다.

"오오!"

박사는 이네스가 있는 곳으로 와서는 이렇게 말했다.

연기는 검고 짙었다. 불꽃은 나타났다 사라지곤 했다. 거대한 배

두 척이 항구에 정박해 있었다.

"저 연기는 기름투성이야. 내 쌍안경 어디 있지?"

프라저 박사가 말했다.

"도서관에요."

"제가 가져올게요."

헤이즐이 말했다. 이네스는 헤이즐을 보려고 몸을 돌렸고, 그녀가 급히 회전문으로 나가는 모습을 보았다. 그녀의 몸동작은 간단한 심부름을 할 때조차도 우아했다. 헤이즐과 루이즈 사이에는 다른 점이 많았다. 헤이즐에게는 유치함이 없었다.

루이즈와 프라저 여사도 창가로 갔다. 항구에서는 배 한 척에서 하늘을 향해서 어떤 물체가 쏘아 올려졌다.

"우~ 폭격 같아요."

루이즈가 말했다.

아래 길거리에서는 지나가는 행인들이 삼삼오오 모여서 화염을 지켜보았다.

"전쟁이 시작한 이후로 이런 것은 처음이군. 일종의 사보타주는 아닌 것 같은데."

"핼리팩스에 독일놈들이 들어온 거예요?"

루이즈가 목소리를 높이며 물었다.

"아니, 그런 것 같지는 않아."

프라저 여사가 약간 귀찮다는 듯이 말했다.

날카롭게 관찰 중인 이네스는 불타는 배에서 구명보트가 내려오는 것을 보았다. 연기는 굉장히 짙었고 유분이 많았다. 가끔 불에 활활 타는 기름이 보였다.

헤이즐은 쌍안경을 가지고 창가로 와서 아버지에게 건네주었다.

"서두르느라고 배를 포기하고 있군그래."

박사는 렌즈를 조정한 후 말했다.

"배가 헬리팩스 해안 쪽으로 가까이 밀려오고 있는데요."

이네스가 말했다. 그는 엄청난 공포를 내포한 이 큰 재난이 불꽃의 혀와 불규칙한 폭격으로 아름답다는 생각을 했다. 불 속에 갇힌 사람들이 있을까?

"다른 배 위에 '벨기에 구조선'이라는 글자가 쓰여 있군."

프라저 박사가 말했다.

아래 거리에서는 간호사 두 명이 멈춰 서서 이 광경을 지켜보고 있었다. 이미 학교에 늦은 것이 틀림없는 한 소년이 좀더 자세히 보려고 우체통 꼭대기로 기어올라갔다. 헤이즐은 이네스 곁에 무척 가까이 서 있어서 그녀의 옷소매가 그의 윗도리에 닿았다. 직접 디자인 한 옷인가? 그 순간 이네스는 헤이즐이 근접해 있다는 사실 외에는 아무것도 생각할 수 없었다.

"다시 아침식사를 하는 게 가장 좋겠군."

프라저 박사가 창틀에 쌍안경을 내려놓으면서 말했다. 헤이즐이 이렇게 가까이 그의 곁에 서 있기 때문에 자신의 자리로 돌아가기 싫은 이네스는 쌍안경을 집어들고 배를 관찰했다. 헤이즐은 이네스에게서 좀 떨어져 적당한 거리를 두었다.

"이렇게 시커먼 연기는 본 적이 없는 것 같아요."

이네스가 박사에게 말했다.

"통제 불가능한 상태야."

박사가 말했다.

하지만 이네스는 확신이 서지 않았다. 그는 망원경으로 물에 떠 있는 구명보트를 따라갔다. 남자들이 다트무스 해안을 향해 미친 듯이 노를 젓는 것이 보였다.

이네스는 박사와 함께 병원으로 향하기 전에 봐야 할 서류가 있다는 것을 기억했다. 그는 창문턱에 망원경을 내려놓았다.

"할 일이 있어서 방으로 올라가야겠어요. 9시 15분까지 현관으로 나오면 되나요?"

"그렇다네. 불구경을 하고 싶으면 좀더 일찍 가고."

"여기서 본 것이 다른 어디서 본 것보다 더 멋진 경관이었다고 생각합니다."

이네스는 마지막 남은 커피 한 모금을 마시고, 자리로 돌아온 헤이즐을 바라보면서 말했다. 그녀가 자리에 앉았다. 거기에는 은밀히 유혹하는 눈빛이 보였다. 아니면 이네스가 단순히 그렇게 생각하고 싶었던 것일까? 단지 헤이즐의 행동에서 비롯된 쿵쾅거림이 다시 이네스의 가슴에서 방망이질 치기 시작했다.

이네스는 한꺼번에 계단을 두 개씩 올라갔다. 계단으로 올라간 그는 중심기둥을 한 번 빙 돈 후에 방으로 향했다. 그는 침대 근처 바닥에 펼쳐져 있는 박사가 준 서류를 발견했다. 그는 어젯밤에 잠자기 전에 읽어보려고 했었지만 글자가 눈에 들어오지 않았다. 이네스는 제목을 보았다. '화농성 소아 안염'

이네스는 유분이 섞인 연기 깃털이 핼리팩스 상공으로 높이 솟아올라서 바람을 타고 여기저기 떠다닐 것을 알고 있었다. 손에 서류를 든 이네스는 창가로 가서 앉았다. 유리는 햇살이 비추어 더러웠다. 언제 닦았는지도 분간이 안 갈 정도였다. 이네스는 교회의 철탑인 시계탑을 보았다. 수십 명이 아니 수백 명이 불구경을 하려고 거리로 나왔다. 분명히 수비대도 전시에 이런 것을 많이 보지는 않았을 것이다. 망원경이 없었다면 화재가 난 곳에 무슨 일이 일어나고 있는지를 구별하기는 어려웠을 것이다. 이네스는 지금쯤 배는 포기되었으리라고 생각했다. 해안에서 스스로 폭발했을지도 모를 일이다. 그는 과제물의 개요를 내려다보았다. '염증은 태어난 이후 3일 전에 발생한다'는 글귀가 눈에 들어왔다.

공장에서 나는 큰 호각소리에 이네스는 창밖을 내다보았다. 두 갈래 길에 시가 전차가 멈춰있었다. 자전거를 탄 여자가 그의 창문 아래로 막 지나갔다.

찬란하고, 눈이 부시도록 빛을 발하는 불꽃이 이전보다 훨씬 더 이글이글 타올랐다. 순간 창밖의 모든 광경이 가려지더니 갑자기 얼굴로 일진광풍이 불어오는 느낌이었다. 연이은 동작에서 이네스는 서류를 바닥에 떨어트림과 동시에 두 눈을 보호하려고 한쪽 팔을 든 다음, 얼른 창을 등졌다.

이네스는 창문 아래에서 우르르 쿵하는 우레와 같은 소리를 들었다. 거대한 폭발음이었다. 그런 다음 곧바로 유리창이 산산이 깨지는 소리가 들렸다. 이네스는 등에 날카로운 고통을 느꼈고, 허공에서 뭔가가 날아왔다. 금속의 날카로운 소리가 들렸고, 몸에서 옷이 찢기어 나가는 것을 느꼈다. 본능적으로 이네스는 머리를 두 팔을 감쌌다.

이네스는 어떤 사나운 바람이 자신을 빨아들이는 듯이 느꼈고, 어쩌면 사지를 잃었을지도 모른다는 생각을 했다. 그는 자신이 허공에서 뒤틀리고 있음을 알아차렸다. 들보 같은 것이 그에게 수직으로 부딪치며 떨어졌다. 그의 어깨가 정면으로 부딪쳤다. 그는 아연실색

했고, 정신을 잃었다.

1분 정도 지났을까? 아니면 5분? 그가 깨어났을 때 콧구멍이 먼지로 꽉 막혀 있었다. 정신을 잃은 동안 이네스는 숨을 못 쉰 것이 분명했다. 기절한 채로 얼마나 있었던 것일까?

그는 기침을 했다. 코가 뚫렸다. 일어서려고 애를 써 보았지만 그럴 수 없었다. 도대체 무슨 일인가? 여기는 어딘가? 기억이 나지 않았다.

눈을 뜨자 몸이 반은 건물 밖에 반은 낯선 건물 안에 있다는 것을 알았다. 마치 그는 지옥에라도 던져진 것처럼 먼지를 뒤집어쓰고 있었다. 앉은 곳에서 3미터도 채 안 된 곳에 마루가 무너져 있었고, 무너진 가장자리는 톱니바퀴처럼 들쑥날쑥했다. 허공에는 희뿌연 먼지로 가득 찼다. 그 옆에 있는 벽은 안쪽으로 휘어졌는데, 거의 불가능해 보이는 커브를 이루었다. 그 벽은 단 1초도 견디지 못할 듯이 보였다. 박살이 난 창문을 통해서 그는 이 집에 위층에 있다는 것을 알게 되었다. 이건 전혀 집이 아니었다. 난잡하게 엉켜있는 면과 울더미를 보았을 때 직물 공장이 아닐까 생각했다.

이네스는 위를 올려다보았다. 지붕 전체가 사라졌다.

오랫동안 아무 소리도 들리지 않았다. 마치 세상이 멈춘 것 같았다.

그는 어렴풋이 화염을 기억해냈다. 그 전에 화재도.

그는 등이 찢어지는 듯한 고통을 느꼈다. 자리를 이동하다가 그는 유리파편에 손가락을 베었다. 유리파편이 어깨뼈 바로 밑의 등에 꽂혀 있는 듯했다. 발에서 양말을 벗어서 손가락에 감아서 유리파편을 잡아 빼 내던졌다. 그런 다음 양말로 다친 곳을 꼭 눌렀다. 이해할 수 없지만 이미 양복바지와 신발은 사라진 상태였다.

도대체 무슨 일이란 말인가?

그때 프라저 가족이 생각났다. 헤이즐을 기억했다. 프라저 박사의 집에서 이곳으로 날아왔단 말인가? 그렇다면 그들은 어디에 있단 말인가?

이네스는 발을 뻗어 둘둘 말아놓은 울 천을 풀려고 노력했다. 어느 순간 자신도 모르게 울이 술술 풀렸다. 이네스는 손을 내밀어 울을 잡아서 무릎에 모아놓았다. 등에 난 상처에서 피가 흘러서 셔츠를 흥건히 적시었다. 빠르게 이네스는 남은 양말 한 짝을 상처에 대고 울 조각을 길게 하여 몸에 둘러서 묶었다. 그는 울이 끊어지지 않을 정도로 있는 힘을 다해서 단단히 동여매었다. 혼자 힘으로 병원에 가야 했다. 부상이 어느 정도 깊은지 짐작이 가지 않았다.

이상하게 고통은 별로 없었다. 오히려 추위를 느꼈다. 이네스는 혹시 옷이 있을까 하여 아직 멀쩡한 마루를 구석구석 다 뒤져보았다. 모두 울 뿐이었고, 옷은 없었다. 그는 엄마가 옷을 만들던 모습이 생각났다. 아래에서 여자의 비명 소리가 들려왔다. 한기가 든 이네스는 오랫동안 움직일 수 없었다. 그도 소리를 질렀지만 대답이 없었다. 벽의 갈고리 위에서 가죽 앞치마를 발견했다. 일어서려고 노력하자 상처에서 고통을 느꼈다.

얼굴도 아팠다. 손을 뻗어 뺨에 대어 보았더니 작은 유리파편들이 광대뼈에서 턱뼈까지 깊숙이 박혀 있었다. 하나하나씩 그는 고통을 느끼며 제거했다. 또 이네스는 귓속에도 파편이 박혔는지 조사해보았지만 다행히 아무것도 없었다. 대각선으로 놓인 들보에 의존해서 이네스는 폭파된 바닥 쪽으로 걸어가서 갈고리에서 가죽 앞치마를 벗겼다.

가까스로 일어선 이네스는 바로 앞에 부분적으로 파괴된 벽을 통해서 소스라칠만한 광경을 보았다. 바닷물이 황폐화한 도시 전경을 덮친 상태였다. 마치 바다가 도시를 정복할 작정인 것처럼 보였다. 그는 파도가 도시를 휘감았다가 도로 가라앉는 모습을 지켜보았다.

하늘에서 확실한 체펠린형 비행선이 정찰하러 점점 가까이 다가오는 모습이 보였다. 비행선은 뜨거운 먼지 구름을 내뿜어 곡선을 그리며 하늘로 올라갔다. 이네스는 아래에서 신음소리를 들었다. 히스테리컬한 목소리로 보아 루이즈 같았다. 핼리팩스는 독일인에게 폭격당한 것이 틀림없었다.

이네스는 자신이 있는 다락방의 파괴 정도를 살펴보았다. 아래 거리로 내려갈 길을 찾아볼 요량이었다. 굽은 벽이 무너지는 것은 이제 시간문제였다. 벽과 함께 건물도 곧 주저앉을 것 같았다. 지금까지는 전혀 느껴보지 못한 두려움이 파편을 뚫고 밑으로 내려가게 한 동기가 되었다. 그의 몸은 떨리기 시작했다.

이네스는 천만다행으로 멀쩡한 계단을 발견했다. 계단은 벽에서 분리되어 있었기에 이네스는 매달려서 거의 수직으로 내려가야만 했다. 그는 성한 팔로 계단의 난간에 올라섰다. 등에서 피가 흘러내리고 있었기 때문에 그는 병원으로 곧장 가야만 했다. 좀 전보다는 덜 흐르긴 했지만 울의 특성상 상처를 단단히 조이지 못했다.

그는 건물 맨 밑바닥을 샅샅이 살폈다. 부서진 물건들과 회반죽 덩어리들이 뒤죽박죽 섞여 있었다. 그는 비명을 지른 사람을 찾으려고 들보를 들어보고 부서진 가구를 들추어보면서 여러 번이나 소리를 질렀다.

아무런 응답이 없자 그는 건물을 떠나기로 했다. 유리가 완전히 깨진 성한 창문으로 나가서 큰길로 나갔다. 이네스는 죽음만큼 고요한 도시로 발을 들여놓았다.

이곳에는 독일인들이 없는 듯했다. 도시의 피해는 엄청났고, 어디하나 성한 곳이 없었다. 프라저 박사의 집이 있는 거리는 이제 존재조차도 하지 않았다. 이네스의 시야에 보이는 집들은 모두 무너지지 않았으면 부분적으로 파괴되었다. 지붕은 날아가 버렸고, 벽은 무너졌다. 하늘에서 먼지와 파편 부스러기들이 떨어졌다. 전신주는 비스듬히 기울어졌고, 연기구름이 도시 전체 위로 높이 솟아올랐다.

그가 서 있는 곳에서 백여 미터 떨어진 곳에서 이네스는 여자가 들보 아래에 깔린 것을 보았다. 그는 맨발로 금속과 유리 파편 위로 걸어서 겨우 여자가 깔린 곳으로 갔다. 여자의 얼굴은 피투성이였다. 회색 풍경 속에 피 색깔이 유난히도 눈에 띄었다. 여자의 두 눈에 길게 박힌 유리파편이 보였다. 그는 몸을 구부려 여자의 맥박을 살폈지만 아무 소리도 나지 않았다. 들보가 여자의 가슴을 으깨어 놓았다.

한 열 살쯤 되어 보이는 어린 여자아이가 뒤집힌 마차 구석에서 걸어나왔다. 달랑 면조각 외에는 아무것도 걸치지 않았다. 아이의 얼굴과 팔은 더러웠고 금발 머리는 불에 그슬렸다.

"엄마는 어디 있니?"

이네스가 아이에게로 걸어가면서 물었다.

아이는 아무런 표정 없이 똑바로 응시만 했다. 이네스는 아이가 볼 수 있는지가 의심스러웠다. 그는 아이 두 눈앞에 손가락을 흔들어보았다. 아이는 눈을 깜빡였다.

"내 손을 잡아."

여자아이가 아무런 반응이 없자 아이에게 다가가면서 말했다.

"우리 함께 네가 입을 옷을 찾아보자."

이네스는 떨고 있었다. 그는 지금 상처를 꽉 붙들어 맬 긴 천을 찾아야만 했다. 이네스는 여자아이와 몇 걸음 걷다가 들보 아래에 죽은 여자가 생각났다.

"여기 잠깐만 있어. 움직이지 말고. 금방 돌아올게."

이네스는 서둘러서 발걸음을 돌려서 죽은 여자에게로 가서 스커트와 속치마를 길게 찢었다. 또 여자의 신발과 양말도 벗겼다.

그는 죽은 사람을 약탈하고 있었다.

이네스는 여자아이에게로 돌아와서 신발과 양말을 건네주며 신으라고 했다. 그런데 아이는 그의 말을 듣지 못하는 것 같았다. 외국에서 이민 온 아이인가? 이네스는 프랑스어로 이야기 해보았지만 허사였다. 이네스는 뒤집힌 마차에서 의자 쿠션을 조금 뜯어와서 그 위에 조심스럽게 아이를 앉혀서 양말과 신발을 신겨주었다. 물론 아이에게는 너무 컸지만 그런대로 쓸만 했다.

이네스는 아이가 자신의 상처를 동여매는 일에 도움을 줄 수 없다고 생각했다. 그는 가죽 앞치마를 벗고, 상처에 맨 울 조각을 풀었고, 죽은 여자의 속치마를 돌돌 말아서 상처에 대었다. 성한 한쪽 팔과 치아를 사용하여 죽은 여자의 스커트에서 잘라온 천을 붕대처럼 감았다. 그는 있는 힘을 다해서 가슴에 단단하게 대각선으로 묶은 다음 가죽 앞치마를 입었다. 이네스는 아이를 일으켰다.

"다 됐다. 이제 가자."

그는 다시 아이의 손을 잡으면서 말했다.

이네스와 아이는 언덕 위로 향하였다. 폭발은 위쪽으로 향할수록 힘을 잃는다고 이네스는 생각했다.

파괴는 이네스가 상상했던 것 이상이었다. 도처에 화재가 났고, 도시는 기름진 검은 그을음으로 뒤덮였다. 송전선도 무너졌고, 자동차들도 뒤집혔고, 교회첨탑이 한때는 길이었던 한복판에 쓰러져 있었다.

이네스는 목이 없는 시체들도 보았고, 살아남은 사람들은 발가벗은 채 비틀거렸다. 의자에 그대로 앉은 채로 죽은 아이도, 보도에서 무릎 꿇고 기도하다가 죽은 여자도 보았다. 불이 난 집 앞에서 도와달라고 미친 듯이 달려드는 남자도 보았다. 하지만 집 안에 불은 너무도 사나워서 어쩔 도리 없이 뒷걸음질 칠 수밖에 없었다. 하늘에서는 하얀 태양이 검댕이와 재를 뚫고 나타나기 시작했다. 꼭 달을 닮았다.

이네스가 곳곳에서 보는 사람의 얼굴은 검게 그을렸고, 머리카락은 불에 그슬렸고, 몸은 뼛속까지 타들어갔다. 이네스는 난방기, 깨어진 도자기류, 손이 붙어 있는 팔을 넘어갔다. 한때 도시의 평온한 가정생활의 흔적인 뜨개질 기구, 멀쩡한 의자, 크리스마스 화환, 부채 등이 거리에 널부러져 있었다. 이네스는 옆에 있는 아이가 이러한 광경을 가슴에 새기지 않기를 바랐다. 그는 목이 심하게 부러진 여자 앞에서 멈추었다. 여자는 자신의 스커트를 잘라서 붕대를 만들려고 한 모양이었다. 이네스는 여자아이에게 따라오라고 말했다. 무기력해진 이네스 눈에 어떤 남자가 죽은 말에 등을 기대고 팔에 아기를 안고 앉아 있는 모습이 들어왔다. 아기 머리가 축 늘어진 것으로 보아 아이는 이미 죽은 것이 분명했다.

다른 사람들도 이네스와 나란히 서서 언덕 위로 향했다. 언덕 위의 요새인 시타델이 목표인 것처럼 보였다. 이네스는 배의 휘장이 새겨진 배럴, 발이 없어진 남자, 완전히 납작하게 무너져버린 집 등을 통과했다. 그는 고양이, 개, 소 등 각종 동물들도 보았다. 그중 일부는 죽었고, 일부는 살아 있지만 피를 흘리고 있었다. 잠시 후 그는 별로 손상되지 않은 건물을 발견했다. 집일까? 상점일까? 문가에 두 남자가 있었다. 그들이 자신을 도와줄 거로 이네스는 생각했다. 최소한 그들은 이곳에서 가장 가까운 병원을 알려줄 수는 있을 것이다.

그가 건물에 다가서자 중년여자가 안에서 나오더니 함께 온 여자아이에게 다가왔다.

"이름이 뭐냐, 아가야?"

여자가 물었다. 여자아이는 대답하지 않았다. 이네스에게는 한마디도 하지 않고 여자는 여자아이를 건물 안으로 데리고 들어갔다. 부서진 창문 위로 '약국'이라는 표지판이 보였다.

이네스는 건물 안으로 들어갔다. 벽을 따라가니 마치 시체실처럼 이미 시체들이 줄지어 있었다. 일부는 외관을 심하게 손상당했고, 나머지는 얼굴에 유리파편이 박혀 있었다. 많은 시체가 부분적으로 벌거벗겨져 있었다. 이네스는 도시 전체가 불쇼의 장관을 보라고 사람들을 모두 창가로 유혹한 다음, 눈 깜짝할 사이에 죽이거나 부상을 입힌 것 같다는 생각이 들었다.

"난 의삽니다. 상처를 맬 붕대가 필요합니다. 옷과 신발도요. 그러면 나도 당신들을 도울 수 있어요."

이네스는 우연히 부딪히는 첫 사람에게 말했다.

옷과 신발은 곧 구해졌다. 그는 사람들이 죽은 사람의 것을 가져온 것이 아닌가 하고 의심했지만 묻지는 않았다. 중년여자는 이네스의 상처를 알코올로 씻어냈다.

"당신 딸아이도 돌봐줘야 해요."

"얘는 내 딸이 아닙니다. 거리에 홀로 있는 애를 데려온 겁니다."

"말을 못하네요."

"충격을 받은 모양입니다."

약사가 약을 조제하던 긴 카운터는 지금은 환자의 간이침대로 사용되었다. 약사는 이네스의 상처를 봉합한 다음 드레싱을 했다. 치료가 끝난 이네스는 외과 도구, 소독제, 마취제 등을 요구하며 이를 인수했다. 약사와 중년여자는 초보 의술로 그를 보좌했다. 한 시간 전만 해도 이네스는 프라저 가족의 식당에서 연어와 토스트를 먹고 있었다는 생각이 충격적으로 이네스의 머릿속으로 스쳐지나갔다.

이네스는 쉬지 않고 일했다. 일은 두려움과 성급한 호기심에 대해 완충재 역할을 했다. 그는 지금 당면한 일 외에는 생각할 시간이 거의 없었다. 부상자들에게 말을 걸 시간도, 심지어 폭격이 있기 전의 그들의 상황에 대해 궁금해 할 시간조차 없었다. 부상자들의 없어진 옷과 새까매진 얼굴 탓에 이네스가 치료하는 사람들의 직업이나 계층에 대해서 전혀 단서를 잡지 못했다. 그는 눈과 얼굴에서 유리조각을 꺼내었다. 그는 부러진 뼈를 깁스했고, 깊이 찢긴 곳을 봉합했다. 그가 한 치료는 전문적이지 않았고, 그의 수술 도구는 원시적이었다. 운송수송만 있다면 환자 한 명 한 명씩 모두 병원으로 급히 수송하여 더 나은 치료를 받게 해야만 했다.

임시변통 병동은 신음소리와 아우성치는 소리로 끊이지 않았다. 더는 건물 안에 시체들을 놓을 자리가 없게 되자 죽은 사람들은 문밖 얼은 땅 위에 놓을 수밖에 없었다. 사람들은 소리를 지르며 가족들을 찾아다녔다. 이네스는 세인트요셉 학교 학생들 50명이 죽었다는 소식을 들었다. 직물 공장 직원들이 거의 다 죽었다는 소식도 들었다. 폭격은 순간적으로 항구의 물조차도 비워버렸다고 했다. 배들은 허공으로 날아올랐다고 했다.

이네스는 거의 실신할 때까지 일했다. 그는 의자에 앉아서 잠시 쉬었다. 그에게 수프를 가져다주었다. 이것은 건물 뒤에서 불을 지펴서 끓인 것이다. 도시에는 전기도, 가스도, 물도 없었다. 이네스는 프라저 가족에 대해서 생각했다. 그들을 찾아나서고 싶었다. 자신도 폭격에 살아남았으니까 어쩌면 그들도 살아 있을지 모를 일이다.

이네스는 헤이즐의 부러진 몸을 상상할 수 없었다.

오후가 되자 이네스는 군의관에게 일을 넘겨주었고, 그들은 그에게 가장 가까운 병원을 알려주었다. 이네스는 그곳에서 프라저 박사를 만나서 그를 보좌하기를 희망했다.

이네스는 약국을 떠났다. 악취에서 벗어날 수 있는 것이 기뻤다. 그러나 잠시 후 그는 다시 돌아가고 싶은 마음이 굴뚝 같았다. 그는 학교가 무너진 것을 보았다. 베갯잇에 소지품을 넣은 여자는 이렇다 할 목적 없이 방황하고 있었다. 주택가는 아직도 불에 타고 있었다. 마차의 축, 재봉틀, 여자의 레이스 코르셋, 빵 그릇 등과 같은 짝이 맞지 않은 물건들이 한때는 도로였던 곳에 나뒹굴고 있었다. 남자들은 목재를 힘들여 운반했다. 놀랍게도 폭격에 그대로 살아남은 집 한 채를 발견했다. 크레이그 드리즈콜이라는 사람 앞으로 온 편지가 두 나무 조각 사이에 박혀 있었다. 군인들이 와 있었다. 좋은 징조였다. 이제야 폭격의 내막을 알게 되었다. 항구에서 군수품을 실은 몽블랑호가 폭발하면서 연쇄폭발이 일어났다고 했다. 이네스는 프라저 박사의 식당 창문에서 선원들이 목숨을 구하려고 다트무스로 노를 저어가던 모습을 기억해 냈다.

이네스는 군의관이 일러준 병원에 도착했다. 그는 파란색 블라우스에 흰색 에이프런을 두른 간호사에게 자신을 소개했다. 간호사는 그에게 안도감을 주었다. 이네스는 의사들이 부상을 치료하고 수술하는 방으로 안내되었다. 온종일 일을 한 의사들은 푸줏간에서 일하는 사람처럼 얼굴이 벌겋게 달아올랐다. 이네스는 프라저 박사에 대해 물어보았으나 만족할만한 대답을 얻지는 못했다. 이네스는 코트를 벗고 몇 시간 동안 상처를 치료받으려고 기다리는 사람들을 돌보라는 청을 받았다. 그들은 이네스에게 벌써 안구를 60개나 제거했다고 알려주었다. 이네스는 자신의 상처는 언급도 하지 못했다.

수많은 눈먼 사람이 비틀거렸다. 나중에 이네스는 이 도시에서 9천 명이나 되는 사람들이 폭발로 상해를 입었고, 2천 명이 죽었다는 소식을 알게 되었다.

들것이 수시로 오고 갔다. 이네스는 처음에는 이것저것 돕다가, 부상을 치료하고, 모르핀을 관리했다. 아침에 시작된 시련은 결국 악몽으로 끝이 났다. 저녁이 되자 소독약과 마취약이 모두 떨어졌다. 난생 처음으로 이네스는 마취제 없이 환자를 수술할 처지에 놓이게 되었다. 그가 소녀의 왼팔을 절단하지 않는다면 얼마 안 가서 아이는 죽게 될 것이다. 이제껏 삶 중에서 가장 야만적인 명령을 하면서 이네스는 간호사에게 소녀의 무릎을 꽉 잡도록 주문했다. 다른 간호사에게는 소녀의 멀쩡한 팔을 잡으라고 했다. 아이는 나이프를 보자 소스라치게 놀랐다. 다행히도, 예상대로, 아이는 기절했고, 이네스는 수술을 끝마쳤다.

다친 사람들은 분류별로 구분되었다. 가장 최악인 경우는 들것으로 수송했다. 여자 자원봉사자들은 환자들을 돌봐주느라고 흰 철제 침대 사이를 종종거리며 다녔다. 헤이즐이 살아 있다면 아마 같은 일을 하고 있을 것이다.

잠시 쉬면서 이네스는 병동을 돌아다녔다. 그는 지나가면서 야전 침대와 시체들을 넘어다녔다. 여태껏 이렇게 많은 환자와 죽은 사람을 본 적이 없었다. 그가 최악으로 생각하는 프랑스에서도 이런 혼란과 이런 피투성이는 없었다.

그는 계속해서 프라저 박사에 대해 물어보았지만 소식을 듣지는 못했다. 이네스는 병원을 나가서 박사 집이 있던 곳으로 가서 파편을 뒤져볼 생각도 해봤다. 하지만 어둠 속에서 찾을 수 있을지 의심스러웠다. 폭파된 창문을 통해서 거센 바람이 들어오더니 눈이 오기 시작했다.

큰일이다. 온 도시에 눈보라가 몰아칠 것이다.

그는 빵과 물, 그리고 말린 완두콩을 먹었다. 별로 어울리지 않는 음식들이지만 그마저도 감사할 따름이다. 병원 2층은 이미 치료 받은 환자들이 입원한 병실이었다. 그가 계단을 올라가자 공간에서 유니폼을 입은 간호사가 새우잠을 자고 있었다. 그는 간호사를 깨우지 않았다.

2층 회전문을 통과하니 거대한 복도가 나왔고 양쪽으로 병실이 있었다. 이네스는 첫 병실에 들어갔다. 조용하고 어두웠다. 각 침대 옆 테이블에 초와 흰 주전자가 놓여 있었다. 얼굴에 핏기는 없었지만 유능해 보이는 간호사가 적어도 50명은 되어 보이는 환자를 혼자서 감당하고 있었다. 이네스는 이렇게 많은 아이를 보고는 무척 당황스러웠다.

멀리 떨어진 병실에서 여자의 날카로운 소리가 들려왔다.

이네스는 병실을 샅샅이 뒤지면서 프라저 가족을 찾아보았다. 그들은 그가 핼리팩스에서 아는 유일한 사람들이다. 침대 끝에 이름표가 붙은 환자들도 일부 있었지만 대부분은 그렇지 않았다. 아마 말을 하지 못하거나 자신들이 누구인지를 기억하지 못하는 환자들일 것이다. 이네스는 환자들 얼굴을 살펴보았다. 오전에 손을 잡고 오던 열 살 정도 된 여자아이가 생각났다. 지금쯤 말을 할 수 있으려나? 가족은 어떻게 되었는지 말했을까?

날카로운 소리는 이네스가 복도 끝에 도착하자 점점 더 강해졌다. 그 소리는 광란의 울부짖음으로 바뀌었다. 마치 새가 새된 소리를 지르는 것처럼 들렸다. 목소리의 톤에서 이네스는 이상한 생각이 들어서 그쪽으로 발길을 옮겼다. 회전문까지 그는 거의 뛰다시피했다. 머리에 붕대를 감은 여자가 휠체어에 앉아 있었다. 목이 쉬고 미칠 듯이 소리를 질렀고, 손을 앞에 있는 허공에 대고 할퀴었다. 두 눈을 가린 붕대 아래로 이네스는 떨리는 밝은 갈색 머리카락을 알아보았다. 장교복 분위기의 어깨에 견장이 달린 블라우스와 놋쇠 단추도 눈에 들어왔다. 절망에 빠진 간호사가 환자의 한 손을 말리고 있었다.

"내가 맡을게요. 흥분해서 그래요."

이네스는 간호사 옆으로 다가가면서 말했다.

이네스는 간호사의 발에서 수프를 엎지른 자국을 보았다. 그는 몸을 웅크리고 의자에 앉아 있는 여자의 얼굴을 응시했다. 그는 그녀의 두 손을 꼭 잡았다. 그녀가 빠져나오려고 몸부림치자 그는 그녀의 두 팔에서 난폭함과 공황을 느낄 수 있었다.

"루이즈, 나에요, 이네스"

여자는 두 귀를 쫑긋 세우더니 오른쪽 귀가 그를 향하도록 했다.

이네스는 이것이 그녀의 귀가 잘 들리고 있다는 것을 뜻한다고 생각했다. 그녀는 남은 평생 자신에게 말하는 사람을 이 귀를 통해서 보게 될 것이다.

"핀치 씨?"

"예, 루이즈. 이네스입니다."

"오, 정말이요?"

그녀는 그에게 다가오면서 울부짖었다. 그는 루이즈가 그의 얼굴과 머리카락을 느낄 수 있도록 해주었다. 그녀는 손가락이 무뎌져서 잘 사용하지 못했다. 잠시 그는 두 눈을 감았다.

"모두 다 죽었어요. 모두 죽었다고요."

루이즈가 울부짖었다.

"누가 모두 죽었다는 말이에요, 루이즈?"

이네스가 재촉했다.

"엄마, 아버지, 헤이즐. 모두 다요."

"그걸 어떻게 알아요?"

이네스는 목소리를 침착하게 하려고 애쓰면서 물었다. 루이즈는 사실 시체를 볼 수가 없었다. 두 눈에 피가 잔뜩 묻은 거즈를 하고는 제대로 판단할 수 없을 것이다.

"날 구해준 남자가 그랬어요. 그가 가족이 모두 죽었다고요."

루이즈는 걷잡을 수 없이 오들오들 떨기 시작했다. 이네스는 앞으로 몸을 구부려 그녀를 안아주었다. 고약한 냄새가 블라우스 뒤에서 솟아올랐다.

"저기요. 이 아가씨가 목욕을 좀 해야겠는데요."

"지금이요, 선생님?"

"예, 지금. 뜨거운 물로요. 그런 다음 붕대를 갈아줘야겠어요."

"선생님, 지금은 새벽 두 시예요."

"지금이 몇 시인지는 별로 문제가 안 돼요."

"뜨거운 물이 없어요, 선생님."

루이즈가 이네스에게로 왔다.

"날 두고 가지 마요."

루이즈가 울면서 말했다. 이네스가 루이즈의 한쪽 손을 잡았다. 이때 간호사가 휠체어를 욕실 방향으로 밀고 가기 시작했다. 리놀륨 바닥 위로 굴러가는 나무로 만든 커다란 바퀴는 거의 소리를 내지 않았다.

"왜 걷지를 못하는 거죠?"

이네스가 간호사에게 물었다.

"복사뼈가 부러졌어요, 선생님. 으깨어졌어요."

이네스는 몸을 구부려 루이즈 발에 덮인 담요를 걷었다. 오른쪽 다리 무릎 아래로 급하게 깁스를 해놓았다.

"이제부터 난 문밖에 있을 거예요. 들리는 거리에 있으니까. 내 말을 들을 수도 있고, 내게 말할 수도 있을 거예요."

이네스는 루이즈가 침대에 눕는 것을 지켜보았다. 전문적 지식으로 봤을 때 간호사는 루이즈의 옷을 벗기고 닦아줄 것이다. 이네스는 깁스를 다시 해야 한다고 생각했다. 그는 뼈를 다시 맞추지 않기를 바랐다. 그는 루이즈가 벌거벗은 모습을 피하지도 않았다. 작고 하얀 두 가슴, 팽팽한 허리, 부풀어 오른 오른쪽 다리. 가끔 루이즈는 그를 불렀고, 이네스는 대답했다.

"이 아가씨를 진정시킬만한 것을 찾아봐야겠어요."

이네스가 간호사에게 말했다.

"약이 다 떨어졌어요."

간호사가 대답했다.

루이즈가 목욕하고 병원 가운을 입자 이네스는 그녀에게로 다가가서 손을 잡았다.

"이제부터 붕대를 풀어서 눈을 좀 보려고 해요."

"다쳤어요."

루이즈가 말했다. 아직도 그녀의 목소리에는 히스테리가 묻어 나왔다.

가능한 한 조심스럽게 이네스는 루이즈의 머리를 안으면서 거즈를 풀었다. 상처는 상당히 심했다. 오른쪽 눈 안구의 외부 근육이 대부분 심하게 파손되었고 눈구멍이 툭 튀어나왔다. 이것은 잘라내야만 했다. 오른쪽 눈에 가장 심하게 찢긴 부분이 각막을 가로질러 눈 안쪽 피부까지 파고들어갔다.

"보이지가 않아요."

루이즈가 말했다.

루이즈는 남은 생을 시각장애인인 채로 살아가야 할 것이다.

침대의 머리쪽 판자에 기대고 앉은 아그네스는 무릎 위의 노트를 덮었다. 밖에는 눈이 내리고 있었다. 어젯밤에 눈이 온다는 말을 누군가 언급한 사람이 있었던가? 아그네스는 침대에서 내려와 스타킹을 신은 발로 터벅터벅 걸어서 창가로 갔다. 함박눈이 내리고 있었다. 벌써 10센티미터가 넘게 쌓였다. 얼마나 놀라운 일인가! 결국 눈이 내린 겨울 결혼식이 될 것이다.

아그네스는 가슴에 팔짱을 끼었다. 그래서 루이즈는 시각장애인이 되었다. 그러니까, 그런 식으로 밖에 될 수 없지 않은가? 아그네스는 루이즈를 다시 좋아지게 해서 시력을 회복시켜줄 수도 있었다. 하지만 아그네스는 루이즈가 그러면 안 된다고 생각했다. 그녀가 읽은 모든 책에서 폭발의 리얼리티는 아그네스가 상상한 것보다 훨씬 더 상황이 나빴다. 예를 들어 이네스는 눈에 유리파편이 박힌 루이즈를 쉽게 찾아내었다. 그렇다고 루이즈를 수술할 수 있을 것인가?

이상한 만족감일지는 모르나 루이즈는 평생 시각장애인으로 산다.

굉장한 만족감은 역시 이네스 핀치의 이야기를 쓸 수 있다는 것이다. 어젯밤에 아그네스는 목구멍까지 나올 뻔한 이야기를 간신히 참느라고 혼이 났다. 그녀는 짐의 이름을 언급했다. 그것 자체가 짜릿했다. 하지만 이것으로 충분하지 않았다. 하지만 다른 친구들이 얼마나 예전 선생님을 존경하는지를 확인하고 싶었다. 제리가 뭐라고 말했더라? "미첼 선생님, 아! 그 남자 선생님?"

그래, 그는 남자였다.

머리가 지끈지끈 아팠다. 뭔가를 좀 먹는다면, 아니면 커피라도 마신다면 숙취가 좀 해소될지도 모르겠다. 하지만 아그네스는 옷을 갖춰 입고 나가서 아침식사 하는 친구들을 아직은 만나고 싶지 않았다. 아마 두통약 애드빌을 먹어야할 것 같았다. 그녀는 가방을 샅샅이 뒤져보았다. 맨 밑바닥에서 애드빌 한 통을 찾아냈다. 손바닥에 약 두 알을 꺼낸 다음 욕실 세면대에서 물을 한 잔 받아왔다. "애드빌 두 알 먹고 잊어버려라." 이 말은 필드하키팀 선수들이 대수롭지 않은 두통이나 고통을 호소할 때 그녀가 해주는 충고이다.

아그네스는 거울에 비친 자신의 모습을 보았다. 행복해 보이지 않았다. 얼굴은 초췌해 보였고, 두 눈은 약간 충혈 되었다. 머리는 한쪽으로 잠을 잔 탓에 짓눌려져 있었다. 입에서는 악취가 났다. 욕실 용품에서 치약을 찾아서 양치를 했다. 샤워해서 머리를 맑게 해야 했지만 그러려면 몸을 씻고, 샴푸를 하고, 드라이로 말려야 하는데 지금으로선 이런 노력을 기울일만한 에너지가 없었다. 대신에 그녀는 책상으로 가서 의자에 앉았다. 창 밖의 눈을 바라보았다.

오늘 하루 종일 무엇을 할까? 야구게임은 분명히 얼토당토 않은 얘기다. 아울렛을 갈까? 하지만 길이 미끄럽지 않을까? 썰매나 탈까? 아그네스는 호텔에서 비탈진 해안으로 내려가는 긴 슬로프에 상당히 관심이 많았다. 하지만 활강 스키 역시 완전히 그녀를 몰입하게 만들 수 있을까? 여기에서도 늘 따라다니는 그 남자의 환영이 귀찮게 하겠지? 새로운 활동이나 새로운 기쁨은 정확히 말해 절반의 경험이 될 수밖에 없었다.

아그네스는 책상위의 압지를 만지작거렸다. 짐에게 편지를 쓸 수 있다. 그렇다, 할 수 있다. 마음에서 우러나온 이런 행동은 일종의 만족감을 주었다. 아그네스가 이곳 매사추세츠에서 편지를 쓰면 이 편지는 위스콘신으로 날아갈 것이다. 짐은 학교 우체통에서 이 편지를 받고 봉투를 뜯어서 편지를 읽을 것이다. 당연한 코스다.

책상 서랍에서 아그네스는 호텔 편지지가 든 가죽 폴더를 찾았다. 폴더에는 편지지 3장, 편지봉투 2장, 그림엽서 1장이 있었다. 물론 그림엽서는 보내지 않을 것이다.

아그네스는 책상에 놓인 볼펜을 잡았다. 그녀의 필체는 작고 매우 단정했다.

짐에게,

몇 주 전에 브리짓 케네디와 빌리 리찌가 결혼한다는 이메일을 보냈잖아요(브리짓은 전에는 로저스와 결혼했고, 오늘 저녁에는 리찌와 결혼해요). 브리짓을 기억하세요? 키드 시절에 우리 그룹이었어요. 전에 당신과 내가 그 애에 대한 얘기 나눈 적이 있는데요. 당연히 우리 반의 등불 빌리는 기억하겠죠? 그래요, 그 애는 우리의 등불이었죠.

난 노라가 새로 가꾼 호텔에 머물고 있어요. 당신이 예전 이곳을 보지 못한 것이 안타깝네요. 이곳에 오면 침대 밑에 벨벳과 실크로 만든 기묘한 퀼트를 깐 게스트 룸에서 잠을 잤어요. 그 퀼트는 낡았지만 무척 아름다웠어요. 노라는 옛 건물을 새로운 건물로 개조하는 탁월한 능력을 지닌 것 같아요. 아마 꽤 많은 돈이 들었을 거예요. 호텔은 호화스러워서 시골풍이라기보다는 유럽풍이에요. 난 지금 침대에서 실크처럼 부드러운 시트와 두툼한 이불을 즐기고 있어요. 아! 당신이 보고 싶어요.

편지를 쓸 작정은 아니었지만 당신에게 우리의 미니 동창회에 대해 이런저런 이야기를 기탄없이 알려주고 싶어요. 난 마음이 홀가분해지고 싶었지만 그럴 수 없었어요. 당신은 늘 나를 따라다니고 있어요. 가끔 내가 마치 죽은 애인과 함께 있는 것처럼 느끼기도 해요. 아주 생생히요. 당신과 떨어져 있는 것이 특히 고통스러워요. 헤어짐은 고통스럽고, 추억은 달콤해요.

우리가 처음 만났을 때 그때의 추억이 가장 달콤했어요. 어젯밤에 대학 1학년 시절, 추수감사절 전날에 당신을 만나러 키

238

드로 운전해서 가던 그날을 생각했어요. 고등학교를 졸업한 이후 계속해서 당신 생각을 했거든요. 키드로 가서 당신에게 내 마음을 털어놔야겠다고 생각했어요. 하지만 막상 얼굴을 마주 대하고 보니 너무 수줍어서 도저히 그런 말을 못하겠더라고요. 책상에서 마주 보고 앉아서 당신은 내게 이런저런 질문을 했고, 나는 그저 대답만 했어요. 인제 그만 일어나서 가야할 시간인데, 그렇게 하면 다시 당신을 방문할 핑곗거리가 충분치 않았어요. 당신은 틀림없이 더듬더듬 거리는 내 말이 이상했을 거예요. 내 산만한 태도도요. 난 계속 불안정했거든요. 바보같이 결국 당신 입에서 회의가 있으니 차까지 바래다주겠다는 말이 나올 때까지 죽치고 있었지요.

차까지 걸어오는 동안 죽을 것만 같았어요. 사무실에서 나와 복도로 걸어가는 내내 천천히 걸었죠. 뭔가 극적인 것을 해야 한다고 생각했어요. 돌아서서 당신을 사랑한다고 말하는 것과 같은. 당신은 충격을 받고, 우린 키드 복도에서 위험스럽고 스릴 넘치는 할리우드 키스를 한다고 상상했어요. 하지만 도처에는 주말을 보내려고 학교를 떠나는 애들로 넘쳐났어요. 딘 코룹시 선생님과 우연히 만나자 제게 "잘 지냈니?" 하고 말씀하시면서 대학생활이 어떤지를 물어봤어요. 당신이 대충 대답해주고 나를 떠나보내려 하자 공황 상태가 왔어요. 난 그분에게 퉁명스럽게 대답했어요. 어쩔 수가 없었죠. 그리고 당신과 난 밖으로 나왔죠. 진눈깨비가 내리고 있었어요. 이런 날씨를 우리 뉴잉글랜드 사람들은 '윈트리 믹스'로 부르기를 좋아했지요.

내가 일부러 넘어졌다고 말한 적 있지요. 그것 갖고 자주 놀리곤 했잖아요, 기억나죠? 하지만 난 일부러 넘어졌다고 생각하진 않아요. 사실 난 다리가 허약해서 내 마음대로 되지 않을 때가 있어요. 그래서 사고를 일으키기도 하죠. 아직도 엉덩이에 심한 상처인 반흔 조직이 있어요. 넘어져서 생긴 상처예요.

어떻게 내가 당신 차에 탔는지는 기억이 나지 않아요. 정말로 응급실만 기억이 나는데, 당신이 내 손을 잡고 있었어요. 내 생각에 당신은 아버지처럼 보호해주고 편안하게 해주려고 했어요. 난 다쳤지만 고통은 어디론가 멀리 날아가 버렸고, 대신에 내 몸은 우리가 꼭 잡은 손에 집중되어 있었어요. 당신이 날 놓지 않도록 하려고 난 손가락을 1밀리미터도 감히 움직이지 못했어요.

나를 작은 방으로 데려가더니 엑스레이를 찍더군요. 그때 난 당신이 병원을 떠났다고 생각했어요. 아내와 딸이 있는 집으로요. 추수감사절 전날 오후였기에, 어떤 우연찮은 사고 때문에 병원에 있을 정도로 편한 시간대는 아니었으니까요. 당신이 잡아준 손을 만져보았어요. 의사가 들어오는지도 거의 알아차리지 못했죠. 의사가 다행히 아무 데도 부러진 곳은 없고, 그저 타박상에 불과하니 몇 달간 치료를 받으면 된다고 했어요. 운이 좋은 편이었죠. 의사선생님이 빙판 위를 조심하라고 말씀하셨죠. 바로 그때 의사 뒤에 서 있는 당신을 보았어요. 당신의 양복저고리는 오픈되어 있었고, 넥타이는 헐렁한 상태였죠. 당신은 격려하듯이 웃으며, 두 손을 엉덩이에 걸친 채 나를 보며 서 있었어요. 당신은 의사가 내 스커트를 걷어올리고, 속옷의 고무줄을 내리고, 넘어져서 가장 많이 다친 곳을 진찰하는 것을 지켜보았어요.

난 당신이 보는 걸 알고 있었어요. 당신은 피하지 않았어요. 당신은 내가 코트 입는 것을 도와주었고, 차가 있는 곳까지 나를 붙잡고 갔어요. 그때 날씨는 지독히도 추웠고, 눈이 얼굴을 괴롭혔어요. 나를 차에 태우고 당신도 탔어요. 난 오돌오돌 떨었어요. 추위보다 충격으로 그랬던 것 같아요. 당신은 내 오한을 멈추게 하려고 나를 안았어요. "다치지 않아서 다행이야." 당신이 이렇게 말했어요.

그리고 키스했어요. 약하지만 길게.

그 모든 것이 기억나요, 짐. 우리가 했던 모든 비행기 여행, 모든 드라이브, 모든 호텔방. 얼마전까지만 해도 정확한 날짜를 기억했는데 지금은 모두 잊어버렸어요. 일기를 썼더라면 좋았을 것을요. 소중한 작은 일들을 모두 다 기억하게요. 우리 연애는 그것 자체가 삶의 실체였어요. 우리의 연대기죠. 나 아그네스 오코너는 다른 사람들의 연대기는 써도 아그네스 오코너 인생에서 가장 중요한 것은 쓰지 않았죠.

알아요. 힘든 시기도 있었죠. 당신만의 특별한 괴로움, 내가 결코 함께 나눌 수 없는 괴로움이죠. 하지만 나만의 괴로움도 있었어요. 당신이 전화도 하지 않고 편지도 쓰지 않은 기나긴 몇 달간. 보스턴에서 술을 마시며 앞으로 계속 만날 수 없다고 말하던 그 시간. 캐럴이 다시 임신했다는 소식을 알려주던 그날. 하지만 무엇보다도 가장 최악이었던 날은 키드까지 먼 거리를 단숨에 달려가서 당신에게 내 새 직업 소식을 들려주어 깜짝 놀래켜 주던 그날이었어요. 꿈에 부푼 채 이제부터 모교인 키드에서 아이들을 가르치게 됐다고 당신에게 말할 생각이었죠. 이제 곧 우리는 동료가 된다고요. 지금도 당신의 얼굴이 하야지면서 날아갈 것 같이 좋아하던 내 소식을 한 순간에 물거품으로 만들어버린 그날이 생생해요. 물론 지금은 왜 당신이 그렇게 걱정을 했는지 이해하죠. 지금은 당연히 나도 그러니까요. 우리의 관계를 '현실'의 삶(당신이 불렀던 것처럼)에서 분리시키고 싶어한 욕망을 이해해요. 하지만 그때 난 그렇지 않았어요. 당신이 나만큼 기뻐할 줄 알았는데 그렇지 않다는 것을 알았을 때 상처받았고 화가 났어요.

웬만하면 그날을 기억하지 않으려고 해요. 대신에 바 하버에서 자그마한 별장을 빌린 것을 기억하는 게 더 즐거워요. 갑판에서 당신이 바비큐 해줬잖아요. 아마 피자도 만들어줬을 걸요. 포틀랜드의 남루한 호텔에서 격자무늬 소파에서 사랑을 나누던 일도 기억나요. 나중에 그 고결한 즐거움 때문에 눈물도 흘렸어요. 모든 상점과 건물이 문을 닫은 일요일 밤에 도시를 배회하던 일도 기억나요. 마치 이 세상에 우리 두 사람만이 있는 느낌이었어요. 지금까지 27년 동안 당신을 사랑했어요. 그 기간 동안 난 그 어느 남자와도 잠자리를 해본 적이 없어요. 난 늘 오두막에서 당신을 기다리는 당신의 또 다른 아내였어요. 난 당신의 방문을 소중히 여기며 몇 달 동안 그것으로 먹고살죠. 다른 사람들이 이 사실을 안다면 날 동정하겠죠. 외관상 아주 많은 투자를 하지만 그에 대한 대가는 거의 없는 셈이죠. 다른 커플들을 보면서 당신과 내가 함께 공유하는 것이 그들이 상상할 수 있는 것 이상이라는 확신을 하죠.

이럴 작정은 아니었어요, 짐. 이따금 우리가 가질 수 없는 것

242

에 대한 투정이 당신을 화나게 한다는 것도 알아요. 하지만 당신
이 그립지 않은 척 할 수 없어요. 당신이 지금 나와 함께 있기를,
함께 이 오리털 이불 밑으로 미끄러져 내려가기를 간절히 바라
요. 나만큼 당신을 사랑하는 여자가 없다는 것도 알아요. 또 난
아직 당신의 환상이라는 것도 알고 있어요.

아그네스는 펜을 내려놓았다. 그녀는 두 손으로 머리를 잡았다.
고통은 마치 짐이 이 방을 나가서 몇 달 동안 돌아오지 않는 것처럼
격렬하게 찾아왔다.

아그네스는 의자에서 일어나 티슈를 가지러 욕실로 갔다. 그녀
는 코를 풀었다. 편지는 보내지 않을 작정이다. 아직 끝마치지도 않
았다. 아그네스는 배낭 속으로 편지를 집어넣어야만 할 것이다. 쓰레
기통에 찢어진 작은 조각조차도 남겨놓는 위험을 감수할 수 없는 노
릇이다. 하지만 딱 한 사람에게만 자신의 이야기를 한다면 그것도 위
험한 일이 될까? 예를 들면 노라는? 노라는 분명히 그녀의 비밀을 인
정해줄 것이다. 이제껏 아그네스는 자신의 이야기를 아무에게도 하
지 않았다. 남은 인생 동안에도 그렇게 살아야만 하는가? 그러다가
갑자기 자신이 죽기라도 한다면? 아무도 자신의 연애 이야기를 알지
못한다면 누가 짐에게 죽음을 전한단 말인가?

편지 쓸 때는 생각나지 않았던 추억들이 이제야 하나 둘씩 떠오
르기 시작했다. 아그네스가 머리를 앞으로 숙이고 있는데 짐이 와서
등을 구부리고 키스를 하던 일도 있었다. 크리스마스 이틀 전에 뱅거
의 어느 모텔방에서 상자를 열어보니 반지가 있었다. 약혼반지는 아
니었지만 안에 작은 은반지가 놓여 있었다. 아그네스는 그 이후 그

반지를 끼고 다닌다. 아그네스는 또 짐의 근육이 자신의 손바닥에 닿는 느낌을 생각했다. 첫 키스의 전율. 술을 주문하는 동안 그가 만지는 손길. 마치 이 세상에 중요한 것은 아무것도 없다는 듯이 그들 자신에 대해서 주고받은 끊임없는 대화. 술을 마신 후 방을 잡아 들어가던 일. 아그네스는 몬트리올에서 침대가 많은 휑뎅그렁하게 큰 방을 기억했다. 침대가 여섯 개인가 일곱 개인가가 있었다. 지금도 그녀는 그 방을 '침대의 방'으로 기억하고 있다.

아그네스는 도로 침대로 가서 이불 속으로 슬그머니 들어갔다. 머리가 지끈지끈 아팠다. 그녀는 옆으로 누워서 햇빛이 비치는 창문을 바라보았다. 어젯밤에 너무 많이 마신 탓이다. 이렇게 된 것은 코냐 때문이었다. 저녁식사가 끝난 후에도 계속해서 술을 받아먹다니 정말로 바보 같은 짓을 했다. 제리가 구근 모양의 술잔을 들고 버티고 서서 계속해서 술을 권했다. 아그네스는 어떤 종류의 술도 거의 권하지 않았다.

아그네스는 다시 잠들고 싶었다. 추억을 생각하니 마음이 아팠다. 어떤 면에서 두 사람은 강한 마조히즘이라는 생각이 들었다. 최면술사에게 가서 짐에 대한 기억을 전체 다 지우는 것이 어떨까? 그런 일이 가능한가? 아그네스가 자신의 삶에서 짐을 성공적으로 지워버린다면 무엇이 남아 있을까? 빛을 발하는 중심이 사라진 단조로운 별이 될까?

아그네스는 갑자기 일어나 앉아서 주변을 둘러보았다. 또 이상한 경험을 했다. 두 눈 가장자리에서 뭔가 희뿌연 이상한 영상이 솟아올라오는 것처럼 보였다. 그녀는 꼭 안과의사에게 가봐야겠다고 생각했다. 보이지 않아서가 아니다. 아그네스는 더 나쁜 운명을 거의 상상할 수 없었다. 그녀는 두 눈에 붕대를 한 루이즈를 생각했다. 그녀는 이 세상을 어떻게 살아갈까? 아그네스는 루이즈의 운명을 바꿔야만 하는가?

아니다. 아그네스는 침대커버 속에서 노트를 찾으면서 생각했다. 루이즈는 그 상태 그대로 남게 될 것이다.

이네스는 루이즈의 눈에 새로운 붕대를 해줬다. 마취약을 실은 배가 도착하는 아침에 그가 그녀를 수술할 것 같지는 않았다.

지칠 대로 지친 외과 의사들이 잠시 숨을 돌릴 공간으로 1층 의료용품 창고를 이용했다. 간이침대 여섯 개를 그곳에 갖다 놓았다. 의사들 몇몇은 간신히 서서 빈 간이침대가 나기를 기다렸다. 간호사들은 2층에 머물렀다. 이런 재앙에서조차도 사람들은 예의범절을 지켜야만 했다. 이네스는 깊은 잠에 빠져들었지만 4시간이 지나자 일어나야만 했다. 다른 의사들에게 침대를 양보해야 했기 때문이다.

3일 동안 이네스는 수술실에서 일했다. 물품은 캐나다 다른 지역에서 기차로 공급되었다. 보스턴은 병원열차(부상병 후송 설비를 갖춘 군용 열차-옮긴이)를 보내었다. 수천 명이나 되는 노숙자들은 심한 눈보라와 추위를 피할 임시방편 거처를 찾아다녔고, 가족들을 찾아다니느라고 시체실과 병원을 샅샅이 뒤졌다. 시간이 좀 나자 이네스는 신문에 게재된 사상자들 목록을 살펴보았다.

#221. 25세 정도로 보이는 여성. 금발머리, 파란 눈. 프랑스 속옷 착용. 장미 색깔 스타킹 착용. #574. 까맣게 그을린 성인. #375. 남성. 50세 정도. 얼굴을 알아보기 힘듦. 갈색 줄무늬 스웨터, 흰색 속옷 착용. 토론토 버킹엄 스트리트 45번가 미스터 윌리엄 핀 앞으로

된 봉투 발견.

이네스는 복숭앗빛 실크 블라우스와 작은 다이아몬드 반지에 대한 언급을 찾으면서 설명을 상세하게 읽었다. 그는 프라저 박사 부부는 죽었다고 믿었다. 비록 시체의 일부밖에 찾지 못했지만 그분들이 확실했다. 하지만 헤이즐의 죽음은 받아들일 수 없었다. 그는 종종 폭발한 정확한 순간에 그녀가 어디에 있었을까에 대해서 생각해 보았다. 식당 테이블에 있었을까? 만약 그렇다면 아치형 창문 4군데서 산산조각이 난 유리 때문에 생존해 있을 가능성은 거의 없었다. 하지만 실내 복도에 있었다면 파편들 속으로 묻혔을 가능성이 크다.

병원에서 이네스는 유능한 의사로 인정받았다. 프라저 박사의 수습생으로서 그가 얻게 될 것보다 훨씬 빠르게 성장했다. 현재로선 실습이란 것이 없었다. 이네스는 며칠 동안, 몇 시간 동안의 피로로 눈의 침침한 현상이 나타났다. 그는 병원에서 숙식을 해결했다. 다른 많은 직원처럼 그도 딱히 갈만한 곳이 없었기 때문이다. 도시 전체가 노숙자와 가족을 잃은 사람들로 넘쳐났다.

이네스는 도시가 겪은 일에 간담이 서늘해졌다. 그는 사악한 신이라는 개념을 품기 시작했다. 아니면 어떻게 갑작스러운 어린아이들의 죽음을 설명할 수 있단 말인가? 해를 입지 않은 가구는 거의 없었다. 이런 말은 언급할 가치도 없었다. 이네스는 사고 당시 오직 짧은 순간만을 기억했지 전체를 기억해내지는 못했다. 어떤 일이 일어났는지 그렇지 않은지를 가늠하기조차 힘들었다. 그는 이제 더는 음악이나 미술, 심지어는 유럽에서의 전쟁 등에 대해서 생각하지 않았다. 폭발은 일과 음식, 그리고 잠자리를 몰락시켰다. 그는 날마다 수술을 하고, 밤에는 사상자 리스트를 읽었다. 그가 신문을 샅샅이 뒤지는 것은 루이즈를 위한 일이라고 자기 자신에게 말했다. 매일 매일 그는 목록을 체크했다.

#83. 여성. 25세 정도. 갈색 머리. 아이보리 리넨 블라우스. 구두 깔창에 'Paris'라고 적혀 있음. 결혼반지가 몸에서 발견됐고, 캠프 힐 병원에 있음. 얼굴 오른쪽에 이전에 난 흉터가 있음. 배에 제왕절개 흉터가 있음.

쉴 때마다 이네스는 루이즈를 찾아갔다. 루이즈는 3층으로 옮겼고, 상처가 아주 많이 호전되었다. 루이즈는 그가 오면 큰 소리로 부르며 다가왔다. 루이즈는 엄마가 죽었다고 말해놓고선 아직도 엄마를 큰 소리로 불렀다. 루이즈는 자신의 미래를 생각하면 반복적으로 공황상태에 빠졌다. 그녀가 시각장애인이 된다면 어떻게 살아갈 수 있을까? 루이즈는 이네스에게 치료를 해달라고 간청했다. 의약이 자신을 구해줄 거라고 믿고 있었다. 하지만 운명은 잔인했다. 저명한 안과 의사의 딸이 시각장애인이 되다니.

루이즈는 폭발에 대한 기억을 하지 못했다. 이네스가 폭발이 있었던 순간에 어디에 있었는지 시험 삼아 물어보았지만 대답을 하지 못했다. 루이즈는 헤이즐이 식당에 그대로 있었는지 아니면 다른 곳에 있었는지 알지 못했다. 같은 현상이 많은 환자에게서 일어났다. 폭발이 일어난 잠깐의 순간이 그들의 마음을 지워버리고 말았다.

5일째 되는 날, 이네스는 초조한 상태로 루이즈를 만나러 병실에 갔다. 그녀는 물주전자를 집어던졌고, 청소부가 이를 치우고 있었다.

"루이즈, 괜찮아요?"

이네스는 그녀에게 다가가서 물었다.

"왔었어요! 그녀는 모든 것을 다 가졌어요. 그래도 내가 더 아름다뤘는데, 하지만 난 지금 아무것도 없어요. 집도 없고, 남편도 없고, 아이들도 없어요."

"누가 왔다는 거예요, 루이즈?"

이네스는 침대에 앉으면서 물었다. 그는 루이즈를 진정시키려고 팔을 쓰다듬었다.

"그녀는 볼 수도 있고, 걸을 수도 있으니 너무 불공평해요. 그녀는 볼 수도 있고, 걸을 수도 있다고요. 그런데 난 그럴 수 없어요. 앞으로 난 남편을 얻을 수 없어요. 누가 시각장애인을 사랑하겠어요? 누가 자기 아이들을 볼 수 없는 여자와 결혼하겠어요?"

"루이즈, 여기 누가 왔나요? 누구와 말한 거예요?"

이네스가 다시 한번 물었다.

"헤이즐, 헤이즐이 여기 왔었어요. 지금은 가고 없어요."

기대한 대로 그 이름이 입김을 타고 나왔다.

"어디로 간다고 했나요?"

"몰라요."

"지금 어디 있다고 해요?"

"몰라요."

루이즈는 퉁명스럽게 말했다. 아마 이네스의 목소리에서 꼬치꼬치 캐묻는 어조를 느꼈던 모양이었다.

"헤이즐이 다쳤나요? 폭발에서 부상을 입지는 않았나요?"

"말하지 않았어요."

루이즈는 뚜렷이 감정이 상한 투로 대답했다.

"그럼, 아버지는요? 당신 아버지요? 아버지 말은 안하던가요?"

"아버지는 돌아가셨어요."

루이즈는 울부짖기 시작했고, 이네스는 다시 한번 그녀의 팔을 쓰다듬었다. 그는 루이즈를 편안하게 해주고 싶었지만 그가 할 수 있는 일이라고는 그녀의 침대 곁에 남아 있어 주는 것이 고작이었다. 헤이즐이 조금 전에 나갔다면 아직 이 건물 안에 있을지도 모를 일이다. 그는 청소부가 청소를 끝마치는 것을 지켜보았다. 이네스는 루이즈를 똑바로 앉히고 주전자에 새로 받아온 물을 마시게 했다. 전에도 여러 번 말했듯이 그녀에게 앞을 못 보는 여자 중 많은 사람이 충만하고 보람된 삶을 살고 있다고 말해주었다. 그들에게는 남편도 있고, 아이들도 있다고 말했다. 또 가사일을 가르쳐주고 실습할 수 있는 학교도 있다고 말해주었다.

루이즈는 아무런 대꾸도 하지 않았다.

잠시 후 이네스는 그만 가봐야만 한다고 말하고, 저녁에 다시 와서 신문을 읽어주겠다고 했다. 몽블랑호의 선장과 기관사가 체포되어 재판을 받게 될 것이라는 말도 해주었다. 이 사실이 루이즈의 관심을 끌었다.

"당신이 약속한다면."

이네스는 건물의 방과 복도를 모두 샅샅이 뒤졌다. 그는 헤이즐이 밖으로 나갔을 거라는 생각에 거리로 뛰쳐나갔다. 그녀의 호리호리한 모습을 볼 수 있을지도 모른다는 일말의 기대를 걸면서 이리저리 뛰어다녔다. 그는 헤이즐의 인상착의를 간호사에게 설명해 주면서 혹시 보았는지 물어보았다. 간호사들은 한결같이 고개를 저었다.

저녁식사 시간에 이네스는 병원 근처에 있는 거리를 둘러보았다. 이성적으로 생각하면 이렇게 돌아다녀 보았자 헤이즐을 찾을 수 없었다. 하지만 그녀가 살아 있다는 사실을 안 이상 가만히 앉아 있을 수는 없는 노릇이었다. 마지못해 그는 병원으로 돌아와서 약속한 대로 루이즈에게 신문을 읽어주러 갔다. 그는 루이즈에게 헤이즐에 대해서 좀더 물어보고 싶었지만 그것은 그녀를 더욱 예민하게 할 뿐이었다.

다음날, 이네스는 두 시간 정도 시간을 내어서 우선 캠프힐 병원에 가 본 다음 보스턴에서 온 병원열차에 가보았다. 그는 병실과 차 안을 샅샅이 찾아보았지만 헤이즐과 비슷한 사람도 보지 못했다. 그는 사람들에게 헤이즐에 대해 물어보았으나 아무런 대답도 얻지 못하였다. 벌써 이 도시를 떠난 것일까? 내륙으로 가버린 것일까? 아니면 폭발의 피해를 입지 않은 친구들과 함께 지내고 있는 것인가?

이네스는 계획을 세웠다. 그는 이 도시를 4등분 하여 각각 찾아보기로 했다. 그는 헤이즐이 핼리팩스에 없다는 결론이 나올 때까지 찾아보기로 했다. 이 임무는 그에게 숨을 쉬는 것만큼 절박해 보였다.

이네스는 오후 일 때문에 병원으로 돌아와서 옷장에 코트를 걸었다. 바로 전날 이네스 코트 주머니 깊숙한 곳에서 미스터 진 르블랑이라는 이름과 함께 전등설비 영수증이 나왔다. 이네스는 이 옷이 르블랑이라는 사람의 코트였다는 생각을 했다. 그러면서 그는 지금 신은 신발은 누구의 것인지 궁금했다.

수술 일정은 줄어들지 않았다. 처음에는 단지 생명만을 구하려는 수술이었는데 최근 수술은 이차적인 것이었다. 그는 다른 일도 조절해가며 했다. 그는 대부분 2층에 있는 환자들을 방문했다. 병원은 이제 더는 첫날처럼 죽음과 잿더미 냄새는 나지 않았다. 간이침대 사이에 누워 있는 환자들도 더는 없었다. 병원에 입원한 환자들은 필

250

요 이상으로 오래 머물러 있었다. 그것은 부상자들이 이네스처럼 갈 곳이 없었기 때문이었다. 어린이들 수백 명이 고아가 되었다.

때때로 즐거운 순간도 있다. 가족 구성원들이 다시 만날 때이다. 드문 일이지만 이들이 흘리는 행복한 눈물은 병원 사람들이 하던 일을 멈추고 환희에 빠지게 해준다. 오늘 아침에도 한 아버지가 잃어버렸다고 생각한 딸을 찾았다. 아버지가 딸에게 엄마가 죽었다고 말하는 순간 환희가 비통함으로 바뀌었다.

이네스는 프랑스에 있는 동생 마틴 생각을 했다. 그는 수송선을 타고 핼리팩스에 도착한 군인들이 자신들의 고향이 이렇게 쑥대밭이 된 것을 보는 장면을 상상했다. 또 다른 운명의 장난, 전쟁에 나간 군인들은 안전하게 집으로 돌아왔는데, 그들을 기다리는 가족들이 죽었다.

이네스는 차트를 읽으면서 2층으로 올라갔다. 더블도어를 통해서 한 여자가 간이침대 옆에 서 있는 것이 보였다. 그는 잠시 멈춰서 좀더 가까이 가보았다. 지난 이틀 간 이네스는 다른 여자들을 자꾸 헤이즐로 오인했다. 그는 헤이즐이라고 여겨지는 여자를 보면 일단 다가가서 그 여자 뒷모습에 대고 말을 건다. 여자가 돌아보면 전혀 헤이즐과는 딴판이었다. 그의 이런 행동은 도시 전역에서 일어나는 모습이었다.

팔 아래에 차트를 끼고 이네스는 병실로 들어갔다. 여자는 이네스를 보지 못했고, 그는 큰 소리로 부르고 싶은 충동을 억제했다. 그녀에게 방해가 될지도 몰랐다. 그녀는 여자 환자와 대화중이었다. 침대에 앉아 있는 환자는 왼쪽 눈에 안대를 하고 있었다. 갈색 울 드레스를 입은 여자는 헤이즐의 모습을 하고 있었다. 드레스 위에 관습적인 흰색 앞치마를 하고 스푼으로 환자에게 음식을 떠먹이고 있었다. 이네스는 여자의 손에서 붕대 자국을 보았다. 아마 여자는 폭발에서 화상을 입은 모양이었다.

이네스는 차트를 읽는 척하면서 기다렸다. 차트에서 퍼건슨이라는 이름 외에는 눈에 들어오지 않았다. 간호사가 도움이 필요한지를 물어보았다. 그는 고개를 저었다. 마침내 기다림이 끝이 났다. 그는 여자를 향해서 움직였고, 목소리를 가다듬었다.

"미스 프라저?"

그가 물었다.

여자가 손에 스푼을 든 채로 돌아섰다.

"핀치 씨?"

그녀는 무척 놀랐다.

"당신을 보게 되다니, 정말 기쁘군요. 어제서야 루이즈한테 당신이 살아 있다는 소식을 들었어요."

이네스는 감격에 차올라서 말했다.

헤이즐은 눈이 몹시 피로해 보였고, 머리는 최근 들어 감지 못한 것처럼 보였다. 이마에는 큰 멍이 들어 있었고 뺨에는 찢어진 상처를 치료한 흔적이 보였다.

"아버님과 어머님 소식은 들었습니다."

"신경 써 주셔서 고맙습니다."

"지금 하시는 일을 방해하고 싶진 않습니다. 일이 끝나면 얘기 좀 나눌 수 있을까요?"

"예, 그럼요."

이네스는 더블도어 밖으로 나갔다. 그는 회진 시간이 늦었다는 것을 감지하면서 시계를 보았다. 10분 안에 죽게 될 환자는 없을 것이다. 가끔 그는 문밖에서 병실 창문을 흘긋 바라보았다. 간호사들이 담요를 개고 있었다. 헤이즐은 아까 그 환자 곁에 있었다. 그녀가 한 말이 환자를 웃게 했다. 잠시 후 이네스는 헤이즐이 침대에서 일어나서 그릇과 스푼을 간호사실 근처에 있는 선반으로 가져가는 모습을 지켜보았다.

이네스는 그녀를 기다리고 있었다.

"이네스, 당신을 만나서 정말로 다행이에요. 당신 소식이 궁금했어요."

헤이즐은 더블도어를 나오면서 말했다. 그녀가 그를 이네스라고 불러주었기 때문에 그는 기분이 우쭐대었다.

"나도요. 사실은 얼마나 걱정했는지 모릅니다."

"그랬어요?"

헤이즐은 앞치마를 풀어서 머리 위로 벗었다.

"배가 폭발할 때 어디 있었나요?"

이네스가 물었다.

헤이즐은 살짝 미소를 보이면서 두 입술을 약간 깨물었다.

"실은 화장실에요."

이네스는 웃었다. 폭발 이후 그는 처음으로 웃었다.

"그래서 목숨을 구했군요."

"명백히 그렇죠."

헤이즐은 걷어 올린 블라우스 소매 커프스를 펴면서 말했다. 이네스는 이 행동이 별로 달갑지 않았다. 그는 그녀의 손목을 보고 싶었다.

"당신은요? 어디에 계셨나요?"

"방에요. 창문 앞에 서 있었어요. 기적이었어요, 내가 죽지 않은 것은 정말로 기적이었죠."

그녀는 그를 자세히 살펴보았다.

"정말 괜찮은 것 같네요."

"등에 상처가 조금 났을 뿐이에요."

헤이즐은 아래를 응시했다.

"당신이 시기를 잘 맞춰서 핼리팩스에 도착했다는 생각이에요."

"그런가요?"

"아니, 제 말은 의사로서 말이에요."

"정신없이 바빠요."

"그렇겠죠."

이네스는 오른손에 들고 있는 차트를 왼손으로 옮겼다.

"동생은 잘 치료받고 있어요."

"그 애를 수술한 사람이 당신인가요?"

"아니요."

헤이즐이 이마를 찌푸렸다.

"끔찍해요. 루이즈는 나만 만나면 불안정해져요. 그래서 감히 가까이 갈 엄두가 안 나요. 나만 보면 소리를 지르거든요."

"일종의 히스테리예요. 예상한 겁니다."

이네스가 말했다.

"그렇겠죠."

"동생이 여기 있었던 건 몰랐나요?"

"부모님과 함께 불 속에서 죽었다는 소식을 들었어요."

이번에는 이네스가 놀랄 차례였다.

"불이 났었나요?"

"모르셨나요?"

"몰랐어요."

이네스는 화상으로 죽는 공포를 상상해보았다.

"부모님께서 그냥 폭발로 한 번에 돌아가셨으면 좋았을 것을요."

헤이즐의 턱이 떨리기 시작했고, 그녀는 곧 얼굴을 돌렸다. 이네스는 헤이즐이 고통을 극복하고 있는 것을 보았다. 그는 기다렸다.

헤이즐은 소맷자락에서 손수건을 꺼내서 코를 풀었다. 그녀는 다시 손수건을 집어넣고 그에게 얼굴을 돌렸다.

"어제 아침에 고모님이 여기서 루이즈를 보았다는 소식을 들었데요. 루이즈는 지금 무척 약한 상태예요."

"그녀는 전에도 약했어요."

헤이즐은 그를 호기심어린 눈으로 바라보았다.

"그 애가 머무를 장소를 찾아봐야겠어요."

헤이즐이 말했다.

"나도 도울게요."

이네스는 핼리팩스에 있는 시각장애인 학교에 대해서 아는 것이 없긴 하지만 이 순간에는 이렇게 대답했다. 어쨌든 학교는 짓게 될 것이다. 이것은 피할 수 없는 운명이다.

"며칠 내에 동생이 병원에서 퇴원하게 되면 일시적으로라도 머물 곳이 있나요?"

"지금 고모님과 함께 있어요. 그 집이 불편하진 않을 거예요."

헤이즐은 귀 뒤로 머리카락을 넘겼다.

"물론, 루이즈가 쓸 방도 있어요."

"일단 루이즈 같은 환자를 돌보는 건 상당히 큰 부담이 될 거예요."

"알아요. 각오하고 있어요. 마치 지옥과 같겠죠, 그렇죠? 적어도 루이즈는 목숨은 건졌잖아요."

"그녀는 영원히 시력을 잃게 될 거예요."

"그런 폭발이 일어나리라고는 생각도 못했어요."

헤이즐이 말했다.

"우리 누구나 상상도 못한 일이에요."

"창가에 있던 모든 사람의 운명이죠."

"잔인한 운명이네요. 가야만 해요. 환자들이 기다리고 있어요. 언제 병원에서 나가나요?"

이네스는 시계를 보면서 마지못해 말했다.

"6시까지 있을 거예요."

"그럼, 그때 나랑 좀 걸을래요? 멀리는 못갑니다. 저녁근무를 해야 해서요. 하지만 적어도 30분은 낼 수 있어요."

헤이즐은 망설였다.

"좋아요. 좀 걷죠."

그녀가 마침내 승낙했다.

이네스는 6시가 되기 전에 병원 정문 앞에 와 있었다. 30분간 휴식시간이다. 그는 초조하게 헤이즐을 기다렸다. 그녀와 함께 하지 못하는 순간순간이 무척 아쉬웠다.

헤이즐이 더블도어에서 나왔다. 그녀는 상황에 맞지 않는 화려한 파란색 벨벳 옷과 대각선으로 큰 은단추가 달린 잘 다듬어진 모피코트를 입고 있었다. 또 테두리와 짧은 베일이 달린 검은색 모자도 썼다. 이네스는 코트와 모자는 그녀 것이 아니라고 추측했다. 단지 그는 그것들이 산 사람의 것이기를 희망했다. 헤이즐은 그에게 다가오면서 장갑을 꼈다.

말없이 이네스는 그녀를 맞이했고 그들은 저녁 속으로 발걸음을 내디뎠다. 병원 주위에는 파편을 제거하는 노력이 성공적으로 이루어지고 있었다. 말과 마차가 지나갔다. 아직 자동차 연료는 부족한 상태였다. 이네스는 매일 밤 걷던 곳에 도착하자 감정이 벅차올랐다. 지금 이 도시는 얼마나 고요한가! 항구에는 발동기도 거의 없었고, 교통량도 아주 적었다. 그저 먼 거리에서 사람들의 목소리만이 들릴 뿐이었다.

"우리가 함께 걷는 것이 신경 쓰이나요?"

이네스가 물었다.

"아니, 전혀요. 신선한 공기를 쐬니 기분이 좋네요."

"고모님 집은 여기서 먼가요?"

"대략······아마 8킬로미터쯤 될 거예요."

"그럼, 어떻게 가시나요?"

차가운 공기 탓에 이네스의 입에서는 입김이 나왔다.

"고모부가 데리러 올 거예요. 마차가 있거든요. 당신은요?"

이네스는 웃으면서 병원 쪽을 가리켰다.

"내 초라한 집이죠."

"병원에서 주무세요?"

헤이즐이 놀라면서 물었다.

"많은 사람이 그럽니다. 한 4분의 1쯤. 그래도 우린 잘 먹는 편입니다."

257

그는 갈 곳이 없다는 말은 하지 않았다.

"난 당신이 죽지 않았다고 확신했어요. 어쩌면 가족 품으로 돌아갔을지도 모른다고 생각했어요."

헤이즐이 말했다.

이네스는 의기양양해졌다. 헤이즐이 그를 생각했다. 그녀는 그가 죽지 않기를 바랐다.

"이곳에 할 일이 굉장히 많아요. 내가 있어야 할 곳은 여긴 걸요. 집에는 전보를 쳤어요. 그러니 날 기다리진 않을 거예요."

"그럼, 핼리팩스를 당신 고향으로 만들 생각이세요?"

그녀의 드레스자락이 쌓인 눈에 쓸렸다.

"핼리팩스가 어떤 사람을 위한 고향이 되어줄 수 있다면요."

"집을 건설한다는 소리를 들었어요. 고모부가 의회에 계시거든요."

"집이 없는 사람들이 수천 명이니까요."

"그럼, 그들이 목수가 되면 되겠네요."

헤이즐이 말했다.

이네스는 웃었고, 그들은 코너를 돌았다.

"독일 사람들이 한 짓이라고 생각하셨어요?"

헤이즐이 물었다.

"순간 그렇게 생각했어요. 밖에 나와서 황폐한 상태를 보기 전까지는요. 폭탄이 이렇게까지 만들 수는 없거든요."

"우리 집 파편더미 속에 깔리지 않았었나 봐요?"

"직물 공장으로 날아간 것 같아요."

헤이즐은 잠시 생각에 잠겼다.

"아! 룸스. 그곳으로 날아갔군요. 길 건너편에 있어요. 직물 공장이 아니고, 기술학교예요."

"뭘 좀 드실래요?"

이네스가 물었다.

헤이즐은 고개를 저었다.

"고모님이 기다리고 계세요. 가서 함께 먹어야죠. 실은 신선한 공기가 더 좋아요."

며칠 만에 날씨는 처음으로 맑고 깨끗했다. 죽음의 냄새와 살이 타는 냄새가 가신 것 같았다.

헤이즐은 잠시 멈추어서 이네스를 바라보았다.

"루이즈 말예요. 앞으로 어떤 식으로 찾아가야 할지 모르겠어요."

"지금은 어리석은 대답처럼 들릴지 모르지만, 난 동생분이 진정되리라고 꼭 믿습니다. 그렇게 우연히 앞을 못 보게 된 환자들을 많이 보았어요. 지금 그녀가 갖고 있는 공포를 끝까지 가져가는 사람은 거의 없습니다."

헤이즐은 이네스와 아주 가깝게 서 있어서 그는 그녀의 숨소리를 느낄 수 있었다.

"난 가고 싶어요. 모든 것을 떠나고 싶어요."

이네스는 그녀가 한 말 뜻을 이해하지 못했다.

"핼리팩스를 떠나고 싶다고요?"

그가 물었다.

"예. 이곳에 있고 싶지 않아요. 많은 사람이 고통 받는 것을 보면 너무 가혹하다는 생각이 들어요. 루이즈도 그렇고요."

"하지만 어디로 가려고요?"

이네스는 가슴이 쿵 내려앉는 느낌으로 물었다.

헤이즐은 모자를 벗었다. 그녀는 고개를 흔들었다. 그녀의 머리카락이 길게 늘어뜨려졌다.

"아마 미국으로요. 잘 모르겠어요. 전쟁이 끝나면 유럽으로 갈 수도 있고요. 난 그저 이 도시를 견디기가 힘들다는 거예요. 폭발이 있기 전에도 같은 마음이었어요."

"네, 이해가 갑니다."

"이제는 이곳에 있어야 할 이유도 없어요."

이네스는 이 말에 자극 받았다.

"동생 곁에 있어야 한다는 필요성은 못 느끼나요?"

"물론, 그 애를 돌봐야죠. 돈이 있어요. 그 애를 찾아올 거예요. 루이즈가 날 받아줄 때요. 하지만 매 순간 그 아이 옆에 있어야할 필요성은 느끼지 않아요. 우리 둘은 한동안 떨어져 있는 것이 더 좋다는 생각이에요."

이네스는 헤이즐의 고백이 놀랍지는 않았다. 심지어 냉혹하다고도 생각되지 않았다.

"약혼자는요? 프랑스에서 곧 돌아올 텐데요?"

헤이즐은 두 손으로 모자를 만지작거렸다.

"편지를 쓸 거예요."

"아, 편지를 쓴다고요."

이네스는 그 말이 무슨 뜻인지 전혀 짐작도 하지 못하고 그대로 되뇌였다.

"난 그 사람과 결혼 안 할 거예요."

그녀는 이네스를 올려다보았다.

"이번 참사가 모든 것을 바꾸어놓았어요, 그렇지 않나요? 이번 일은 사람이 자신의 삶에 대해 무관심할 수 없다는 걸 일러줬어요. 당신도 간단히 삶을 포기할 수 없잖아요. 폭발이 있기 전에도 난 결혼하고 싶지 않았어요. 이번 참사가 이 일을 좀더 명료하게 해줬어요."

"그 사람을 위해서가 아니군요."

이네스가 말했다.

"그가 돌아오면 분명히 핼리팩스에 남으려고 할 거예요. 그의 회사가 모두 여기 있으니까요."

"일부는 파괴되었겠네요."

"그렇죠. 하지만 어떤 이유를 불문하고 다시 건설할 거예요."

"헤이즐."

헤이즐은 그에게서 시선을 피했다.

"당신이 떠난다니 나로서는 슬픈 일이군요."

"당신은 날 잘 모르잖아요."

"그 말이 진심이라고 생각하지 않아요."

이네스는 말을 조심해야 한다는 것을 알고 있었지만 어쩔 수 없이 서두를 수밖에 없었다.

"그날 밤, 제가 경솔했어요. 미안해요. 그럴 생각은 아니었어요."

"하지만 분명히 당신도 내게 뭔가를 느꼈잖아요."

"그럴지도 모르죠."

헤이즐이 간단하게 말했다.

"그날 밤 내게 그렇게 상상하도록 한 게 아닌가요? 헤이즐, 나를 봐요."

헤이즐은 그의 시선을 피했다.

"난 이 도시를 떠나야만 해요."

헤이즐은 침착하게 말해다.

헤이즐이 루이즈를 떠날 수 있다면 확실히 그녀가 거의 잘 모르는 남자는 미련 없이 떠날 수 있을 거라고 이네스는 생각했다.

"우린 그저 하루 저녁만을 공유했어요. 그 이상은 아무것도 아니에요. 하루 저녁 동안에 무엇을 알 수 있단 말인가요?"

"시간은 아무런 문제가 되지 않는다고 생각해요. 찰나에 도시 전체가 무너져 내렸어요. 이런 일이 누가 가능하다고 생각했겠어요? 마찬가지로 사랑도 한순간에 가능하지 않을까요?"

이네스는 말하면서 막연히 자신의 목소리가 현학적인 티를 내고 있다고 생각했다.

이네스는 어두운 것이 다행이라고 생각했다. 그의 얼굴은 화끈거렸고, 말투는 미숙했다. 확실히 그는 이렇게 빨리 '사랑'이라는 단어를 꺼낼 의도는 아니었다. 판단해야 할 이 순간을 위해 그에게 리허설은 없었다. 그는 다만 헤이즐과 걷고 싶었다. 다음 만남을 약속하면서. 이런 일이 일어날 줄 미리 알았다면 그는 두 사람이 병원문 앞에서 만나기 전에 미리 할 말을 연습해 놓았을 것이다.

"당신은 나를 사랑한다고 확신하지 못할 거예요. 그건 가능한 일이 아니에요."

헤이즐이 말했다.

"나에 대해서 그렇게 말하지 말아요."

이네스가 말했다.

"아, 그래요, 물론 그래야죠. 미안해요. 당신은 친절한 분이에요."

"지금 이 순간에 친절이란 단어는 잔인한 거라고요."

"그렇군요. 그렇다는 생각이 드네요."

헤이즐이 말했다.

이네스는 자신이 졌다는 것을 알았다. 예상치도 못한 전투가 경고도 없이 그에게 밀어닥쳤고, 싸움을 하기도 전에 패배했다. 어떤 방식으로든지 헤이즐이 이네스에 대한 생각을 했다는 것은 이네스에게는 기쁜 일이었다. 헤이즐은 마음속으로 이 문제를 곰곰이 생각했다는 뜻이다. 하지만 이네스는 이 기쁨이 이렇게 빨리 사라지게 될 줄은 몰랐다.

"당신이 그리울 겁니다. 당신과의 인연이 아쉬울 겁니다."

그가 간단하게 말했다.

"사람들은 많은 아쉬움을 지니고 살죠."

헤이즐이 말했다. 그녀는 발끝으로 까치발을 하고서 그의 입술에 키스했다. 짧고 약한 이 키스는 이제껏 그가 알지 못한 세계를 보여 주었다.

"그만 가야겠어요."

헤이즐은 마치 이 키스가 그녀의 길고 바쁜 하루의 일과에 그저 한 가지 일이 더 추가된 것처럼 취급하면서 모자를 쓰며 말했다.

"고모부가 늘 데리러 오는 장소로 가야만 해요. 내가 그곳에 없으면 마차에서 내려 날 찾으러 다니게 하는 폐를 끼칠 거예요."

"헤이즐, 제발."

헤이즐은 고개를 저었다. 마치 그가 앞에 없기라도 한 듯이 그를 무시하며 손가락에 장갑을 끼었다.

"어려운 일이에요."

그녀가 말했다.

이네스는 손을 뻗어 그녀의 어깨를 잡으려 했지만 이미 헤이즐은 돌아선 상태였다. 그녀는 두 사람이 온 길로 뛰어갔다. 이네스는 헤이즐이 어둠 속으로 사라질 때까지 뒷모습을 지켜보았다. 그는 고뇌와 좌절로 울부짖었다. 그의 목소리는 꽤 먼 거리까지 울려 퍼졌다.

이네스는 저녁근무를 하려고 병원으로 돌아왔다. 물론 그는 식사를 할 시간을 놓쳤다. 지친 피로가 그를 압도했다. 마치 강요당하는 듯이 그는 일을 했다. 동료 의사가 몸이 불편하냐고 물어보았지만 이네스는 피곤해서 그렇다고 대답했다. 이곳 사람들은 모두 피곤했기에 동료 의사는 그저 고개를 끄덕이며 그의 말에 동의했다.

이네스는 자신의 몫을 끝까지 해냈다. 피로에 지쳤는데도 그는 숙소로 향하지 않았다. 오히려 3층으로 갔다. 그것은 헤이즐을 못 가게 붙잡기 위한 시도였다. 루이즈를 보러 가면 그곳에서 헤이즐을 만날 가능성이 있었다. 주머니에 양손을 넣은 채 더블도어를 어깨로 밀었다. 문 안으로 들어서자 그는 멈추었다.

코너에 랜턴을 켜고 루이즈가 휠체어에 앉아 있었다. 이네스는 왜 그녀가 침대에 누워 있지 않은지 의아했다. 그는 자신을 밝힐 작정은 아니었다. 그저 자는 모습을 지켜보려 했을 뿐이었다. 더욱 놀라운 것은 완전한 그녀의 자세였다. 그녀는 의자에 꼿꼿이 앉아서 마치 앞을 볼 수 있는 것처럼 얼굴을 정면으로 응시했다. 얼굴은 불가사의하게 침착해 보였다. 루이즈가 진정제를 맞았나? 그렇다면 왜? 그는 몇 걸음 앞으로 아주 조심스럽게 걸어갔다. 루이즈는 그의 발걸음을 듣지 못했다. 루이즈에게로 다가가자 그는 깜짝 놀랐다. 루이즈는 울고 있었다. 루이즈는 매우 침착했지만 울고 있었다.

이네스는 루이즈의 하얗고 작은 두 가슴과 탄력 있는 허리를 떠올렸다. 그는 엄마가 생각났다. 엄마 역시 시각장애인이었고 종종 그를 필요로 했다.

그는 앞으로 몇 발자국 더 나아가다가 그만 수레바퀴 위에 올려 놓은 금속 접시와 부딪쳤다. 이 소리는 병실에 울려 퍼졌고, 루이즈는 그가 있는 방향으로 몸을 틀었다.

12월의 웨딩

해리슨은 늦게 잠이 들어서 거의 잠을 청하지 못했는데도 가장 먼저 식당으로 내려왔다. 그는 낮은 테이블에서 〈뉴욕타임스〉를 집어들고 창가 자리로 발길을 옮겼다. 창밖의 전경은 전날과는 완전히 딴판이었다. 멀리서 보이는 푸른 산은 짙은 눈보라로 하얗게 대체되어 있었다. 해리슨이 불과 두 시간 전에 노라 방을 떠날 때보다도 훨씬 더 많은 눈이 내렸다. 길이 안 좋은 상태일 거라고 해리슨은 생각했다. 오늘 도착할 예정인 브리짓의 어머니와 동생이 제시간에 맞게 올 수 있을지 걱정되었다. 해리슨은 일기예보를 듣지 못했지만, 눈은 곧 그칠 것 같았다.

해리슨은 커피와 함께 아침을 먹고 싶었다. 두통이 이제는 전두엽쪽으로 옮겨갔다. 그는 잡지 헤드라인을 보았다. '탈레반 마지막 요새 포기: 오마르는 아직 찾지 못함' 그는 페이지를 넘겨서 세계무역센터에서 목숨을 잃은 수많은 보통사람의 생전 이야기와 그들을 그리워하는 가족들의 애틋한 사연을 담아낸 「슬픔의 초상, Portraits of Grief」면으로 갔다. 해리슨은 펜실베이니아 주립대 와튼스쿨을 졸업하고, 개개인의 수학적 모형을 발전시킨 남자 이야기와 저녁마다 콜럼버스 애비뉴에 있는 스파지오 식당에서 일한 대가로 최근에 뉴저지 유니언 시티에 집을 한 채 산 남자 이야기를 읽었다. 이따금 그랬던 것처럼 해리슨은 그 건물에 갇혀서 사람들이 죽어가는 모습을 보는 상상을 하며 괴로워했다. 날아다니는 유리조각과 차단된 통로. 다가오는 화염과 질식할 것 같은 연기. 창틀에 쌓인 시체들과 가족에게 거는 휴대폰 소리. 처음에는 도와달라고 했다가 그다음엔 '안녕'이라 말해야 하는 심정. 견딜 수 없는 두려움. 이런 상상을 하다가 해리슨은 제리를 생각했다. 그는 어젯밤 저녁식사 중에 이런 재앙을 직접 목격하지 않았다면 그것에 대해 논할 자격이 없다고 했었다. 어떤 면에서 해리슨은 그 말에 동의한다. 쌍둥이 타워에서 사람들이 떨어지는 걸 지켜보는 건 어김없는 악몽이었을 것이다. 또 대참사가 낸 잿더미 속에서 숨을 쉬는 것도 고통스러웠을 것이다. 하지만 사람들은 사실상 상황을 흡수하여 독특한 자신의 것으로 만드는 성질이 있는 모양이다. 만약 그런 의견을 피력한 사람이 제리가 아니었다면 해리슨은 자신의 의견과 함께 토론에 뛰어들었을 것이다. 하지만 제리의 목소리 자체가, 그의 존재조차도 이를 갈도록 했다. 해리슨은 그런 종류의 사람을 좋아하지 않았다. 어렸을 때는 제리를 좋아했다. 제리는 키드 시절에도 허풍선이였지만 그때는 괴로운 것보다는 재미있었던 것 같았다. 그때 제리 녀석은 인기 많은 투수였다.

주디가 아닌 다른 웨이트리스가 토요일 아침은 뷔페라고 알려주며 음식이 차려져 있는 방향도 알려 주었다. 해리슨은 까르띠에 담배가 있으면 갖다 달라고 주문했다. 웨이트리스는 수프레드가 두말할 나위 없이 더 좋다고 말하면서 커피 한 잔을 따랐다. 이 커피는 도서관에서 마신 진한 에스프레소와 비교하면 상당히 연한 편이었다. 아침식사를 한 후에 해리슨은 도서관에 가서 에스프레소를 한 잔 마시고 신문을 읽을 생각이었다. 해리슨은 사실 아침식사 테이블에서 신문을 읽는 것을 성공해본 적이 없었다. 늘 펼쳐놓을 공간이 부족했다.

해리슨은 뷔페 테이블로 향했다. 그는 익힌 계란, 바싹 구운 베이 컨, 딸기 한 접시(또 파리가 있나 하고 찾아볼 수밖에 없었다). 그리고 당근 머핀을 들고 왔다. 이것을 먹고도 두통이 낫지 않는다면 어쩔 수 없는 노릇이다. 테이블로 돌아오는 길에 입구에서 빌을 보았다.

"이봐, 빌."

해리슨은 평소보다 약간 큰 목소리로 불렀다.

"어, 해리슨."

빌은 해리슨에게로 와서 그의 접시를 살펴보았다.

"맛있겠는데, 맛있겠어."

해리슨은 손에 든 그릇으로 창가 쪽 테이블을 가리켰다.

"난 저쪽에 앉았어."

해리슨이 말했다.

"잠시 후에 그리로 갈게. 콜레스테롤 약 먹고."

해리슨은 테이블에 접시와 그릇을 내려놓았다. 그는 신문을 접어서 의자와 벽 사이 공간에 놓았다. 잠시 후 격자무늬 셔츠와 회색 스웨터 조끼를 입은 빌이 해리슨 건너편에 앉았다. 해리슨은 조끼 밑에 살짝 튀어나온 배를 보았다. 숱이 없는 대머리는 칵테일파티에서보다 아침에 보니까 더욱 명백해 보였다. 빌은 딸기 한 접시만 가져왔다.

"콜레스테롤이 어디 있다고 그래?"

해리슨이 물었다.

"15파운드 빼려고 노력 중이야."

"네 결혼식 날인데?"

"턱시도 입어야 하니까."

"약간 늦은 감이 있는데."

"오늘 저녁을 위해서 노력 중이야. 얼마나 조심하는지 몰라. 와인도 조심해."

빌은 이마에 손을 얹으며 말했다.

"어젯밤에 지나치게 마시지 않아서 다행이야. 아니었으면 오늘 하루 종일 숙취로 고생할 뻔했어."

"네 말이 맞아. 숙취로 고생하는 건 나 하나로 충분해. 브리짓은 어때?"

해리슨은 흰 램킨(치즈에 빵부스러기와 달걀 등을 섞어서 구운 것 옮긴이)에서 익힌 계란 마지막 한 조각을 떠먹으면서 말했다.

"아주 좋아."

빌이 잠시 멈추었다.

"아주 좋아."

빌이 반복했다.

"브리짓은 지금 자고 있어. 두 아이도 내가 깨우지 않는다면 오후가 될 때까지 침대에서 뒹굴 거야."

빌은 창문을 내다보았다.

"오늘 우리가 게임을 할 수 있을 것 같진 않은데."

"불가능하지."

"아이들이 학수고대하고 기다렸는데. 몇 주 동안 우리 예전 팀에 대한 이야기를 열심히 들었는데. 너와 제리, 그리고 롭이 우상 자리를 차지할까 봐 겁도 좀 났었지."

해리슨이 웃었다.

"난 진지해. 매트와 브라이언을 주려고 가져온 공 두 개에 네가 사인해줘야 할 거야."

"그래. 내가 노마라고 사인할게."

"브리짓은 놀랄 만큼 잘 견디고 있어. 화학치료가 강하면 강할수록 결과는 더 좋다고 했어. 하지만 치료를 견디는 그녀를 보는 건 잔인한 일이야. 내가 대신 앓았으면 좋겠어."

빌은 딸기를 포크로 찍으면서 말했다.

해리슨은 의자 뒤로 몸을 젖혔다.

"빌리 리찌. 솔직히 말해서, 난 진정한 사랑의 정의에 대해서 생각해 보았어."

"앞으로 수년간 사람들은 화학요법을 고문의 형태로 인정하며 야만적이고 잔인한 치료로 여길 거야. 의학을 잘못 이끌고 있다고."

"웃기는 놈들이야."

해리슨이 말했다.

"아주 나쁜놈들이야. 매일 난 브리짓이 점점 나아지는 걸 느껴."

"다행이네."

"그래, 브리짓은 좋아졌어."

빌이 잠시 말을 중단했다.

"정말로 좋아졌어."

해리슨은 한 남자가 스스로 낙천적이 되려고 과장하며 계속 반복하는 소리를 들었다. 빌은 딸기 위에 진한 크림을 반통이나 부은 다음 그 위에 설탕을 뿌렸다.

"다이어트라."

해리슨은 빌이 그 딸기를 입으로 집어넣는 것을 보면서 말했다.

"네가 질과 멜리사를 마음에 걸려할까 봐 걱정스러워."

해리슨은 부부 한 쌍이 그들에게서 멀지 않은 곳에 자리를 잡는 것을 지켜보았다. 남자와 여자는 약간 얼떨떨해 보였다. 해리슨은 두 사람이 어젯밤에 과음했을 거로 추측했다. 아마 그들은 다른 결혼식 손님인 듯했다.

빌은 커피를 길게 한 모금 마셨다.

"에블린은 잘 지내?"

해리슨은 빌의 질문이 호기심보다는 예의에 가깝다는 것을 감지했다.

"잘 지내. 좀 덩치가 큰 소송을 맡았어. 그렇지 않으면 여기 왔을 텐데."

"어떤 건데?"

"소송? 탐욕과 인간의 나약함."

빌은 웃었다.

"결혼식 보러 여기까지 와줘서 고마워."

"사실 좀 멀다고는 생각했어. 하지만 참석하게 돼서 기뻐."

"난 항상 캐나다는 멀리 있다고만 생각했어. 전체 분위기가 좀 묘하지 않니? 제리도? 아그네스도? 롭도?"

"많이 이상해. 내가 아직 파악하지 못한 일들이 있는 것 같아."

"그리고 노라도."

"그래, 노라도."

해리슨이 말했다.

"노라는 브리짓과 아주 잘 지내. 브리짓은 상당히 힘든 시기를 보내고 있어. 암 말고. 전 남편이 떠날 때 몹시 힘들게 했나 봐. 그리고 지금은 열다섯 살짜리 남자아이를 키우면서 힘들어 해. 물론 매트는 좋은 아이긴 하지만 너도 알잖아 그 앤 열다섯 살이야."

"충분히 이해해."

"난 꽤나 운이 좋은가 봐."

빌이 말했다.

해리슨은 머핀을 들고 위를 올려다보았다. 그는 암이 진행 중인 여자와 결혼하는 나쁜 운에 대해서 곰곰이 생각했다.

"다시 브리짓을 만나려고 동창회에 간 것은 분명 아니었어. 동창회에 가지 않았다면 지금의 삶은 없었겠지만."

빌이 설명했다.

"우리에게 일어난 사실을 모르고 있는 일은 우리에게 일어나지 않는 법이야."

해리슨이 말했다.

"황당한 얘기 하나 해줄게. 서류가방을 찾느냐고 도착지에 늦는 바람에 트랙터 트레일러가 네 차 대신에 다른 차를 박았어."

해리슨은 버터로 만든 머핀을 한 입 베어 물면서 자신의 다음 콜레스테롤 테스트 날이 언제인가를 생각했다.

"넌 그 여자와 만나지 못했어. 왜냐하면 그녀가 파티장소로 갈 택시를 타지 못했기 때문에. 넌 파티에서 일찍 나와야 했거든. 네가 그런 식으로 모든 삶을 바라본다면 온통 사방에는 황당한 이야기 시리즈뿐이야."

"우리는 보지 않아서 그것들이 뭔지 잘 모르는 것뿐이야."

해리슨이 말했다.

빌은 그릇 양쪽에 붙은 달콤한 크림을 긁어먹었다.

"멜리사는 결혼식에 오지 않을 거야."

"나도 들었어."

해리슨이 말했다.

"왜 모든 일이 이렇게 복잡해졌을까?"

빌이 스푼을 흔들면서 말했다.

"브리짓과 함께 있으면 내가 옳다는 것에 전혀 의구심이 안 들어. 브리짓도 그렇다고 생각해. 우리가 함께 있을 때는 그래. 우리가 옳다고 느껴……."

빌은 식당을 둘러보았다. 마치 그는 적당히 미소를 짓게 할 대상을 찾기라도 하듯이.

"그런데 잘 모르겠어……옳은 건지……."

그는 냅킨으로 입을 닦았다.

"멜리사를 보면 마음이 아파. 어떻게 부모가 자식에게 그런 짓을 할 수 있는지."

"저번에 멜리사를 보았을 때 그 애는 어른이 다 되었던데 뭐."

"내 말이 무슨 뜻인지 알 거야."

"네 본능대로 행동하면 돼."

해리슨은 실제로 빌이 이 말을 믿을 것을 확신하면서 말했다.

"한동안은 그러려고."

빌은 자신의 툭 튀어나온 배를 내려다보면서 말했다.

"소프트웨어 사업은 어때?"

해리슨이 물었다.

"우리는 보스턴에 있는 회사와 대리인을 통해서 접촉을 시도하는 중이야. 얼굴 인식 소프트웨어를 공급하려고."

"ACLU(미국의 대표적 개인 권익 보호단체-옮긴이)가 네 계획에 방해가 되지 않기를 바라."

해리슨이 말했다.

"풍조가 많이 바뀌었어. 넌 어때?"

"썩 좋지는 않아. 누군가 말하기를, 이름은 잊어버렸는데, 마치 하느님이나 앨런 그린스펀이 일시정지 버튼을 누르고 있다던데."

"뉴욕에서 일어나는 일이 토론토에도 영향을 미치겠군."

"절대적이지."

해리슨은 빌에게 한 가지 물어볼 말이 있었으나 물어봐도 될지 확신이 서지 않았다.

"너와 제리는 계속 연락을 하고 지냈나 봐. 그 애가 여기 온 걸 보고 좀 놀랐어."

해리슨이 주저하면서 물었다.

"제리가 보스턴에서 내가 주관하는 자선단체에 돈을 많이 기부했어."

빌이 말했다.

비치하우스에서 제리가 피자를 먹자고 제안하던 일이 갑자기 떠올랐다.

"어쨌든 두 사람이 왜 그래?"

빌이 물었다.

"잘 모르겠어. 사실은 아무것도 없어."

해리슨이 말했다.

빌이 일어섰다.

"딸기를 좀더 먹어야겠어."

해리슨은 빌이 뷔페 테이블로 걸어가는 것을 지켜보았다. 그는 황당한 이야기의 개념에 대해서 생각했다. 그가 18세기 프랑스 시와 계약하지 않았으면 어찌 됐을까? 10월 그날 아침 모임에 늦게 도착하지 않았으면 어찌 됐을까? 흰 터틀넥을 입은 예쁜 금발 아가씨 바로 옆인 맨 끝줄 마지막 의자에 앉지 않았다면 어떻게 됐을까? 그렇다면 에블린을 만나지 않았을 것이다. 그랬다면 다음날 밤이나 다음 주에 다른 사람을 만났을까? 그 사람은 어떻게 생겼을까? 그럼, 두 아들 대신에 딸을 낳았을까? 아니면 일종의 모험심으로 노라가 이미 결혼한 사실과 상관없이 그녀를 찾아갔을까? 대학교 다닐 때 해리슨은 노라와 칼 라스키가 결혼한다는 소식을 들었다. 그때 그는 소름끼치도록 놀랍고 크나큰 실망을 했다. 노라 주위에 갑자기 해자가 둘러지는 듯한 느낌이었다. 칼 라스키와 겨룰만한 사람은 없었다. 비치하우스 사건이 있은 그날 밤 이후 노라와 얘기한 적은 없지만 그녀는 늘 그의 마음속에 있었다. 가끔 그는 차를 타고 그녀를 만나러 뉴욕에 가는 상상을 했다. 노라가 칼 라스키와 결혼한다는 소식을 들은 몇 년 간 해리슨은 유명한 사람과 결혼한 노라의 생활이 어떤지 궁금했다. 해리슨은 출판계에 몸을 담고 있었기 때문에 칼 라스키에 대한 소문을 듣고 있었다. 사람을 싫어하는 라스키의 유배 생활, 술에 관한 이야기. 해리슨에게 노라는 마치 외국에 가 있는 듯한 느낌이었다. 자신은 그곳으로 갈 여권도 없고, 그곳 말도 할 수 없는 그런 곳에.

빌은 그냥 테이블로 돌아왔다.

"마음이 바뀌었어. 브리짓이 어떻게 하고 있는지 가보는 게 좋겠어. 룸서비스도 주문해 주고. 가서 신부 응석을 받아줘야지."

"그래, 잘 생각했어."

해리슨이 말했다.

해리슨은 팔 밑에 신문을 끼고 도서관으로 갔다. 도서관은 텅 비어 있었고, 에스프레소 커피머신은 작동 중이었다. 그는 원하는 버튼을 누른 다음, 에스프레소 반 컵을 받아들었다. 기계의 작동이 굉장히 만족스러웠다. 그는 어제 노라와 함께 커피를 마신 소파에 앉았다. 창밖을 올려다보니 이제 눈은 거의 그친 상태였다. 거의 반투명한 구름층으로 태양이 희미하게 빛을 발하고 있었다.

잠시 커피 잔을 손에 들고 있는 해리슨은 신문을 펼쳐볼 생각은 하지도 하고 그저 멍하니 앉아 있기만 했다. 그는 햇빛이 서서히 얇은 구름을 뚫고 나오는 것을 지켜보았다. 햇볕이 나오자 눈을 흠뻑 짊어진 관목들과 나무들에 생기가 돌기 시작했다. 커피를 다 마시기도 전에 해가 쨍쨍 내리쬐어 밖을 내다보기도 힘들 정도였다. 해리슨은 잠시 두 눈을 감았다.

밝은 배경과 대조되는 어두운 실루엣처럼 노라의 옛 모습이 떠올랐다. 키드에서 보낸 봄, 여름, 그리고 4학년 시절의 노라의 모습이 아른거렸다. 꽉 끼는 청바지를 입고 귀걸이를 하고 게임을 보러 온 소녀. 등까지 머리를 풀어 늘어트린 소녀는 도서관에서 등을 구부리고 앉아서 책을 보았는데, 해리슨이 그녀 뒤에 서 있는 것을 알지 못했다. 해리슨, 노라, 스티븐 세 사람이 기숙사 스티븐 침대에서 레너드 스키너드와 에드 켄트릭 노래를 듣는 동안 몸을 축 늘어트리고 있던 스티븐의 여자친구. 스티븐과 노라가 커플이라는 사실을 알게 된 이후 노라는 스티븐이 있는 곳이면 어디나 나타나는 것처럼 보였다. 그 결과 세 사람은 한 그룹이 되었다. 스티븐은 해리슨의 존재를 신경 쓰지 않는 것처럼 보였다. 사실 스티븐은 이런 환경을 더 부추기는 경향이 있었다. 해리슨은 관객이었다. 스티븐은 관객을 즐겼다는 사실을 해리슨은 알고 있었다.

4학년까지 스티븐은 비록 부분적으로 성실치 못한 부분이 있긴 하였지만 캠퍼스의 우상이었다. 야구경기에서 유격수인 스티븐이 타석에 나오면 관중이 하나가 되어 즉흥적으로 스티-븐! 스티-븐!하는 갈채소리가 운동장을 뒤덮었다. 갈채는 그 자체 이상이었다. 해리슨은 2루수를 보면서 투수가 워밍업 할 때마다 노라가 있는 방향을 힐끔 볼 수 있는 기회가 있었다. 노라는 대체로 응원에 참여하지는 않지만 이따금 해리슨은 그녀의 환한 미소를 언뜻 볼 수 있었다. 해리슨이 더블플레이를 할 때 한 번은 관중들이 해리-슨! 해리-슨! 하고 환호를 하기도 했다.

가끔 스티븐이 수업 중이거나 더욱이 잠을 잘 때 해리슨은 노라와 단둘이 있기도 했다. 해리슨은 두 사람이 우연히 만났던 5월 초 언젠가를 기억했다.

"오, 안녕. 연습하러 안 가?"

해리슨이 말했다.

따뜻한 날이었다. 노라는 테니스 연습을 할 생각으로 반바지에 티셔츠를 입고 왔다. 해리슨은 코치의 말대로 긴 바지에 긴 셔츠를 입고 있었다. 그날 슬라이딩 연습을 하기로 되어 있었다.

"응, 그래. 하지만 음……."

노라는 바다를 내려다보았다.

"근데 뭐?"

해리슨이 물었다.

"얘기 좀 해도 돼?"

해리슨에게는 당연했다.

"물론."

노라는 배낭과 스포츠 가방을 바닥에 내려놓았다. 해리슨도 똑같이 했다. 그는 해안 낭떠러지기가 내려다보이는 크고 평평한 바위로 노라를 따라갔다. 그들은 그곳에 앉았다.

"음. 스티븐 술 이야기야."

노라는 즉시 말했다.

"그래."

해리슨은 노라의 갑작스러운 언급에 놀랐지만 태연하게 말했다.

"무척 많이 마셔."

"그래. 나도 나쁘다고 생각해."

해리슨은 스티븐의 술 때문에 최악의 일을 당했다. 며칠 전 스티븐은 변기를 끌어안고 토했다. 스티븐은 이것을 볼 관객을 원했지만 해리슨은 한 번 이후로 다시는 보고 싶지 않았다.

"대체로 어디서 마시니?"

노라가 물었다.

"술? 프랭키 포보스가 공급해줘. 그는 화요일 오후마다 트럭에서 학생들에게 술을 팔아. 현금만 받아. 신분증도 요구하지 않고."

해리슨은 이 지역 건설현장에서 일하는 20대 초 남자를 언급하면서 말했다.

"너도 마시니? 난 한 번 마셔봤어."

"난 별로 안 마셔."

"왜? 왜 안 마셔?"

노라는 무릎을 끌어안았다. 반지지 밑에서 테니스 양말까지 노라의 다리는 맨 살이었다. 해리슨은 그녀의 종아리를 만지고 싶은 욕망이 솟구쳤다.

"잘 모르겠어. 스티븐의 기관은 내 것과는 스피드가 다른 것 같아."

해리슨은 그해 봄, 지역 신문에 광고된 「69 카메로」 자동차를 살 생각으로 머릿속이 가득 차 있었다. 어머니에게 집으로 갈 비행기 티켓 값을 보내오게 한 다음 마을 슈퍼마켓에서 일요일마다 아르바이트한 돈을 더하고 이것에 조금만 더 보탠다면 해리슨은 그 차를 사서 여름방학을 보내러 일리노이즈 집까지 운전해 갈 수 있었다.

노라는 머리카락을 쓰다듬더니 목 뒤로 묶었다.

"난……난 모르겠어, 해리슨. 넌 우리가 스티븐을 도와야만 한다고 생각하니?"

"우리는 모두 도움이 필요해."

해리슨이 말했다.

"지금 진지하게 말하는 거야. 스티븐이 걱정 돼. 어젯밤에……어젯밤에 그 애는 너무 많이 마셔서, 솔직히 말해서 그 애는 내가 거기 있었는지 조차도 몰랐다고 생각해."

"어디 있었는데?"

"해변에."

해리슨은 스티븐과 노라가 해변에 함께 있었다는 생각을 떠올리고 싶지 않았다. 해리슨은 속이 훤히 다 들여다보이는 노라의 허벅지를 외면하려고 애썼다.

"어찌해야할지 모르겠어. 스티븐은 내 말을 듣지도 않아. 그런데도 걸리지 않는 게 놀라울 뿐이야. 솔직히 말해서 그 애가 아직도 잘

리지 않고 학교에 다니는 게 믿기지 않을 정도야."

해리슨이 말했다.

"성적은 꽤 괜찮은 편이야."

"네가 도와주고 있잖아."

"그래."

"잘했어. 그랬으니까 스티븐이 스탠퍼드에 들어가게 된 거야."

해리슨이 말했다. 성적이 평균밖에 되지 않은 스티븐은 스탠퍼드에 스카우트되었다. 키드에서 스탠퍼드에 들어간 아이는 스티븐을 빼고는 아무도 없었다. 해리슨은 노스이스턴 대학에, 노라는 뉴욕 대학에 가기로 되어 있었다.

"스티븐은 스탠퍼드에 빠져 죽게 될 거야."

해리슨이 말했다.

(도서관에서 심장이 멎을 것 같은 해리슨은 자기 자신을 체크해 보았다. 그가 정말로 빠져 죽는다는 단어를 사용했을까?)

노라는 감각적인 방법으로 서서히 목을 돌렸다.

"내 말 좀 들어 봐. 네가 스티븐을 돕고 싶다면 나도 도울게."

해리슨은 노라의 어깨에 손을 얹으면서 말했다. 그는 그녀에게 단순한 신체접촉을 하는데도 몇 달간의 심적 고통을 겪어야만 했다.

갑자기 노라가 날카롭게 비명을 질렀다. 해리슨은 마치 손가락이라도 다친 것처럼 그녀의 어깨를 놓아주었다. 노라는 스티븐이 자극한 허리 양쪽을 움켜잡았다. 부드러운 자극이 아니라 오히려 찌르기에 가까웠다. 스티븐은 노라를 일으켜 세워서 팔로 그녀를 감싸 안았다. 그는 노라의 목에 키스했다. 길고 명백하게 소유적인 키스를. 스티븐은 해리슨 앞에서 이런 애정표현을 한 적은 없었다. 사실 해리슨은 그 앞에서 두 사람의 자제력을 높이 평가했었다. 그러지 않았다면 세 사람이 친하기는 불가능했을 것이다.

"해리슨, 노라에게 뭘 도와주고 있었던 거야?"

스티븐이 물었다.

노라는 스티븐을 약간 밀었다.

"연습에 늦겠어."

해리슨은 시계를 보면서 말했다. 그는 자신과 노라가 앉은 바위 뒤에서 60센티미터 정도 떨어진 곳에 스티븐의 스포츠 백이 있는 걸 보았다. 스티븐은 일부러 그들에게 살금살금 다가올 작정이었을까?

"야, 금요일에 파티하자! 비치하우스에서."

스티븐은 완벽하게 하얀 치아를 드러내면서 승리자의 미소를 지으면서 말했다.

"스티븐."

노라가 조용하게 말했다.

"토요일 아침에 게임이 있잖아."

해리슨이 지적했다.

"사실은, 네가 사실을 알고 싶어하니까 말인데, 우리는 네 술 얘기를 하고 있었어."

노라가 스티븐에게 말했다.

"뭐?"

스티븐은 뒷걸음질치면서 차츰차츰 노라에게서 멀어져 갔다. 그는 양손을 반바지 주머니에 찔러 넣고 잠시 움직이지 않고 서 있었다.

"내가 술 마시는 얘기? 정말이야? 무슨 얘기?"

"우리는 네가 걱정 돼."

노라가 말했다.

스티븐은 마치 새로운 정보라도 들은 듯이 천천히 고개를 끄덕이었다.

"너하고 해리슨이 내 걱정을 한다고. 아 그래, 내 친구들이 내 걱정을 하고 있는 모습을 보니 참 좋네. 음, 해리슨? 너 노라에게 토요일 밤 얘길 고자질했니?"

해리슨은 스티븐의 당황함이 좀 심하게 표출되는 걸 지켜보았다.

"그건 다른 거야, 스티븐."

노라가 말했다.

"오 그래? 해리슨이 화장실을 찾을 수가 없어서 1학년 여자기숙사에 대고 오줌을 갈겼던 얘기도 했어?"

사실이었다. 이것은 해리슨이 잊고 싶은 기억이었다.

"어쩌면 너희 둘 다. 너희는 뭔가 조치를 받아야만 해."

노라가 말했다.

"우리가 마약을 하고 있지는 않아."

스티븐은 말했다. 해리슨은 묵묵히 듣고 있었다. 스티븐이 그들에게 몰래 다가온 이후 처음으로 스티븐의 목소리가 둔탁해졌다. 벌써 술을 마신 것일까?

해리슨은 배낭과 스포츠 가방을 놓아둔 곳으로 걸어가서 어깨에 그것들을 끌어올렸다.

"야 해리슨, 금요일 파티에 올 거지? 포브스가 목요일까지 다섯 명 모아오라고 했어."

스티븐은 그를 쫓아오면서 말했다.

해리슨은 그때 설명할 수 없는 무력감을 느꼈다. 스티븐과 노라가 참석하게 될 파티는 거절할 수 없는 욕망이었다.

"물론이지. 참석해."

해리슨은 야구장 쪽으로 출발하면서 말했다.

"이곳에 사악한 커피를 마시고 있는 사람이 있다고 하던데."

롭이 도서관 문 앞에 서 있었다.

해리슨은 망상에서 후다닥 깨어나며 위를 올려다보았다.

"어이, 친구."

해리슨이 말했다.

"멀리도 와 있구나."

롭이 말했다.

"그러게. 아침은 먹었어?"

"아침은 안 먹어. 한 번도 먹은 적이 없어."

"그것이 네 균형 잡힌 몸매의 비결이구나."

해리슨은 캐시미어 스웨터와 청바지를 입은 롭의 멋진 몸매 라인에 감탄하면서 말했다.

"신경과민이야."

롭이 방 안으로 걸어오면서 말했다. 롭은 샤워를 해서인지 상큼해 보였고, 머리카락은 아직 젖은 상태였다.

"콘서트가 있기 전에 신경과민 증상이 있나 보구나?"

"매번."

롭은 에스프레소 머신 앞에서 잠시 멈추어서 기계를 살펴보았다.

"이건 어떻게 작동하는 거야?"

"굉장히 어려워. 내가 해줄게."

해리슨은 버튼을 누른 다음 어깨를 으쓱해 보였다. 롭이 웃었다.

"내가 그 방법을 마스터할 수 있을지 의심스러운데."

"며칠 기한을 줄게."

롭은 해리슨 건너편에 와 앉아서 방 안을 둘러보았다.

"아름답지 않니?"

"무척."

"노라가 이런 자질이 있는 줄 몰랐어."

"우리는 모두 이번 주말에 서로에 대해서 많은 것을 안 것 같아."

롭이 고개를 끄덕이었다.

"예를 들면, 너 말이야. 난 2주 전까지만 해도 네가 출판 일을 하고 있는 줄 몰랐어."

해리슨은 자신도 롭이 게이인지 몰랐다는 말을 해야만 하는가? 롭이 그런 대화를 원할까? 해리슨은 말할 수 없었다.

"네 친구 조시가 마음에 들어."

해리슨은 대신에 이렇게 말했다.

"조시는 연습 중이야."

"첼로 가지고 왔어?"

"가상 연습. 조시는 의자에 앉아서 두 눈을 감고 손가락을 상상의 줄 위에 얹어 놓고 연주를 하지."

"그래? 베토벤이 들을 수 없는 심포니를 작곡한 것과 비슷한데?"

"약간."

롭은 다리를 꼬았다. 긴 정장용 양말과 잘 배합된 구두가 보였다. 롭이 우아하다고 말할 수 있는 것의 일부분이었다. 해리슨이 관심 있는 것은 롭이 완벽하게 남자처럼 보인다는 것이다. 그는 브이넥 스웨터 밑에 새하얀 흰색 셔츠를 입었고, 모바도 시계를 찼다. 말쑥한 헤어스타일은 그 자체로 관심을 끌어내진 않았다. 롭은 정면보다는 측면 모습이 다소 매력적이었다. 롭이 피아노 칠 때 턱시도를 입은 모습은 굉장히 멋질 것이다. 해리슨은 롭이 토론토에 공연하러 온다면 보러 가겠다는 다짐을 했다.

"너희 둘 다 존경스러워. 난 음악을 감상할 줄 몰라."

"그래, 넌 그랬지."

해리슨이 웃었다.

"하지만 스티븐은 노래를 잘했어. 기억나니? 스티븐이 일어서서 닐 영 노래를 부르던 일?"

롭이 말했다.

"우~ 한동안 그 일은 까먹고 있었네."

"사실 네가 부러웠어. 난 스티븐을 사악하게 깔아뭉갰어."

해리슨은 깜짝 놀랐다.

"모두 그러지 않았니?"

해리슨은 무심결에 말했다.

"어느 날, 스티븐이 해변을 뛰는 것을 보았어. 난 로완 하우스 근처 절벽에 서 있었어. 그래서 스티븐이 멀리서 내 쪽으로 접근해 오는 것을 볼 수 있었어. 달리는 모습이 멋있더라. 아주 쉽게 물이 들어왔다 나가는 모래사장을 달리더라고. 나는 그 애를 늘 꽤 멋지게 단련된 동물 정도로밖에 여기지 않았어. 이를테면 치타처럼 말이야. 하지만 그 순간에는 스티븐이 멋져 보이더라고. 솔직히 그 애가 부러웠어."

해리슨은 아무 말도 하지 않았다.

"미안해. 분명히 이런 말이 널 힘들게 할 텐데 말이야. 여기 우리가 모두 모여 있는 것 자체가 끊임없이 네게 스티븐을 상기시킬 거야."

"조금."

"만약 우리가 그때 지금 아는 것을 알고 있었다면 스티븐은 술을 마시지 않는 우리 그룹에 끼었을 거야. 그 애는 늘 이런 말을 했어. 맥주 한 병은 너무 많은데, 열두 병은 부족하다고."

"그랬어? 허긴 스티븐이 내게 맥주 한 병을 마시는 것은 오히려 기분을 나쁘게 한다는 말을 한 적 있어."

"네가 그 애 운명을 피해 줄 수는 없었어."

"그래. 나도 그렇게 생각해."

"스티븐은 아주 재미난 아이였어. 미첼 선생님 수업시간에 스티븐이 앞으로 나가서 미첼 선생님 흉내를 내며 수업을 끝낸 것 기억나니? 보스턴 엑센트도 똑같이 흉내 냈잖아? 심지어 웃음소리까지 똑같았어. 정말로 눈부신 활약이었어."

"잊고 있었어."

해리슨은 기억을 떠올리며 미소를 지었다.

"스티븐은 늘 일을 꾸몄어."

"그래. 그 애는 늘 그랬어."

도서관에는 긴 침묵이 흘렀다.

"이제는 다 지난 일이야. 그런데 너 키드 때부터 알고 있었어?"

"내가 게이라는 것?"

해리슨은 고개를 끄덕이었고 한계를 넘어가지 않기를 바랐다. 모든 게이가 이런 질문을 예상하고 진저리를 칠까?

"물론."

"아미 술카인드와 데이트도 했었잖아."

"브리짓이 소개해줬기 때문이야. 브리짓은 늘 이런 일을 했거든. 소개해주는 일."

롭은 커피를 한 모금 마셨다. 내가 게이라는 사실을 알고 넌 믿고 싶지 않았을 거야. 나도 남자로 날 기쁘게 해주는 사람이 누군지 잘 모르겠어."

그는 커피를 테이블에 올려놓고 〈뉴욕타임스〉를 언뜻 보았다.

"넌 어때, 해리슨? 언제 그 모든 일이 일어난 거야?"

"무슨 말이야?"

"언제 너 자신을 찾았느냐고?"

롭은 잡지를 펼쳐서 만화를 보았다.

"참으로 어려운 얘기네. 아직도 나 자신을 잘 모르겠는 걸."

"아직도 마음속으로는 실존주의자야? 그것은 게이가 되는 아주 좋은 조건인데. 빨리 모든 면에서 명확해질 필요가 있어. 꼭 좋은 쪽이 아니라도."

"그래야지."

해리슨이 말했다.

"가족이 있지?"

롭이 잡지를 덮으면서 말했다.

"그럼. 지금 나 자신의 정체성에 대해서는 확신이 없지만, 내 두 아들에 대해서는 굉장한 명확성을 지니고 있어."

"그건 게이가 되는 데 안 좋은 조건인데."

롭은 등을 기대어 팔짱을 끼면서 말했다.

"꼭 나쁜 것만은 아니야."

해리슨은 약간 롭을 흉내 내면서 말했다.

"그래."

"지금 널 정의 내려주는 건 음악이라고 생각해."

이곳에 오기 전에 롭의 CD를 들어봤어야 했다는 생각을 하면서 해리슨이 덧붙였다.

"이봐."

문가에서 목소리가 들려왔다. 빌이 밝은 파란색 파카와 하이킹 부츠를 신고 서 있었다.

"빌리, 왜 그래?"

"결국 게임을 하기로 했어."

롭은 창밖을 내다보았다.

"이런데도?"

"스노우볼."

빌은 위플볼과 노란 플라스틱 야구방망이를 들고 말했다.

"제리의 아이디어야. 아스펜에서 스노우 골프 경기를 한 적이 있 데. 45분 만에 첫 홀에 성공했데."

"아스펜?"

해리슨이 말했다.

"야, 결혼식을 기다리며 종일 앉아 있는 것보다는 이게 낫지."

"좋아. 나도 할게."

롭이 말했다.

"네가 심판 봐."

빌이 말했다.

"베이스로 사용할 만한 것을 확보해놨지. 노라가 프리비스(던지기 놀이의 플라스틱 원반; 상표명-옮긴이)를 좀 가지고 있데. 문제는 볼이 흰색이라는 거야."

빌이 플라스틱 볼을 들고는 덧붙여 말했다.

해리슨은 잠시 생각에 잠겼다.

"내게 아이디어가 있어. 준비 다 되면 정문으로 나와."

해리슨은 어제 만난 소년을 찾아 나섰다. 그는 식당에서 노스페이스 재킷을 입은 그 아이를 찾았다. 그는 아이의 부모님에게 다가가서 아침식사를 잠시 방해하는 것을 사죄하면서 소년에게 전날 테이블에서 사용하던 매직펜을 아직 갖고 있는지 물어보았다. 해리슨은 스노우볼 게임을 할 거라고 설명하고 소년과 그의 아버지가 게임에 참여해 줄 것을 청했다. 잠시 생각한 후에 해리슨은 아이의 엄마도 초대했다. 그녀는 애석해하며 도서관에서 혼자 있는 것이 더 좋을 것 같다고 말했다.

해리슨이 점퍼와 운동화를 신고 복도로 돌아왔을 때 아이는 이미 매직펜 상자를 들고 기다리고 있었다. 아이의 아버지는 잠시 후에 따라가겠다고 했다. 해리슨은 네온사인의 녹색을 선택했다. 아이는 어른이 공놀이를 하자고 제안하는 바람에 약간 말문이 막힌 것처럼 보였다. 해리슨은 아이가 편하게 마음먹게 하려고 이런저런 말을 시켜 보았다.

"이곳에서 즐겁게 보내고 있니? 어린이 야구시합에 나가본 적 있니? 니트점퍼를 어제도 입었었니?"

두 사람은 문쪽으로 향했고, 주차장 근처 눈 덮인 잔디 위에 빌이 서 있는 것이 보였다. 해리슨은 매직펜을 휘둘렀고, 빌은 그에게 엄지손가락을 올려 보였다. 해리슨은 손가락에 온통 잉크를 묻혀 가면서 최선을 다해서 공에 색칠을 했다. 그는 결혼식까지 게임을 다 마칠 수 있는지 쓸데없는 걱정을 했다.

"좋아. 어디 보자."

사람들이 다 모이자 빌이 말했다.

"해리슨, 너하고 제리, 그리고……네 이름이 뭐지?"

빌은 소년에게 물었다.

"마이클이요."

"안녕, 마이클. 난 빌이야."

빌은 소년의 아버지를 향해서 걸어가더니 손을 내밀었다.

"피터입니다."

그가 악수를 하면서 말했다.

"좋아. 아주 훌륭해."

빌은 사람들을 향해 돌아보면서 말했다.

"피터, 마이클, 해리슨, 제리가 한 팀이고, 나, 아그네스, 매트, 브라이언이 한 팀이야. 노라, 넌 게임에 참여할 거야?"

어깨에 코트를 걸친 노라는 베란다에서 내려다보고 있었다.

"잠시만 지켜볼 거야."

그녀가 말했다.

"줄리는요?"

모피코트를 입은 줄리는 베란다 난간에 기대고 있었다. 그녀는 고개를 저었다.

찬란한 태양이 눈에 비추어 눈을 뜨기가 힘들었다. 마이클을 제외한 모든 사람은 선글라스를 쓰고 있었다.

아그네스가 첫 선수로 나섰다. 맵시 있는 검은색 재킷을 입은 제리가 마치 이치로 스즈끼에게 투구라도 하는 것처럼 와인드업 모션에 들어갔다. 연두색 공이 바람을 타고 날아왔고, 그 흔적이 토끼의 발자국처럼 제리의 손가락, 야구방망이에 묻었으며 눈 속에 작은 흔적을 남겼다. 아그네스가 '펑' 하고 쳤다.

"중앙에 높이 뜬 볼."

롭이 심판과 해설을 같이 하면서 소리쳤다.

"해리슨 브랜치가 경고선(외야의 끝을 따라 설치된 잔디 없는 트랙-옮긴이) 뒤로 이동하고 있습니다. 보세요, 마치 태양 속으로 공을 잃어버린 것 같군요. 아니, 잡았습니다. 어깨 위로 넘어가는 공을 잡아낸 해리슨 브랜치의 멋진 수비였습니다. 원 아웃. 매트 로저스가 홈플레이트에 들어섰습니다. 빌리 리찌가 온데크 서클(3루 덕아웃과 홈 플레이트 사이의 둥근 원으로 그려진 대기타석-옮긴이)에서 준비 중입니다. 제리 레이든이 와인드업 했습니다. 오우, 코너를 파고드는 멋진 싱커입니다. 매트 로저스는 헛스윙 했습니다. 원 스트라이크."

외야에 서서 녹색 위플볼을 잡는 행위는 해리슨에게 어린 시절 길거리에서 놀던 기억을 되살려주었다. 두서없이 모여서 아이들은 경기를 했다. 엄마가 저녁 먹으라고 부르면 아이들은 일시적으로 들락날락하면서 게임을 했다. 캔디가게 옆에 공터가 있었다. 나뭇가지로 진흙에 점수를 기록했고, 거친 스윙, 베이스까지 전력질주, 게임을 끝나게 하는 말다툼. 이런 기억은 풀과 풍요로운 토양의 내음이 배어든 깨끗한 공기를 타고 해리슨의 마음속에 파고들었다.

"작년에 레드삭스와 함께 멋진 시즌을 보낸 빌리 리찌가 타석에 들어섰습니다."

롭은 스포츠 아나운서 흉내를 내며 말했다.

"제리 레이든이 사인을 보고 있습니다. 원 볼."

노라는 잠깐씩 보였다 사라지곤 했다. 줄리는 한 번 나타난 후로는 끝이었다. 자신에 대해서 우스꽝스러운 자부심을 느낀 해리슨은 외야수가 잡을 수 없는 멀리 날아가는 공을 때려서 홈런을 기록했다. 터무니없이 높은 점수가 났다. 빌이 18대 11이라고 했지만 해리슨은 17대 13이라고 주장했다. 심판 롭은 자격이 없다고 인정되어 두 팀에게 퇴출당했다. 해리슨이 돌아섰을 때 마이클이 1루 베이스를 떼내어서 그것을 썰매로 사용해 해안 쪽 언덕을 내려가는 모습이 보였다. 허공에 두 발을 든 아이는 썰매를 아주 잘 타고 있었다.

"나쁜 아이디어는 아니군."

해리슨이 말했다

썰매와 원반은 베란다 아래 저장창고에 많았다. 그는 원반 위에 두 다리를 접고 빙글빙글 돌면서 언덕을 미끄러지듯이 내려갔다. 왜 유년기의 순수한 놀이는 이런 고귀한 추억을 갖게 하는지 해리슨은 의아했다.

해리슨은 나무를 제대로 피하지 못하는 바람에 썰매에서 곤두박질쳤다. 그는 숨을 몰아쉬면서 로프를 잡고 가벼운 알루미늄 원반을 언덕 위로 던졌다. 빌이 제어를 하지 못해서 자신 옆을 비틀거리며 질주하자 해리슨은 부랴부랴 옆으로 점프했다. 빌에 이어 바로 아그네스가 해리슨에게 피하라고 냅다 소리를 지르며 내달렸다.

"너 아주 잘 타던데."

해리슨이 슬로프 꼭대기로 올라오자 롭이 말했다.

"코트 벗고 한번 해 봐. 내 재킷 벗어 줄까?"

"안돼."

롭이 말했다.

해리슨은 롭의 손가락이 생각났다.

"다칠까 봐 그래?"

"혹시나 해서."

해리슨은 언덕 아래를 내려다보았다. 매트와 브라이언이 즉석에서 두 발로 점프를 했다. 원반 위에 탄 빌도 점프를 시도하여 허공을 가르며 한쪽으로 쿵하고 나가떨어졌다.

"신랑 발목이 부러졌다!"

롭이 돌아서서 호텔을 향해 말했다.

"난 조시에게 가봐야겠어. 손가락에 너무 무리가 가기 전에."

롭은 어깨너머로 말했다.

해리슨은 밑에서 빌이 웃는 소리를 들었다. 그는 아그네스가 언덕 위로 올라와서 숨을 거칠게 몰아쉬는 것을 지켜보았다.

"난 제대로 된 것 같은데."

아그네스가 해리슨에게 말했다.

해리슨은 아그네스가 시도한 점프를 떠올렸다.

"너도 해 봐."

아그네스가 말했다.

"그럴까?"

"아직 젊은데 뭘."

해리슨이 웃었다.

그는 원반 위로 껑충 뛰어올라 스피드를 내려고 두 손을 지팡이 삼아 눈 속에 제쳤다. 언덕 꼭대기에서 내려다보았을 땐 그리 높은지 잘 몰랐는데, 직접 바닥에서 보니까 높이가 상당했다. 점프할 시기가 다가왔다.

해리슨은 쭉 미끄러져 내려가다가 허공을 가르다가 곤두박질치면서 내동댕이쳐졌다. 잠시 그는 눈 위에 그대로 벌러덩 누웠다. 바람이 그에게 세차게 몰아쳤다. 그는 하늘을 응시하면서 다시 한번 어린 시절에 누렸던 기쁨을 맛보았다. 그는 어렸을 때 친구들과 들판을 뛰어다니거나 빙판 위에서 놀며 경험한 즐거움과 비슷한 감정을 느꼈다. 썰매를 들고 위로 향하며 빌이 말했다.

"아름다워, 해리슨. 정말로 아름다워."

해리슨은 데굴데굴 굴렀고, 그의 재킷 앞깃이 눈 속에 파묻혔고, 운동화 안으로도 눈이 들어왔다. 그는 무릎을 세워 일어나며 주위를 둘러보았다. 그의 원반은 언덕을 내려오는 중간에 있었다. 발은 거의 감각이 없었다. 그는 원반을 주워서 꼭대기로 올라갔다.

"피가 좀 나네."

해리슨이 정상에 도착하자 노라가 말했다. 노라는 어깨에 코트를 걸치고 장갑 낀 두 손으로 코트를 붙잡고 있었다. 그녀의 두 눈은 선글라스 속에 감춰졌다.

"게임이 재미있어 보이네."

노라가 덧붙여 말했다.

"너도 하고 싶다는 소리로 들리는데."

해리슨이 말했다.

"그렇기도 한데, 그냥 게스트로 있을래."

"진심이야?"

"진심이야."

해리슨은 언덕 아래를 내려다보았다.

"사람들이 저 나무에 자주 부딪히겠는 걸."

해리슨이 말했다.

"나도 알아. 나무를 없앨까도 생각해 보았는데. 나무가 무척 아름다워서. 특히 가을에는."

"무슨 나무인데."

"사탕단풍."

언덕 아래에 홀로 서 있는 외로운 나무를 보자 한 가지 생각이 떠올랐다.

"『에단 프롬』."

해리슨은 나무로 썰매를 타면서 자살을 기도한 한 남자와 그의 애인 이야기를 다룬 소설 제목을 큰 소리로 말했다.

"그 얘기가 이곳 주위에서 일어난 것이 아닐까?"

"스타크필드가 배경이야."

"그건 가상의 도시잖아."

"그렇긴 해."

해리슨은 이 소설에 대한 이야기를 좀더 했다.

"네 남편은 작가 초창기에 끊임없이 에단 프롬에 대한 찬사를 아끼지 않았어."

"칼은 와튼의 다른 작품을 좋아하지 않았어."

"좀 이상하지 않니? 사람들은 대부분 와튼의 다른 작품을 더 좋아하는데. 『순수의 시대』 같은."

해리슨이 말했다.

"어떤 계기인지는 모르겠지만 그는 얼마 후 마음이 변했어."

"왜?"

노라는 한쪽으로 약간 움직였다.

"칼의 말에 따르면 미온적이며 인공적이고, 거추장스럽게 투박하데. 소설에는 자체의 건축적인 과시가 있어서는 안 된다고."

"그럼, 넌 어떻게 생각해?"

해리슨이 물었다.

노라는 어깨를 으쓱해 보였다.

"그렇다고 생각해. 고등학생들이 읽을 수준의 빈약한 중편소설 정도. 칼은 작가 초창기에는 소설가가 될 생각이었기 때문에 그렇게 생각했어. 만약 네가 소설가가 되고 싶어하는 시인이라면 적당히 빈약하게 쓴 중편소설 정도가 목표가 될 거야."

해리슨은 고개를 돌리며 그녀를 살폈다.

"전혀 몰랐어."

"그럼 좀 놀랐겠는걸."

노라는 그를 올려다보면서 말했다.

"그래, 굉장히. 그럼, 그는 소설을 실제로 썼어?"

노라는 겨드랑이로 두 손을 넣었다.

"하나 썼어."

죽음이 임박한 걸 알자 나보고 불태워달라고 했어.

"농담이지?"

"편집자인 너에게는 당황스러운 일이라고 생각해."

"조금. 네 남편의 출판사도 당황스러울 거로 생각해. 소설은 무슨 내용이었어?"

"몰라."

노라는 코트를 좀더 꽉 잡아당기며 말했다.

"칼이 그 소설이 어디 있는지 말해주던 날 나도 처음으로 보았어.

296

하지만 원고를 상자에서 꺼내지도 못했는걸. 칼은 거실 벽난로에다 그것을 태우라고 했어. 그는 의자에 앉아서 날 감시했어. 남편은 소설에 대해 무척 비밀주의였어. 그것을 쓸 때도 그랬고."

해리슨은 재킷 주머니에 양손을 집어넣었다. 그는 운동화로 눈을 찼다.

"내가 널 정말로 놀라게 했나 보지? 넌 말문이 막혔구나."

노라가 말했다.

"리치먼드 버튼이라는 탐험가에 대해서 생각 중이야. 아내는 그가 죽었을 때 그의 포르노 작품을 모두 불태웠거든."

해리슨이 잠시 말을 중단했다.

"내 생각에 그건 그 미망인의 특권이었다고 생각해, 그렇지 않니? 남편의 이미지를 보호하려고."

"아마도. 하지만 이번 경우에는 작가가 스스로 보호한 거야. 난 어쩔 수 없었어."

노라가 시계를 얼핏 보면서 말했다.

"그러지마. 넌 항상 날 떠나려고만 하는구나."

해리슨은 두 팔을 내밀면서 짐짓 고통스러운 듯이 간청했다.

해리슨은 농담으로 한 말이었지만 일단 그가 내뱉은 말은 불편하게 진실로 울려 퍼졌다.

"나중에 볼래?"

노라가 이렇게 묻자 해리슨의 마음에 작은 흥분이 찾아왔다. 노라는 손을 흔들면서 뒷걸음질치면서 그에게서 멀어져갔다.

"물론이지."

해리슨은 노라가 앞 계단까지 살짝 뛰어가서 정문 안으로 사라지

는 모습을 지켜보았다. 그가 돌아섰을 때 제리의 얼굴이 바로 코앞에
와 있었다.

"넌 여전히 얼이 빠져 있구나."

제리가 말했다.

"뭐라고?"

해리슨이 물었다. 제리는 코를 흘리고 있었고, 그의 이는 너무 하
얗다 못해 반투명 푸른색에 가까웠다.

"한번은 구글에서 키드 시절 내 옛 여자친구를 검색해 봤어. 던
프리먼이라고 기억나니? 지금은 이아다호에서 양치기 농부더라. 참
기가 막혀서."

해리슨은 제리가 한 걸음 물러나 주기를 바랐다. 그의 입에서 김
빠진 커피 냄새가 났다.

"어젯밤에 널 힘들게 할 작정은 아니었어. 스티븐 말이야? 네가
그 애를 사랑한 걸 알아."

해리슨은 묵묵히 서 있었다.

제리는 청바지에 묻은 눈을 터느냐고 몸을 구부정이 숙였다.

"야, 마치 우리가 살인에 가담하고 도망치는 것 같이 보인다.
내 말뜻 아니?"

해리슨의 두 손은 주머니에서 주먹을 불끈 쥐었다. 그가 할 수 있
는 일이라고는 그곳에 장승처럼 서 있는 것뿐이었다.

제리는 자세를 똑바로 하고 서 있었다.

"넌 경멸스러운 놈이야, 제리 레이든."

해리슨은 돌아서 걸어오면서 작게 소곤거렸다.

"해리슨, 잠깐 기다려."

제리는 해리슨의 소매를 잡았다. 해리슨은 제리의 손가락을 빤히 내려다보았다. 제리는 해리슨을 놔주었고, 해리슨은 그를 정면으로 응시했다.

"이봐, 난 그저 널 자극하는 것뿐이라고. 왜 그런지는 정말로 모르겠어. 아주 솔직하게 말해서 나 자신에게 화가 나는 것 같아. 그날 밤 기숙사로 돌아왔을 때 스티븐이 없어진 것을 알았어. 난 무척······ 난 모르겠어······."

제리는 언덕 아래를 내려다보다가 다시 해리슨에게 말했다.

"무기력감. 스티븐은 우리가 모르는 사이에 죽었고, 우리는 모두 살아 있어. 이렇게 살아 있다고."

제리는 장갑을 홱 벗어버렸다.

"9·11사태와 같았어. 사람들이 모두 떨어져 죽고, 그곳에 있던 난 살아 있고. 뭐라고 설명할 수가 없어. 너도 마음이 아플 거야. 죄책감이 확실해. 분노도 확실하고. 하지만 정말로 끔찍한 감정은 무기력이야. 난 무기력감이 지긋지긋하게 싫어."

해리슨은 긴 한숨을 내쉬었고, 제리는 주머니에 장갑을 쑤셔 넣었다.

"스티븐은 멋진 사내였어."

제리가 말했다.

해리슨은 자동차 운전석에 탄 다음 주차장을 빠져나왔다. 목적지는 없었다. 단지 차를 타고 나가고 싶은 욕망뿐이었다. 차는 시끄러운 소리를 내며 달리기 시작했다. 호텔을 빠져나와 한참 속도를 내다가 즉시 해리슨은 속도를 늦춰야 한다는 사실을 깨달았다. 호텔에서 꽤 멀리 왔다. 그는 제리든 스티븐이든, 과거의 그 어느 누구 때문에 찻길 옆 가로수 아래에 차를 세우고 싶지 않았다.

그는 마음속에서 제리의 얼굴과 목소리를 지워버렸다. 그는 노라의 호텔로 향하는 길로 접어들려고 스퀴드 마크를 내며 유턴을 했다. 그 길을 따라가니 마을이 나왔다. 어제 호텔로 올 때는 교통표지판을 보았는데, 이번에는 길을 잃은 모양이었다. 지금 보이는 것은 우체국과 서점 표지판, 공장을 닮은 초등학교, 그리고 노라의 호텔과 경쟁 관계로 보이는 다른 두 호텔뿐이었다. 두 호텔은 노라가 그리 크게 신경 쓸 수준은 아닌 듯했다. 첫째 것은 핑크와 보라색으로 칠한 빅토리아조 양식의 건물로, 근사한 아침식사를 약속했다. 둘째 건물은 모바일 스테이션 옆에 위치한 수수한 민박집 수준이었다.

해리슨은 큰길에 포드를 주차하고 주머니에 손을 찔러 넣고 걸어갔다. 운동화 속은 눈 때문에 질척거렸다. 마른 양말이 필요했다. 그는 특이한 건물을 지나치다가 현관에 세워둔 표지판을 흘끗 보았다. 홀리 그레일이라는 마을 도서관이다. 도서관은 노란 색 거대한 빅토리아 양식으로 둥근 작은 탑과 돌기둥들이 있었다. 그는 이 건물의 예전 모습을 상상해 보았다. 어쩌면 이 지역의 부유층인 의사나 덕망 있는 판사의 집이었을지도 모른다. 계단을 올라가면서 해리슨은 칼라스키가 자신과 같은 행동을 하고 있는 영상을 떠올렸다. 아니면 서점까지만 왔을 수도 있다. 아니면 대학에 가는 길에 이른 아침 도넛을 살 요량으로 살을 에는 듯한 추위에 서두르다가 이곳을 발견했을 수도 있다. 노라도 그와 함께 있었을까?

도서관 안으로 들어선 해리슨은 시집이 있는 구역으로 향했다. 그는 칼 라스키의 마지막 작품 『불타는 나무』를 찾아보고 싶었다. 늦은 토요일 오전에 도서관은 한산했다. 몇몇 사람들만이 컴퓨터 앞에 앉아 있거나 리딩룸에서 신문을 읽고 있었다. 해리슨은 늘 조용한 도서관을 좋아했다. 그는 사람들은 조용한 곳에서만 글을 흡수할 수 있다는 낡은 사고방식을 아직 버리지 못했다.

해리슨은 시집이 있는 선반 두 곳을 찾았다. 선반이 오백 개나 천 개쯤 되는데 그중에서 겨우 시집이 두 곳밖에 없다니. 그는 왜 자신이 문학 작품을 출판하는 것과 같은 변두리 사업에 관심을 갖는지 착잡하기 그지 없었다. 더욱 한심한 것은 이런 류의 변두리 사업자와 친분이 많다는 것이다. 지금까지 해리슨은 여섯 명의 시인 전기와 두 권의 얇은 시집을 편집했다. 한 사람 것은 미국 시인 오드리 하인리히고, 다른 한 사람은 페르시아계 캐나다 시인 바쉬티 베이커이다. 이 두 권은 해리슨이 자부심을 느끼는 책이다. 그가 회사에 흑자를 내려고 편집해야만 한 다양한 책들에 비해 이 작품들은 분명히 자긍심을 주는 작품들이다.

해리슨은 라스키의 책을 찾아서 반질반질 윤이 나는 체리 리딩 테이블에 앉아서 책을 펼쳤다. 그는 라스키의 작품이 인상적이고 사람들을 단순히 현혹시킨다는 사실을 알고 있었다. 해리슨은 책을 대충 훑어본 다음에 여성에 관한 시를 찾아보았다. 비록 예전에는 의식적으로 깨닫지는 못했지만 해리슨은 지금 시에서 노라를 언급한 곳을 찾으려고 애를 썼다. '물에 젖은'이라는 어구가 그의 시선을 끌었다. 그는 나머지를 다 읽어보았다. 이 시는 남자가 지켜보는 가운데 머리를 감는 여자에 관한 것이다. 아마 아들이 자신의 아내가 머리를 감고 있는 모습을 지켜보는 것에 대해 생각하며 쓴 시인 듯했다.

해리슨은 유형을 대충 훑어 핵심단어와 핵심글귀를 찾으면서 페이지를 천천히 넘겼다. 이것은 편집자로서 배운 기술이다. 내용에 나온 되풀이되는 단어가 미심쩍으면 그는 이 기술을 이용하여 빠른 시간 내에 처음에 언급된 단어를 찾을 수 있다. 그는 책 뒤로부터 시작해서 다시 한번 쭉 훑었다. 그는 '혀'라는 단어를 보았다. 그는 테이블에 책을 내려놓았다. 이 시의 제목은 「비스듬히 잘린 지붕 아래서」이고 라스키의 다른 작품보다 다소 성적인 상세한 삽화가 많았다. 시는 보도를 한다는 느낌을 주었다. 비록 해리슨이 라스키의 작품을 아주 많이 읽지는 않았지만 이 시는 남자에게 새로운 지침을 일러준 것처럼 보였다. 시 속의 여자는 금발머리였지만 해리슨은 라스키가 노라를 언급한 거라고는 의심하지 않았다. '좁은 허벅지, 어울리지 않는 미소' 그는 노라가 묘하게 살짝 지은 미소를 연상했다.

해리슨은 두 눈을 감았고, 일종의 음란한 질투가 그에게 몰려들었다. 그 누구의 탓도 아니었다. 그가 도서관에 들어왔을 때 무의식적으로 찾고 싶었던 것은 노라와 칼 라스키의 상세한 결혼생활이었다. 해리슨은 두 눈을 뜨고 다시 시를 읽었다. 마치 단어 속에 숨겨진 것을 찾는 것처럼 해리슨은 알려진 것 이상의 것을 찾으려 했다.

비록 이 시가 섹슈얼리티한 내용을 담고 있긴 하지만 별반 즐거움을 주지는 못했다. 환희 속에 상실의 씨앗. 이것이 해리슨이 찾고 싶어한 노라의 결혼생활 엿보기였을까?

다시 시를 한 줄 한 줄 살펴보는 동안 해리슨은 결혼생활 중 에블린과의 사이에 문제가 있던 4년간 에블린이 그에게 던진 비난이 생각났다. 그가 고립되어 있으며 다른 사람을 사랑하는 방법을 알지 못한다고 했다. 물론 그녀는 자신도 그렇다고 생각했다. 해리슨은 다툼의 열기 속에서 퍼부어진 비난으로 말미암아 상처받았다. 에블린은

302

즉시 그날 저녁에 그 말을 철회했지만 상처는 상처였다. 에블린이 침실을 나간 후 해리슨은 침대에 누워서 그녀의 말이 맞는지를 생각해 보았다. 시를 읽어 내려가면서 해리슨은 진정으로 자신이 다른 사람을 사랑하는 능력을 잃어버렸는지를 생각해 보았다. 하지만 그는 두 아들에 대해서는 좀 다르다고 생각했다. 그는 틀림없이 그들을 사랑했고, 이런 생각은 그에게 굉장한 용기를 주었다. 그는 앉아서 이런 옹호에 만족을 느꼈던 적도 있었다.

해리슨은 책을 덮었다. 그는 이 책을 갖고 나갈 수 없었다. 도서카드도 없고 그것을 얻을 방법도 없었다. 어쩌면 서점에 이 책이 있을지도 모를 일이다. 결국 이 마을은 라스키 신봉자들을 위한 메카니까.

해리슨은 도서관을 나와서 길 건너 서점으로 향했다. 문을 여니 밝은 갈색 콧수염을 기른 얼굴이 창백한 젊은 남자가 그를 올려다보았다. 해리슨은 미소를 지었고, 남자는 고개를 끄덕이었다. 해리슨은 평소에 서점에서 하는 행동인 자신의 회사 책을 선반에서 찾아보는 일 따위는 하지 않았다. 미국의 모든 서점이 그의 책을 진열해 놓지는 않기 때문이다. 이곳은 작은 서점으로, 겨우 책꽂이가 두 개 정도를 놓을 만한 공간밖에 되지 않았다. 해리슨은 시집이 있는 구역을 쉽게 찾았다. 거의 선반의 절반을 차지하고 있었다. 그는 『불타는 나무』를 구입했다. 차로 돌아오는 길에 베이글 빵을 먹으려고 커피숍으로 들어갔다. 빵과 차를 마시면서 그는 책에 있는 시를 몇 편 더 읽었다. 그는 자동차에 주유를 하고 호텔로 다시 향했다.

로비에서 해리슨은 노라를 잠깐 볼 것을 희망하면서 어슬렁거렸지만 그녀가 올 기미는 보이지 않았다. 계단을 올라가면서 그는 노라가 혹시 자기 방에 들어가 있는 것이 아닌가 하는 상상을 했다. 그는 노라가 대리석으로 둘러싸인 넓은 욕조에서 몸을 흠뻑 담근 모습을 상상했다. 물은 골동품 글라스 속에 든 오일을 푼 옅은 연두색일 것이다.

해리슨은 순간 갈피를 잡지 못하면서 깨어나기 시작했다. 여기가 어딘가? 몇 시인가? 그는 침대 옆에 있는 탁상시계를 보았다. 늦잠을 잤나보다. 그는 재빨리 일어나 앉았다. 결혼식에 가야 했다. 그는 서둘러 샤워를 하고 옷을 입었다.

결혼식을 위해서 특별히 구입한 새 옷을 입은 해리슨은 거울을 보고 넥타이를 살폈다. 결혼식에 참석하는 것이 얼마만인가? 동생 결혼식 이후로 처음이라는 생각이 들었다. 아마 5~6년쯤 되지 않았을까. 그보다 더 최근에 간 결혼식은 없었던 것 같다. 그는 노라와 칼 라스키의 결혼식 날 모습을 연상했다. 젊고 연약한 노라는 어떤 모습이었을까? 신부와 신랑 사이로 얼마나 노라의 손을 잡고 싶어했던가!

'좁은 허벅지, 어울리지 않는 미소'

손가락을 이용하여 해리슨은 머리를 뒤로 쓱쓱 쓸어 넘기면서 숱이 좀더 많았으면 하는 생각을 했다. 빌을 위해서 그는 결혼식이 의미 있는 축제가 되길 바랐다. 그들 앞에는 힘든 길이 놓여 있었기에 잘 헤쳐나가기를 희망했다.

해리슨은 먼저 입은 바지에서 지갑과 방 열쇠를 꺼내어서 양복주머니에 넣었다. 밑을 내려다보았더니 신발을 닦아야겠다는 생각을 했다. 그는 욕실에서 구두닦기 용품을 찾아서 발을 교대로 책상 의자 가로대에 올려놓고 신발에 윤을 냈다. 그런 다음, 손을 씻고 핸드타올로 닦았다. 문을 열고 해리슨은 마지막으로 방 주위를 둘러보고 불을 꼈다. 그리고 결혼식장으로 향했다.

　해리슨이 도서관에 가까워지자 음악이 들려왔다. 놀랍도록 사랑스러운 피아노 작품. 쇼팽인가? 모차르트인가? 노라의 사운드 시스템이 대단히 놀랍다고 감탄했다. 하지만 그가 코너를 돌아 더블도어를 통해서 안으로 들어섰을 때 롭이 이 축제를 위해서 마련한 소형 그랜드 피아노 앞에 앉아 있는 모습이 보였다. 롭의 손가락은 믿을 수 없는 정확함과 섬세함으로 건반 위에서 춤을 추었다. 한동안 해리슨은 그 자리에서 꼼짝하지 않고 서 있었다. 그는 롭이 옛날에 스티븐을 깔아뭉개고 싶었다는 말을 생각했다.

　'우리는 모두 그러지 않았을까?'

　무아지경에 빠진 해리슨은 자리에 앉았다. 이렇게 어마어마한 재능이 그 안에 있다는 생각만으로도 기쁨과 자부심이 밀어닥쳤다. 해리슨은 한때 피아노 앞에 앉은 남자를 알고 지내던 사이였다. 아무리 오래되었어도, 아무리 단시간이었어도, 아무리 구체적으로 알지 못했어도. 또 노라와 롭의 음흉함은 어떠한가? 친구들에게 이렇게 멋진 비밀을 간직하고 있다니! 해리슨은 18세기 영주의 대저택 음악회에 초대받은 느낌이었다. 특권층을 위한 공연에 참석하도록 초대된 남자.

　역설적으로 침착하고 우쭐해진 해리슨은 방 안을 응시했다. 눈에 띄는 흰 꽃 부케가 불규칙적으로 사이사이 놓여 있었다. 분명히 노라의 작품이다. 접이식 의자 여섯 쌍을 놓았는데도 도서관은 여전히 우아했다. 의자 여섯 쌍 중 세 쌍은 도서실과 연결된 좁은 복도 양측에 놓았다. 머리 위의 램프는 흐릿했고, 창문 가까이에 켜놓은 촛불이 얼굴에 나부끼었다. 해리슨은 정장과 넥타이를 맨 조시 옆에 파란 드레스를 입고 앉아 있는 아그네스를 보았다(아웃렛 매장에서 새로 산 것들일까). 낯선 두 여자가 맨 앞줄에 편히 앉아 있었다. 한 사람은 젊어 보였고, 또 한 사람은 그보다 나이가 들어 보였다. 브리짓의 엄마와 동생인가? 머리를 프랑스식으로 비틀어 올려서 진주 집게로 고정시킨 줄리는 마치 교회에 와 있는 것처럼 두 눈을 감고 있었다. 젤을 발라 머리카락을 곤두세운 제리는 줄리 뒤에 자리를 잡았다.

해리슨은 두 눈을 감고 롭이 몇 시간 동안 계속해서 연주해 주기를 바랐다. 그는 집에 돌아가자마자 에블린과 두 아이를 데리고 토론토 심포니에 데려가기로 마음먹었다. 에블린과 함께 음악회에 간 것이 언제였는지 기억이 나지 않았다. 해리슨은 또 롭의 CD도 찾아볼 계획이다. 그의 사무실에서 가까운 곳에 아주 멋진 음반가게가 있다. 그는 어찌해서 자신의 인생에서 이렇게 아름다운 것을 방치했는지 도통 이해가 가지 않았다. 누구를 탓하랴. 일에 파묻혀서, 또 뭔가를 얻고 낭비하는데 너무 많은 시간을 소비했다. 이미 오래전에 두 아들에게 클래식에 대해서 알려줬어야만 했다. 해리슨은 이제부터 하는 것이 너무 늦지 않았는지 의구심이 들었다. 그는 아이들에게 야구선수였다가 지금은 유명한 피아니스트가 된 친구에 대해 이야기를 해 줄 것이다. 아이들에게 롭의 마법과도 같은 CD는 환상을 불러일으킬 것이다.

도서관 한쪽 문가에서 중얼거리며 옷 스치는 소리가 들려왔다. 그는 눈을 떴다. 빌과 브리짓이 도서관 앞으로 입장하는 모습이 보였다. 매트와 브라이언이 뒤를 따라왔다. 분명히 임시로 마련한 결혼식 중앙로를 따라 하는 행진은 없었다. 두 사람에게 이번 결혼은 두 번째이고, 결혼식 파티는 조촐했다. 더욱이 빌과 브리짓은 둘 다 시끌벅적한 것을 원하지 않을 것이다.

핑크빛 드레스를 입은 브리짓은 두 입술을 꽉 깨물었다. 그녀의 얼굴은 벌겋게 달아올랐는데, 이것이 그녀를 건강하게 보이게 했다. 빌과 두 아이는 턱시도를 입었다. 해리슨은 멋진 아이디어라고 생각했다. 낯선 여자가 빌과 브리짓, 두 아이를 따라 앞으로 나갔다. 분명히 여자는 주례일 것이다. 피아노에서 흘러나오던 음악이 조용하게 끝을 맺었고, 롭은 의자에 등을 기대고 앉아서 무릎에 두 손을 가지런히 포개었다. 마치 교회의 오르간 연주자처럼.

빌과 브리짓은 손님들에게 등을 보이며 주례를 정면으로 바라보았다.

"우리는 오늘 여기 삶의 위대한 순간을 축하하려고……"

노라가 슬그머니 해리슨의 옆 빈자리로 와서 앉았다. 그녀는 그에게 빠르게 미소를 지어 보였다. 노라의 작품이 하나하나씩 드러났다. 그녀의 안무, 그녀의 계획, 그녀의 깜짝쇼.

"롭이 연주한 게 뭐야?"

해리슨이 속삭였다.

"헨델."

노라도 속삭이며 대답했다.

빌은 손을 뻗어 브리짓의 손을 잡았다. 두 사람 옆에 서 있는 매트와 브라이언은 약간 당황해 보였지만 인상 깊게 결혼식 주례를 듣고 있었다. 브리짓의 동생은 의자에서 일어나더니 브리짓 등에 가볍게 손을 얹었다. 그리고 아그네스는……아그네스는 울고 있었다. 침을 삼키고 작은 머리를 떨면서 흐느끼는 소리. 조시가 손수건을 건네었고, 아그네스는 코를 풀었다. 해리슨은 아그네스가 왜 우는지 궁금했다. 브리짓과 빌을 위해서 기뻐해야 하는 거 아닌가? 결혼식은 신념의 표현이다. 오늘보다 더 강력한 신념의 표현은 없을 거라고 해리슨은 생각했다.

……가치를 인식하고 사랑의 아름다움을……

문이 서서히 열리는 소리에 해리슨은 고개를 돌려 문 뒤쪽을 보았다. 흰색 스웨터와 짧은 검은색 스커트를 입은 젊은 여자가 검은색 가죽 핸드백을 팔에 걸치고 더블도어 앞에 서 있었다. 그녀는 연주회에 아주 특별히 조용한 순간에 홀에 들어온 관객처럼 몹시 당황해보였다. 그녀가 빈자리가 있는지 방 안을 둘러볼 때 그제야 해리슨은 그녀를 알아보았다. 멜리사였다. 빌의 딸.

뒤를 돌아본 빌은 젊은 여자를 발견하고 얼굴에 감동의 물결이 역력히 드러났다(빌도 남몰래 바라고 있었던 것일까? 불신. 즐거움. 자부심. 빌은 몇몇 청중들을 흘끗 보는 브리짓에게 신호를 했다. 그녀도 젊은 여자를 보았다. 브리짓의 얼굴에는 안도의 표정이 나타났다).

……브리짓 케네디 로저스와 윌리엄 조셉 리찌는 오늘 결혼하여 하나가……

짧은 의례가 진행되는 동안 신랑은 울었다. 신부는 울지 않았다. 가끔 아그네스는 코를 푸는 소리를 내었다. 조시는 팔을 아그네스 어깨에 두르고 낮은 목소리로 속삭였다. 늘 자신을 잘 통제할 것 같은 아그네스가 누구를 생각했기에 결혼식에서 쉽게 눈물을 보인 것일까?

잠시 후 조시는 아그네스 어깨에서 팔을 내리고 오른쪽으로 가서 섰다. 해리슨은 마음속으로 주춤했다. 혹시 그가 시를 암송하거나 설교를 할 것이라는 생각에서였다. 조시는 빌과 브리짓에게 축사를 할 만큼 친한 사이는 아니다. 이것이 누구의 아이디어란 말인가? 바로 그때 해리슨의 목 뒤를 오싹하게 하는 바리톤 목소리가 들려왔다. 모르는 이탈리아 노래였다. 러브송이 분명했다. 해리슨은 갑자기 어떤 육체적인 사랑을 떠나서 롭과 조시 사이에 성이나 섹슈얼리티를 초월한 또 다른 매력이 있다는 것을 느꼈다.

조시의 목소리에는 힘이 있었고 음역이 넓었다. 오히려 목소리가 이 방에 비해서 너무 컸다. 그러나 노래에 미묘함이 있어서 모든 사람이 조용히 갈망하며 듣도록 했다. 빌은 조금 마음이 가라앉은 듯이 보였고, 아그네스조차도 깊은 심호흡을 했다. 해리슨은 기획을 성공리에 마친 노라를 응시했다. 아름답고 의미 있는 결혼식이었다. 의식은 일반 결혼식에 비해 절반가량 짧았지만 천사와 같은 음악이 함께했다.

"아주 잘했어."

그는 노라의 귀에 속삭였다.

자부심과 애정을 느낀 노라는 해리슨의 손을 잡아서 그녀의 무릎에 올려놓았다. 그러자 해리슨은 몇 년 전에 하찮은 일로 싸울 때 전적으로 에블린이 틀렸다는 사실을 직감했다. 해리슨은 조금도 고립된 남자가 아니다. 심지어 아주 작은 부분에서조차도.

의식이 시작되기 전 도서관 밖에서 낯선 주례가 의식에 대해 설명하자 브리짓은 전율을 느꼈다. 브리짓은 배경음악으로 롭이 조용한 전주곡을 연주할 것이고, 어젯밤에 잠깐 만난 조시가 결혼식의 끝을 알리는 축가를 부를 걸 알고 있었다. 롭이 조시의 목소리가 아름답다고 말했지만 그냥 그를 치켜세우는 말일 수도 있다고 생각했다. 브리짓은 결혼식 축가를 부를 때 초대된 소프라노들이 높은음에 도달하지 못하여 결혼식을 망친 것을 여러 번 본 적이 있었다.

한쪽에 서 있는 매트는 힘들어 보였다.

"매트?"

브리짓은 한마디 하려고 그에게 다가갔다.

"엄마는 침착하네요?"

매트는 약간 짜증스럽게 머리를 매만졌다.

"지금은 의식 중이야. 무슨 뜻인지 알지?"

"대충은요"

그는 그녀의 눈을 보면서 물었다. 이것은 매트가 지닌 멋진 특징 중 하나였다. 매트는 세상에서 가장 아름다운 눈을 가졌다.

"금방 끝날 거야. 이것은 교회 예배와 작은 놀이의 징검다리라고 생각하면 돼. 우는 사람도 있을 수 있어. 난 좀 신경이 쓰이겠지만 넌 상관하지 마. 넌 아무것도 하지 않아도 돼. 너하고 브라이언이 할 일은 아주 잘생겨 보이게 똑바로 서 있기만 하면 돼. 맥베스에 나오는 경호원들처럼. 기억하니 맥베스?"

"엄마."

"넌 잘할 수 있어."

"나한테 있는 반지는요?"

"알아. 네가 반지를 가진 거"

"그럼, 언제 이것을 주나요?"

"주례 선생님이 말해줄 거야. 네가 그 사인을 놓치게 되면 내가 손가락으로 쿡 찔러서 알려줄게."

매트는 무거운 한숨을 쉬었다.

"넌 잘할 수 있어."

브리짓은 매트가 결혼식 의례에 별로 매력을 느낄 거로 확신하지 않으면서 그의 턱시도 재킷 소매를 톡톡 두드려 주며 달래었다. 그녀는 이런 형식을 별로 좋아하지 않았다. 그렇다고 빌과 결혼하고 싶지 않다는 뜻이 아니다. 당연히 빌과 결혼하고 싶다. 지금 브리짓은 아이들이 이 결혼식을 잘 견디어 주기를 바랐다. 꼭 주례가 필요하단 말인가? 왜 하객들이 있어야 하는 걸까? 그때 브리짓은 노라의 계획을 떠올렸다. 롭의 사랑스러운 연주, 결혼식장으로 꾸민 도서관. 그 덕분에 그들은 지금 이 의식을 거행하고 있다. 적어도 지금 결혼식은 브리짓이 첫 결혼에서 치른 가톨릭 의식은 아니다. 그곳에 참석한 사람들은 인내심 테스트를 받는 느낌이었을 것이다. 성당에서 하객들은 90분간 일어섰다, 앉았다, 무릎 꿇고, 찬송가를 부르려고 다시 일어나고, 설교를 들으려고 다시 앉기를 반복해야 했다(브리짓은 결혼의식이 그런 식으로 계획된 것은 아마 노인들의 몸속에 피가 응고되는 걸 방지하기 위해서였다고 생각했다).

이번에 그녀의 짧은 결혼의례에는 일어났다 앉았다는 없었다. 10분만 지나면 샴페인을 터트리게 될 것이다. 그렇다, 브리짓은 오늘 밤 샴페인 한 잔을 마시게 될 것이다. 지금 당장 한 잔 마시고 싶은 충동이 일었다.

브리짓은 매트의 친구 브라이언을 바라보면서 미소를 지었다. 오늘 얼굴이 더 좋아 보이는 브라이언은 미소로 답해주었다. 브리짓은 브라이언이 전에 결혼식에 참가한 적이 있는지, 한 번이라도 가본 적이 있는지 궁금했다. 그녀는 브라이언에 눈을 맞추면서 앞으로 일어날 모든 축제에 그가 포함될 것이라는 확신을 주었다.

"매트."

브리짓은 아들에게 할 말이 있음을 기억하면서 말했다. 그녀는 아들의 팔에 손을 올려놓았다.

"할 말이 있어."

매트는 얼굴이 하얗게 질렸다.

"아니, 아니야. 내 얘기야. 그러니까 사소한 얘기. 빌과 내가 다시 만날 당시 빌은 결혼한 상태였어."

매트는 굉장히 큰 안도감을 느꼈다.

"저도 알아요, 엄마."

"내가 말하려는 것은, 빌과 나는……."

매트는 두 손을 들었다.

"됐어요. 정말이요."

"정말?"

"네, 정말이요."

브리짓은 매트가 자신이 고백하려고 하는 것을 정확하게 알고 있는지 확신이 서지 않았다. 하지만 매트가 더는 듣고 싶어하지 않다는 것은 명확했다. 브리짓에게도 좋은 일이다. 어쨌든 시도는 했으니까. 그녀는 기분이 한결 나아졌다.

주례가 브리짓의 이마에 손을 얹더니 복도를 지나 도서관 안으로 행진하라는 신호를 했다. 브리짓이 맨 먼저, 그다음에 빌이, 그 뒤에 매트와 브라이언, 맨 마지막으로 주례가 뒤따랐다. 브리짓의 가슴이 약간 쿵쾅거렸고 두 손이 떨리기 시작했다. 그녀는 떨리는 걸 멈추게 하려고 두 입술을 꽉 물었다. 홍조가 시작되었다. 처음에는 얼굴에 나타나더니 다음에는 어깨와 목에 나타났다. 브리짓은 겨드랑이에 까지 그것을 느낄 수 있었다. 아마 옷을 망쳐놨을 것이다. 그것이 뭐 대수인가. 솔직히 드레스가 별로 마음에 들지 않았다. 아니, 몹시도 싫었다. 그녀는 원피스 속에 입은 팬티선이 보일까 봐 걱정스러웠다. 왜 자신과 빌은 앞을 정면으로 보고 서 있어야만 한단 말인가? 브리 짓은 하객들이 그녀의 가발로 눈을 돌릴까 봐 걱정스러웠다. 도서관 으로 들어섰을 때 브리짓은 엄마와 동생이 앞줄에 앉아 있는 것을 보 았고, 두 사람은 그녀에게 웃어주었고, 동생은 그녀에게 손을 살짝 흔들어 보였다. 그들은 점심시간에 맞춰 잘 도착해서 함께 식사를 했 다. 두 사람은 보스턴에서 섬뜩한 도로를 달려왔다고 하면서 브리짓 의 결혼식에 '암'이라는 단어를 언급하지 않으려는 노력을 너무 지 나치게 했다. 브리짓은 암이라는 단어는 중세시대부터 두려움을 불 러일으킨 단어라고 생각했다. 이것과 경쟁할 만한 다른 것은 거의 없 다는 생각도 했다. 테러리스트? 아니다, 너무 비인간적이다. 핵 전 쟁? 아니 이건 두 단어다. 죽음? 너무 평범하고, 너무 추상적이라서 서서히 고통스러운 쇠퇴 감을 주지 못한다. 종말? 그래, 가능하다. 명 확히 가능하다.

결혼식 전에 점심을 먹으면서 브리짓의 동생은 성급하게 아울렛 을 방문하는 바람에 머리를 하러 도로 호텔로 와야 했다고 고백했다. 관절염으로 고통스러워 보이는 브리짓의 어머니는 좀 눕겠다고 방 으로 갔다. 브리짓은 신부의 방에서 고독을 즐겼다. 결혼식 날에 혼 자 있고 싶어하는 것이 자연스러운 일은 아닐 것이지만 브리짓은 싱 글룸에서 혼자 있는 것이 행복했다. 그녀는 결혼식을 올리기 전에 빌 이 보고 싶거나 그와 대화를 나누고 싶지 않았다. 하지만 어떻게 대놓고 방을 두 개 요청할 수 있겠는가? 처녀만이 그런 일을 하지만 그런 처녀는 요즘 세상엔 존재하지 않는다.

빌은 옆에 서서 그녀 손을 잡았다. 뒤에서 누군가가 흐느끼고 있었다. 그녀의 엄마인가? 아니다, 어머니는 그쪽에 있지 않았다. 아그네스? 아그네스가 그럴 가능성은 없었다. 그럼, 누가 그곳에 앉아 있단 말인가? 그녀의 손을 잡은 빌이 손에 힘을 주었다. 이것은 그녀가 숨을 고르게 하는 효과가 있었다. 홍조가 서서히 가라앉는 느낌이었다. 브리짓은 롭과 시선이 마주쳤고, 그는 그녀가 거의 알아들을 수 없는 말을 속삭였다. '사랑해'였던가?

……사랑하며 존중하고, 소중히 여기며 보호할 것을 맹세……

브리짓은 옆을 살짝 보았다. 그랬다, 울고 있는 것은 아그네스였다. 왜일까? 아그네스는 브리짓을 잘 알지 못한다. 두 사람은 키드에서도 유난히 가까운 사이도 아니었고, 학교를 졸업한 후로 27년간이나 연락을 하지 않고 살았다. 빌이 그녀의 손에 힘을 또 주었고, 브리짓은 그를 흘끗 올려다보았다. 그는 머리로 하객들을 한 번 돌아보라고 신호했다. 브리짓은 돌아서서 작은 그룹을 살펴보았다. 해리슨과 노라가 가까이 앉아 있었다. 아그네스와 조시가 함께 앉아 있었고, 엄마와……오!……하느님.

검은 긴 머리에 흰색 스웨터와 스커트를 입은 멜리사가 와 있질 않은가. 멜리사는 아버지의 결혼식에 참석하려고 주를 횡단하고 운전해 온 것이다.

브리짓은 빌의 얼굴을 올려다보았다. 그의 동공은 딸이 와 있다는 어리둥절함으로 확대돼 있었고, 거의 히죽 히죽 웃는 것을 억지로 참는 듯했다. 브리짓은 그가 주례의 말을 하나도 듣고 있지 않다는 걸 알 수 있었다. 빌에게는 이보다 더 좋은 선물은 없다는 생각이 들었다. 퍼즐 조각이 모두 제자리를 찾고 있다는 심정이었다. 멜리사의 참석은 그녀나 성직자가 인정하는 그 어떤 사면보다 더 위대했다. 멜리사는 피로연에서 빌에게 달라붙어서 브리짓을 아예 무시해버릴 수도 있을 것이다. 하지만 그게 뭐 그리 대수란 말인가! 멜리사가 참석해주었다는 간단한 사실이 잠시 후 브리짓의 남편이 될 이 남자에게는 모든 것일 수도 있었다.

……개개인으로서 우리 각자가 받은 삶은……

젊었을 때 브리짓은 빌의 아내가 되는 것이 꿈이었다. 키드에서 두 사람이 공식적으로 만나기 전부터 이 꿈은 시작되었다. 빌은 4학년, 브리짓은 3학년이었다. 브리짓은 빌이 어깨에 스포츠 가방을 메고, 등을 쭉 펴고, 얼굴은 정면을 바라보며 캠퍼스를 가로질러 걸어오는 모습에 반해 멀리서 그를 지켜보았다. 그는 앞에서 걸어오는 사람들에게 언제나 환하게 웃어줄 준비가 되어 있었다. 브리짓은 그의 인생에 뛰어들기로 했다. 우선 그의 주변에 자주 나타나는 작전부터 시작했다. 이것이 큰 효과를 보지 못하자 브리짓은 친구를 꾀어서 빌이 10월 말 금요일 밤 3학년 댄스파티에 참여하도록 만들었다. 브리짓은 빌에게 정확하게 대놓고 접근하진 못했다. 하지만 빌이 여자들에게 수줍음을 타는 성격이라 자신이 먼저 접근해야 한다는 사실은 알고 있었다. 브리짓은 주먹을 꽉 쥐고 그에게 걸어가서 노래에 맞춰서 춤을 추자고 청했다. 그들이 아무 말도 하지 않고 춤을 추는 동안 잭슨화이브의 노래가 흘러나왔다. 음악과 학생들의 잡담소리가 하도 커서 큰 소리를 질러야만 들을 수 있었기 때문에 사실 그들은 그날 말을 거의 하지 못했다.

춤이 끝나자 그들은 학생회관을 빠져나와 자연 그대로의 해안가 밤 속으로 빠져들어 갔다. 두 사람은 춤을 추느라고 땀을 흘렸기에 브리짓은 곧 한기를 느꼈다. 빌이 재킷을 벗어주었다. 예상한 대로 그들은 곧장 기숙사로 향하지 않고 해변으로 향하는 좁은 길로 들어 섰다. 달빛이 그들을 안내해 주었다. 그들은 축축한 모래에 앉았다. 새로 산 청바지를 망친 브리짓은 파도가 그들을 향해 서서히 밀려오 는 것을 지켜보았다. 그때 두 사람은 이야기를 했다. 하지만 뭐에 관 한 이야기였을까? 지금은 기억이 나지 않았다. 대체로 그녀가 기억 하는 것은 몇 주 동안 꿈꿔온 남자와 옆에 앉은 기분이 붕 뜨는 듯했 다는 것뿐이다.

지금 그녀가 생각하기에 이것은 각본 없는 드라마였다. 캠퍼스 여기저기에서 수십 번씩 되풀이되는 그런 이야기였다. 함께 붙어 있 어야 한다는 것을 감지한 두 아이는 그럭저럭 서로를 알아갔다. 빌은 그날 밤에 브리짓에게 키스를 하지는 않았지만 그 주가 가기 전에 두 사람은 한 번 더 몰래 해변으로 내려가서 연인 사이가 되었다. 브리 짓이 빌에게 몸을 허락한 이후 두 사람이 가까워진 스피드는 다른 친 구들을 깜짝 놀라게 했고, 그녀는 친구한테 조심하라는 경고도 받았 다. 하지만 브리짓은 죄의식을 느끼지 않았고, 양심의 가책도 없었 다. 그렇기에 두 사람의 관계를 늦출 필요성을 느끼지 못했다. 이 세 상에 가장 원시적인 방법으로 두 사람이 함께 있는 것이 절대적으로 옳다고 느꼈다. 브리짓은 평생 그를 알아온 것 같다는 생각을 했고, 이것을 빌에게도 말했다.

주례는 잠시 침묵하더니 매트의 방향으로 고개를 돌렸다. 서둘러

주머니를 더듬거려 반지 두 개를 찾은 매트는 그것을 땀범벅인 손바닥 위에 내보였다. 주례는 그에게서 반지를 받아들고 하나는 브리짓에게, 또 하나는 빌에게 주었다.

……부서지지 않는 사랑의 원을 만들어……

결혼식장으로 내려오기 바로 전에 브리짓은 손에 핸드로션을 듬뿍 발랐다. 빌이 그녀에게 반지를 끼워주는데 문제가 없게 하려는 의도였다. 그녀는 반지를 산 이후에 몸무게가 늘어난 게 걱정이었다. 어쩌면 반지가 손가락 마디에 걸려서 안 들어갈지도 몰랐다. 하지만 빌은 아주 가볍게 자신의 임무를 수행했다.

……모든 다른 것을 저버리고 그녀만을 받아들이겠는가……

잠시 후면 그녀와 빌은 진짜 부부가 된다. 브리짓은 자신들의 이야기가 단순하기를 원했다. 그들이 처음에 만났을 때부터 지금까지 아주 명확하기를 바랐다. 하지만 그렇지가 않았다. 제리가 축배에서 언급한 거북한 문제는 20년이 넘도록 지속되었다.

학창시절에 브리짓은 빌이 자신을 배반할 것이라는 생각은 추호도 하지 못했다. 두 사람의 만남에서 빌은 늘 정직했다. 그렇기에 대학 2학년 봄에 빌의 편지를 받은 브리짓은 어안이 벙벙했다. 빌이 다른 여자와 사랑에 빠졌다는 내용이었다. 상대 여자는 질이었다. 브리짓은 그 편지를 읽고 또 읽었다. 열 번도 넘게 읽었을 것이다. 그러는 사이 불신이 무기력한 확신으로 변하였다. 착한 빌이 그 후로 브리짓에게 연락 한번 하지 않았기 때문에 이런 애매모호한 소식은 더욱 고통스러웠다. 빌이 다른 여자와 사랑에 빠졌다면 그것으로 끝이었다.

브리짓은 언어과잉이나 멜로드라마를 좋아하지 않았다. 하지만 브리짓이 '산산조각나다, 재앙, 불행, 죽고 싶다' 등과 같은 단어를 생각하지 않고 그 당시를 회상하기란 불가능했다.

브리짓은 빌에게 편지를 쓰고 싶지 않았다. 그녀의 엄마와 룸메이트는 빨리 빌의 학교로 가서 그를 만나보라고 재촉했지만 브리짓은 구걸하지 않았다. 그녀는 빌의 문을 노크했더니 그 안에서 질이라는 여자가 나오는 장면을 상상할 수 없었다. 그녀는 그런 만남을 만들고 싶지 않았다. 브리짓이 살아남는다 해도(물론 그녀는 잘살게 되겠지만) 그녀는 내면의 무언가를 잃은 상태로 살게 될 것이다. 추억? 신념? 다시 한번 사랑을 믿을 수 있을까?

브리짓은 침묵으로 견디었다. 빌의 편지는 그녀를 비참하게 만들었다. 그녀의 호르몬은 광폭해졌다. 브리짓은 침대에 누워서 머리까지 이불을 뒤집어쓴 채 몇 날 며칠을 보냈다. 누군가가 자신을 습격하는 것을 바라기라도 하는 것처럼 밤늦도록 오랫동안 위험한 산책을 하며 방황했다. 끼니는 거의 걸렀고, 주말 밤에는 견딜 수 없는 고통이 그녀를 괴롭혔다. 왜 자신이 빌과 함께 있지 못한지를 설명하지 못했다. 무엇보다도 브리짓은 미래를 꺼렸다. 그녀는 두 사람이 결혼도 하고, 집도 사고, 아기도 낳으며 함께 할 것을 오랜 시간 꿈꿔왔기 때문에 마치 이 모든 것을 빼앗긴 것처럼 생각되었다. 물론 브리짓은 울고 또 울었다. 너무 많이 울어서 몇 주 동안 머리가 지끈 지끈거렸다.

도서관에서 브리짓은 빌의 손가락에 반지를 끼워주었고, "네, 그렇게 하겠습니다" 하고 말하였다.

조시가 빌 옆으로 와서 섰다. 그녀는 조시의 노래가 너무 고통스럽거나 서툴러서 움츠러드는 음으로 결혼식을 끝내지 않게 해달라고 기도했다.

조시가 노래를 시작하자 그의 목소리는 빛이 났다. 참으로 빛이 났다. 그녀는 빌을 흘긋 보았다. 이렇게 눈부신 노래 제목이 무엇일까?

브리짓은 하객들이 있다는 것도 잊어버렸다. 조시의 목소리는 단순한 결혼식 축가 이상으로 그녀의 마음을 움직였다. 이탈리아 노래인 것 같은데 신기하지 않은가? 이 노래의 가사를 알지 못하는 브리짓은 마음대로 가사를 지어냈다.

우리는 너무 오랫동안 떨어져 있었네요. 하지만 지금 우리는 서로 만났지요. 우리가 아이들과 함께 잘살기를 바라요. 난 20대와 30대 초에 아름답고 강한 신체를 가졌어요. 당신이 그것을 보지 못해서 안타깝네요.

조시는 마지막 음을 길게 늘어뜨리다가 서서히 약하게 내려왔다. 빌은 브리짓의 손을 잡았다. 그녀의 아들 매트는 두 사람과 불과 몇 인치 떨어진 곳에 서 있었다.

이들이 지금 내가 가진 것 모두라고 브리짓은 생각했다. 이것이다. 한 남자와 아들, 그리고 짧은 미래. 그동안에 난 매시간을 마치 마지막인 것처럼 살아야만 한다.

아그네스는 롭이 연주를 시작하자마자 자신이 울게 될 것을 예상하고 있었다. 그녀는 교회에서 익숙한 찬송가가 들려온다거나, 음악회에서 바이올린이 정교하게 연주된다거나, 심지어는 야구경기에서 테너가 국가를 부를 때조차도 이런 반응이 찾아왔다. 음악은 감정을 불러일으키는 일종의 자극제다. 존경. 감사. 자신보다 더 큰 것에 대한 인식. 슬픔. 번민. 외로움.

이따금 아그네스는 모르는 사람을 위해서도 운다. 중앙아프리카에서 대량학살 된 부족 수천 명을 위해서도 울었고, 남동아시아에서 지진으로 희생된 사람들을 위해서도 울었고, 인도에서 홍수로 쓸려 간 수백 명을 위해서도 울었다.

가끔 아그네스는 세계 제1차대전에서 죽은 사람들을 위해서 울기도 하고, 타이타닉과 마사다(이스라엘의 사해 남서쪽 벼랑 위에 있는 고대 유적-옮긴이)에서 목숨을 잃은 사람들을 위해서도 눈시울을 적신다. 최근에는 9·11사태 때 죽은 사람들을 위해서 눈물을 흘렸다. 자살이 더 효율적이라는 사실을 깨닫고 건물 103층에서 뛰어내려야 하는 심정은 어떤 것일까? 단지 중력만이 필요할 뿐이었다. 떨어지는 동안 의식이 있을까? 바닥에 떨어지는 데는 얼마나 걸릴까? 아그네스는 〈뉴욕타임스〉에서 기사를 읽은 여자를 상상해보았다. 커피포트를 가지러 창가 쪽으로 갔다가 밑을 내려다보았다. 갑자기 뒤에서 불길이 밀려왔다. 어찌 뛰어내리지 않을 수 있단 말인가?

오 세상에, 우는 것 자체가 일종의 개인적 공포를 나타내는 것일까? 아그네스는 자신을 변명해야만 할까? 조시는 손수건을 건네주었고, 아그네스는 그를 향해 미소를 지어주려고 했지만 잘되지 않았다. 리드미컬하게 경련을 일으키는 그녀의 몸은 진정되지 않았다. 이렇게 울면 그녀의 얼굴은 엉망이 될 것이고, 퉁퉁 부은 두 눈은 몇 시간 동안 회복되지 않을 것이다. 아그네스는 얼굴을 진정시키려면 한동안 찬물에 담그고 있어야 할 것이다.

그러나 아그네스는 우는 것을 멈출 수가 없었다. 지금 그녀는 핼리팩스에서 죽은 사람들을 생각하고 있기 때문이다. 그녀는 들보 밑에 깔려서 가슴이 으깨어진 여자를 떠올리고 있었다. 그 여자는 아이의 어머니일 가능성이 컸다. 당연히 그럴 것이다. 또 가족을 잃어버린 열 살가량 된 소녀도 생각났다. 밝은 빛에 있다가 깨어나 보니 지옥에 완전히 홀로 남은 경험을 했다고 상상해보라! 두 팔에 생명이 사라진 아이를 안고 죽은 말에 기댄 불쌍한 남자 생각도 났다. 사건의 충격이 고통을 없애줄 수 있을까? 아이를 잃은 부모의 고통이 사라질 수 있을까?

아그네스는 결코 알지 못할 것이다. 그녀는 결코 엄마가 될 수 없기 때문이다. 그녀는 마흔네 살이고, 이미 생리주기도 불규칙하여 가끔 두세 달에 한 번씩 하기도 한다. 짐의 아내 캐럴(참으로 잔인한 이름이다)은 두 번이나 엄마가 되었다. 지금 그녀의 아이들은 다 자라났다. 한 아이는 대학에 다니고, 남은 한 아이는 대학을 졸업했다. 짐은 예전에 두 아이가 대학에 들어가면 캐럴을 떠날 거라고 말했다. 벌써 두 아이는 고등학교를 졸업했지만 짐의 말대로 그런 일은 일어나지 않았다. 아이들이 방학 때 집에 오면 갈 곳이 없기 때문이라고 했지만 아그네스는 짐이 아내를 떠날 생각이 있는지 의심스러웠다. 만약 그럴 의사가 있다고 해도 아이들 때문에 아주 먼 훗날의 얘기가 아닐까?

어쨌든 아이는 아무런 문제가 되지 않았다.

아그네스는 주위를 흘끗 돌아보았다. 노라가 해리슨 옆에 앉아 있었다. 노라도 아이를 낳아본 적이 없다. 칼은 이미 자식들이 있다는 이유로 다른 생각은 받아들이려고 하지 않았다. 롭과 조시는 양자를 들이지 않은 한 아이들을 얻을 수 없을 것이다. 그러나 그들이 모두 가진 것이나 경험한 것은 아그네스에게는 없는 것들이다. 지속적인 동료. 아내. 남편. 아그네스에게는 사랑하는 아내와 사는 애인만이 있을 뿐이다. 아그네스와 짐은 모텔방과 시골집을 공유하긴 했지만 한번에 3일 이상 같이 지낸 적은 없었다. 시장바구니에 채소들을 가득 사서 집에 돌아왔는데 짐이 긴 소파에 다리를 쭉 펴고 신문을 읽는 모습을 보는 느낌은 어떨까? 아침마다 그를 깨우고, 신발을 신으려고 몸을 구부린 그의 긴 등을 보는 감정은 어떨까? 원하면 언제든지 그의 품에 안길 수 있는 기분은 어떤 것일까?

……한 남자와 한 여자가 결혼하여 하나가……

아그네스가 경험하지 못한 것이 또 있으니, 그것은 바로 결혼이다. 그녀와 짐은 함께 대중 축제에는 한 번도 가본 적이 없다. 이런 일은 아주 흔한 일이지만 그녀에게는 완전히 불가능한 일이다. 아그네스는 고개를 저었다. 자기 연민을 멈출 수가 없었다. 애처로웠다, 정말로. 완전히 헛된 일이다. 자신이 갖지 못한 것에 대해 울어봤자 무슨 소용이 있겠는가? 그녀가 할 일은 지금 자신에게 집중해서 눈물을 흘린 이유에 대한 타당한 설명을 만들어내야만 하는 것이다. 아그네스는 빌과 브리짓을 아주 많이 좋아하긴 했어도 성인이 된 지금의 그들은 거의 알지 못했다.

(아그네스는 갑자기 소름끼치는 생각이 들었다. 혹시 브리짓이 그녀의 눈물을 오해하지나 않을까? 자신이 브리짓이 곧 죽게 될 것이기 때문에 울고 있는 거라고?)

아그네스는 다시 한번 코를 풀고 자리를 고쳐 앉았다. 조시는 어깨에 두른 팔을 내리고는 일어서서 앞으로 나갔다. 아그네스는 혼란스러웠다. 의식이 끝난 것인가? 그녀는 조시가 하객들을 향해 돌아서는 것을 지켜보았다. 그는 옷매무시를 바로 잡는 것처럼 보였다. 아그네스는 그가 장례식에서처럼 자발적으로 사람들에게 축사를 하려나보다고 생각했다. 약간 묘한 느낌이기도 했고 조금 신경에 거슬리기도 했다. 그의 호의는 고맙지만 솔직히 말해서 그는 그들의 멤버가 아니었다.

하지만 축사대신에 조시는 노래를 시작했다. 얼마나 놀라운 소리인가! 음조는 높이 치솟았다. 아리아라고 생각했다. 분명히 그랬다. 이탈리아어 오페라에서 발췌한. 아그네스는 라디오 방송국에 오페라를 보러 자주 갔었기에 그 작품을 알 것도 같았다. 그녀가 두 눈을 감자 그동안 일어났던 경련이 가라앉기 시작했다. 그녀는 무릎에 두 손을 포개었다. 노라가 이렇게 장엄한 이벤트를 준비했단 말인가? 물론 이것은 롭의 아이디어일 것이다. 조시는 첼로를 연주하는 것 외에도 전문적으로 노래를 부르는 것이 확실했다. 이런 노래가 좋지 않고 마음속에 새기지 않을 사람은 없으리라.

(루이즈를 시각장애인으로 만든 것이 잘못한 것일까? 아그네스는 의구심이 들기 시작했다. 그녀에게 너무 큰 고통을 안겨주는 것인가?)

노래는 너무 짧았다. 아그네스는 노래가 갑자기 끝나자 무척 아쉬웠다. 그녀는 박수를 치고 싶었지만 아무도 결혼식에서는 박수를 치지 않는다. 음악이 더 있었으면 하는 아쉬움이 간절했다. 그녀는 마음속에 필요한 것을 거의 얻은 느낌이었다.

아그네스는 두 눈을 깜빡거렸다. 주례가 빌과 브리짓이 남편과 아내가 되었음을 선언하고 있었다. 아니 벌써? 의식이 끝났단 말인가? 아그네스는 한마디도 듣지 못했다.

그녀는 자신을 진정시켜야 했다. 이제 저녁을 먹고 건배를 하고, 파티를 열 것이다. 이번 주말 전체는 이 순간을 위해서 진행되었다고 해도 과언이 아니다. 아그네스는 항상 결혼식에서 울었다고 말할 수 있다. 친구들에게 이런 사실을 미리 말해주었어야 했다. 사소한 웃음 거리를 만들어 놓다니 얼마나 형편없는 바보인가! 그녀는 브리짓과 조시의 노래, 그리고 롭의 연주에 감탄해마지 하며 모든 질문을 교묘히 피해가야 할 것이다. 이런 재능을 지닌 사람들을 알게 되었다는 것은 얼마나 행운인가!

아그네스는 일어섰다. 일어섰더니 무릎이 몹시 뻐근했다. 이미 몇몇 하객들이 빌과 브리짓을 둘러싸고 축하를 해주는 중이었다. 넥타이를 매지 않은 제리는 회흑색 정장을 입고 있었고, 줄리는 머리를 뒤로 매끄럽게 틀어올렸다. 해리슨은 빌과 악수하는 중이었다. 브리짓은 조시를 끌어안았다. 한 켠에 서 있던 롭은 파트너에 대한 자부심을 거의 내비치지 않았다. 아그네스는 방으로 돌아가서 세수를 해야만 한다고 생각했다. 욕실용품에 안약이 있었던가?

"아그네스."

해리슨이 말했다.

아그네스는 돌아섰다. 해리슨은 그녀를 힘껏 당기어 끌어안았다. 그녀의 얼굴은 그의 셔츠와 넥타이에 눌렸다. 그에게서 비누 향과 로션 향이 났다. 그는 아무것도 묻지 않았다. 이것이 아그네스는 그저 고마울 따름이었다.

해리슨은 그녀를 오랫동안 안고 있었다. 사람들의 움직임과 목소리가 들려왔다.

아그네스는 해리슨에게서 풀려났다.

"난 그저……난 잘 모르겠어."

아그네스가 말했다.

"얼굴이 엉망인데. 방이 어디야?"

해리슨은 그녀를 살펴보면서 말했다.

"22호."

"그곳까지 데려다 주고, 방 앞에서 기다릴게."

"그렇게까지 할 필요는……."

해리슨은 그녀 말을 잘랐다. 해리슨은 손을 그녀의 턱밑에 대고 그녀의 못생기고 엉망이 된 얼굴을 그의 얼굴 쪽으로 향하게 위로 들었다. 남자가 이런 식으로 그녀 몸에 닿은 것이 몇 년 만이던가.

"아그네스, 왜 그래? 뭐가 그렇게 슬퍼?"

해리슨이 말했다.

아그네스는 해리슨에게 말하고 싶었다. 진정으로 말하고 싶었다. 하지만 정확히 뭐라고 말해야 하나? 난 어떤 남자를 사랑하는데, 한결같이 그를 사랑하는데, 그는 두 사람 사이에 설명할 수 없는 간격을 두고 산발적으로만 나를 사랑한다고 말해야 하나? 아니다, 이렇게 간단하게 말할 수 있는 것이 아니다. 자신 앞에 서 있는 이 친절한 남자에게 할 말이 아니었다.

"의식이 무척 아름다워서."

아그네스는 말했다.

아그네스의 폭로

"문제 하나 낼게. 너희가 비행기를 타서 일등석에 앉았어. 잠시 후에 아랍인 6명이 비행기에 올라타서 일등석 자리에 앉았어. 그 중 한 명이 코란을 들고 있었다고 하자. 여기서 문제야. 너희는 비행기에서 내리겠니?"

제리가 말했다.

두세 사람이 모여서 동시에 대화를 하던 테이블은 순간 조용해졌다. 아그네스는 제리의 질문을 곰곰이 생각했다.

결혼의식과 축배를 끝낸 후에 웨딩파티에 참석한 사람들은 별실의 긴 테이블 주위에 둘러앉았다. 이런 저녁에 좌석배치도, 노라의 세심한 계획도 필요치 않았다. 어쩌면 자기 마음대로 앉는 것이 노라 계획의 일부였을지도 모른다. 복숭앗빛 장미와 아이보리 다마스크 리넨으로 장식한 식당의 분위기는 어제보다는 좀더 편안해 보였다. 샴페인을 여섯 병 따서 건배도 했다. 첫 저녁식사 코스로 펌프킨 크랜베리 수프가 나왔다. 아그네스는 이름은 알지 못했지만 맛있는 백포도주를 한 잔 마셨다. 그녀는 와인에 전문가는 아니었다.

"일단 그들이 잘 생겼는지를 따져봐야지."

테이블 끝에서 조시가 말했다. 그러자 빌에게서 야유의 소리가 터져 나왔다. 빌은 결혼식이 끝난 이후로 거의 공중에 붕 떠있는 듯했다. 그는 새 아내와 딸 사이에 앉아 있었다. 비록 딸은 아무하고도 거의 말을 섞지 않았지만(브리짓에게는 특히 더했지만) 그래도 빌은 행복했다. '은혜를 입다'는 단어가 아그네스의 마음속에서 떠올랐다.

"난 그만 가봐야겠어. 매트를 위해서. 아이가 있으면 여러분도 좀 불편할 테니까."

브리짓이 말했다.

아그네스는 매트를 보았다. 매트의 얼굴이 순간 당황해서 벌겋게 달아올랐다.

"난 아마 처음부터 비행기는 타지 않을 거야. 비행기 타는 게 무섭거든. 이 정도면 빠져나갈 멋진 변명이지 않을까."

브리짓이 덧붙여 말했다.

브리짓의 동생 재니스는 매트 옆에 앉았고, 브리짓의 엄마는 방에서 술을 좀더 마신 후 혼자 저녁식사를 하겠다고 했다. 브리짓의 엄마는 관절염이 너무 심해서 고통이 없다 해도 오랫동안 앉아 있을 수는 없는 모양이었다.

"브리짓이 안 탄다면 나도 그럴 거야."

빌이 말했다.

"에이, 팔불출."

조시가 정답게 말했다.

"다른 누구 없어?"

제리가 물었다. 그는 웃옷을 벗은 후 와이셔츠 소매를 돌돌 말아 올렸다. 아그네스는 제리가 이 질문을 내려고 온종일 준비했는지가 궁금해졌다.

"내 생각에 난 그중 한 사람과 대화를 할 것 같아. 직업이 뭔지, 사는 곳이 어딘지 등을 물을 것 같아. 그런 다음에 그의 대답과 그의 일반적인 처신, 그리고 내 말에 대한 다른 사람들의 반응 등을 종합해서 결정을 내릴 것 같아."

롭이 사려 깊게 말했다.

"상당히 감각적인데"

해리슨이 말했다.

"나라면 승무원에게 말하겠어."

아그네스가 불쑥 말했다.

"그러면 무슨 효과가 있는데?"

제리가 물었다.

"응, 잘 몰라. 일단은 승무원이 아랍인 6명이 비행기에 탄 사실을 아는지를 물어봐야겠지."

"그건 일종의 차별이네, 그렇지?"

제리가 물었다.

"음, 물론 그렇지. 하지만 9·11사태가 일어난 것을 반영해야지. 이것에 차별의 개념을 더는 적용하면 안 된다고 생각해."

아그네스가 말했다.

"너는 인종차별을 인정한다 이거지?"

제리가 집요하게 물어보았다.

"그렇다고 할 수 있지. 정치적으로 옳은 것이 분명히 내 목숨을 구하려는 노력보다 우선하진 않을 거야. 다른 200명의 생명은 말할 것도 없어. 다른 지역에 있는 수천 명의 생명도 마찬가지고."

"승무원이 아무것도 해결해주지 못하면 어쩌지?"

제리가 물었다.

아그네스는 잠시 생각했다. 어쩌면 비행기에 탄 아랍인들이 이미 아그네스와 승무원이 하는 얘기를 들었을 가능성도 있다.

"잠시만, 일등석이라고 했지?"

아그네스가 말했다.

"그래."

"음, 그럼. 그냥 있겠어. 난 한 번도 일등석에 타본 적이 없거든. 그곳에 탈 만큼 운이 좋다면 분명히 그 자리를 포기하지 않을 거야."

해리슨이 웃었고, 그 옆에 앉은 노라도 웃었다.

"넌 어떻게 할 거야, 노라?"

제리가 물었다.

노라는 소매가 없는 드레스 위에 검은색 레이스 숄을 두르고 있었다. 목과 빗장뼈 피부는 매끄러우며 하얗고, 흠집 하나 없었다. 그녀의 두 귀에는 흑진주 귀걸이가 매달려 있었다. 아그네스는 노라가 오늘 무척 아름답다고 약간 호들갑을 떨면서 경탄해 마지않았다.

"내 자리라면 그냥 있을래."

노라가 말했다.

"그래? 비행기에서 내리지 않겠다고?"

제리가 물었다.

"안 내려. 그럴 필요가 없다고 생각해."

"나도 안 내릴 것 같은데."

해리슨이 말했다. 그는 레드 와인 잔을 얼굴 높이로 들어 올려 그것을 자세히 살펴보았다. 마치 그 속에서 답을 찾기라도 할 것처럼. 그러다 그는 양복저고리를 벗고 넥타이를 느슨하게 풀었다.

"농담하는구나."

제리가 말했다.

"아니야. 그냥 처음부터 제자리에 있는 것이 제일 좋은 방법이라는 거야. 비행기에서 내리면 몹시 성가실 테니까. 우선 내가 탈 비행기를 못 타고 다른 비행기로 갈아타야 할 번거로움에 대해서 생각해 본 다음, 확률을 계산해 보는 거야. 아랍인 6명이 테러리스트일 가능성, 잘은 모르지만 천분의 일 정도? 아니, 만분의 일 정도? 그중 한 명이 칼로 안전요원을 해치울 확률은 한 백만 불의 일 정도? 난 땀을 줄줄 흘리겠지만 내릴 생각은 안 할 거야."

"줄리는?"

제리는 옆에 앉은 아내에게 머리를 돌리면서 물었다.

"난 신경안정제를 먹겠어. 두 알쯤."

이 말은 사람들이 농담으로 받아들였지만 아그네스는 줄리가 꼭 농담으로만 얘기한 것이 아니라는 것을 확신했다.

"너희는 모두 미쳤어. 나 같으면 당장 비행기에서 내리겠어."

제리가 말했다.

"왜?"

해리슨이 물었다.

"그들이 슈왑의 고위 관리자들이라 하더라도 9·11사태 후 일등석에 탄 아랍인 6명은 내게 공습경보나 마찬가지야."

"그럼, 인종차별이네?"

"해리슨이 물었다.

"이런 상항에서 인종차별이 대수야. 자 보자고. 내가 비행기를 탄다면 죽을 수도 있어. 내가 비행기에서 내린다면 죽지 않을 거야. 아주 간단한 문제야."

"그것은 아랍인 6명이 없어도 마찬가지야. 네가 비행기를 타면 사고로 죽을 수 있고, 네가 비행기에서 내리면 죽지 않아."

해리슨이 말했다.

"그래서 처음부터 내가 비행기를 타지 않겠다는 거야."

브리짓이 말했다.

"사실, 우리는 비행기를 타다가 죽을 가능성보다는 공항에서 집에 가는 길에 교통사고로 죽을 가능성이 더 커."

롭이 말했다.

"멜리사는 어떻게 생각해?"

제리가 물었다. 아그네스는 제리가 멜리사를 포함해주는 것이 마음에 들었다. 멜리사는 대답하기 전에 반사적으로 아버지를 바라보았다.

"글쎄요. 전에 한번 생각해본 문제인데요, 결정을 내리기 전에 아랍인들을 우선 관찰하겠어요. 그들이 비행기에서 보통 사람들처럼 행동을 하는지, 그들이 자리에 앉아서 읽을거리를 찾으면서 약간 지루해하는지, 또 휴대폰을 끄고 마실 것 등을 찾는지, 아니면 그들이 주위를 주의 깊게 관찰하는지, 그들이 내가 자신들을 관찰하고 있는 것을 눈치 챘는지 등을 살펴보는 거죠."

멜리사는 잠시 말을 중단했다.

"하지만 솔직히 말해서 아랍인 6명이 비행기에 탔다 해도 전 알아보지 못했을 거예요."

빌은 웃었고, 해리슨도 킬킬거렸다.

"학교는 잘 다니니?"

아그네스가 물었다.

"그럼요."

"전공이 뭐야?"

"심리학을 전공할까 생각 중이에요."

"혼자 사니 아니면 룸메이트와 함께 사니?"

"룸메이트 두 명하고요. 방에 침대가 세 개 있어요."

"사는 곳이 어딘데?"

"커먼웰스 애비뉴요."

"오, 난 보스턴이 좋아."

아그네스는 멜리사에게 웃으면서 말했다.

"신혼여행은 어디로 가요?"

줄리가 빌과 브리짓에게 물었다. 이 질문은 테이블을 일순간에 침묵으로 몰아넣었을 뿐만 아니라 이제 막 껍질에서 나온 멜리사가 대화에 참여하는데 찬물을 끼얹었다. 제리가 줄리에게 브리짓에 대해 아무런 정보도 주지 않았단 말인가.

빌은 손을 뻗어 브리짓의 손을 잡았다.

"신혼여행은 연기했어요. 3월에 유럽으로 갈 예정이에요. 파리, 런던, 플로렌스 등을 돌 겁니다."

"그럼, 그때 비행기를 타겠네."

제리가 말했다.

애써 태연한 척 하면서 브리짓은 줄리에게 아까 말한 신경안정제를 조금 빌릴 수 있는지를 물어보았다.

"부러워."

노라가 브리짓에게 웃으면서 말했다.

"그나저나 이곳 호텔 운영은 잘 되나 봐. 〈뉴욕매거진〉에서 기사를 읽었어."

제리가 노라를 향해서 말했다.

"어찌 보면 겉만 화려하다고나 할까. 이것이 호텔이나 식당을 운영하는데 있어서 함정 중 하나야. 항상 자리를 지켜야 하거든. 실제로 쉬는 날이 없어."

"전혀요?"

줄리가 물었다. 아그네스는 모피 코트와 진주로 치장한 줄리가 인생에서 단 하루라도 일을 해 보았는지가 궁금해졌다.

"음, 내가 너무 과장했나 보네요. 하지만 대체로 쉬지 못해요."

노라가 말했다.

"줄리는 무슨 일을 하세요?"

아그네스는 이 질문을 입 밖으로 내보낸 것을 바로 후회했다.

"난 크레디 스위스(스위스의 은행-옮긴이)에서 일해요."

줄리가 말했다.

"그저 크레디 스위스에 다니는 것이 아니라 줄리는 법인재정 담당 상임 부은행장이야."

제리가 정정해 주었다.

한순간 테이블에 침묵이 찾아왔다. 각자 양심의 가책을 느꼈다고 아그네스는 추측했다. 친구들도 줄리에 대해 자신과 같은 생각을 하고 있었을 테니까.

"그럼, 여행도 많이 해야겠네요."

노라가 말했다.

"그러려면 신경안정제가 필요하겠네요."

조시가 말했다.

"줄리는 자기 이야기를 별로 안 해."

제리가 말했다.

이 말은 줄리를 위해서 한 말이 아니라고 아그네스는 생각했다.

"야 상당히 신선한데."

롭이 말했다.

줄리는 와인 한 잔을 비웠다. 웨이터 세 명이 앙트레가 담긴 커다란 은쟁반을 들고 왔다. 아그네스는 도버 솔을 주문했다. 오전에 수프만 먹어서 그런지 배가 고팠다. 그녀는 배가 고픈 것이 아까 운 탓이라고 생각했다. 감정의 고갈 때문이었다. 아그네스는 또 자신이 약간 얼큰하게 취한 것도 염두에 두었다.

결혼식이 끝난 후 해리슨은 아그네스를 방까지 데려다 주었다. 그는 아그네스가 욕실로 가서 세수를 하는 동안 기다렸다. 아그네스는 얼굴을 정상으로 돌리려고 찬물에 적셔서 문지르며 무진장 애를 썼다. 그녀는 해리슨을 너무 오래 기다리게 하고 싶지 않았지만 머리도 다시 빗어야 했고, 세수할 때 드레스에 물이 잔뜩 튀겼기 때문에 그것도 정리해야 했다. 욕실에서 나왔을 때 해리슨은 침대에 앉아서 CNN 뉴스를 보고 있었다.

"음, 좋아졌는데."

해리슨이 말했다. 아그네스는 약간 긴장을 풀었다.

두 사람이 저녁식사 할 곳에 도착하자 해리슨은 그녀에게 술 한 잔 하겠느냐고 물었고, 아그네스는 민첩하게 그러겠다고 했다. 손에 술잔을 든 아그네스는 마침내 브리짓에게로 가서 그녀를 포용하면서 축하해 주었다.

"아이들이 있나요?"

지금 아그네스는 줄리에게 묻고 있었다.

"하나요. 열세 살짜리 딸이에요."

줄리가 말했다.

"아, 네. 그럼, 곧 고등학교 보낼 일을 생각해야겠네요. 키드로 보내는 거 고려해 보았나요?"

아그네스는 열정을 가지고 말했다. 아그네스는 제리와 줄리 사이에 순간적인 흔들림이 있는 것을 감지했다.

"에밀리는 자폐라서 맨해튼에 있는 특수학교에 다녀. 이 나라에서 최고 학교지."

제리는 퉁명스럽게 말했다. 그는 분명히 이 사실을 미리 말하지 않았다. 아그네스는 줄리가 그의 부주의함을 몰아세우지 않기를 바랐다.

이런 정보는 아그네스가 순간적으로 말문이 막히게 했다. 사람들이 제리의 딸이 자폐라는 말을 들은 것에 대해 안타까워해야 하나? 아니면 그 애를 잘 돌보고 있다는 사실에 대해 기뻐해야 하나?

"몰랐어."

아그네스는 27년간 친구들이 겪은 일들이 새삼 많다는 사실에 놀라면서 말했다.

"그 애가 그런 좋은 교육을 받고 있다니 다행이네."

아그네스가 덧붙였다.

제리는 냅킨을 만지작거리다가 테이블 위에 올려놓더니 다시 그것을 무릎 위에 놓았다. 그는 무슨 말을 할 것처럼 보였으나 그러지 못했다. 아그네스는 제리의 허약함을 살짝 엿보았다. 그가 호텔에 도착한 이후 처음으로 안됐다는 느낌을 받았다.

아그네스는 테이블을 둘러보았다. 빌과 브리짓. 그들은 결혼의 실패를 맛본 사람들이다. 이제 그들은 새로운 삶을 살 것이다. 유방암이라는 진단. 2기인가? 3기인가? 새로운 환경에 적응해야만 하는 아이들은 혼합 가족이 될 것이다. 아그네스는 은밀히 멜리사를 관찰하고 있는 매트를 지켜보았다. 두 아이는 대화 한 번 제대로 해보지 않았지만 오늘로서 의붓 남매가 되었다.

노라. 실제로 어릴 때 아버지뻘 되는 남자와 결혼했으나, 그는 모든 면에서 힘든 남자였다. 뛰어난 재기와 명성을 갖춘 그는 노라를 긴장시키고 속을 썩였을지도 모를 일이다. 지금 이 미망인은 엄청난 책임감을 지닌 채 의지할 파트너도 없이 홀로서기를 하고 있다.

해리슨. 아그네스가 학창시절에 무척 동경했던 사람이다. 그들 중 유일하게 키드에서 4년 내내 장학금을 받고 다닌 친구였다. 어릴 적에 아버지가 돌아가셔서 홀어머니 손에 키워졌다. 적어도 표면상으로 해리슨은 그들 중 가장 평범한 삶을 사는 것처럼 보였다. 그는 평범하게 아내, 두 아들, 좋은 직업 등을 갖춘 가정을 이루어 살고 있다. 하지만 뭐라고 설명할 수 없는 작은 슬픔이 있어 보였다. 아마 이 모임에서 그는 스티븐을 생각하지 않을 수 없어서 그러지 않나 싶다. 진정으로 그들은 모두 스티븐을 생각하지 않을 수 없었다. 스티븐은 적어도 겉으로 보기에는 삶의 축복을 받은 것처럼 보였었다. 멋진 외모, 강건한 체력, 강한 매력, 돈. 그러나 심적으로는 자기 자신을 통제할 근본적인 믿음이 부족했다. 그는 친구들 앞에서 자주 감정을 통제하지 못했다. 약간 머뭇거리며 고독한 관찰자인 해리슨과는 사뭇 달랐다.

제리. 그는 명확히 결혼생활이 냉전 상태에 접어들었으며 아이는 자폐를 앓고 있다.

롭. 직업과 애인에 모두 만족해한다. 양쪽에 엄청난 성공을 한 건 틀림없다. 키드를 졸업하고 몇 년간은 힘들었지만 줄리아드에 가서 자리를 찾았다. 게이의 삶도 인정했다. 게이의 삶이 쉽지는 않았겠지만 겉으로는 행복하고 좋은 결과를 얻은 것처럼 보인다. 아니면 다시 한번 단순히 측면만을 본 것인가?

"롭, 가족은 어떻게 지내? 아직도 맨체스터에 살아?"

해리슨이 말했다.

"아니, 노스캐롤라이나로 이사 갔어. 그곳에 누나가 살고 있거든. 누나는 애가 셋이야. 네 어머니는 어떠시니? 아직 시카고에 사셔?"

"응, 그곳에 사셔. 2년 전에 학교에서 퇴직하셨어. 요즘에는 자주 뵙는 편이야. 두 아이에게 아주 잘하시거든."

"우리 중에 누가 가장 먼저 할아버지, 할머니가 될지 궁금하네."

노라가 생각에 잠기면서 말했다.

"아이고! 맛있는 저녁을 망치고 그래!"

빌이 말했다.

아그네스는 계산해 보았다. 노라나 롭, 그리고 자신은 해당사항이 없다. 제리도 가능성이 없어 보였다. 그럼, 빌과 브리짓, 그리고 해리슨만 남았다. 멜리사는 자신의 무릎만 응시하고 있었고, 매트는 자신이 이 자리에 없었으면 하고 바라는 눈치였다.

"아티 코헨 소식 아는 사람 있어?"

아그네스가 주제를 돌리면서 말했다. 짐 미첼 선생님 반이었던 아티는 스티븐의 특별한 친구였다.

"인도네시아로 갔다는 소문을 들었는데, 확실치는 않아."

롭이 말했다.

"뭐하러?"

제리가 물었다.

"의료 활동이지 아마. 일종의 평화봉사단이겠지? 한 10년 전쯤에 기사를 읽은 기억이 나."

롭이 말했다.

"잘된 일이네."

아그네스가 말했다.

"동창회 게시판 본 사람 있어?"

롭이 물었다.

"나."

아그네스가 말했다. 그녀는 게시판을 살펴보며 누가 어디에서 일하는지, 누가 누구와 결혼을 했는지, 누가 죽었는지를 찾아본다.

"조 마세가 죽은 거 아니?"

아그네스가 물었다.

"자동차 사고로?"

롭이 물었다.

"이탈리아 북부 스키장에 추락한 소형 비행기에 탔었는데."

"나도 들었어."

제리가 말했다.

"슬픈 일이야."

노라가 말했다.

"스티븐의 아버지에 대해서 아는 사람 없어?"

제리가 물었다.

노라가 해리슨을 흘끔 쳐다보고 다시 제리를 보았다.

"내가 알아. 가끔 보스턴에 가는 길에 들러보곤 해."

"아직도 웰즐리에 사셔?"

제리가 물었다.

"그래. 동굴처럼 생긴 집에서 혼자 사셔."

노라가 덧붙였다.

레드와인을 마시면서 해리슨은 웨이터에게 와인 한 잔 더 달라는 신호를 했다.

"그분 부인은?"

제리가 물었다.

아그네스는 테이블에 앉아 있는 13명의 집합적 긴장감을 느낄 수 있었다. 손으로 턱을 받친 해리슨은 어두운 창밖을 응시했다. 앞으로 몸을 숙여 팔꿈치를 테이블에 받친 제리는 열중하여 듣고 있었다. 롭은 조시에게 '나중에 얘기해줄게' 하는 표정을 지었다. 항상 침착해 보이던 노라조차도 손톱을 조금씩 물어뜯었다.

"집을 나갔어. 스티븐이 죽은 후에. 무슨 일이 있었던 것 같아."

아그네스는 생선 한 토막을 잘랐다. 특히 소스가 맛있었다. 일종의 곡물(쌀이 아닌가 싶은데?)인 듯한데 녹색으로 보였다. 불빛이 밝지 않아서 꼭 그렇다고 말하기는 어려웠다.

"피츠 선생님 얘기 아는 사람 있니? 우리가 4학년 중간쯤에 그만두신 걸로 아는데?"

롭이 키드의 미술 선생님을 언급하면서 물었다.

"짐 미첼 선생님이 말해준 적이 있는데, 피츠 선생님은 그림을 시작해야 한다는 공황상태 때문에 그만두셨다고 했어."

아그네스가 말했다.

"그림이라면⋯⋯유화 같은 거 말하는 거야?"

제리가 말했다.

"일종의 그런 거지."

"그래서 어떻게 됐는데?"

제리가 물었다.

"그것으로는 생계를 유지할 수가 없었는데. 갤러리를 얻을 수가 없었나 봐. 그래서 뉴욕나약대학교에서 역사를 가르친다는 소식을 들었어."

"와."

롭이 말했다. 일종의 힘없고 공허한 감탄사였다.

"애들아, 야구 연습이 끝난 후에 경기장 뒤에서 마리화나 피다가 미첼 선생님한테 잡힌 거 기억나니?"

제리가 활기를 불어넣으며 말했다.

"그럼, 생각나지."

해리슨이 말했다.

"거기 누구누구 있었지? 롭하고, 나, 빌⋯⋯."

제리는 갑자기 멜리사와 매트가 테이블에 앉아 있다는 사실을 기억하고 재빨리 자신의 말을 수정했다.

"아니, 빌, 넌 거기 없었어."

빌이 킬킬거렸다.

"그래, 스티븐, 그 애도 있었지?"

제리가 말했다.

"그래, 스티븐도 있었어."

해리슨이 조용히 말했다.

"우리는……꼿꼿이 서서 담배를 후딱 삼켜버렸지. 미첼 선생님도 아셨을까?"

"물론 알고 계셨지."

해리슨이 말했다.

"그래, 미첼 선생님이 한마디만 했으면 우린 제명되었을 거야."

제리가 감탄하면서 말했다.

"틀림없이 그랬을 거야.

해리슨은 새로 가져온 와인 한 모금을 마시면서 말했다.

'지금 말하자', 아그네스는 가슴속에서 압박감을 느끼면서 이렇게 생각했다.

"너무 멍청한 짓이었어."

해리슨은 말하면서 몸을 돌려 매트가 있는 방향을 날카롭게 보았다.

"절대 마리화나는 피우지 마라."

그가 덧붙였다. 그때 아그네스는 해리슨이 좀 취했다는 생각이 들었다.

"특히 학교 운동장에서."

롭이 덧붙였다.

"게임을 한 후에 바로."

제리가 말했다.

"선생님이 한 바퀴 돌 때에는 특히 조심해야 해."

해리슨이 경고했다.

"그래, 미첼 선생님. 그분은 훌륭한 분이야."

제리는 한숨을 돌리며 말했다.

"난 그분을 사랑해."

아그네스가 말했다.

그녀는 테이블에 가볍게 손목을 올려놓고 밀려올 큰 파장을 기다렸다.

"우리 모두 그분을 사랑해. 넌 졸업시험을 그분한테 치렀지? 그런 분과 동료가 된다는 건 분명 대단한 일이야."

해리슨이 일상적으로 말했다.

"아니, 그런 뜻이 아니야. 난 그를 남자로 사랑해."

아그네스는 자신의 운명이 결정되고 있다는 사실을 인식하면서 말했다. 이제는 되돌릴 수도 없었다. 그녀는 짐을 드러내놓았다. 그 결과로 그를 다시는 못 볼 가능성도 있었다(이제 속이 후련한가).

"뭐?"

제리가 물었다.

아그네스는 턱을 들었다.

"난 그를 사랑해. 항상 그래 왔어."

아그네스는 자신의 말을 알아듣는 그 순간을 주목해 보았다. 제리는 놀라서 고개를 숙였고, 해리슨은 자신이 들은 말이 믿기지 않는다는 듯이 머리를 갸우뚱했고, 롭은 서서히 고개를 끄덕이었다.

"정말로 대단해."

오랜 침묵 후에 노라가 말했다.

"음, 아니. 그렇지 않아."

아그네스가 말했다.

식당은 아주 쥐 죽은 듯이 조용해서 아그네스는 옆방에서 하는 대화도 들을 수 있었다. 남자는 렉서스에 대해서 말을 했고, 여자는 옷 이야기를 했다.

"매트?"

노라는 테이블 건너편에 앉은 매트를 불렀다.

"너와 브라이언은 수영장에 내려가서 노는 게 어때? 우리 어른들 얘기는 꼭 들을 필요 없는데."

"그럴게요."

매트는 분명히 이 방을 나가기를 갈망하고 있었다.

"나도 가서 엄마를 체크해봐야겠어요."

브리짓의 동생이 말했다.

"좋은 생각이야. 나도 곧 올라갈게."

브리짓이 말했다.

매트는 멜리사를 바라보았다.

"같이 갈래요?"

멜리사는 어깨를 으쓱했다.

"난 수영 잘 못하는데."

"우리도 잘 못해요."

매트가 말했다.

"진짜에요, 정말로 잘 못해요."

브라이언이 히죽 웃으면서 덧붙였다.

"그럼, 좋아."

멜리사가 말했다.

테이블 주위는 매트, 브라이언, 멜리사가 떠나는 어색함을 커버하려고 사소한 잡담이 오고 갔다. 브리짓의 동생 제니스는 그녀에게 즐겁게 보내라고 인사했고, 롭은 해리슨에게 와인 한 잔 더 하겠느냐고 물었다. 해리슨은 고개를 끄덕이면서 술잔에 남은 걸 다 마시고는 잔을 롭에게 건네주었다. 친구들이 마음을 가라앉히고 있다고 아그네스는 생각했다.

"뭐가 어떻게 된 건데?"

떠날 사람들이 떠나자 마침내 제리가 입을 열었다.

"키드 4학년 때부터 짐 미첼을 사랑했어."

아그네스는 간단히 말했다.

"그럼, 선생님도?"

브리짓이 부드럽게 말했다.

"응, 그도 그래."

그녀의 목소리에는 잔뜩 긴장감이 묻어나왔다. 그녀의 가슴은 심하게 방망이질 쳤다.

"그런데 왜 대단하지 않다는 거야?"

해리슨이 물었다.

"그는 결혼한 사람이야. 나를 만나는 내내 결혼한 상태였어."

제리가 '휴' 하고 소리를 내었다.

"얼마나 오래 만났는데?"

제리가 물었다.

"27년."

아그네스는 겨드랑이가 땀으로 범벅이 되었고, 땀이 등 뒤를 타고 내렸다. 아마 드레스를 망치게 될 것이다.

"오, 아그네스."

노라가 말했다. 아그네스는 노라의 이런 비통함이 자신이 이제껏 비밀을 털어놓지 않았기 때문인지, 아니면 27년이라는 세월 동안의 그녀가 짊어진 순수한 무게 때문인지 분간이 가지 않았다.

"졸업한 해 추수감사절에 키드로 그를 보러 갔었어. 얘기하자면 길어. 그날 어떤 사연으로 응급실에 실려 가게 되었고, 그날 밤 우리는……."

아그네스는 말을 멈추었다.

"짐 미첼."

롭이 두려운 마음을 내비치며 말했다.

"그래, 바로 그분 맞아."

"사모님이 기억나. 이름은 기억 못하지만 야구게임에 자주 오셨 잖아. 꽤 귀여웠는데. 몸집이 작고 맵시 있었던 것 같은데? 브루넷(거 무스름한 피부, 머리칼, 눈을 가진 사람-옮긴이)이었던가?"

제리가 말했다.

"이름은 캐럴이야."

아그네스가 고개를 끄덕이며 말했다.

"이렇게 놀라울 수가, 이렇게!"

브리짓은 양쪽으로 서서히 고개를 저으면서 말했다.

"그래, 놀랍지."

아그네스가 단언했다.

"그럼, 사모님은 이 사실을 몰라?"

제리가 물었다.

"그렇다고 생각해."

"어떻게 그런 일이 가능해?"

제리가 물었다.

"짐과 나는 자주 만나지는 못했어. 우리는 중간쯤 도시의 알려지지 않은 호텔에서 만나서 하룻밤이나 주말 정도 같이 보내."

"그것으로 넌 만족하니?"

노라가 걱정을 숨기지 못하고 물었다.

"응. 난 너희가 가졌거나, 가졌던 것을 원하지 않아. 내 삶은 매일 남자를 원하지 않아. 난 내 콘도와 내 고독이 소중해. 가끔 짐과 만나서 함께 시간을 보내는 것이 헤어지는 것보다 훨씬 나아."

아그네스는 강하게 말했다.

"아그네스, 만약 선생님이 27년간 너를 행복하게 해주었다면 그것으로 난 만족해."

롭이 말했다.

"선생님이 널 진실로 사랑한다면 왜 부인과 헤어지지 않아? 이건 그분에게도 공평치가 않잖아?"

제리가 물었다.

줄리는 모든 사람이 깜짝 놀라도록 테이블에 있는 냅킨을 잡아채었다.

"언제부터 당신이 공평에 대해 관심을 가졌어?"

줄리가 남편에게 물었다.

"뭐?"

제리는 진정으로 깜짝 놀라서인지 아니면 아주 능숙하게 가장해서인지 이렇게 물었다.

"가증스러워."

줄리는 의자를 뒤로 밀면서 일어섰다.

"정말 가증스러워."

줄리는 핸드백과 외투를 잡았다. 아그네스는 그녀가 아무런 말도 없이 방을 나가는 모습을 지켜보았다.

제리는 두 손으로 눈을 가렸다.

"아유 맙소사!"

"상관없어. 이제 다 끝났어."

아그네스가 조용하게 말했다.

"왜?"

노라가 물었다.

"너희에게 모든 것을 다 말했기 때문이야. 그에게 절대로 얘기하지 않겠다고 약속했거든. 그런데 다 말해버렸잖아."

"지금 넌 선생님과 약속을 어긴 것을 걱정하고 있는 거야?"

제리는 명확히 아내가 나간 것에 대한 충격에서 벗어나면서 물었다. 그는 분명히 줄리를 따라갈 의사는 없어 보였다.

"그 사람 널 이용하고 있는 거야."

"아니야. 그렇지 않아. 넌 뭐가 우선인지 모르잖아, 제리. 그러니 입 닥쳐."

아그네스가 말했다.

"워, 자 침착하자고."

제리는 손바닥을 위로 들면서 말했다.

"우린 단지 네가 다치는 걸 보고 싶지 않아."

롭이 말했다.

"그러기에는 좀 늦지 않았을까?"

아그네스는 롭의 말을 잡아챘다. 이럴 의도는 아니었다.

"무슨 뜻이야?"

해리슨이 조용하게 물었다.

"너희가 나에 대해 어떻게 생각하는지 알아. 꾸준하고 건전한 아그네스. 데이트 한번 못해본 불쌍한 것. 결혼도 안 하고, 아이도 없고, 혹시 게이 아닐까? 너희 얼굴 표정에서 다 읽을 수 있어."

웨이터가 테이블로 와서 와인 잔을 채웠다. 노라는 그에게 그만 나가라는 미묘한 신호를 내렸다.

"아그네스."

노라가 마침내 말했다.

"미안해, 브리짓. 이러지 않으려고 했는데. 네 결혼식 피로연을 그만 망쳐버렸어."

아그네스가 말했다.

"아무것도 망친 건 없어."

브리짓이 말했다.

당연히 아그네스는 즐거운 저녁식사 시간을 망쳐놓았다. 그녀는 그들의 얼굴표정에서 그것을 읽을 수 있었다. 제리는 이제야 진실을 알았다는 표정이었고, 노라는 슬퍼 보였다. 해리슨은 당황하는 표정이었고, 롭은 아그네스를 위해서 가장 좋은 얼굴표정을 지으려고 노력했다.

"나에 대해서 알려주지 않은 채로 너희와 헤어지는 게 견딜 수 없었어. 이것이 내가 산 삶이야. 사람들 대부분과는 다른. 삶은 순간으로 나뉘는 거야. 탁월한 순간, 결코 지루하지 않은 순간, 강력한 느낌이 있는 순간, 충만한 즐거움이 있는 순간 등으로. 너희 중 몇 명이나 이런 것을 경험했어? 난 충분히 경험했어. 난 내 몫은 이미 가졌어. 내일 헤어질 때 우리는 다시 만나자고 하겠지. 하지만 우린 그러지

348

않을 거야. 진짜로. 내가 죽게 된다 해도 너희는 아무도 그 사실을 모르게 될 거야. 너희는 나를 '불쌍한 아그네스, 노처녀 아그네스'라고 생각하며 살아가겠지."

"우린 그런 식으로 말하지 않아."

노라가 말했다.

일단 말문이 트이자 아그네스는 멈출 수가 없었다. 내일 아침에 집까지 운전하고 가면서 그녀는 이 순간의 기억에 진절머리를 낼지도 모를 일이다. 하지만 지금 당장 그녀가 느낀 감정은 안도감이었다. 그녀 삶의 중심부분을 숨기지 않았다는 거대한 안도감.

"너희는 그렇게 생각했어. 지금도 그렇게 생각하고 있을 거야. 내가 노라의 결혼생활을 불쌍하게 생각한 것처럼. 내가 암에 걸렸는데도 결혼하고 싶은 느낌이 어떤 것인가를 궁금해한 것처럼."

"아그네스, 그만 해."

롭이 말했다.

아그네스는 비난을 무시했다.

"왜 우리는 모두 솔직하지 못한 거지? 우리는 이 모임을 여는 내내 마음속 깊숙이 감춰둔 이야기는 하지 않았어. 우리는 한때 가장 절친한 친구였어. 그런데 지금 우리는 서로 낯선 사람들 같아. 난 너희 비밀을 내게 얘기하라는 것이 아니야. 그런 건 알고 싶지 않아. 그저 난 평생 이중생활을 해왔다는 사실을 너희에게 알리고 싶을 뿐이야. 이건 어디를 가든 씻을 수 없는 오점으로 남을 거야."

아그네스는 자신이 너무 멀리 와버렸다는 사실과 자신이 진정으로 동경하고, 사랑하는 사람들에게 상처를 주고 있다는 사실을 알고 있었다. 하지만 그녀가 말한 걸 이제 와서 되돌릴 수는 없는 노릇이었다. 그러기에는 너무 늦었다. 그들을 떠나기에 앞서 한 가지 더 할 말이 남아 있었다.

"우리는 참으로 오랜만에 모두 모였어. 그런데 우리가 한마디도 하지 않은 얘기가 있어. 해변에서 그날 밤. 우리가 공유한 일종의 암과 같은 것 말이야. 우리는 모두 거기 있었어. 우리는 모두 스티븐을 보았어. 우리는 모두 그 애가 술을 너무 많이 마셔서 아무것도 기억하지 못하는 상태가 되는 걸 지켜보았다고."

아그네스는 일어서서 말했다.

노라는 조용하게 의자를 뒤로 밀어 일어섰다. 아그네스는 노라가 친구들 뒤로 걸어서 주방으로 연결되는 문으로 걸어가는 모습을 지켜보았다.

"우리는 모두 스티븐의 죽음에 공범이야. 우리는 그 애가 취한 걸 알았어. 그런데도 우리는 그 애를 자세히 주시하지 않았어. 솔직히 그 애가 없어진 것조차 알지 못했어. 그것을 알았을 때는 이미 너무 늦은 상태였지."

아그네스는 테이블에 냅킨을 올려놓았다. 어쩌면 그것은 그녀의 긴 장갑이었을지도 모른다.

"오늘은 사랑스러운 결혼식이야, 브리짓. 이건 진심이야. 난 네가 용감하고 아름다운 여자라고 생각해. 그리고 행복하길 원해. 오래, 아주 오랫동안 빌과 행복하길 바라."

아그네스는 해리슨을 보았고, 그다음에는 롭을 보았다. 그녀는 다시는 그들을 보지 않을 것이다. 아그네스는 굿바이라고 말할 수도 있었으나 그날 저녁은 이미 드라마의 몫 이상을 진행해버렸다. 아그네스는 의자 옆으로 나와서 의자를 밀어 테이블 안으로 집어넣었다.

내일 아침 그녀는 일어나서 오렌지색 더플백을 들고 차에 탄 다음 집으로 향할 것이다. 가는 길은 길고 기나길 것이다. 아그네스는 이미 그것이 두려웠다. 이번 여행은 어제 그녀가 계획했던 것과는 완전히 달라졌다. 어제 그녀는 삶이 있었고, 희망이 있었다. 지금은 그어느 것도 남아 있지 않았다.

27년 전 비밀

빌과 브리짓이 방으로 돌아가자 해리슨은 서서 롭과 조시, 그리고 제리에게 굿나잇 인사를 했다. 이제 해리슨 혼자 남게 되었다. 아그네스의 선언과 퇴장은 이날 저녁을 상당히 인상적으로 마무리 지었다. 아마도 남자들은 한 잔 더 하러 도서관으로 이동했을 것이다. 해리슨은 그들에 참여할 의향이 없었다.

해리슨은 노라가 사라진 별실 저쪽 끝의 문으로 들어갔다. 예상치도 못하게 해리슨은 주방에 들어서게 되었다. 주방에서 크림 통을 정리하던 웨이트리스 주디는 당황해 했다.

"노라는 어디 있나요?"

해리슨이 단도직입적으로 물었다.

"모르는데요."

해리슨의 갑작스러운 태도에 어리둥절해하면서 주디가 말했다.

"이곳으로 들어왔는데요."

"왔다 갔어요."

양복 윗도리를 어깨에 걸친 채 해리슨은 호텔 공공시설인 도서관, 거실, 결혼 피로연이 아직 진행 중인 또 다른 방을 샅샅이 뒤졌지만 노라를 찾을 수 없었다. 상상하건대 노라는 그와 길이 엇갈려서 그가 이미 찾아본 방들 중 하나에 있을 것 같았다. 하지만 그는 운에

맡기고 노라의 침실로 향하는 긴 복도로 들어섰다. 코너를 돌 때 노라의 방문이 반쯤 열린 것이 보였다. 마치 그녀는 뭔가를 가지러 서둘러 방안으로 달려 들어간 것처럼 보였다.

해리슨은 문을 좀더 밀었다. 노라는 개인 베란다로 연결되는 더블도어를 바라보며 안락의자에 앉아 있었다.

해리슨은 양복 윗도리를 침대 끝에 던졌다.

"진실을 알고 싶어?"

그가 물었다.

그의 말투는 퉁명스러웠다.

노라는 아무 말도 하지 않았다.

"좋아. 말해주지."

해리슨은 그녀의 침묵을 무시하면서 말했다.

의자에 앉은 노라를 직면하면서 엉덩이에 손을 얹은 채로 서 있는 그는 자신의 태도와 목소리가 분노로 가득 차 있음을 알았다. 하지만 그는 다리를 꼬고 빗장뼈 위에 숄을 걸친 채 앉아서 다양한 직사각형 창문을 응시하는 노라의 모습을 차마 볼 수 없었다. 그는 그녀에게 등을 돌리고 더블도어 쪽으로 걸어갔다. 노라의 모습이 유리창에 비치었다.

"그래, 일부는 빼고 얘기하겠어. 내가 3~4학년 내내 한 소녀를 지켜보면서 보낸 부분은 생략하겠어. 10월의 어느 운명적인 날 이후로 난 멀리서 본 그 소녀에게 홀딱 반해 버렸어. 그런데 놀랍게도 그 소녀는 내 가장 친한 친구인 스티븐의 여자친구였어."

해리슨은 잠시 중단했다.

"홀딱 반했다는 말은 이런 경우에 완전히 어울리지 않아. 사랑에 빠졌다는 표현을 써야 하지 않겠니? 하지만 넌 내 말이 좀 의심스럽 겠지. 넌 누군가를 사랑하려면 최소한 두 사람 사이에 인연의 시작이 있어야만 한다고 생각할 테니까. 하지만 내가 그 소녀를 진심으로 사 랑했었다는 것은 확실해. 난 그 소녀와 점점 가까워지면서, 가볍게 몸을 터치할 만큼 충분히 가까워졌는데도 슬프기만 했어. 그건 이미 말했듯이……그녀는, 내 진정한 사랑은, 내 룸메이트의 여자친구였 기 때문이지."

해리슨은 팔짱을 끼었다.

"그래, 이런 얘기는 넘어가자고. 해변의 그날 밤으로 직접 가자 고. 내 기억이 옳다면 5월 셋째 주 토요일이었을 거야. 그날 밤 물의 온도는 영상 4도 정도 되었어. 사람이 빠지면 채 30분도 안 돼서 죽게 되는 온도지. 그날 밤 대기 온도는 7도를 넘지 않았어. 지금까지 내 말이 무슨 뜻인지 이해하겠어?"

"해리슨."

"난 비치하우스에서 열리는 파티에 참석했지. 그 집은 명목상으 로 보스턴에 사는 바인더 부부의 집으로, 그들은 여름에만 그곳을 이 용했지. 하지만 본질적으로는 키드아카데미의 특권층 집이었어. 그 들은 일시적으로 방치해놓은 집에 누군가가 자물쇠를 부수고 들어 오는 일에 크게 개의치 않았어. 이 집은 키드에서 2킬로미터가 채 안 되는 거리였지. 이 사실은 나중에 꽤 중요해질 거야."

해리슨은 몇 년 동안 이 사실을 잊고 있었다.

"그러니까, 파티에 나와 함께 있던 사람이 누구였더라? 거기서 아이들은 지나치게 술을 많이 마셨어. 프랭키 포브스가 이틀 전에 비 치하우스에 버드와이저 열 상자, 무수히 많은 와인 병, 술이 센 친구

354

들을 위한 잭다니엘 수십 병을 갖다 놓았어."

해리슨은 잠시 중단했다.

"친절한 포브스. 1974년 키드 친구들에게는 귀중한 친구였지. 그가 없었다면 우리는 어떻게 했을까?"

지금 포브스는 어디서 무얼 하고 살까? 술고래가 되어 있을까? 아니, 약삭빠른 놈이라 그럴 것 같지는 않았다. 어쩌면 메인 해안가 집을 모두 사서 키드의 학생들에게서 돈을 그러모으고 있을지도 모른다.

"그러니까, 파티에 누가 참석했더라?"

해리슨은 다시 말했다.

"제리 레이든, 제리는 모든 파티에는 다 참석했지. 특별히 그 애가 술을 좋아해서가 아니라 호기심 많은 아이였기 때문이었어. 그는 관찰해서 거기서 결론을 이끌어내는 것을 좋아했어. 재미난 이야기를 비축해 두었다가 나중에 보따리를 풀어놓았어. 나는 늘 제리가 훌륭한 탐정이 될 거로 생각했어. 하지만 대신에 그 재능을 날카로운 비즈니스 기술에 이용해서 뉴욕시에서 외식업계 최고를 향해 가고 있더군. 어쨌든 그곳에는 제리와 그의 여자친구 던이 참석했어. 이번에 알았는데 던은 아이다호에서 양을 기르고 있다더군. 또 누가 있었지? 롭 조알. 공표할 준비가 되어 있진 않았지만 의심할 여지없이 롭은 자신의 성별을 정확히 알고 있었어. 좋은 떡잎인 롭은 왁자지껄하게 정신없이 떠드는 속에서 맥주를 얌전하게 마셨어. 비록 제리 레이든과는 달랐지만 그 또한 인간 행동의 또 다른 관찰자였어. 물론 정략적 목적을 위한 것은 아니었어. 그때까지 그의 인생에 조시는 없었어. 하지만 누가 알겠어, 그곳에도 아주 다양한 종류의 인간이 있었을지도 모르잖아? 2학년 남자 아이나 교장 선생님과 관계를 맺었을지 누가 알겠어?"

"아마 파티에 15명 정도 있었던 것 같아. 20명은 안 됐어. 파티가 한참 진행되고 있는데 키드에서 소등 종이 울렸어. 10시 45분까지 파티를 마쳐야 기숙사까지 전력으로 질주해서 뛰어가면 11시까지 방에 도착할 수 있거든. 소등 종소리 기억나지, 노라?"

"해리슨, 왜 그런 이야기를 하는 거야?"

"진실을 말해주겠다고 했잖아? 좀 너저분하지만 내 이야기에 구성이 있어. 그러니 계속해서 말할게. 파티에 참석한 다른 아이들 얘기하는 중이었지. 빌과 브리짓은 코너에 자리 잡고 있었어. 우리는 두 사람을 시기하지 않았어. 아그네스 오코너는 소파에 앉아서 아티 코헨과 대화 중이었어. 무슨 얘기였더라……잠깐만……베트남 전쟁이었나? 그 밖에도 애들이 많았어. 하지만 잘 기억이 안 나. 너도 꽤 많이 술을 마셨어. 다른 아이들처럼 취하진 않았지만. 난 얼큰하게 취한 것 이상이었지만 몸을 못 가눌 만큼은 아니었어. 분명히 대마초와 잭다니엘을 섞어 마신 스티븐보다는 상태가 양호했어. 충혈된 눈, 비틀거리는 걸음걸이, 감상적인 키스. 그래, 난 이 모든 장면을 내 두 눈으로 보았어, 노라. 우리는 굉장히 매력적인 스티븐의 웃음을 잊지 못하고 있어. 그의 웃음은 사람을 유쾌하게 만들었지. 마치 교향곡이 점점 더 강하게 울려 퍼지는 것처럼 말이야."

"너 취했구나."

노라가 말했다.

"그렇게 생각해? 그때 넌 행복하지 않았어. 아주 조금도. 난 확신할 수 있어."

해리슨은 노라의 방향으로 몸을 돌리면서 물었다.

몸을 돌렸지만 팔짱을 끼지는 않았다. 용기가 그에게서 빠져나가려 했다. 그는 양복바지 주머니에 두 손을 찔러넣고 자신이 더블도어 문틀에 서 있음을 깨달았다. 문틈에 끼인 남자.

"또 파티에는 앞서 말한 소녀도 참석했어. 사랑에 빠진 열일곱 살짜리 소년은, 그래 맞아, 이 표현을 쓰기로 했지……아름다운 소녀를 사랑하게 되었지만 그 소녀를 만질 수도 없었고, 더욱이 소녀는 스티븐에게 괴롭힘만 당하는 것 같았어. 술주정뱅이인 그의 노골적인 소유욕. 드라마틱한 감상적 키스, 곰팡내 나는 침대로 들어가기 위한 공공연한 전주곡. 명목상으로는 물을 마시러 부엌으로 들어간 소녀를 나는 따라갔어. 그곳에 소녀가 혼자 있었어. 소녀는 아주 더러운 바닥에 앉아 두 무릎에 머리를 파묻고 있었어. 고뇌하는 그녀. 확실히 그랬어."

해리슨은 노라가 코너에서 작은 동물처럼 땅에 고정되어 움직이지 않고 있던 모습을 떠올렸다.

"나는 그녀 앞에 쪼그리고 앉아서 무엇이 그렇게 괴로운지를 물었어. 눈치 빠른 인간 본성의 관찰자인 제리와 롭도 이런 상황을 알아차렸지. 나는 고뇌하는 소녀를 일으켜 세웠어. 가끔 열일곱 살짜리 소년에게 일어날 수 있는 위안으로 모르핀을 다소 많이 주입했지. 그러자 소년에게 환희와 비슷한 감정이 솟구쳐 올랐어. 실지로 환희 자체가 아니었을지도 모르지만. 소녀에게도 이런 감정이 일었을까? 당연하지 않겠어? 사람은 누구나 환희를 느끼고 싶어하니까. 분명히 열정적으로 오래 끈 두사람의 키스는 소녀에게 강한 감정을 일깨워주었지. 아마 구원이었을까? 그렇게 생각해. 그때 더듬는 손길을 느졌어. 소녀의 손이 내 셔츠 밑으로 들어왔어. 허리 위쪽으로 말이야. 난 그 일을 평생 잊지 못했어. 상상해 봐. 27년간 아주 사소한 추억을 기억하며 보냈다고."

"그만해. 듣고 싶지 않아."

노라가 말했다.

"아무튼 소녀와 나는 달아올랐지."

해리슨은 노라를 무시하며 계속했다.

"내 등은 포마이카 카운터의 몰딩 금속 밴드에 마구 긁혔어. 간단히 표현하자면 나는 몇 달 동안 그렇게 안고 싶은 소녀를 품게 되는 스릴을 맛보았지. 분명히 내 소유가 아닌 소녀가 마음껏 내게 자신을 주었다고. 그래서 그 소녀도 나와 같은 감정이라고 생각하면서 면죄부를 받았을지도 몰라. 다시 말해서 비록 에둘러서 그리고 완전히 결백하지 않은 상태라고는 하지만 우리는 서로의 사랑을 확인한 셈이었지."

해리슨은 말을 멈췄다. 그는 이 순간에서 멈추고 싶었다. 그가 직접적으로 느낄 수 있었던 순간, 오랜 세월 동안 되풀이되지 않았던 바로 그 순간.

노라는 얼굴을 손으로 감쌌다.

"아 그렇게 멋진 즐거움이라니."

해리슨은 이야기를 계속했다.

"훔칠 수 있다면? 대가를 치를 수 있다면? 그때 갑자기 비틀거리며 스티븐이 들어왔어. 그는 술에 취한 상태에서도 자신의 룸메이트와 여자친구가 열정적으로 포옹하며 붙어 있는 장면을 놓치지 않았지."

해리슨은 배신감으로 가득 찬 스티븐의 충격받은 표정이 떠올랐다. 그는 드릴로 가슴팍이 뚫리는 기분이었을 것이다.

"우린 그때 숨을 헐떡이며 허겁지겁 떨어졌어. 하지만 고맙게도 소녀는 내 옆에서 움직이지 않았어. 아무런 행동도 하지 않았지. 난 평생 이 일을 고맙게 생각하고 있어. 그러나 되돌아보면 아무 행동도 하지 않은 것이 오히려 우리를 이렇게 만든 셈이 되었어. 아쉬운 듯이 꾸물거리던 포옹 때문에, 이런저런 것을 해결하고자 하는 마음이 없었기 때문에, 내 기억으로는 물음표로 끝나는 '뭐야?' 와 같은 외침이 아니라 '더러운 것들.' 이라는 스티븐의 절규 끝에 마침표가 있었기 때문에 문제가 생긴 거였어."

분명히 '더러운 것들'과 같은 문구였다고 해리슨은 회상했다.

"소녀는 아무 말도 하지 않았고, 나도 침묵했지. 돌이켜보면, 놀랄 만큼 침착한 자세를 보인 게 큰 불행의 씨앗을 키웠어. 술주정뱅이가 화가 났다고, 배반당했다고 그런 일을 할 줄 누가 알았겠어? 신문이나 텔레비전 프로에나 이런 시나리오로 가득 차는 거지. 곧바로 소녀는 그곳을 나갔어. 떠나면서 그녀의 손이 내 팔을 따라 내려갈 때의 느낌을 지금도 기억하고 있어. 그것은 미래에 대한 뚜렷한 언질이었어. 기쁨으로 갈망하는 내 마음을 채워준 그 제스처와 심지어 그 허세. 난 카운터에 기댔어. 두 팔을 포마이카에 기댄 채로 펀치가 날아오기를 기다렸어. 아주 적어도 침 정도는 뱉을 줄 알았어. 술에 취해서 의사표현을 제대로 못 한 스티븐은 잭다니엘을 흔들면서 '너이 새끼' 만 반복해서 말했어. 그는 잭다니엘 술을 인상적으로 벌컥벌컥 들이켰어. 지금 회상해보면 무척 인상적이었던 것 같아. 그런 다음 비틀거리며 나가버렸어."

"나는……난 뭘 했지? 우쭐 됐나? 흐느꼈나? 안도감을 느꼈나?

성적으로 일시적 정신착란을 일으켰나? 난 소녀를 찾아야 했어. 그녀를 얻은 걸 알려주려고. 그녀에게 사랑한다고 말하려고. 이 말은 꼭 전달해야만 하는 절박한 메시지 같았어. 하지만 그것은 아직도 전달되지 않았지. 어쨌든 난 소녀를 찾으러 나갔어. 재빨리 현관으로 나갔지만 노라는 없었어. 비치하우스로 통하는 지저분한 닭장까지 모두 다 뒤졌는데, 아무 데도 없었어. 기숙사로 돌아간 것인가? 그럴 수도 있다고 생각했어. 하지만 그랬으면 내 이야기의 엔딩이 재미없겠지."

해리슨은 이야기의 끝을 생각했다. 어쩔 수 없이 이야기의 핵심 부분인 진정으로 중요한 곳으로 들어갈 수밖에 없었다.

"그래서 다시 현관으로 돌아왔어. 거기에 놀랍게도 스티븐이 있었다. 비틀비틀 거리면서. 그런데 믿을 수 없는 모습을 보았어. 그가 울고 있었어."

"그만해 해리슨."

노라가 말했다.

"그는 '야 인마, 이 새끼야'만 반복해서 말했어. 내가 그곳에 서 있는 줄도 모르고 말이야. 난 그가 나와 노라의 스킨십 장면을 보고는 정신이 나갔다고 생각했어. 마음이 착잡하더군. 그래서 말을 걸었어. 뭐라고 말을 했어. 아마 그의 이름만 부르지 않았나 싶어. '스티븐'. 그는 돌아서서 나를 보았어. 난 그의 손에 들린 텅 빈 술병을 보았어. 거의 치사량에 가깝게 마신 듯했어. 그가 말하기를, '나쁜놈, 난 돌아갈 수 없어.'"

해리슨이 잠시 심호흡을 했다.

"난 스티븐을 향해서 발걸음을 떼었어. 그런데 그가 가까이 다가

오지 말라고 소리 지르면서 물러나기 시작하더군."

해리슨은 이제껏 누구에게도 말하지 않은 사실을 폭로하기 바로 직전에서 멈추었다. 하지만 그는 이 사실을 말하려고 노라의 방으로 온 것이다. 끔찍한 비밀을 폭로하려고.

"그에게서 냄새가 났어."

해리슨이 빠르게 말했다.

노라는 두 손으로 얼굴을 감쌌다.

" '나 똥 쌌어, 이놈아'라고 스티븐이 말하더군."

노라는 의자에서 일어서더니 침대로 가 침대 가장자리에 걸터앉았다.

"나도 말로만 들었지 한번도 직접 목격한 적이 없는 현상이었어. 술에 취했을 때 나타나는 극단적인 현상이라고 할 수 있지. 난 말문이 막혔고, 놀라웠으며 술이 떡이 되어서 저지른 순전히 생리적 현상이 창피했어. 난 정말로 그 자리에 얼어붙고 말았어."

" '물속으로 들어갈 거야. 팬티를 빨아야지. 네가 입을 것 좀 갖다 줘라, 이놈아. 옷장에서 팬티 좀 훔쳐와. 아무거나' 하고 스티븐이 소리쳤어."

해리슨은 노라를 흘끗 보았다.

"스티븐이 현관에서 나와 해변 쪽으로 내려갔어. 나는 '스티븐, 안 돼' 하고 소리쳤어."

해리슨이 고통스러워하며 말했다.

" '뭐? 뭐라고?' 그가 물었어."

해리슨은 입술을 물어뜯으면서 천장을 올려다보았다.

"파도는 거칠지 않았지만 완전히 잔잔한 상태는 아니었어. 파도의 흰 가장자리를 볼 수 있었으니까. 내가 무엇을 해야 했을까? 현실적으로? 스티븐은 몸을 씻어야만 하는 상황이었어. 누구에게도 보일 수는 없었으니까. 다른 사람들이 그가 똥을 쌌다는 사실을 아는 것보다 술을 깨려고 잠시 수영을 하러 물속으로 들어갔다고 생각하게 하는 게 더 낫잖아, 안 그래?"

해리슨은 숨을 길게 내쉬었다.

"나도 그를 따라 내려가기 시작했어. 하지만 그는 돌아서서 가까이 오지 말라고 소리쳤어. 계속해서 울면서 말이야."

해리슨의 목소리는 굳어 있었다.

"그날 밤은 그리 밝지도 않았어. 그가 해변으로 내려가는 것을 말릴 도리가 없었어. 그는 물가에서 비틀거리더니 무릎 깊이까지 물속으로 들어갔어."

해리슨은 힘들게 침을 삼켰다.

"사실 난 그를 도울 수 있었어, 그렇잖아?" 내 팬티라도 벗어서 주었어야 했어. 학교로 돌아가서 아무도 보기 전에 기숙사로 몰래 숨어 들어가면 끝이었다고."

해리슨은 왜 자신이 그렇게 하지 않았는지 천 번쯤은 생각해 보았었다.

"스티븐은 균형을 잃고 모래에 주저앉았어. 그는 바닷물에 다리를 씻고자 벨트를 풀려고 애쓰는 모습이 보였어."

"해리슨."

노라가 말했지만 해리슨은 이야기를 마치기로 굳게 마음먹었다.

"그런데 뒤에서 소리가 들리더라고. 문 여는 소리였어. 돌아보았더니 제리 레이든이었어. 나를 찾으러 나왔겠지. 아니, 스티븐이었을

지도. 부엌에서 일어났던 일이 해변에 삽시간에 퍼졌더군. 그리고 인간 행동의 새롭고 흥미 있는 냄새를 맡은 우리의 제리는 주인공 중 한 사람과 말을 하고 싶었을 테니까."

해리슨은 주변에서 일어나는 모습을 보려고 애쓰던 제리의 얼굴이 떠올랐다. 해리슨은 그를 뒤의 현관으로 밀어젖혔다.

"난 제리 앞에 서서 그를 뚫어져라 바라보았어. 의도적으로 제리의 살피는 시야에서 스티븐을 보호하려고 오히려 '스티븐 보았어?' 하고 제리에게 물었어. 나도 내가 왜 이런 말을 했는지 모르겠어. 그저 난 그에게 단서를 주지 않으려고 그렇게 말했을 뿐이야. 도대체 무슨 일이냐고 제리가 묻더군. 난 그를 달래려고 한두 가지 사실을 얘기해주고 집 안에 들어가 있으라고 했어. '아휴 추워 죽겠어, 인마. 안으로 들어가자' 이렇게 말했어. 정확하게 내가 한 말은 기억이 안 나지만 이런 말이었던 것 같아."

해리슨은 노라가 좀 전에 앉았던 의자로 가서 앉았다.

"부랴부랴 다시 밖으로 나왔더니 스티븐은 이미 사라진 상태였어."

노라는 침대에서 울고 있었다.

"정신없이 해변으로 달려갔어. 스티븐을 부르고, 또 부르면서 소리쳤어. 하지만 파도 너머로 내 말을 듣는 사람은 아무도 없었어. 네가 그 해변에 있었다면 어땠을 거 같니? 발자국을 찾아보았지만 아무것도 찾지 못했어. 바닷물이 들어오면서 그곳 흔적을 모두 지워버렸어. 난 스티븐이 팬티를 벗어서 최선을 다해 빨아 입은 후 다시 기숙사로 돌아갔을 거라고 스스로 위로했어. 아마 제리와 너무 오래 얘기했나 보다고 생각했지. 또 스티븐에게 진절머리도 났고."

해리슨은 두 눈을 비볐다.

"그때 소리를 지르며 거리로 뛰쳐나가 불빛이 있는 집을 찾아서 경찰에 신고했어야 했어. 해안경비대에 연락해야 했다고. 그랬으면 해안경비대가 그를 구해주었을까? 모르겠어. 너도 알다시피 물속에 빠진 사람은 30분도 채 안 돼서 죽게 되잖아."

해리슨은 잠시 중단했다.

"난 기숙사로 돌아왔어. 스티븐은 방에 없었어. 복도 위아래로 그의 이름을 부르며 다녔지만 결국 그를 찾지 못하자, 할 수 없이 아래층으로 내려가서 학생주임 선생님께 얘기했어. 그가 해변에 있다가 사라졌다고."

노라의 방에는 오랜 침묵이 흘렀다.

"학교에서 경찰을 불렀어. 경찰이 키드에 도착하는 데는 장장 27분이라는 시간이 걸렸어. 물론 그 시절만 해도 옛날이었으니까. 이미 너무 늦은 상태였어."

해리슨은 긴 한숨을 내쉬었다.

"스티븐은 주체할 수 없는 고통을 몇 초 겪지 않았을 거라고 나 자신을 애써서 위로했어. 하지만 내가 그렇게 말을 하다니? 그 몇 초간이 얼마나 끔찍했겠는가! 난 상상했어, 그의 발이 팬티에 걸려서 엉키었고, 그는 일어설 수 없었겠지. 파도가 와서 그를 넘어트렸을 거고, 스티븐은 물속에서 몸부림쳤겠지. 그러고는 물결에 휩쓸려 떠내려갔을 거야."

"오, 하느님!"

노라가 말했다.

"이것이 내가 이제껏 숨겨온 이야기야. 슬픈 이야기. 혼자서 이 비밀을 지켜왔어. 내 기억에서 이 일을 지워버리려고 노력했어. 물속에서 자신을 깨끗이 씻으려고 애쓰는, 내 기억 속에 남아 있는 내 친구의 마지막 이미지. 난 스티븐의 명예를 위해서 아무에게도 말하지 않았다고 나 자신을 설득하려고 애썼어. 그의 기억을 더럽히지 않으려고. 하지만 너와 난 그것이 허튼소리라는 걸 알아."

해리슨은 두 손으로 머리를 잡았다. 이런 이야기를 하는 건 노라에게 잔인한 짓이었다. 그럼, 무엇 때문에 이 이야기를 한 것인가? 진실을 말하려고? 그것이 정확하게 무엇을 할 수 있단 말인가?

"아그네스도 이 사실을 알고 있어?"

노라가 물었다.

"아무도 몰라."

해리슨이 말했다.

"우리 모두 죄가 있다고 아그네스가 말했어. 너, 제리, 나, 그 밖의 사람들이 말이야. 난 스티븐을 돌보지 못한 죄가 있어."

"나도, 우리 모두 그래. 스티븐은 내 친구였어. 난 사라진 그의 삶에 대해서 생각해봤어. 사라진 그의 전체 삶에 대해서. 27년간 그의 삶은 사라졌어."

"견디기 힘들어."

노라가 말했다.

"너도 알다시피, 그의 시체는 페퍼럴 섬으로 떠내려갔어. 긴 로프가 끔찍하게 그의 목을 감싸고 있었어. 그래서 자살했다는 부적절한 소문이 돌았던 거야. 스티븐 오티스는 절대로 자살할 아이가 아니야. 알코올 중독으로 서서히 죽어간다면 몰라도."

"오, 해리슨. 그는 영원히 술주정뱅이로 살았을 거야."

노라가 말했다.

"난 이 이야기를 하러 이곳에 왔어. 여기까지 운전하고 올 때까지만 해도 몰랐었는데, 지금은 알겠어. 아그네스는 날 자랑스러워 할 거야, 그렇지."

"해리슨."

"아직 이야기가 끝나지 않았어. 한 부분이 남았어. 장례식을 치른 후 스티븐의 아버지가 졸업식에 참석하려고 키드로 오셨어. 기억나니? 졸업식에서 스티븐을 위한 묵념을 했던 거? 졸업식이 끝난 후 스티븐 아버지는 내 방으로 와서 그가 죽은 장소를 보고 싶다고 하셨어. 그분은 내가 그를 마지막으로 본 사람이고, 그 장소를 알고 있다는 사실을 알고 계셨어."

해리슨은 몸을 앞으로 숙여서 무릎 위에 팔꿈치를 얹고 두 손을 꼭 잡았다.

"우리는 차를 타고 그곳으로 갔어. 가는 내내 아무 말도 하지 못했어. 할 말이 많았는데도 목구멍에서 소리가 나지 않았어. 우리는 비치하우스에 도착해 집 앞 진입로에 주차하고 집 옆의 모래 언덕을 따라 걸어갔어. 곧 방파제가 나왔어. 그저 떨면서 서 있었어. '여기니?' 하고 그의 아버지가 묻기에 고개를 끄덕이었어. '네가 할 수 있는 일은 아무것도 없었을 거야, 아들아' 하고 내게 말씀하시는 거야. 그분이 나를 아들이라고 부르면서 어깨에 손을 올려놓았어. 날 위로 해주느라고. 난 마음속으로 외쳤어. 이건 사실이 아니라고. 하지만 고작 그것이 전부였어."

해리슨은 노라가 다른 여자들처럼 "네가 옳은 일을 한 거야" 하고 말하지 않기를 바랐다. 공허한 면죄부는 죄나 마찬가지였기 때문이다.

어떤 것을 고백하는 게 죄의식을 경감시켜준다는 말은 허풍이라고 해리슨은 생각했다. 그렇게 생각하는 게 얼마나 우습고, 얼마나 전적으로 속이는 짓이란 말인가! 그는 뭔가를 고백하는 일이 그 일을 더욱 현실로 만든다는 걸 이제야 깨달았다.

그가 고백한 것은 무척 칙칙하고 슬픈 이야기였다. 해리슨은 이제 스티븐이 정확히 어떤 사람이었는지 기억이 제대로 나지 않았다. 그저 집에 그의 사진이 몇 장 있을 뿐이다. 졸업 앨범에는 스티븐 오티스가 잔인하게 아무 일도 없다는 듯이 버젓이 나와 있다. 야구팀 주장. 졸업반 회장. 졸업생들의 익살꾼. 해리슨은 스티븐이 노라와 침대에서 누워 있던 모습과 물속으로 걸어가던 모습을 어떻게 하든 잊으려고 안간힘을 썼다. 하지만 그 외의 모습들은 그리움으로 다가왔다. 땅볼을 가슴 높이까지 껑충 뛰어서 잡는 모습. 홈으로 파고들어 게임에서 이기던 모습. 하지만 스티븐, 스티븐의 실체는 사라졌다. 이제 스티븐은 일화나 사진 속에서만 기억될 뿐이다. 희극에서 입는 바보 같은 옷처럼 단지 종잇조각만 남기고 그는 사라졌다.

해리슨은 뒤의 침대에서 희미하게 옷 스치는 소리를 들었다. 이제 가야 할 시간이다. 멋진 퇴장은 일어서서 뒤도 돌아보지 않고, 진부한 몇 마디도 나누지 않고 이 방을 나가는 것이다. 이제껏 해리슨의 말은 몹시 가슴 아픈 이야기다. 어쩌면 이야기에 대한 순수한 감정만을 실어서 그 당시 있었던 것보다 더욱 심하게 얘기했을지도 모를 일이다. 그러니 아무 말도 하지 않고 방을 나가는 건 과장되거나 잘못일 수 있다. 친구 대 친구로 해리슨은 노라를 위로해 주어야만 했다. 최소한 '미안하다'는 말은 해야만 하는 것이 아닌가.

노라가 해리슨의 어깨에 두 손을 올렸다. 그가 움찔했다. 폭탄과 도 같은 에너지를 지닌 따뜻하고 섬세한 두 손. 어떤 신호인가? 용서? 아니면 단순히 진정시키려는 제스처인가? 위로의 제스처인가?

그녀의 두 손이 해리슨을 흥분시키며 그의 칼라 안으로 들어오더니 그의 가슴 속으로 파고들었다. 노라는 얼굴을 그의 어깨에 대더니, 그의 뺨, 그의 귀에 순서적으로 갖다 대었다. 그녀의 두 손을 꽉 잡아 확고히 그녀를 거부할지, 아니면 뒤돌아서서 키스하면서 강렬하게 그녀를 받아들일지에 대한 결정은 순식간에 이루어졌다. 해리슨은 일어서서 지금은 성숙한 여성이 된 소녀를 안았다. 27년 동안 이 소녀를 생각할 때마다 그 존재가 너무도 생생하여 숨이 멎을 것만 같았다. 그는 그녀에게 키스했다. 더욱더 성숙한 키스를. 그는 남은 여생 이 일을 기억하며 살아갈 것이다.

갑자기 노라는 그만 그를 떼어놓고 문으로 향했다. 가슴이 미어지는 순간이었다. 해리슨은 그녀가 자신을 또 떠나려 한다고 생각했다. 예전처럼. 그녀가 문을 잠그고, 그를 향해 돌아섰을 때 그녀의 얼굴에는 기묘한 미소는 없었다. 그의 가슴은 전속력으로 질주하고 있었다. 그녀는 구두를 벗었다. 오 아름다운 그녀! 해리슨은 어깨에서 나이트가운을 스르르 내리고 있는 에블린의 영상을 보았다. 그는 마음속으로 그 이미지를 지웠다. 고의적인 배신행위였다. 일단 에블린의 영상을 떨쳐버리자 한동안 나타나지 않았다. 이런 현상은 막연히 지속되었다. 아마 한 시간 정도. 어쩌면 밤새도록. 상상컨대 평생토록. '지속'이라는 단어 자체가 영광스러운 시작뿐만 아니라 지평선상에 꼭 필요하고 제한된 결말을 나타낸다 하더라도 어쩔 수 없는 일이었다.

첫날밤

브리짓과 빌이 스위트룸으로 돌아오자 브리짓은 결혼식 전에 준비해 놓은 티슈로 곱게 싼 여성용 속옷을 들고 욕실로 들어갔다. 그 사이 빌은 침대 옆 초에 불을 붙여놓을 것이다. 두 사람은 긴 하루와 결혼식 자체로 말미암아 완전히 지친 상태였다(빌은 멜리사의 예상치 않은 도착에 정신이 하나도 없었다). 그리고 마지막으로 극적인 아그네스의 놀라운 피날레 발언은 그들을 무기력하게 했다(결혼식 내내 아그네스가 눈물을 흘린 이유가 설명되었다). 브리짓은 빌이 아무리 고단해도 자신이 침대로 돌아가기 전까지는 잠에 빠져들지 않을 거라는 사실을 알고 있었다. 어쨌든 오늘은 그들의 결혼 첫날밤이다.

그녀는 매트와 브라이언, 그리고 멜리사가 수영장에서 잘 놀고 있는지 궁금했다. 브리짓과 빌은 아그네스가 나간 후 잠깐 수영장에 들려 잘 자라는 인사를 했다. 내일 아침에 모여서 작별 아침식사를 하자고 말해두었다. 빌과 브리짓이 별실을 떠났을 때쯤에는 제리, 롭, 조시, 그리고 해리슨이 남아 있었다. 그들이 도서관으로 가서 한 잔 더 했는지는 브리짓으로서는 알 수 없었다. 브리짓은 자신과 빌처럼 그들이 제각각 방으로 돌아가서 인간의 본질적인 불투명함을 곰곰이 고민할 거라고는 생각하지 않았다.

브리짓은 빠르게 거울을 흘끗 바라보았다. 가발이 고정되어 있지 않았다. 약간 흔들린 듯했다. 밝은 빛 아래에서 그녀의 얼굴은 창백해 보였다. 화장했을 때는 그나마 볼만 하지만 늦은 밤 민얼굴을 흘끗 보았을 때는 소스라치게 놀라곤 한다. 브리짓은 끔찍한 핑크빛 원피스와 혐오스러운 속옷을 벗어 던졌다. 그러면서 육체적 자유의 순간을 즐겼다. 화학치료를 받은 다음부터 몸무게가 늘었다. 주치의는 걱정할 것 없다고, 몸무게가 정상으로 돌아온 환자들도 많다고 했다. 브리짓은 절대로 원래 몸무게로는 돌아오지 못할 것이다. 하지만 몸무게가 어느 정도만 줄어도 사랑스러울 것이다.

브리짓은 핑크색 종이로 싼 것을 풀어서 들어 올렸다. 가죽끈이 달린 하얀 실크 테디. 빌이 가장 좋아하는 하얀 실크 스타킹이 달린 가터벨트. 이것들은 젊은 신부를 위한 속옷이다. 브리짓이 속옷가게 윈도우에서 이것들을 보았을 때는 '나라고 못 입을 이유가 없지?'라는 생각에 미쳤다. 왜 빌이 즐거울 자격을 빼앗아야 한단 말인가? 20대에 결혼한 사람들처럼 첫날밤을 치르지 못할 이유가 뭐란 말인가?

브리짓은 테디를 입은 다음 거울에 자신의 모습을 비추어 보았다. 이렇게 훤히 비치는 옷은 거의 입어본 적이 없어서인지 몰라도 자신의 젖꼭지를 이렇게 자세히 살펴볼 기회가 별로 없었다. 오른쪽 가슴의 수술로 젖꼭지가 서로 방향이 달랐다. 하나가 약간 밑으로 내려갔고, 다른 하나는 확실히 왼쪽으로 치우쳤다. 신경 쓸 것 없다고 생각했다. 불빛이 약하니까.

이상하게 브리짓은 첫 결혼에서도 화려한 속옷을 입지 않았다. 그녀의 흰 드레스는 비싼 것이었지만 결혼피로연이 끝나고 첫날밤을 치를 때 브리짓은 브라와 팬티를 평상시와 같은 방식으로 벗어던지고 아서 옆으로 미끄러지듯 들어갔다. 이상한 것은 그녀와 아서는 그날 밤 섹스를 했다는 기억은 나는데 정확히 어떻게 했는지는 떠오르지 않았다. 기억이 나지 않는 부분이 약간 걱정이 되었다. 이런 것을 기억하지 못하면 안 되지 않는가? 빌과 다시 만난 이후로 브리짓은 영상들을 억누르고 있었다. 심지어 배반당했다는 기억조차도.

브리짓은 가터벨트를 악전고투를 치르며 입었다. 이렇게 어려운 신제품을 입는 방법을 제대로 알지 못했기 때문이다. 스타킹은 고정할 때 버튼을 덮도록 만들어진 우스꽝스러운 작은 클립에 1인치 정도는 모자랄 듯했다. 스타킹을 신자 브리짓은 스트립 댄서가 연상되어 기분이 언짢기도 했고, 순진한 사람이 이런 옷을 입은 모습이 약간 우스꽝스럽기도 했다. 빌의 마음에 들까? 혹시 주책 맞다고 하지 않을까? 아니면 이런 모습을 보자마자 와락 덮치면서 이런 꾸밈에 감사할 것인가?

브리짓은 양치를 하고, 입 안에 지저분한 것을 제거했다. 여전히 얼굴에는 아직 화장을 한 상태였다. 이대로라면 베개를 더럽힐 것이겠지만 어쩔 수 없는 일이 아닌가? 이런 것쯤은 신혼 방에서는 예상할 수 있는 일이 아닌가?

브리짓은 욕실에서 나왔다. 방 안의 모든 불이 아직도 켜져 있는 것을 보고는 약간 당황했다. 코너를 돌자 빌이 침대 가장자리에 셔츠와 양말과 속옷만 입고 불안정하게 앉아 있는 모습이 보였다. 그녀가 욕실에서 너무 빨리 나온 것인가? 혹시 매트나 멜리사의 방에 가서 그들이 잘 있나를 확인하느라고 분주했던가? 그녀는 그를 향해 발걸음을 내디뎠다. 그가 그녀를 올려다보았다. 그는 울고 있었다.

빌이 울고 있다.

"오랫동안 당신과 헤어져 있었는데, 이제 또 당신을 잃게 되는 것이 두려워."

그는 간단하게 말했다.

한기를 느낀 브리짓은 빌이 자신이 죽게 될 걸 생각하고 있다고 이해했다. 어쩌면 그는 줄곧 이런 생각을 하고 있었는지도 모른다.

자신이 죽음을 상상하는 것은 괜찮다. 하지만 다른 사람이 자신의 죽음을 상상하는 건 상황이 다르다. 더욱 나쁜 건 누군가가 자신의 죽음을 큰 소리로 얘기하는 것이다.

브리짓은 자신의 감정을 감출 수 있기를 바랐다. 그녀는 차림새가 전반적으로 지금 이 상황과 맞지 않아서 우스꽝스럽다고 생각했다. 그렇다고 울고 있는 남편을 내버려두고 옷을 찾으러 갈 수는 없는 노릇 아닌가. 브리짓은 빌에게 몇 걸음 다가간 다음 멈추어 섰다.

"빌?"

"난 평생 이 순간을 원해 왔어. 그리고 지금 우리는……."

그가 말을 매듭짓지 못했다.

이 말에 브리짓은 아무런 대꾸도 하지 않았다. 브리짓의 오한은 점점 심해졌다. 그녀는 팔을 감싸서 떠는 것을 멈춰보려고 했지만 속이 훤히 들여다보이는 태디의 얇은 옷감만을 느낄 뿐이었다.

"너무 불공평한 것 같아. 잔인하게 불공평해. 그리고 내가 그 원인이야."

빌이 소리쳤다.

'오 하느님' 브리짓이 생각했다.

빌은 침대 가장자리에서 앞뒤로 요동치며 울었다. 검은 양말과 속옷만 입은 그는 유약해 보였다. 한동안 빌은 그녀의 병에 대해 추한 생각을 늘어놓았다. 왜 그들에게 이런 순간이 있어야 하는지 브리짓은 이해되지 않았다. 아마 그의 딸이 도착해서 그와의 관계를 해결한 탓에 행복에 겨워 그러는지도 몰랐다. 하지만 이런 행동은 분명히 브리짓이 욕실에 있는 아무도 없는 시간에 방에서 혼자 있을 때 했어야 하는 것 아닌가.

그녀와 빌은 이제 떨어질 수 없는 사이였다. 단순히 얽혀 있는 것이 너무 많았다. 일단 매트를 위해서도, 또 그녀의 건강을 위해서도. 그리고 두 사람이 함께하지 못한 세월을 위해서도. 이 시간은 그 세월을 보상할 기회이기도 했다.

브리짓은 가터벨트에서 스타킹을 풀어 벗은 다음 머리 위로 태디를 들어 올렸다. 그녀는 가죽끈을 발밑으로 내려서 엄지발가락으로 그것을 내던져버렸다. 이제 그녀는 완전히 발가벗었다. 그녀의 엉덩이에 붙은 지방덩어리나 방향이 서로 다른 젖꼭지는 상관할 바도 아니었다. 빌을 지나서 브리짓은 옆에 있는 초에 불을 붙이고 전등을 껐다.

이제 마지막 하나 남았다.

그녀는 머리에서 가발을 벗어서 바닥에 던졌다.

"이불 밑으로 들어가는 게 어떨까?"

브리짓이 말했다.

그녀는 침대의 건너편으로 가서 이불 속으로 들어갔다. 빌이 옷을 벗는 소리를 들었다. 울던 남자는 어리둥절한 모습이었다. 그녀는 결혼식에서는 빌이 운 것은 괘념치 않았다. 그것은 즐거움의 눈물, 안도의 눈물이라는 것을 알기 때문이다. 그러나 이것은 절망의 눈물이다. 겁나고 두려웠다. 무슨 일이 일어나든 브리짓은 이 눈물을 멈추게 해야만 한다. 빌이 무너진다면 그녀도 무너질 것이다. 브리짓이 무너진다면 매트도 무너질 것이다. 연쇄반응이 일어나도록 내버려 둘 수는 없었다.

옷을 다 벗자 빌은 이불 속으로 들어왔다. 그는 즉시 그녀에게로 다가갔다. 본의 아니게 흐느끼는 소리를 내었다.

"이럴 생각은 아니었어."

빌은 그녀를 꼭 안으면서 말했다.

"알아."

"당신 참으로 아름다워. 내일 지금 일을 생각하면 나 자신을 죽이고 싶을 거야."

"그러지 마. 난 과부가 되기 싫어."

"다시 저것 입을 거지? 저 스타킹과 가터벨트?"

그는 자신을 놀라울만큼 완벽하게 그녀의 몸에 포개면서 물었다.

"글쎄, 당신이 하는 거 봐서."

"이건 어때?"

그는 그녀를 애무하면서 물었다.

"시작이네."

"내 말은 그 뜻이 아니……."

"알아, 당신이 그 뜻이 아니라는 거 다 알아."

당연히 그것을 뜻했다. 그건 브리짓이 곧 죽게 될 거라는 사실을, 곧 혼자 남게 될 거라는 사실을 의미했다. 슬픈 일이다. 왜 빌은 이런 고통마저 느끼도록 허락받지 못해야 하는가? 그와 그녀는 27년간 함께 지낼 수도 있었다. 이제 기껏해야 그들은 2~3년 함께 할 수 있을 것이다. 그리고 남은 그 시간마저도 행복하지 못할 것이다. 이 밤이 그들이 함께 보낼 날 중 가장 멋진 밤이 될 거라는 사실을 그녀는 알고 있었다.

"날 용서할 수 있어?"

빌이 물었다.

"뭘?"

"당신을 떠난 일. 질과 결혼한 일."

"오래전에 용서한 일이야."

"그랬어? 그게 언제였는데?"

"잘 기억이 안 나. 아마 지난주였나?"

빌은 예전에 하던 방식대로 그녀에게 키스했다. 이 방식을 그녀는 아주 좋아했다. 그들이 다시 만난 지는 2년도 채 안 되었지만 그들은 옛 애인사이였다. 그들만의 절차가 따로 있었다. 그들은 대담성을 즐기는 사람들은 아니었다. 아마 오늘 밤 빌은 좀더 색다른 것을 시도하려 할지도 모른다. 슬픔이 섹스를 하는데 큰 효력을 발휘한 듯, 그의 기술을 더 좋아지게 했다. 브리짓은 하던 방식대로 그를 애무했다. 그녀의 애무 기술은 수준급이었다. 이것은 그들이 25년간이나 21년간 다른 결혼생활을 하면서 익힌 방식이 아니었다. 단지 그녀가 마음속으로 떠오르는 시나리오대로 더욱 자연스럽고 더욱 다양하게 진행했다.

그녀는 자신의 다리 사이에 와 있는 그의 손을 잡았다. 그의 숨소리는 정상적이었고, 이제 숨이 가빠지기 시작했다. 그는 울지 않았고, 그의 손가락을 그녀의 머리 옆으로 가져갔다.

"거기를 만져줘."

그녀가 속삭였다.

그녀는 가발을 쓰지 않고 빌과 섹스를 한 적은 없었다. 그녀는 자신의 두피를 만지는 느낌이 어떤지 알고 있었다. 소름이 끼칠 정도로 숱이 없는 머리카락, 머리가 없는 부분의 반점들. 하지만 지금으로선 어쩔 도리가 없지 않은가. 그들의 결혼이 진실 되게 하려면 빌은 그녀의 머리를 만져보아야만 했다. 일순간 그의 손이 머리 전체에 머물렀다. 아마 그는 그녀의 의도가 무엇인지 정확히 모르겠지만, 그녀는 그가 이해하기를 바라면서 그를 기다렸다.

그는 그녀의 머리 옆으로, 귀 위로, 관자놀이 근처로 부드럽게 내려온 다음 목덜미 뒤를 애무했다. 그가 그러는 동안 브리짓은 가발가게에서 본 소녀 생각이 났다. 그녀의 결혼 첫날밤은 어떠할지 궁금했다. 그녀는 예의상 가발을 벗고 자신의 맨머리를 드러냈을까? 그녀는 울었을까? 이름도 모르고, 얼굴도 모르는 남편은 그녀의 머리를 빌이 지금 하는 것처럼 아내의 희생을 인식하면서 사랑스럽게 어루만져 주었을까?

빌은 점잖았다. 브리짓의 입장에서는 이것이 고마웠다. 그녀의 머리는 민감했다. 머리카락을 잃기 전에는 몰랐던 사실이었다. 그는 그녀의 몸 밑에 있던 손을 꺼내서 두 손으로 머리를 안았다. 그는 그녀를 끌어당겨 키스했다. 아주 길고 긴 키스를.

이것이 더 좋다고 브리짓은 생각했다. 왜 그녀는 아픈 모습을 빌에게 숨기려는 걸까? 그녀의 현 모습 그대로 사랑하도록 해야 하지 않을까? 이것이 모든 여자가 갈망하는 것이 아닌가?

일요일

노라의 비밀

마치 꿈이라도 꾸는 듯이 노라는 그의 이름을 중얼거렸다. 해리슨은 자면서 표류했다. 그는 기껏해야 몇 분 정도 잠이 들었을 뿐이었다.

방은 어둠으로 가득 찼다. 그는 똑바로 누운 노라를 향하여 몸을 웅크렸다. 모든 기억이 되살아났다. 그의 마음을 세차가 뒤흔들고 그의 몸을 순간적으로 달구어놓은 기억이 떠올랐다. 돌이켜보면 어젯밤은 얼마나 놀랍고 절박했던가!

그는 팔을 뻗어 그녀의 팔을 만졌다. 그녀의 피부는 따뜻하고 매끄러웠다.

그는 무릎을 자신의 몸에 올려놓은 채 자는 그녀를 바라보았다. 그녀는 엎드려서 두 팔을 침대의 머리 쪽 판자 방향으로 뻗었다. 그가 그녀와 섹스를 했다는 사실은 놀라움 이상이었다. 벼락을 맞은 듯한 충격이었다.

해리슨은 노라의 얼굴 측면을 보았다. 노라가 자면서 자신의 이름을 부르자 마치 꿈만 같았다. 깃털 이불 한쪽이 그녀의 허리 근처에 구겨져 있었다. 호텔은 조용했다. 음악이나 목소리는 들리지 않았다. 얼마나 잠이 든 것일까? 닫힌 문 뒤로 다른 방에서 자는 사람들은 휴식을 취하고 있을까 아니면 아직 꿈에 빠져있을까?

해리슨은 옆에 누워 자는 노라의 냄새를 맡았다. 전후관계 없이 한 섹스는 이상야릇하고 기묘했다. 미리 예견된 섹스였다고 해도 마찬가지였으리라.

지난밤에 해리슨은 유혹당했다. 자신과 노라 사이에서 일어난 만족감으로 상상해 보건데, 오늘 아침에 그는 또 다른 유혹을 감지했다. 1974년에 그들은 키스했다. 해리슨은 셔츠 아래로 내려가던 손의 약속을 기억했다. 본의 아니지만 무시무시한 장면을 훔쳐본 스티븐은 그날 밤 해리슨과 노라 사이에 시작된 감정을 막지 못했다. 그들의 로맨스는 그 자체로 대학 1학년 말이 되어서야 끝을 맺었다. 해리슨은 보스턴에, 노라는 뉴욕시에 있었던가? 어느 날 해리슨은 칼 라스키의 라이벌이 되어 있었다. 다 부질없는 생각이다.

노라의 어깨너머 어둠의 가장자리에서 해리슨은 빛이 새어 들어오는 걸 볼 수 있었다. 벌써 일요일 아침이다. 그는 결혼식, 저녁만찬, 아그네스의 고백 등을 떠올렸다. 빌과 브리짓을 위해서는 끔찍한 출발이었다. 그들은 당연히 더 좋은 환경에서 출발해야 했다. 하지만 시작이 뭐 그리 대수란 말인가. 빌과 브리짓의 결혼은 강렬하게 시작되었는데 말이다.

빛은 점점 더 방 안으로 밝게 들어왔다. 어제 앉았던 안락의자가 눈에 들어왔다. 욕실 문을 통하여 욕조가 보였다. 태양이 직사각형 모양으로 그림자를 만들었다. 그는 어두운 유리창에 자신의 모습이 어떻게 비쳤을 지에 대해서 생각했다. 오늘은 쾌청한 날이 될 듯했다. 그는 그 속으로 들어가고 싶지 않았다.

해리슨은 노라에게 27년 전 밤의 진실에 대해 말하고 나니 마음이 홀가분했다. 이제 그녀와 괴로움을 나누어 가졌다. 어젯밤 해리슨은 자신의 어깨에 올라와 있는 그녀 손의 촉감을 느끼었다. 그건 용서를 의미했다. 금요일까지만 해도 해리슨은 젊은 시절처럼 강한 욕망이 솟구쳐 그녀와 사랑을 나누리라고는 꿈도 꾸지 못했었다. 그는 이제껏 부정한 행위는 한 적이 없었다. 하지만 이런 사실은 해리슨의 입장에서는 때때로 일종의 부재처럼 보였었다. 상상력의 부재. 어젯밤 해리슨은 유혹을 즐겼다. 그는 기뻤고 살아 있는 느낌이었다.

에블린을 희생시킨 대가로 그는 살아났다. 해리슨은 마음속으로 에블린을 밀어낸 방식을 기억했다. 그녀는 결코 알지 못할 것이다. 하지만 해리슨은 이것이 모든 것을 변화시켜 놓았다는 것을 알았다. 그는 지금 새롭고 신선한 추억을 갖게 되었다.

갑자기 따르릉 소리가 울리자 해리슨은 움찔했다. 노라가 그에게서 돌아누웠다.

"알람 맞추어 놓았나 봐?"

그가 물었다.

"응. 가서 아침식사 준비하는 것 체크해야 해."

노라가 자리에서 일어날 준비를 하면서 말했다.

노라는 머리를 돌려 해리슨을 바라보았다. 그녀는 그가 자신의 침대에 있는 것이 믿기지 않는다는 듯이 그의 얼굴을 매만졌다.

"기분이 묘해."

그녀가 말했다.

해리슨은 그녀 가까이 바싹 다가갔다. 하지만 그녀는 손으로 그의 가슴을 막았다.

"지금 꼭 일어나야만 해."

"우리 대화가 필요하지 않을까?"

"그래, 나중에."

노라는 일어서서 잠옷을 걸쳤다. 그녀는 샤워하고 옷을 입어야 했다. 해리슨은 노라가 일어나는 모습을 지켜보면서 팔로 눈을 가렸다. 눈에서 반사되는 햇살이 상당히 강했기 때문이다.

해리슨은 자기 방 안에서 우왕좌왕하며 안절부절했다. 그는 여전히 결혼식에서 입었던 옷을 그대로 입고 있었다. 양복저고리와 넥타이를 잘 정돈된 침대 위에 벗어 던졌다. 얼굴이 까칠함을 느꼈기에 샤워를 해야 했다.

그는 가족을 위해서 가능한 한 이 호텔을 빨리 떠나야 했다. 지금 출발하면 일찍 하트퍼드에 도착해서 비행기를 탈 수 있을 것이다. 하지만 공항으로 곧장 직행하는 것이 잘하는 일일까? 짐을 꾸리는 단순한 행동을 실행으로 옮기는 것은 몹시 고통스러울 것이다. 그는 욕실에서 저 멀리 떨어진 벽까지 왔다 갔다 하며 초조감을 드러냈다.

오늘 아침, 그는 아직 노라를 안아보지 못했다. 이별의 키스도 하지 못했다. 두 사람이 이런 방식으로 헤어져야만 한단 말인가?

그는 침대에 앉아서 창밖을 응시했다. 지붕에서 물이 떨어지는 소리가 들렸다. 생각을 정리하려면 우선 커피가 한 잔 필요했다. 도서관의 커피머신이 떠올랐다.

이렇게 이른 시간에 작동될까? 지금 도대체 몇 시인가? 그는 시계를 보았다. 7시가 다 되어 갔다. 일요일 아침치고는 일렀다. 그럼, 식당에 있는 커피머신은 준비 되었을까?

씻지도 않은 채 해리슨은 방을 나와서 아래층으로 내려가서 도서관으로 향했다. 가면서 그는 호텔이 깨어나는 소리를 들을 수 있었다. 저 먼 방에서 나는 목소리. 나무 바닥에 발 내딛는 소리. 큰 문이 닫히면서 나는 쿵 소리. 로비에 어떤 남자가 한 손에 커피를 들고 낮은 테이블에 신문을 펼쳐놓고 있었다. 해리슨은 남자에게 커피가 어디서 났느냐고 물어볼 작정이었다. 그때 웨이트리스 주디가 산더미 같은 리넨을 들고 복도로 걸어왔다.

"안녕하세요."

주디가 말했다.

"안녕하세요."

해리슨이 말했다.

주디는 금발머리를 뒤로 단정히 묶었다. 또 툭 튀어나온 송곳니 위에 립스틱이 묻었다. 해리슨은 왜 아무도 그녀에게 그것을 지적해 주지 않는지 그것이 의문스러웠다.

"일찍 일어나셨네요."

그녀가 말했다.

……어울리지 않는 미소……

"네."

그가 말했다.

"노라 사장님을 찾았나요?"

"네?"

"어젯밤에 사장님을 찾으셨잖아요."

"아니요. 아직 못 봤어요. 고맙다는 말을 하려고 했는데 잠자러 갔더라고요."

그는 거짓말을 했다.

"곧 사장님께서 나오실 텐데, 손님께서 찾는다고 알릴까요?"

"아니, 됐어요. 좀 둘러볼 생각이에요. 그러다가 우연히 만나겠죠. 사실은 커피를 찾고 있는데요."

"도서관에 있어요. 지금 막 준비해 놓고 오는 길이에요."

"고마워요."

그는 도서관 방향으로 향하다가 갑자기 멈추었다. 그는 계단에서 몸을 돌렸다.

'이럴 수가' 그는 발길을 돌려 방으로 향했다.

해리슨은 두툼한 황금 열쇠를 방에 도착하기도 전에 꺼내 들었다. 방 안으로 들어서자 침대에 열쇠를 집어던졌다. 그리고 어제 사온 책을 찾았다. 책상에서 스웨터를 들어 올리자 얇은 책 한 권이 나왔다. 그는 침대에 앉아서 마을 도서관에서 읽은 시를 찾았다. 이 시에 나온 성적 이미지는 그에게 큰 호기심을 불러일으켰으며 그를 번뇌에 빠트렸다. 「비스듬히 잘린 지붕 아래서」

이 시에 나온 여자는 금발로 고르지 않은 치아를 지니고 있었다. 어제 읽은 단어 '혀'가 그의 시선을 끌었다. 다시 그 줄을 읽어보았다.

……내 혀로 당신의 치아를 애무하는……

갑작스런 충격이 해리슨의 등줄기를 쫙 타고 흘러내렸다. 확실했다.

해리슨은 다시 그 줄을 읽어보았다. 분명히 어제 파리가 든 샐러드를 갖다 준 주디를 묘사한 것이 틀림없었다. 조금 전에 로비에서 만났던 그 여자.

……어울리지 않는 미소……

해리슨은 칼 라스키가 이런 시를 써서 이것이 꼭 노라의 타입인 것처럼 보이게 한 잔인성에 대해 이해할 수 없었다. 이걸 출판하다니.

재빨리 책 맨 앞으로 가서 인쇄한 날짜를 체크했다. 1999년. 이 책은 칼 라스키 사후에 출판되었다.

해리슨은 침대에 앉아서 생각에 잠겼다. 5분이 지났다. 또 10분이 지났다. 그는 손에 책을 들고 일어섰다. 창문으로 갔다가 다시 왔다. 그는 머리를 마구 긁어댔다. 어떻게 노라가 이런 책을 출판하라고 허락했단 말인가?

해리슨은 열쇠를 주머니에 넣고 방을 나왔다. 그는 노라의 방으로 향했다. 노라가 칼은 자신에게 글로는 불충실했다고 말한 사실이 떠올랐다.

해리슨이 복도 끝에 도착했다. 노라의 방문은 닫혀 있었다. 그는 문을 그냥 열고 들어갈 수도 있었다. 지난밤에 그런 권리를 얻지 않았던가? 노크를 했다. 노라는 아직 잠옷을 입은 상태였다. 샤워를 하고 막 나와서 그런지 아직 머리가 촉촉이 젖어 있었다. 말끔히 정돈된 침대에는 브라와 속옷, 헐렁한 검은색 바지, 흰 블라우스, 검은색 양말이 놓여 있었다.

노라는 얼굴을 붉혔다. 머리카락이 젖은 탓에 얼굴에 딱 붙었고, 두 눈썹은 파리했고, 입술에는 아무것도 바르지 않았다.

"해리슨."

노라가 당황해 하며 말했다.

"들어가도 돼?"

"난 좀 늦었는데."

그녀는 이렇게 말했지만 옆으로 살짝 비키었다.

"들어와."

그녀가 덧붙였다.

385

해리슨은 노라를 안고 키스했다. 그녀의 숨에서 치약 향이 풍겨
왔다. 그는 침대 가장자리에 있는 삼나무 서랍장 위에 앉았다. 손에
는 칼 라스키의 책을 들고 있었다. 그는 노라가 이 책에 시선을 두는
것을 눈치 챘다.

"칼 라스키의 시집이야."

노라는 아무 말도 하지 않았다.

"「비스듬히 잘린 지붕 아래서」라는 시를 읽었어."

노라는 화려한 잠옷 주머니에 손을 넣었다. 해리슨은 잠옷 밑으
로 나온 그녀의 맨다리가 덜덜 떨리는 것을 주시했다. 힘든 일 탓에,
그녀의 두 손이 유일하게 신체의 일부 중에서 굳은살이 배겨 거칠어
져 있었다.

"나한테 할 얘기가 있을 거로 생각하는데."

그는 조용하게 말했다.

노라는 그를 지나쳐 침대에 앉았다.

"사랑해."

해리슨이 말했다.

순간 해리슨은 그림엽서에 인용되는 진부하고 달콤한 공허한 단
어들이 연상되었다. 이 메시지를 전달하려고 얼마나 오랜 세월을 기
다려 왔는가! 단순히 사랑한다는 말로는 만족스럽지 못했다. 전혀 충
분치 않았다.

"어젯밤은 내 생애에서 가장 강력한 섹스 경험이었어."

해리슨이 말했다.

"진심으로 그렇게 생각하지는 않는 것 같은데."

노라는 무릎에 두 손을 올려놓으면서 말했다.

"지금 당장은 그래."

방 안에는 오랜 침묵이 흘렀다.

"난 칼이 아내를 떠나도록 만든 사람이야. 결코 전에는 그런 일은 없었어. 생각조차 하지 못한 일이었어. 그에게는 제자가 아주 많아. 그중에는 그에게 달려드는 아름다운 젊은 여자들도 아주 많았어. 50대 후반까지만 해도 스무 살짜리 여자아이가 달려드는 걸 달랜 적도 있어."

노라는 잠시 멈추었다. 해리슨은 노라가 이런 기록들을 나열하면서 열기가 오르고 있음을 눈치 챘다.

"우리는 도시에서 이곳으로 이사 왔어. 칼은 지긋지긋하고 끔찍한 아내에게서 도망치고 싶어했지. 그는 시골로 오면 자신을 깨끗이 정화할 수 있을 거로 믿었어. 요가도 시작했고, 육식도 끊고, 기나긴 산책도 했지. 난 그에게 그런 건 다 소용없는 일이라고 말했어야 했어. 단순히 지리적인 것이 그를 바꿀 수는 없다고."

해리슨은 책을 옆에 내려놓았다.

"일부 남자들은 자신을 완성시키려고 여자를 필요로 하기도 해. 이미 말한 것 같은데."

노라가 계속해서 말했다.

"그럼, 넌 협력자(helpmeet)네."

"칼은 몹시 집착이 강한 사람이었어. 그는 집에 있는 내내 나와 내 관심을 요구했어. 그는 그런 사람이었지. 이 세상에는 그런 류의 남자는 많아. 아마 제리도 그럴 거야. 빌과 넌 아니겠지만."

"난 아니야."

해리슨이 말했다.

387

"그래. 난 협력자였어."

노라는 잠시 중단했다.

"그게 뭐 그렇게 나빠? 다른 사람의 삶에 한 사람의 삶이 포함되는 것이 나쁜 거야? 나 자신을 칼에게 주는 것은 그의 예술이 더욱 좋아진다는 의미야. 그런데도 희생할 가치가 없어?"

"아마 그에게는 가치가 있었겠지. 하지만 너에게 어떤 가치가 있었는지는 도통 모르겠어."

해리슨이 조용하게 말했다.

"모른다고? 내가 원하는 걸 추구하는 것은 당연하잖아? 희생에 대해 그렇게 말하는 사람은 많아. 모든 종교도 다 이런 전제 위에 기초를 세우잖아."

노라는 진정으로 당황해 하면서 말했다.

"그것은 요즘 여자들이 사는 방식이 아니야."

해리슨은 당연히 노라의 말이 완전히 진실이 아니라는 것을 알면서 말했다.

"난 그가 특출한 시인이라고 생각했어. 어떤 방식으로든 내가 그의 일부가 될 수 있다면 그것은 가치 있는 일처럼 보였어."

노라가 말했다.

해리슨은 60대 후반에 죽은 칼 라스키와 노라를 함께 생각하지 않으려고 무던히도 노력했다. 해리슨은 그 나이의 남자가 어떤 모습인지 알고 있다. 그는 그런 사람들을 체육관에서 아주 많이 보았다. 나중에 본 사진을 보면 라스키는 회색 턱수염에 숱이 별로 없는 머리를 하고 있었다. 해리슨은 어젯밤 침대에 있는 노라를 생각할 때 그녀 옆에 늙은 라스키가 누운 모습은 도저히 상상할 수 없었다.

"난 칼보다 훨씬 더 고립되어 살았어. 우리는 이곳에서 살았어, 이 집에서, 마을에 온 이후로 쭉. 나는 그를 위해서만 존재하는 것처럼 보였어. 난 그를 위해 일했어. 그는 나에게 전부였으니까."

해리슨은 자신에게 특별한 노라가 칼 라스키가 전부였다고 설명하는 모습을 견디기가 힘들었다. 하지만 해리슨이 예전 노라의 모습을 생각해보면 그녀는 스티븐의 그림자 속에 살았다. 그런 걸 생각하면 노라는 자신을 다른 사람 삶 속에 포함시키기를 원하는 성격의 소유자라는 생각이 들었다.

"다른 여자들과도 스캔들이 많았어. 하지만 그것은 오직 시적 감흥을 얻으려는 시도였을 뿐이야. 그의 상상 속에서 칼은 늘 내게 불충실했어. 그것은 그의 작품 속에도 나와 있어. 어떤 여성을 찬양하는 시들도 있어. 의심도 해보았지. 하지만 자세히 관찰해보면 그 여성들은 나와 아주 많이 닮았어. 아니면 나를 만나기 전에 만난 여자들 이야기였어. 물론 절대적으로 확신할 수는 없지만."

해리슨은 노라가 그의 상상의 부정행위에 대한 단서를 찾으려고 라스키의 시를 샅샅이 살펴보았다는 상상을 하고는 움찔했다.

"그것이 평범한 여성들이 사용하는 진부한 방식이라는 거 알아. 칼은 또 성적으로 몹시 집착하는 사람이었어. 물론 네가 이 부분은 듣고 싶어하지 않는다는 것도 알아. 그는 성적인 관심을 높이려고 약간 타락하기도 했어. 이건 그의 습관이었어. 난 그것을 감지하고 느낄 수 있었어. 상상 속에서 그는 연애를 많이 했어. 난 모든 남자가 그러리라고 생각해. 하지만 우리의 경우는 좀 남달랐지. 그는 그 이야기를 글로 표현했고, 내가 그것을 타이핑 해주었으니까."

그녀는 긴 한숨을 내쉬었다.

"이상하게도 난 한번도 그를 떠나야겠다는 생각은 해본 적이 없어. 난 그와 결혼했고, 우리는 고립되어 살았어. 떠난다는 것이 선택 사항이라는 생각은 못했어. 내가 가면 어디로 가겠어? 또 누구와?"

'넌 나를 찾았어야만 했어' 해리슨은 생각했다.

"어느 날 칼이 젊은 여자를 데리고 집에 왔어. 그녀는 열아홉 살에 금발이었어. 네가 예상한 대로 제자는 아니었어. 칼은 그녀에게서 매력을 느꼈어. 그녀의 말투, 그녀의 고르지 않은 치아. 그녀는 전에 그가 알아오던 여자들과는 달랐어. 모범생 분위기였다고나 할까. 칼은 그녀가 똑똑하다고 칭찬을 입에 달고 살았어. 하지만 그 아이는 미숙했고 촌스러웠어. 그녀는 테이블 매너도 엉망이었던 걸로 기억해. 난 항상 그 아이가 그가 상상하는 이미지 속의 여자로 연극하고 있다고 생각했어. 그래서 그 끔찍한 테이블 매너도 그 역할의 일부라고 생각했지."

해리슨은 노라가 그녀 이야기를 편안하게 말하는 것에 충격을 받았다. 눈물도 흘리지 않았고, 일말의 주저함도 없었다.

"내가 칼이 그녀를 집으로 데려왔다고 했지. 그 말은 그녀를 집에 머무르게 하려고 데려왔다는 뜻이야. 칼은 일시적이라고 말했어. 그녀가 갈 곳이 없다고. 모범생 분위기가 수업료를 면제해주었다고나 할까. 그녀는 차에서 숙식하며 친구와 파트타임으로 일을 하며 생활했다고 하더라고. 그녀는 무척 더러웠기에 그의 말을 믿었어. 우리에겐 방이 많으니까, 그녀가 제 발로 혼자 설 수 있을 때까지 방 한 개 정도는 충분히 내어줄 수 있다고 칼이 말했어. 그는 인도적 차원으로 이 일을 이끌어갔기 때문에 난 거절할 수 없었어."

노라가 해리슨에게 얼굴을 돌렸다.

"그런데 결과가 그렇게 되었어. 어떤 일에서든지 처음에 사람은 높은 기대를 갖고 있어. 그런데 삶은 그들을 어수룩하거나 아둔하게 만들면서 이런 기대를 무참히 짓밟아버리지. 너도 결혼이 네가 생각한 대로 되지 않는다는 걸 알 거야. 로맨스는 기껏해야 간헐적이야. 특히 어린 내가 나이든 남자와 결혼해서 로맨스를 나누기란 어려운 일이었어. 끊임없는 친밀감을 요구하는 것은, 칼의 표현을 빌리자면, 속물이라고 하더라고."

노라는 손톱을 물어뜯기 시작했다.

"이따금 두 사람이 섹스하는 소리도 들렸어. 벽이 얇아서 방음이 안 되었거든. 심지어는 홀 구석에서도 그 소리가 들려왔어."

해리슨은 충격을 받았다. 침대에 홀로 누워 있는 노라. 남편이 바람피는 소리를 듣는 부인.

"칼이 죽은 후 호텔 전체를 리모델링할 때 내가 가장 신경 쓴 부분이 바로 방음이었어. 그래서 방과 방 사이 벽을 견고하고 두툼하게 만들어서 아무런 잡음이 들리지 않게 말이야."

사실이었다. 그의 방에서 해리슨은 아무런 소리도 들을 수 없었다.

"칼은 주디가 임신한 것을 내게 말하지 않았어. 몇 주 가지 못해서 나에게 탄로났지. 이미 예상한 일이었어. 아침마다 욕실에서 헛구역질하는 소리가 들렸어. 점점 그녀의 배가 불러오는 것도 알 수 있었지. 어느 날 그녀에게 물었어. 주디가 그렇다고 임신했다고 고백하더라고. 칼의 아이냐고 물어보려다가 그만두었어. 물론 그럴 거라고 생각했지만 직접 말로 듣고 싶지는 않았거든."

"노라, 미안해."

해리슨이 말했다.

"그날부터 칼 라스키가 짐승이라고 생각했어. 몇 년 동안 그는 내게 아이를 갖지 못하게 했어. 그는 늘 자식들은 그에게 비통함 외에는 어떤 것도 가져다주지 않았다고 말했어. 칼은 그런 일을 다시는 하고 싶지 않다고 했어. 게다가 늘 덧붙이기를, 자신은 아이를 낳기에는 너무 늙었다고 했어. 하지만 너도 알다시피 내가 너무 늙었니? 내가 얼마나 아이를 갖는 것을 갈망했는데. 그……여자애한테는 아이를 갖게 해놓고서."

해리슨은 노라가 칼 라스키에 대해서 말하는 상황을 받아들이는 것이 힘겨웠다. 그녀 집에 사는 남편의 여자. 남편이 임신시킨 여자. 해리슨은 이틀 전에 노라가 칼 라스키에 대해서 한 말이 생각났다.

"그는 훌륭한 작가였고, 훌륭한 남자였어."

해리슨은 로스코프 책을 읽은 적이 있었다. 비록 그 작품이 마음에 들진 않았지만 최소한 라스키가 힘들고 고통스러운 사람이라는 것은 납득했다. 그리고 그쯤 해리슨은 노라가 남편에 대해 다소 방어적이지만 칭찬하는 소문을 들었기에 칼 라스키를 다시 생각하기 시작했다. 해리슨은 그를 훌륭한 남편이자 좋은 선생님으로 여기기 시작했다. 그런데 지금 첫 예감이 맞아떨어졌다. 마침내 그 남자의 진정한 모습을 보게 되었다. 자기밖에 모르는 폭군.

"난 분노했어. 그와 정면으로 맞섰어. 그는 아이가 자기 아이가 아니라고 부인했어. 그도 놀란 척하더라고. 칼은 배신은 할지언정 거짓말을 할 사람은 아니었어. 그는 거짓말하는데 상당히 서툴렀거든. 떠나겠다고 위협했어. 실제로도 가방을 쌌던 것 같아. 이 얘기는 아무한테도 하지 않았어."

"네 감정을 얘기해줘서 기뻐."

392

해리슨은 이렇게 말했지만 이 말이 사실인지는 확신이 서지 않았다. 어젯밤 그의 감정은 단순하고 순수하고 강력했다.

"그녀를 내보내면 여기에 있겠다고 했어. 그 여자애와 같은 지붕 아래에서 살 수 없으며 밤마다 두 사람이 섹스를 하는 소리를 듣는 것도 지겹다고 말했어. 이 말에 칼이 움찔하더라고. 그는 내가 듣지 못할 거라고, 모를 거로 생각했었나 봐. 여자애가 머물만한 장소를 찾아보겠다고 했어."

그녀는 한숨을 내쉬었다.

"그러고 나서 그가 아프다는 것을 알게 되었어."

"암."

해리슨이 말했다.

"그는 몇 주 동안 끔찍한 인후염으로 고생했어. 난 그저 그가 연쇄상 구균 감염 정도로만 생각했어. 빨리 병원에 가자고 했지만 그는 말을 듣지 않았어. 그는 약초치료 중이었거든. 그는 약초를 구입하려고 자주 마을로 나갔어. 그는 약초를 맹신했지만 고통이 자꾸 심해지니까 결국 대학 병원을 찾아갔어. 병원에서는 정밀 검사를 해보자고 하더라고. 그 단어가 칼을 공포에 떨게 했어. 정밀 검사. 그때부터 그는 어린아이가 되었어. 고집스럽고 폭력적인 어린아이가 되었어."

해리슨은 늙은 남자가 격분하는 모습을 상상했다.

"결국 여자애가 있을 장소를 찾아야만 하는 사람은 나였어. 난 대학교를 찾아가서 학장에게 말했어. 그녀는 차에서 생활하다가 나와서 지금은 우리와 함께 살고 있다고. 학장은 칼이 아프다는 것을 알고 있었어. 칼은 학교에서 존경받고 있었기에 학장은 그녀에게 장학금과 머물 방을 알아봐 준다고 했어. 학장에게 그녀가 임신했다는 말은 하지 않았어."

해리슨은 학장이 그 여자애와 라스키가 연인사이라는 사실을 알았을지 궁금했다.

"그러고 나서 칼의 병이 심해졌어. 울부짖으며 끔찍하게 아파했어. 격노하며 울더라고. 그는 시에 영감을 주었던 여자들에게 모두 이름을 지어주었어. 그는 또 자신이 한 모든 불결한 상상에 대해서 고백했어. 그는 그것을 즐겼고, 내게 용서를 구하지는 않았어. 그는 내가 그보다 젊고 그보다 오래 살 걸 질투했어. 여자들 중 몇몇은 열일곱 살밖에 되지 않았다고 했어. 그는 그들이 싱싱해서 특히 좋았다고 말하더라고. 난 그저 실에 죽 매달려 있는 여자들 중 하나에 불과하다고 했어. 아주 긴 실에. 그가 결혼한 사람은 나였고, 그가 반한 사람도 나였다고 생각했는데 그게 아니었어. 난 나 자신이 아니었어. 난 아무것도 아니었어. 머리가 텅 빈 것 같았어. 그는 둘이서 함께 했던 좋은 추억을 모두 짓밟아 뭉갰어."

해리슨은 노라를 위로하고도 싶었고, 그녀가 동요하기를 바라기도 했다. 어쩌면 저렇게 침착할 수 있단 말인가?

"일단 칼이 아프다는 것을 알았기 때문에 그를 떠날 수는 없었어, 그렇지 않니?"

노라가 물었다.

"그래, 분명히 그럴 수는 없었어. 가능하면 난 우리의 거짓 결혼 생활이 잘 유지되어 종료되도록 노력했어. 아마 칼도 내 속마음을 감지한 듯했어. 하루하루가 지나고 그는 조금도 나아질 기미가 보이지 않았어. 화학치료와 방사능 치료조차도 그를 격노하게 만들었어. 말할 수 없을 만큼 화를 냈어."

노라가 잠시 멈추었다.

"사랑이 미움으로 변하는 데는 눈 깜짝할 사이였어."

노라가 덧붙였다.

"노라."

해리슨이 말했다.

"그가 죽었을 때 얼마나 내가 안도감을 느꼈는지 넌 상상도 못할 거야. 그가 죽은 것이 얼마나 고마웠는지 몰라."

침묵이 방안에 몇 분간 깔렸다.

"장례식이 끝난 후 주디를 찾아갔어. 난 아이를 데려다 키울 생각이었거든. 하지만 주디는 가톨릭 자선단체에 이미 아이를 보낸 뒤였어. 남자아이였다더군."

해리슨은 마침내 눈물을 참으려고 애쓰는 소리를 들을 수 있었다.

노라는 길게 숨을 내쉬면서 천장을 올려다보았다. 아이를 잃은 것은 노라에게는 진정한 비극인 것 같았다.

"그런 다음 집을 개조해야겠다고 생각했어."

"주디를 고용하고."

해리슨이 말했다.

"내가 여기로 그녀를 데려와서 훈련시켰어."

"너희 둘이 이 호텔을 경영하는 거로군."

"우리는 비즈니스 파트너야. 보수는 넉넉히 주고 있어."

해리슨은 하루 더 이곳에 머물고 싶었다. 아니 한 달은 더 있고 싶었다.

"토론토로 돌아가고 싶지 않아. 그 생각만 해도 끔찍해. 정말로 끔찍해. 사실이야. 이곳에 너와 함께 있고 싶어."

노라는 침대에서 일어나 그 앞으로 갔다.

"이곳은 내 요새야. 내가 원할 때까지 존재하게 될 거야. 내가 이 요새를 필요로 할 때까지 존재하게 될 거야."

그는 일어섰다. 그녀가 그에게 키스했다.

"이제 옷 입어야만 해."

해리슨은 앞으로 노라를 볼 수 없을 거라는 사실을 알았다. 3년 뒤인 그들의 30회 동창회에서도, 40회 동창회에서도, 50회 동창회에서도, 해리슨이 살아있을 때까지 그들은 만나지 못할 것이다. 어느 날 한 남자(자신을 닮았지만 함께 세월을 나누지 않은)가 호텔로 와서 노라와 만나 이야기를 나눌 것이다. 그러나 그것으로 전부일 것이다.

"네 남편이 옳았어. 고통을 설명할 수 있는 단어는 없어."

해리슨이 말했다.

그는 더블도어로 가서 문을 열고 밖으로 걸어나갔다. 그의 아이들은 아버지의 배반행위를 결코 모를 것이다. 해리슨은 집으로 갈 것이고, 찰리와 톰은 그에게 키스할 것이다. 그는 아이들과 야구도 하고 스케이트도 탈 것이다. 그들은 그가 잠시 자신들을 배반한 이 시기에 대해서 결코 알지 못할 것이다.

태양이 예상외로 그의 얼굴을 따뜻하게 비추었다. 호텔 정문을 향하여 질척한 길을 나아갔다. 걸어가면서 그는 빙하가 녹고 있다는 것과 새들이 모두 북쪽으로 날아가고 있는 것에 대해서 생각했다.

소설 속으로

　창문을 통하여 아그네스는 이네스가 와이셔츠 소매에 붙은 눈을 털면서 코너를 돌아서 걸어오는 모습을 보았다. 물론 그것은 이네스가 아니라 어젯밤과 똑같은 와이셔츠와 바지를 입은 해리슨 브랜치였다. 이네스가 마흔네 살이라면 그와 비슷한 모습일 것이다. 똑바로 서 있지만 수줍어하는 자세는 똑같았다. 숱이 적은 머리. 왜 해리슨은 눈 속을 방황하고 있는 걸까?

　아그네스 뒤 침대 위에는 말끔하게 싼 더플백, 코트, 배낭이 놓여 있었다. 배낭 위에는 호텔에서 아낌없이 공급해준 공짜 비누와 샴푸를 올려놓았다. 그녀는 책상 위에 완성되지 않은 채로 놓여 있는 짐 미첼에게 쓴 편지를 보았다. 결혼식 날 저녁식사 때 그녀가 친구들에게 그와의 관계를 고백하기 전에 쓴 편지였다. 아그네스는 편지를 찢어버릴 것이다(이젠 그 조각조각을 집으로 가져갈 필요도 없었다). 짐은 그녀가 약속을 깬 것을 모르니 아그네스가 단순히 사라졌다고 생각할 것이다. 그녀는 정확히 그렇게 사라질 것이다. 그녀는 키드로 돌아갈 것이다. 육체적으로, 정신적으로 떠날 수 없는 그곳 키드로. 오후 늦게 그녀는 미국 역사 수업 준비를 위해 프린트를 준비할 것이고, 그 후에 여자팀 필드하키 모임에 참석할 것이다. 아그네스는 여자선수들을 완벽하게 연습시켜서 이번 시즌을 승리로 이끌고 싶다. 그들은 올해 좋은 기회를 잡았다. 몰리 클래퍼가 돌아올 것이기 때문이다. 몰리는 치열한 경쟁을 잘 이겨내고 추진력도 아주 좋고, 본능적으로 타이밍을 잘 잡아 아주 좋은 자리를 선점하고 있다. 그러니 앞으로 계속해서 잘 될 것이다. 언제까지? 아그네스가 죽을 때까지? 퇴직할 때까지? 이틀 전까지만 해도 가능성으로 가득 차 있는 것처럼 보였던 그녀의 삶이 지금은 소름끼치도록 텅 빈 느낌이었다.

흰색 리무진이 위로 올라오면서 커브를 틀어 호텔 앞으로 왔다. 제리와 줄리는 정문 계단 밑에 관심을 끌며 서 있었다. 차가 멈추었고 운전자가 나왔다. 즉시 그는 운전석 뒷좌석 문을 열었다. 마치 이곳을 떠나게 된 것이 기쁘다는 듯이 제리는 차 뒤로 미끄러지듯이 올라탔다. 줄리는 운전자가 조수석 뒷좌석 문을 열어줄 때까지 인내심을 가지고 기다렸다. 그녀는 한쪽 팔에 모피코트를 걸치고 우아하게 안으로 미끄러지듯이 올라탔다. 운전자가 줄리가 탄 쪽의 문을 닫기 전에 아그네스는 줄리가 차 안에서 모피코트를 좌석에 내려놓는 모습을 보았다. 작은 동물이 남편과 아내로 나뉜 느낌이다.

해리슨은 잔디 중간쯤에 멈추어 섰다. 도대체 그는 무엇을 하려는 것일까? 어쩌면 해리슨은 제리와 줄리가 호텔을 떠날 때 작별인사를 하고 싶지 않을 수도 있었다. 아그네스는 노라에게는 작별인사를 할 생각이다. 그녀는 노라에게 이번 주말과 저녁식사, 그리고 사랑스러운 방을 내준 것에 대해 고마움을 표현하고 싶었다. 하지만 그 밖의 다른 사람을 보지 않고 떠나는 것이 가능할까? 빌과 브리짓은 아그네스가 두 사람이 잘살기를 바란다는 것을 알 것이다. 그녀는 키드로 돌아가서 그들에게 편지를 쓸 생각이다. 그래, 그건 아주 좋은 생각이다. 짧은 작별인사보다도 편지를 쓰는 편이 훨씬 더 나을 것이다.

해리슨은 여전히 움직이지 않고 있었다. 굳어 있는 것처럼 보였다. 그저 앞만 응시하고 있었다. 처마 밑에서 물이 뚝뚝 떨어지는 소리가 들렸다. 지붕에서 눈이 녹아서 떨어지는 소리였다. 하도 눈이 부셔서 앞이 제대로 보이지 않았다. 오늘 날씨는 포근할 것이다. 눈은 그녀가 지켜보는 중에도 사라지고 있는 것처럼 보였다. 이것이 가능한 일일까? 실제로 사람이 사라지는 눈을 관찰할 수 있을까? 녹아서 증발되는 것을?

해리슨은 앞으로 발걸음을 내디뎠다. 이네스 의사는 버크셔에 있는 한 호텔에 서 있는 것이 아니라 도시에 있었다. 토론토가 아닌 뉴욕시였다. 아그네스는 이네스가 루이즈가 탄 휠체어를 밀면서 매디슨 애비뉴를 따라 걷는 것을 보았다. 그 해는 1934년이라고 아그네스는 추정했다. 엠파이어스테이트 빌딩이 그때 세워졌던가? 아그네스는 소설의 무대를 5번가와 34번가로 바꾸었다. 이곳에 세계에서 가장 높은 빌딩이 최근에 건립되었다. 아마 이네스와 그의 아내 루이즈는 이 놀라운 장면을 정확하게 보게 될 것이다(물론 루이즈는 아니다. 그녀는 앞을 보지 못하니까). 토론토에서 벗어난 루이즈와 이네스는 일에서 해방되어 이곳에서 며칠간 휴가를 보낼 예정이다. 아니면 그들의 아이들인 열네 살 된 앵거스와 여덟 살짜리 마거릿과 함께 휴가를 보내게 할까? 아니, 그들과는 아니다. 하지만 호텔로 돌아오면 거기서는 루이즈의 하녀와 함께 아이들을 등장시켜도 될까?

12월 초 날씨치고는 포근했다. 벌써 핼리팩스 대폭발의 17번째 기념일이 가까웠다. 이네스나 루이즈는 대폭발에 대해서 얘기해본 적이 없다. 마치 루이즈가 토론토에서 완전히 시각장애인이 된 채로 솟아난 것처럼 그녀가 시각장애인이 된 것과 대폭발과의 연관성에 대해서 말하지 않았다. 두 사람은 핼리팩스에서 서둘러 결혼한 후 이사했다. 루이즈는 이네스와 결혼한 것을 무척 기뻐했다. 루이즈는 휠체어가 필요했다. 이것은 그녀가 꼭 눈이 멀었기 때문만이 아니라 발이 불구가 되었기 때문이다. 남편의 배려와 적잖은 보살핌으로 루이즈는 두 아이를 낳아 키웠다. 그녀는 저명한 안과의사의 아내로 자리를 잡았고(이네스의 명성은 토론토 전역으로 퍼져 나갔다), 1930년대 초 토론토 사교계에 수시로 얼굴을 내밀기도 했다(대공황은 캐나다에도 미국만큼이나 큰 영향을 끼치지 않았던가? 그래, 그렇다. 분명 그랬다고 아그네스는 판단했다).

그러나 좀더 자세히 살펴보면, 이런 성공을 했다 하더라도 루이즈는 앞을 볼 수도 없을뿐더러 자기 자신을 전혀 돌볼 수 없는 여자의 모습이었다. 당연히 루이즈는 검은 선글라스를 썼다. 얇은 금 코걸이에 연결된 검은 두 렌즈. 그녀의 머리카락은 다른 여성들보다 다소 더 건조하고 단조로웠다. 그녀의 헤어핀은 약간 비뚤어진 채로 붙어 있었고, 그녀의 립스틱은 보는 것보다는 느낄 수 있는 것으로 발라줘야 했다. 전혀 어울리지 않은 연두색 코트를 입은 루이즈의 모습을 상상할 수 있겠는가? 그녀가 휠체어를 타고 백화점에 간다면 보호자가 그녀를 옷이 진열된 곳까지 밀고 가야만 하겠지? 거의 마흔이 다 된 의사의 아내는 신발과 모자를 선택할 때에도 남편에게 의지해야 하겠지?

아그네스는 17년 동안 함께 해 온 부부를 명확히 볼 수 있었다. 긴 브라운 코트와 모자를 쓴 핀치 박사는 아내가 탄 고무바퀴가 달린 나무 휠체어를 약간 경사진 곳으로 밀면서 걷고 있었다. 그녀는 몇 년 동안 점점 더 무거워지고 있었다. 이네스에게서 긴장감은 찾아볼 수 없었다. 사실 그는 오히려 행복해 보였다. 그가 아내와 함께 있기 때문에 그렇게 보이는 것은 아니라고 아그네스는 단정 지었다. 여행에 대한 흥분 때문이 더 맞는 말이었다. 완전한 사실을 말하자면 이네스는 토론토에서 빠져나왔다는 단순한 사실만으로도 기뻤다. 대공황의 중심인데도 뉴욕시는 활력이 넘쳐흘렀다. 이 도시에는 문명화된 북부도시 토론토에서 재현할 수 없고 할 수도 없는 뭔가가 있었다.

루이즈는 쇼핑을 좀더 해야 한다고 말하는 중이었다(아그네스는 집중해서 듣고 있다). 그녀와 이네스에게 시간 여유가 있나? 카네기홀에서 열리는 음악회가 몇 시에 시작하더라? 보지 못하는 루이즈에게 음악회는 유일하게 즐길 수 있는 장소였다.

아그네스는 책상으로 향했다.

이네스는 그녀의 질문에 대답했다. 그는 장애 아내에게 항상 예의 발랐다. 그는 루이즈가 투덜거리며 말할 때마다 언제나 부드럽게 대해주었다. 그리고 최근에 이네스에게 이런 일이 꽤 자주 일어나는 듯했다. 그는 볼 수 있었고, 그녀는 볼 수 없었다. 이 사실을 루이즈는 가끔 그에게 상기시켜 주었다. 이렇게 멋진 여행을 하는데도 그녀는 상당히 심기가 불편한 목소리를 내었다. 루이즈는 피곤했다. 그녀는 종종 피로했다. 이것은 시각장애인이기 때문에 나타나는 피로였다. 사람들은 그녀의 말을 집중해서 잘 들어주어야 할 뿐만 아니라 그녀의 삶이 어떨지를 상상해 보아야만 한다. 평소처럼 이네스는 아내에 대해서 연민을 느꼈다. 엠파이어스테이트 빌딩의 놀라우리만큼 아름다운 뾰족탑을 보지 못하는 아내가 가여웠다. 아내는 주위의 군중 소리만을 들을 뿐이었다. 아내는 경이로우리만치 화려하고 꼼꼼하게 장식한 휴일의 윈도우 디스플레이를 감상할 수 없었다.

이네스는 눈이 녹기 시작한 질척한 길을 조심스럽게 내디뎠다. 자신의 발이 닿는 곳은 신경 쓰지 않았지만 달려오는 버스와 택시에서 물보라가 루이즈에게 튀지 않도록 조심했다. 이네스와 루이즈는 거의 택시를 타지 않는다. 루이즈를 자동차에 태우려고 고군분투하는 것은 위험한 일이었고 시간 낭비였다. 그들은 가능하면 걸었다. 이네스의 두 팔은 강인해졌고, 상체는 단단해졌다. 이렇게 복잡한 거리에서, 더군다나 5도 정도 경사진 비탈길에서 휠체어에 탄 70킬로그램이나 나가는 여자를 미는 일이 힘든 일이라는 걸 이네스도 알고 있었다. 하지만 그는 불평 한마디 하지 않았다. 단지 지나가는 사람들이 루이즈를 응시할 때는 심기가 불편했다. 그들은 처음에는 루이즈를 혐오스럽게 바라보다가, 그다음에는 동정을 가지고, 마지막으로는 무례하게 뚫어져라 바라보았다. 이런 행동은 그의 가슴속에 묻어 둔 감정을 불러일으켰다.

이네스는 루이즈와 함께 덜 폐쇄적이고 편견이 덜한 뉴욕시에서 사는 게 어떨까를 한가로이 생각했다. 루이즈는 토론토에 친구와 가족이 있지만 그녀는 종종 혼자 있을 때가 잦았고, 이것은 지루함, 성급함, 넋두리 등 좋지 않은 감정을 창조해 내었다. 그녀는 다른 중산계층 여자들이 바느질이나 책을 읽으며 시간을 보내는 것을 할 수 없다. 루이즈는 처음에 점자를 배우려 하지 않았지만 지금은 그것을 이해하고 읽는 방법을 터득했다. 수준은 정상인 7살짜리 아이가 책을 읽는 정도였다.

이 일은 나중에 생각하자, 기차 타고 토론토로 돌아가서 생각해볼 일이었다. 지금 이네스는 짧은 휴가를 즐기고 싶었다. 그가 머무는 호텔 로비 유리케이스 안에 만들어 놓은 매력적인 호텔의 모형. 마거릿과 앵거스와 먹을 저녁식사. 성인 드레스를 입고 검은색 비즈 벨트를 한 마거릿. 도시관광 일정에 따라 의과대학 동기와 함께한 점심. 특히 이네스는 루이즈가 쉬고 있을 때 한가로이 도시 여기저기를 돌아다니는 것이 좋았다. 목표 없이 즐기는 기분 좋은 산책은 이네스에게 자유에 가까운 감정을 불러일으켰다.

"스카프가 필요해요."

루이즈가 말했다.

"추워요?"

사실 계절과 어울리지 않는 따뜻한 날씨였다.

"네. 난 앉아 있고, 당신은 걷고 있잖아요. 내가 당신보다 좀더 춥다고요."

이네스는 대답하지 않았다. 그는 루이즈가 사소한 일도 그냥 묵고하지 않는다는 사실을 알고 있었다.

"말 좀 해봐요."

루이즈가 말했다.

"거리는 몹시 붐벼요."

이네스는 이야기를 시작했다.

"그러네요. 맞아요, 들리네요. 건물들, 창문들."

"아 그럼, 여기서 잠시 멈추죠."

이네스는 디킨즈관 앞에 멈추어 서서 '불타고 있는' 벽난로, 환하게 불 밝힌 크리스마스트리, 그 주위에 모인 가족 구성원들이 입은 19세기 의상들에 대해서 설명해 주었다. 그는 또 다른 가게 윈도우를 흘끗 보았다.

"예쁜 옷이 있는데. 마거릿이 좋아할 것 같은데."

이네스가 말했다.

"어떤 건지 설명해줘요."

"부드러운 것을 보니 울은 아닌 것 같군요. 무척 화려한데 난 별로 마음에 들지 않아요."

"안으로 들어갈 수 있어요? 다루기 쉬운 건가요? 직접 느껴보고 싶어요."

"그럼, 물론이죠."

이네스는 바깥 공기를 떠나고 싶지 않았지만 이렇게 말했다. 녹은 눈은 거리의 차들을 엉망으로 만들었다. 그가 북적거리는 사람들에게서 빠져나오는데 여기저기서 시끄러운 소리가 들려왔다.

이네스는 등을 문에 대고 어깨로 밀어서 안으로 들어갔다. 모피 스카프를 한 젊은 여자가 이네스에게 미소를 지었다. 그 순간 예상치도 못한 즐거움이 그날의 기쁨에 더해지는 느낌이었다.

이네스는 장갑 가게에 서 있는 녹색 실크를 입은 여점원에게 밖에서 본 파란색 옷을 찾으려면 어디로 가야 하는지를 물었다.

"7층으로 가세요."

그녀는 코맹맹이 소리를 내며 무관심하게 말했다.

이네스는 어렵지 않게 넓은 엘리베이터를 타고 7층에서 내렸다. 그곳은 슬립, 거들, 평상복, 네글리제 천지였다. 그는 파란 옷이 진열된 선반을 찾아서 루이즈를 그쪽으로 안내했다. 그곳에 도착하자 그는 손에 파란색 옷을 들고 왔다.

"셔닐 실이네요. 무슨 색이 있어요?"

루이즈가 말했다.

"핑크, 흰색, 연한 파랑, 그리고……어디 보자……아 노랑."

"어느 색이 마거릿에게 가장 잘 어울릴까요?"

루이즈는 딸을 한번도 보지 못했다.

"연한 파랑색이 제일 나은 것 같은데. 그 애 눈과 어울리잖아요."

"포장을 아주 예쁘게 해주겠죠?"

이네스는 선물포장센터에서 인내심을 가지고 줄을 서서 기다렸고, 아내 루이즈는 벽을 등지고 주위 여자들이 하는 얘기에 귀를 쫑긋 세우고 있었다. 포장이 다 되었을 때 이 선물꾸러미는 이네스에게는 또 다른 도전을 의미했다. 그는 루이즈에게 이 선물을 무릎에 올려놓도록 부탁해야만 했다. 휠체어를 끌면서 동시에 선물상자를 들기에는 역부족이었다.

다시 한번 엘리베이터를 타려고 이네스는 향수 가게와 장갑 가게를 지나서 밝은 햇살이 내비치는 밖으로 나왔다. 루이즈도 얼굴에 햇살을 느낄 수 있었다. 그는 코너를 돌아서 인도로 향했다.

사람들은 30분 전보다 더 많아졌다. 사람들이 모두 따뜻한 날씨를 즐기고 싶어하는 것처럼 보였다. 맞은편에서 많은 사람이 연석(緣石, 인도와 차도 사이)에 서서 차들이 지나가기를 기다리고 있었다. 이네스도 잠시 멈추었다.

한 여인이 연석에서 발걸음을 뛰어 이네스가 있는 방향으로 걸어오고 있었다. 그녀는 창이 짧은 모자에 모피 칼라가 달린 울 코트를 입고 있었다. 그녀는 진흙탕 길을 조심스럽게 오느냐고 그의 존재는 안중에도 없는 듯했다. 몇 초간 이네스는 그녀가 그를 향해 오는 모습을 지켜보았다. 그의 인생에서 가장 강력한 느낌이었다. 헤이즐이었다.

그녀의 눈길을 끈 것은 휠체어였다. 지나가는 사람들 대부분이 그랬던 것처럼. 그들은 휠체어를 탄 사람을 힐끗 내려다보고, 그런 다음 동반자를 올려다보았다. 헤이즐도 마찬가지였다. 그녀의 두 눈은 선글라스를 쓴 여자에게로 쏠렸다. 한 번, 두 번. 그런 다음 멈추었다. 이네스는 헤이즐의 온화한 표정이 충격에 휩싸이는 모습을 지켜보았다. 그녀는 이네스를 올려다보았다.

이네스는 헤이즐과 핼리팩스 거리를 걸은 그날 이후 그녀를 보지 못했다. 어린 시절부터 질투가 많은 루이즈는 시각장애인도 되지 않고 불구도 되지 않은 언니에게 상당한 분노를 지니고 있었다. 루이즈는 집에서 헤이즐의 이름조차도 거론하는 것을 참지 못했다. 처음에는 헤이즐이 루이즈에게 편지를 보내왔다. 이네스가 처음 두 번 정도는 큰 소리로 편지를 읽어주면서 그녀의 짜증을 견뎌내다가 결국 편지를 아내와 공유하는 것을 포기했다. 편지는 자동적으로 중단되었고, 이네스도 루이즈 이름으로 편지 쓰는 것을 멈추었다. 봉투에는 보스턴 소인이 찍혀 있었고, 17년 동안 보스턴은 이네스에게는 마법의 도시로 존재해 왔다.

"왜 안 가요?"

루이즈가 물었다.

"차가 있어서요."

이네스는 대답을 할 만큼 호흡을 충분히 할 수가 없었다.

"여기서 차가 지나갈 때까지 기다려야 해요."

"정말로 그렇게 복잡해요?"

"네, 아주 복잡해요."

그는 어디서나 헤이즐을 알아볼 수 있었다. 그는 그녀가 스물두 살 때부터 오랫동안 그녀를 마음속에 담아두었다. 지금 그녀는 서른

406

아홉 살이다. 결혼은 했을까? 아이는 있을까? 거의 20년 동안 마음 속에 복잡하게 자리 잡고 있던 의문들이 단숨에 앞으로 튀어나왔지만 한마디도 물어볼 수 없었다. 참으로 몇 초 내에 그는 그녀를 떠나야 만 했다. 신중하지 않는다면 루이즈가 눈치 챌 것이다.

이네스는 손을 뻗어 헤이즐의 팔을 꽉 잡았다. 그녀는 피하지 않 았다. 그는 그녀의 매력적인 눈을 기억했다.

"이네스? 선물 상자가 점점 더 무거워지고 있어요."

루이즈는 약간 투덜대면서 말했다.

이네스는 헤이즐에게 한마디라도 건네고 싶었다. 하지만 무슨 말 을 한단 말인가? 무슨 말을?

그는 헤이즐의 팔을 풀었다.

'기다려요.' 그는 마음속으로 외쳤다.

참으로 어쩔 수 없이 이네스는 돌아서 루이즈의 휠체어를 밀었다.

그는 걸었다. 하지만 어디로 가는지 알지 못했다. 그의 머릿속은 뒤죽박죽이었고, 절박했다. 이 도시의 섬광이 그를 눈멀게 했다.

"이네스."

루이즈는 날카롭게 말했다.

"음?"

"도대체 어디로 가는 거예요?"

"당신을 호텔방에 데려다줄 테니 가서 좀 쉬어요. 난 용무가 있 어서요."

"무슨 일인데요?"

"담배하고, 필요한 책을 좀 사려고."

"알았어요."

루이즈는 자신의 일시적인 둥지로 되돌아간다는 게 행복하다는 듯이 대답했다. 그녀는 차와 페이스트리를 주문할 것이다. 호텔방으로 돌아왔을 때 그녀의 드레스 상체에는 흙탕물이 잔뜩 튀어 있었다.

헤이즐은 이네스가 떠난 그 자리에 정확하게 서 있었다. 침착하게 핸드백을 팔목에 걸고, 두 눈을 모자챙에 가린 채로 그렇게 부동자세였다.

"얼마나 기다린 거예요?"

이네스가 도착하면서 말했다. 바삐 달려온 터라 그는 숨을 헐떡거렸다.

"한 시간쯤."

"내 조바심을 숨기기가 무척 힘들었어요."

"루이즈는 많이 변했더군요."

"어떻게요?"

"화가 나 있더군요. 그 모습을 보니 슬프네요."

이네스는 고개를 끄덕이었다. 그렇다, 루이즈는 화가 나 있다. 그녀는 늘 그랬다. 한 남자가 한 여자를 진실로 사랑하지 않는다면 그 여자를 위해 자신을 희생하는 건 그다지 좋은 생각이 아니었다.

한 남자가 지나가면서 이네스의 팔꿈치를 난폭하게 밀치었다.

"우리는 지금 여행 중이에요."

"아직 토론토에 살고 있군요."

헤이즐이 말했다.

"같은 집에 살고 있어요."

"편지를 쓸 수가 없었어요."

"루이즈는 편지를 읽지 못하게 했어요."

이네스가 말했다.

이네스는 헤이즐의 팔을 잡아당겨 그녀가 자전거 길에서 빠져나오도록 했다.

"이렇게 늘 복잡한가요?"

이네스가 물었다.

"이맘때쯤이면요."

헤이즐은 모자챙 밑으로 그를 올려다보았다. 그녀는 자부심이 강해 보였다. 세월과 경험이 그렇게 만들었을 것이다.

"제 집으로 가실래요?"

헤이즐이 말했다.

이네스는 대담한 초대에 깜짝 놀랐다. 하지만 어쩔 수 없었다. 두 사람이 거리 코너에 서 있을 수는 없는 노릇이었다.

"여기 살아요? 이 도시에?"

이네스가 물었다.

"좀더 외곽에요."

"택시 탈까요?"

"좋으실 대로."

"시간이 별로 없어요."

택시에서 이네스는 헤이즐의 장갑 낀 손을 잡았다. 그것으로 충분치 않았다. 그는 헤이즐을 장갑을 벗겼다. 그녀는 가만히 있었다. 그는 그녀의 손을 꽉 잡고 더 단단히 눌렀다.

그들은 애비뉴를 따라 올라가면서 저택과 공원을 지나쳤다. 이네스는 헤이즐의 얼굴에서 도시적인 면을 보았다.

그들은 현대식 브라운스톤 건물 앞에 멈추었다. 택시에서 내린 헤이즐은 계단을 올라가서 물결모양의 파란색 유리로 된 문 앞에서 멈추었다.

"이 건물이 당신 거예요?"

그는 4층짜리 건물을 올려다보면서 물었다.

그녀는 미소를 지었다.

"아니, 이 중 하나에요."

두 사람은 작은 엘리베이터를 타고 4층까지 갔다. 엘리베이터에서 이네스는 그녀의 팔을 잡았다. 잠시라도 그녀를 풀어줄 수 없다는 듯이. 그들은 어두운 복도로 나왔다. 헤이즐이 집 앞에서 문을 열었다.

이네스는 헤이즐이 코트를 벗는 동안 그녀의 코트를 잡아주었고, 이네스도 코트를 벗었다. 그는 들고 있는 코트를 어디다 놓아야 할지 몰라 망설이고 있었다.

"거기 놔요."

헤이즐은 금이 간 가죽 의자를 가리키며 말했다. 그녀는 성급함을 드러내었고, 이것이 이네스의 마음을 흥분시켰다.

그 앞에 선 헤이즐은 벨트를 한 얇은 갈색 원피스를 입고 있었다. 머리는 짧고 웨이브졌다. 갈색 원피스는 바로 무릎 아래까지 내려왔다. 그녀는 말랐다. 요즘에는 많은 여자가 말랐다는 생각이 들었다. 예전과는 다르게 다리는 근육이 잡혀 건강해 보였다.

"당신 생각을 자주 했어요."

이네스가 말했다.

그녀는 고개를 끄덕이었다.

"무척 힘들었나보죠?"

"루이즈? 내 인생?"

"루이즈."

"아니, 그렇게 힘들지 않아요. 가끔."

"당신이 나 대신 고생했군요. 나를 보내주려고."

"그때는 여러 가지로 복잡했어요."

"고통스러운가요?"

"아니, 고통스럽지 않아요."

이네스는 작은 어두운 방으로 그녀를 따라 들어갔다. 침대는 좀 전에 배운 셔닐 실로 덮여 있었다. 흥분한 상태에서도 이네스는 가장자리에 놓인 화장대를 주목했다. 거울에 붙은 고리에는 진주 목걸이가 걸려 있었다. 약간 시간이 지나자 그는 사소한 사항들에 주목했다. 욕실 타올걸이에 빨아서 걸어놓은 사랑스러운 실크 스타킹, 아이스박스에 오렌지 달랑 한 개, 서랍에 넣어놓은 종이배낭.

그녀가 오랜 세월 이곳에 있었다는 사실이 믿기지 않았다.

"여자 학교에서 아이들을 가르치고 있어요."

헤이즐이 말했다.

"결혼했나요?"

"아니요."

"결혼했을 거라고 생각했어요. 그럴 거로 확신했어요."

"안 했어요."

"그럼, 분명히……."

이네스는 말을 멈추었다. 그는 다른 남자에 대해서는 묻고 싶지 않았다. 특히 이 방에서는, 이런 분위기 속에서는 그러고 싶지 않았다.

"난 아들이 하나 있어요. 사랑스러운 아들이죠. 그 애는 건축기술

을 배우고 있어요. 우린 엠파이어 스테이트 빌딩을 두 번이나 보러 왔
었어요. 딸도 있어요. 이름이 마거릿이에요. 피아노를 아주 잘 쳐요.”

이네스는 대신에 이렇게 말했다.

“남자아이 이름이 뭐예요?”

헤이즐이 물었다.

“앵거스.”

이네스는 잠시 중단했다.

“내 아버지 이름이죠. 당신이 그 아이들의 이모예요.”

“나에 대해 알고 있나요?”

“조금이요. 당신의 존재 정도. 핼리팩스에서 부상을 당했고, 외국
에서 살고 있다고 말해줬어요.”

헤이즐이 고개를 끄덕이었다.

“난 기껏해야 20분밖에 시간이 없어요.”

이네스가 말했다.

헤이즐이 입은 얇은 옷을 통하여 그는 그녀의 몸을 느낄 수 있었
다. 그는 머리 위로 셔츠를 벗었다. 그녀는 조심스럽게 가터를 벗었
다. 그는 등을 따라서 셔닐 실을 느끼었다. 그녀의 숨은 달콤했다.
그는 루이즈 생각은 하지 않았다. 그는 아주 오랜 세월 그녀를 위해
즐거움을 희생했다. 늘 이네스는 예전에 시간여유만 있었다면 헤이
즐에게 자신과 함께 떠나자고 설득할 수 있었다고 믿어왔다. 그날
밤에 휠체어에 앉아 울고 있는 루이즈만 보지 않았다면.

❦ ❦ ❦

그들은 서로 바라보면서 침대에 벌거벗은 채로 누워 있었다. 헤이즐의 허벅지는 촉촉했다. 햇살이 집 코너 주위로 들어오자 그는 이제야 서른아홉 살의 멋진 몸매를 감상할 수 있었다. 거의 한 시간이나 지났다. 헤이즐은 처녀는 아니었다. 그녀가 처녀일 거라고 어떻게 상상할 수 있단 말인가? 그는 그녀의 얼굴과 머리카락을 매만졌다.

"무슨 과목을 가르치나요?"

"역사요."

"여기서 계속 살았나요?"

"한동안 보스턴에서 살다가 핼리팩스로 돌아갔었어요. 그런 다음에 이곳으로 오게 되었죠."

"핼리팩스로 돌아갔다고요?"

그가 깜짝 놀라서 물었다.

"잠시요."

"난 한번도 가보지 않았어요."

"저도 우울했어요."

"당신은……."

이네스는 주저했다.

"사랑하는 사람이 있었나요?"

그가 마침내 말했다.

"네."

이네스는 자신이 그녀의 이런 즐거움을 부인하지 않은 게 기뻤다. 또 그는 그 남자들을 부정하지 않아서 다행이었다.

"심각한 사람도 있었나요?"

"네."

이네스는 헤이즐을 핼리팩스에 도착하던 날 밤, 다음날 아침, 그리고 폭발 후 다시 만나서 오후에 잠시 알았을 뿐인데도 그녀를 평생 그리워하며 살았다는 사실이 참으로 믿기지 않았다. 두 자매간의 닮은 점이 그의 마음속에 헤이즐이 살아남도록 해주었을지도 모를 일이었다.

"당신을 떠날 힘이 없군요."

이네스가 말했다.

헤이즐은 그를 가슴으로 당겨 안았다. 이네스는 나중에 다시 기억해낼 수 있게 지금 이 순간 하나하나를 마음속에 새길 필요가 있었다. 그녀가 옷을 입고 있지 않다는 것이 편안했다. 창피하지 않았다. 어쩔 수 없는 감정이었다.

"내 생각한 적 있어요?"

이네스가 물었다.

"그럼요."

"폭발이 있기 전 핼리팩스에서 그날 밤 알고 있었죠?"

그가 물었다.

"뭘 말하는 건지……되돌아보면……그래요, 알았어요."

그녀는 잠시 멈추었다.

"결혼하면 행복할 거라고 했죠?"

"행복이란 단어는 어울리지 않고, 아마 만족일 겁니다. 받아들이는 거죠."

"그럼, 우리는 행복했을까요?"

"그럼요. 확신해요."

이네스가 말했다.

"루이즈는 천성이 아이 같았어요."

헤이즐이 말했다.

"그래요, 그렇다고 할 수 있죠."

이네스는 루이즈가 남편도 얻을 수 없고, 아이도 낳을 수 없는데, 헤이즐은 모든 걸 다 가지고 있다고 울부짖던 그날이 무척 낯설다는 생각을 했다. 실제로는 그 반대가 되어 있지 않은가! 루이즈에게는 남편과 아이가 있지 않은가!

"아이들이 없어도 괜찮나요?"

이네스가 헤이즐에게 물었다.

"네. 대체로요. 가끔 미래가 두렵긴 해요."

"루이즈는 잘 지내지 못해요. 주위에 우리가 있어도 별로 괜찮은 것 같지 않아요."

"그날, 생각지도 못한 일이었어요."

"폭발 말이군요."

"네."

"당신은 약혼한 상태였어요."

"한 남자가 집에 왔었어요. 그는 헬리팩스에 머물러야만 했지만 난 그럴 수 없었어요."

헤이즐이 말했다.

"그게 다예요?"

"아니요."

"그 많은 세월……."

이네스는 말하다가 예전에 그랬던 것처럼 순간 절망감을 느꼈다.

"우리는 그럴 수 없어요."

헤이즐이 말했다.

"난 토론토로 돌아가야만 해요. 내일모레요."

"괜찮아질 거예요."

그녀는 손가락으로 그의 등을 어루만지며 말했다. 그는 자고 싶었다. 아 얼마나 이 침대에서 자고 싶었던가! 이 여자와 함께!

그는 시간이 늦은 것에 대해서 루이즈에게 친구와 우연히 만났다고 변명해야만 할 것이다. 그가 여기서 더 지체한다면 그들은 음악회에 못 갈 것이다. 루이즈는 대참사가 아니라면 이네스가 자신을 음악회에 꼭 데려갈 거라는 믿음이 있다.

이것은 대참사였다

몸을 비틀면서 이네스는 일어섰다. 그는 여기저기 널려 있는 옷을 되는대로 주워들었다. 그가 다시 헤이즐을 바라보았을 때 그녀는 면 잠옷을 입고 침대 가장자리에 앉아 있었다. 그는 윗도리를 입었고, 신발을 신었다. 그는 그녀 옆에 앉아서 신발끈을 묶었다. 그는 거실 의자에 놓아둔 코트를 입고 모자를 썼다. 그는 그녀의 손을 잡았다.

마음속 깊이 육체적인 고통이 느껴졌다. 그는 충분히 희생하지 않았던가? 그런데도 아직 희생할 것이 남아 있단 말인가? 그가 정직할 수 있다면? 그에게는 만족스러운 일과 가족이 있다. 이것이 그의 삶이다.

그는 루이즈를 떠날 수 없다. 그건 잘못된 일이다.

그는 서서 헤이즐과 키스한 후 문으로 가서 손잡이를 잡았다.

아그네스는 머리를 두 손으로 감쌌다. 그녀는 결정할 수 없었다. 이네스는 손잡이를 돌려서 집을 나서야 하는가? 결코 돌아올 수 없단 말인가? 이것이 옳은 일인가? 그래야 이네스는 좋은 남자가 되는가?

아그네스는 이네스가 주저하는 모습을 바라보았다. 그는 정확히 자신이 있는 곳이 어디인지를 알지 못했다. 그는 택시를 잡아타고 한 시간 거리에 있는 호텔로 돌아가야 하는 고문을 겪어야만 한다.

헤이즐은 그 뒤에서 인내심을 가지고 기다렸다. 이것은 그녀가 결정할 수 있는 문제가 아니었다. 그녀는 문가에 서 있는 이 남자에게 어떠한 영향도 줄 수 없었고 그를 설득하려고 애쓸 수도 없었다. 아그네스는 그녀의 생각을 이해할 수 있었다.

아그네스는 그녀가 희망하는 것을 알고 있었다.

그래도 아그네스는 펜을 내려놓으면서 '안된다' 고 결정했다. 이네스는 헤이즐을 떠날 수 없을 것이다. 그는 지금 당장은 그녀를 떠나야 할지도 모르지만, 그는 돌아올 거라고 아그네스는 마음속으로 격한 즐거움을 지닌 채 결정했다. 아마 내일도 그는 한 시간 정도 헤이즐을 보려고 돌아올 것이다. 하지만 그것이 전부이다. 이네스는 루이즈에게 갈 것이고, 아이들을 기를 것이다. 그는 다시는 헤이즐 없이는 살아갈 수 없을 것이다. 그와 헤이즐은 뉴욕시와 토론토에서 만나게 될 것이다. 나이아가라 폭포와 시카고에서도 만나게 될 것이다. 두 사람은 한 사람이 죽을 때까지 연인으로 지낼 것이다(분명히 먼저 죽는 쪽은 이네스가 될 것이다. 그것은 아그네스가 그에게 더 많은 비통함을 안겨줄 수 없기 때문이다).

자신의 상상력에 만족하여 가슴이 벅차오른 아그네스는 노트를 들어 배낭에 넣었다. 그러는 와중에 바닥에 펜을 떨어트려서 그것을 주우려고 몸을 구부렸다. 그녀는 얼른 몸을 일으켰다. 몸을 구부리면서 지방이 많은 원통모양의 툭 튀어나온 배를 다시 한번 보았기 때문이다. 아마 이런 지방은 외모보다도 혈압에 더 좋지 않을 거라고 생각했다.

그녀는 집에 도착하면 이야기를 완성할 것이다. 아마 이 이야기를 출판사에 보낼지도 모른다. 못할 것 없지 않은가? 더플백을 어깨에 메면서 아그네스는 소설의 포인트를 생각했다. 현실을 편집할 수 없을까? 개인의 역사를 다시 쓸 수 없을까? 갈망하는 꿈을 만족시켜 줄 수는 없는 걸까?

삶을 향하여

브리짓은 배가 고팠다. 어제 먹은 것이 거의 없었다. 하지만 빌을 깨우고 싶지 않았다. 그녀는 식당으로 가서 창가 자리에 앉았다. 태양이 언덕 위에서 고개를 내밀기 시작했다. 브리짓은 주변에서 다양한 일을 하는 사람들을 둘러보았다. 웨이트리스, 숙박부를 기록하는 손님들, 가방을 나르는 사람들. 그러다 한 여자와 시선이 마주쳤다.

"뭘 좀 갖다 드릴까요?"

여자가 물었다.

"아직 준비가 덜 된 것 같은데. 가장 편한 것으로 갖다 줄 수 있는지요? 커피나 주스? 아니면 시리얼이 되나요?"

"신부님이시죠?"

"네, 그래요."

브리짓은 43세의 신부에 대해 뭔가 변명의 말이 있어야 한다고 생각했다.

브리짓은 여자가 음식용 엘리베이터에 주문을 넣어서 1층 주방으로 내려 보내는 모습을 매혹적으로 지켜보았다. 매트와 브라이언도 이런 장치를 보았을까? 조금 있다 그것에 다른 주문을 넣어서 내려 보냈다.

브리짓은 10시쯤 아이들을 깨워서 옷을 입게 하고 짐을 싸게 할 생각이다. 그녀는 아이들이 턱시도의 다양한 소품들을 모두 지니고 있기를 희망했다. 장식 허리띠, 와이셔츠 장식 단추, 나비넥타이 등이 지하실의 수영장 테이블 바닥에 여기저기 흩어져 있는 모습을 상상했다. 브리짓은 짐을 싸서 매트와 브라이언에게 차까지 가져다 놓도록 할 생각이다. 그런 다음 노라를 찾아서 친절함과 특별한 식사, 그리고 그 모든 준비에 대해서 고맙다고 인사할 계획이다. 노라는 정말로 관대했다. 빌은 대가를 지불할 것이다(그는 브리짓에게 정확한 금액에 대해서는 말하지 않았다). 하지만 브리짓은 노라가 비용을 과하게 청구하지 않을 것이란 사실을 알고 있다. 브리짓과 빌을 위해서 뿐만 아니라 그들 모두를 위해서.

브리짓은 제리와 줄리를 생각했다. 그들의 결혼생활은 집까지 가는 동안 살아남을까? 아그네스의 깜짝 고백에 대해서도 생각했다. 진정으로 놀라웠지만 거기에 어떤 제안을 할 수는 없었다. 아그네스의 미래가 어떨지 궁금했다. 두 사람의 관계를 폭로했으니 이제 다 끝난 것인가? 아니면 이번 폭로로 인해 짐 미첼이 행동을 취하는데 박차를 가해줄 것인가? 아그네스와 그런 식으로 오랫동안 관계를 유지한 그 남자를 미워하지 않기란 어려웠다. 아니면 그가 만든 가족에 대한 충성심을 생각해 짐을 존경해야만 하는가? 브리짓은 이번 결혼이 우연히 다른 두 커플을 와해시키게 될까 봐 걱정되었다. 이 얼마나 위력 있는 동창모임이란 말인가! 그래서 그렇게 많은 사람이 동창회에 가기를 꺼리는 것인가?

노라와 해리슨에 대해서도 의문점이 있다. 분명히 뭔가가 있었다. 누군가는 그것을 보았을 것이다. 노라는 결혼식에서 해리슨 옆에 앉았다. 어떤 의미가 있지 않을까? 하지만 서로 잘 아는 사이가 아니라서 브리짓은 물어볼 수 없었다. 브리짓은 아그네스가 그들에게 질타를 퍼붓자 노라가 자리를 뜬 점에 대해서도 생각했다.

브리짓은 오래전 스티븐이 죽은 그날 밤 일을 몇 가지 기억해냈다. 그녀와 빌은 코너에서 사랑놀이를 했다. 두 사람은 지각 있게 행동했고 이따금 콜라가 필요해서 일어나곤 했다. 날씨가 너무 추워서 두 사람은 해변으로 내려갈 수 없었다. 파티는 무척 시끄러웠고, 남자아이들은 평소보다 더 빨리 취한 것처럼 보였다. 모든 것이 끝났다는 감정 때문이었을 것이다. 일주일만 있으면 그들은 졸업시험을 볼 것이고, 2주 안에 그들은 모두 졸업을 하기로 되어 있었다. 빌은 올버니의 가족에게로, 브리짓은 폭스보로의 가족에게로 돌아갈 것이다. 빌을 보지 않고 몇 주를 지내게 될지도 몰랐다. 만약 빌이 브리짓을 방문하러 왔다면 그녀의 부모님은 두 사람을 눈여겨 주시했을 것이다. 빌은 9월에 대학을 가기로 되어 있었다.

브리짓은 노라와 해리슨이 비치하우스 부엌에서 키스했다는 소문을 들었다. 브리짓은 그 당시에는 당연히 이런 사실을 믿지 않았다. 하지만 그녀는 노라와 해리슨이 잘 어울린다고 생각했다. 노라가 스티븐과 함께 있는 것보다 해리슨과 있는 게 더 어울린다고 생각했다. 하지만 두 사람의 관계는 처음부터 브리짓을 당혹스럽게 했다. 어제야 비로소 그녀는 그날 밤 무슨 일이 있었다는 것을 깨달았다. 또 해리슨은 아주 오랫동안 노라를 기다려왔다는 사실도 알아차렸다.

지금 브리짓의 소망은 단순했다. 그녀는 매트가 대학 본과에 다닐 때까지만 살아 있고 싶었다. 그 후로는 매트가 자신의 삶을 잘 살아갈 수 있을 것이다. 하지만 이건 너무 과한 욕심이었다. 남은 시간은 얼마 없었다. 겨우 매트가 고등학교를 졸업하는 것을 볼 수 있을 정도였다.

시간이 충분하지 않았다. 그녀의 죽음은 매트를 의기소침하게 할 것이다. 브리짓은 빌이 매트가 고등학교를 졸업한 후 대학 입학을 미루게 하고 1년간 그에게 매달려 주기를 희망했다. 매트를 일하게 해주고, 밤이 늦으면 집에 들어오게 교육하고, 쉴 새 없이 그와 이야기 해주기를 바랐다. 브리짓은 빌이 이 얘기를 들을 준비가 되었을 때 그에게 얘기할 것이다. 계획대로라면 아마 1년 안에.

브리짓은 도르래 소리를 들었다. 금발여자가 아침을 가져왔다. 그녀가 주문한 시리얼이 나왔는데 그 외에도 훨씬 더 많은 음식이 나왔다. 바싹 구운 베이컨을 곁들인 계란, 달콤한 버터가 곁들인 맛있는 브리오시 빵, 크림 병을 곁들인 딸기 한 접시, 실버포트에 담긴 커피.

신부를 위한 축제였다.

브리짓은 웃으며 여자의 이름을 물었다. '다 못 먹을 거 같은데요' 하고 말하려다가 브리짓은 주디에게 아무 말도 하지 않았다. 주디도 그녀가 그럴 것이란 걸 알고 있었기 때문이다. 브리짓은 음식을 한 입씩 먹기 시작했다.

브리짓의 시선이 식당 입구로 쏠렸다. 젊은 여자가 자신의 모습을 거울에 비추어보면서 본능적으로 팔짱을 끼어 보였다. 멜리사였다. 브리짓은 멜리사가 자신을 보면 돌아보지도 않고 식당을 나갈 거라고 생각했다. 아마 신랑 신부가 아직 자고 있을 거로 생각해서 혼자 빨리 아침을 먹으러 온 모양이었다.

저 아이는 얼마나 사랑스러운가, 심지어 당황하는 모습조차도 사랑스러웠다. 멜리사는 가슴과 허리에 딱 달라붙는 흰색 보트 넥 티셔

츠에 검은 부츠 끝까지 내려오는 청바지를 입었다. 목에는 얇은 실버
체인을 걸고 있었다.

브리짓은 반쯤 일어서서 멜리사를 불렀다.

어쩔 수 없이 멜리사는 브리짓의 방향으로 몸을 돌렸다.

"함께 먹을래?"

브리짓이 물었다.

예의 바른 소녀는 브리짓 앞에 와서 섰지만 눈을 마주치는 것은
피하였다. 서서히 안정을 찾으면서 멜리사는 팔짱을 풀고 브리짓 맞
은편에 앉았다.

"아버지는요?"

멜리사는 곧바로 물었다.

"자고 있어."

"아, 네. 실은 배고프지 않아요."

"운전을 오래하고 가야 하잖아."

브리짓이 강조했다.

멜리사는 어깨를 으쓱했다(나이 든 사람들은 항상 운전 타령만 하려고 한다).

"뷔페는 좀더 있어야 준비가 될 거야. 메뉴를 보고 주문하면 돼.
너도 보았다시피 종업원들이 내게 진수성찬을 갖다 주었어."

브리짓은 앞에 놓인 음식을 잠시 바라보았다. 멜리사가 자신을
대식가로 오해할 것 같았다.

"시리얼을 주문했는데, 이런 음식을 갖다 주었어."

멜리사는 머리를 끄덕이었다.

"잘 잤니?"

멜리사는 은그릇을 만지작거렸다.

"잘 잤어요."

"수영장에서는 어땠어?"

멜리사는 이해를 못 하는 눈치였다.

"그럼, 당구는?"

"아, 수영장에서요. 좋았어요. 브라이언한테 모두 졌어요."

이제 더 할 질문이 없었다. 멜리사가 스스로 말을 하거나 질문을 해주기 전까지는 조용히 있을 수밖에 없다고 브리짓은 속으로 생각했다.

주디가 멜리사에게 주문을 받으러 테이블로 왔다. 주디는 멜리사에게 메뉴를 건네주고 잠시 기다렸다. 브리짓은 멜리사가 메뉴 맨 처음에 나와 있는 것 외에는 보지도 않을 거라고 예상했다.

"오트밀이요. 차도 좀 주고요."

멜리사는 불안정하게 말했다.

"차는 얼 그레이와……."

"얼 그레이로 주세요."

멜리사가 서둘러 말했다.

주디가 돌아가자 멜리사는 의심할 여지없이 멋진 전경을 감상하며 창밖을 응시했다. 두 손은 무릎에 올려놓았다.

"네가 결혼식에 와줘서 기뻐. 네 아버지한테는 아주 커다란 의미일 거야."

멜리사는 고개를 끄덕이었다.

"쉽지 않았으리라는 것 알아."

"매트는 좋은 아이더군요."

멜리사가 말했다. 브리짓은 가슴이 벅차올랐다. 이 말은 브리짓에게 예의상 한 말 이상이었다. 갈라진 틈으로 뭔가가 채워지고 있었다.

"열다섯 살짜리 남자아이들과 놀아주다니 굉장한 인내심을 발휘했구나. 게네들은……그러니까……너도 알다시피 어쩌다가 아주 끔찍하거든."

브리짓이 말했다.

"아니에요. 매트는 멋졌어요. 얘기도 좀 했고요."

브리짓은 무슨 얘기를 했는지 묻지 않으려고 스스로 자제했다. 멜리사가 거리낌 없이 얘기해준다면 몰라도. 브리짓은 인내심을 가졌다.

"언젠가 집에 올 거지?"

브리짓은 위험한 제안을 했다.

멜리사는 시선을 피했다. 멜리사는 항상 엄마에게 대단한 신의를 지니고 있었다. 브리짓은 이것을 간섭하지는 않을 것이다. 오히려 존경해야 할 품성이다.

"아마도요."

멜리사가 말했다. 그녀는 마음의 문을 열고 있었다. 완전히는 아니지만.

그것으로 충분하다고 브리짓은 생각했다. 실제로 많이 만족스러웠다.

브리짓은 몇 가지 질문을 더 했고 멜리사는 예의 바르게 대답했다. 멜리사는 질문도 한 가지 했다. 이런 행동에 브리짓은 어안이 벙벙했다.

"몸은 어떠세요?"

브리짓은 잠시 생각했다. 그녀는 커피를 한 모금 마셨다. 브리짓은 멜리사에게 있는 그대로 진실을 말하기로 결심했다. 하나도 빼놓지 않고.

그녀는 멜리사에게 별 모양의 촉수에 대해서 솔직히 털어놓았다. 그녀가 회복할 확률은 50퍼센트였다. 암이 다시 재발한다면 뼛속이나 뇌, 아니면 간에서 나타날 것이다. 브리짓은 매트가 멜리사의 나이가 될 때까지 그러지 않기를 희망했다. 이것은 그녀가 어느 정도 하느님과 한 거래이다. 매트가 스무 살까지만 살아 있게 해준다면 하느님이 원하는 대로 해도 좋다는 거래였다. 결코 '치료' 라는 단어를 사용하지 않을 것이다. 그저 '치료가 진행 중' 으로 생각해야만 했다.

이 모든 것을 브리짓은 멜리사에게 말했다. 멜리사는 이런 뜻밖의 사실에 한동안 깜짝 놀라는 것처럼 보였지만 곧 걱정을 해주며 받아들이는 듯했다. 브리짓은 멜리사가 비밀을 털어놓기에 완벽한 사람이라고 생각했다. 정보를 원할지는 모르지만 본질적으로 초연한 여자. 비행기를 탄 낯선 사람이 모든 것을 털어놓을 수 있는 그런 사람이었다.

"어젯밤 저녁식사 때 비행기를 탄 아랍인들에 대한 대답은 여러 의견 중에 네 대답이 가장 좋았어."

멜리사는 머리를 갸웃했다. 브리짓은 멜리사가 자신이 무엇을 말하려고 하는지 이해할 것이고, 뼛속 깊이 두려움을 간직한 여자의 진실된 고백을 무참히 짓밟지는 않을 거라고 생각했다.

태양이 브리짓의 등을 뜨겁게 비추었다. 그녀는 매트와 브라이언이 나르는 짐을 차에 싣고 있었다. 차 뒷좌석에 선물들이 놓여 있었다(선물이라니! 브리짓은 예상도 하지 못한 일이다). 빌이 브리짓을 찾아서 식당으로 내려와 그녀가 멜리사와 함께 있는 모습을 보았다. 이때 브리짓은 그가 멜리사와 함께 차를 타고 가라고 우겼다. 멜리사 혼자서 그 먼 길을 가게 할 수 없었다. 브리짓이 매트와 브라이언을 태우고 가면 되었다. 그런 다음 브리짓은 노라에게 고맙다는 인사를 하러 나갔다. 하지만 노라를 찾지 못했다. 노라는 아직 자는 것이 틀림없었다.

브리짓은 집에 도착하면 노라에게 긴 편지를 쓸 것이다.

"그래서 두 사람은 그 이후로 행복하게 살았데요."

브리짓은 뒤돌아보았다. 롭과 조시가 똑같은 가방을 어깨에 둘러메고 서 있었다.

"신랑은 어디 있어?"

롭이 물었다.

"헤어졌어."

브리짓이 말했다.

"이렇게 금방."

롭이 농담으로 웃으면서 비통해했다.

브리짓은 그와 포옹했다.

"와줘서 고마워."

"세계의 평화를 위해 이 결혼식을 놓칠 수는 없지."

"오랫동안 행복해요."

조시가 브리짓을 살짝 안으면서 말했다. 두 사람은 좋은 친구가 된 것 같았다.

"다음 주에 전화할게. 깨가 쏟아지도록 살고 있어."

"보스턴에 와?"

"20일간. 기대하고 있어."

"이제 런던으로 가겠네요."

브리짓이 조시에게 말을 걸었다.

"4일 동안이요."

"공연 잘하세요."

"고마워요."

"그럼, 헤어져야겠네."

롭이 말했다. 그는 매트를 향해서 몸을 돌렸다.

"엄마 잘 돌봐드리렴."

그는 매트와 악수했다.

"우리가 얘기한 CD 보내줄게. 음악공부 계속해서 해."

롭이 덧붙였다.

매트는 고개를 끄덕이었고, 브리짓은 매트가 이렇게 재능 있는 음악가에게 자신의 음악적 자질을 인정받았다는 것을 굉장히 기뻐하고 있음을 알고 있었다.

롭이 손을 흔들면서 돌아섰다. 그러더니 이내 멈추었다. 그는 브리짓이 서 있는 밴 옆으로 와서 다시 한번 그녀를 껴안았다. 몇 초간 그대로 있었다. 주말 내내 하지 못했던 말을, 브리짓의 아들 앞에서 하지 못했던 말을 하고 있었다.

'네가 병을 이겨내리라 믿어.'

롭은 돌아서서 어깨에 멘 옷가방 끈을 좀더 위로 끌어올렸다.

"나도."

조시가 말했다.

브리짓은 밴의 뒷문을 쾅하고 닫았다.

"좋아, 다 됐다. 타자."

그녀는 매트와 브라이언에게 말했다.

두 아이가 서로 앞좌석에 앉겠다고 다투다가 결국 뒤에 함께 앉는 것을 선택했다. 브리짓은 차를 뒤로 뺐다. 그녀는 아그네스와 해리슨에게도 인사를 하지 못했다. 두 사람은 벌써 떠났을까? 브리짓은 돌면서 나뭇가지에 섬광이 내비치는 장면을 목격했다. 빛의 속임수라고 생각했다. 그것은 그저 평범한 나뭇가지에 불과했으니까. 브리짓은 차를 멈추었다. 전경이 무척 아름다워서 그냥 지나칠 수 없었다. 산을 향해 뻗은 나뭇가지는 상자 안의 보석처럼 반짝거렸다.

태양이 그늘을 만들어주는 큰 나뭇가지 위를 비추고 있었다. 보석처럼 반짝이는 반짝임이 햇빛 속에 몇 초간 지속되었다.

브리짓은 생각에 잠겼다. 아주 특별한 생각이다.

자신이 살 수 있는 모든 가능성에 대해서 생각했다.

그녀는 매트가 하는 야구게임을 더 볼 수 있을지도 모른다. 멜리사가 크리스마스 때 올지도 모른다. 브리짓은 어느 날 땀범벅이 되어서 아들이 대학을 졸업하는 모습을 지켜볼 가능성도 있다.

브리짓과 빌은 함께 늙어갈 수도 있다. 정말로, 정말로 함께 늙을 수도 있다.

이런 생각을 한 자신이 놀라워서 브리짓은 매트를 잠시 돌아보았다. 그 아이도 빛나는 나뭇가지를 보고 있는지, 그 아이도 비슷한 깨달음을 얻었는지가 보고 싶어서였다. 하지만 매트는 이미 이어폰을 끼고 워크맨을 만지작거리고 있었다. 그는 그녀에게 웃으며 살짝 손을 흔들었다.

밴에 기어를 넣어 주차장을 빠져나가면서 브리짓은 매트가 왜 손을 흔들었는지 호기심이 생겼다.

갈림길에서

해리슨은 방으로 돌아와 짐을 싸기 시작했다. 책상 위에는 이틀 전에 에블린에게 쓴 편지가 놓여 있었다. 그는 그것을 읽고 찢어서 쓰레기통에 버렸다. 변호사의 시선으로 에블린은 노라 이름이 반복된 점에 주목해서 의구심을 가질지도 모를 일이었다.

가방을 다 챙긴 해리슨은 방을 둘러보면서 혹시 빠트린 물건은 없는지를 점검했다. 그는 복도로 나왔다. 그가 육중한 문을 닫자 뒤에서 딸각 소리가 났다.

그는 로비로 향했다. 계단을 내려왔을 때 그는 서둘러 길을 우회해서 도서관으로 들어갔다. 그는 최신식 커피머신 앞에서 밖의 전경(이제는 익숙해졌고, 이제는 매력을 일부 잃어버린)을 내려다보았다. 커피머신에는 오래전 이 집의 사진이 끼워져 있었다. 그는 먼 거리에 있는 흐릿한 기차선로를 살펴보았다. 이곳은 노라, 칼 라스키, 해리슨, 스티븐의 혼령이 오기 훨씬 전부터 존재했었다. 그렇게 오랫동안 이 집에는 얼마나 많은 다른 사연들이 있었을까?

그는 로비로 나왔지만 데스크에는 아무도 없었다. 그는 적당히 기다리다가 무거운 황금열쇠를 데스크 위에 올려놓았다. 이미 신용카드로 계산을 한 상태였고, 나중에 영수증은 보내줄 것이다. 토론토에서 영수증을 받는다면 기분이 묘할 것이다. 부엌 테이블에 앉아서

430

노라의 호텔에서 온 봉투를 손에 든 느낌. 이쪽 세상에서 저쪽 세상으로 고통스럽게 들어가는 모습. 그는 그 봉투를 뜯어볼까, 아니면 나중에 보려고(아마 한 달 후쯤?) 단순히 영수증 파일에 넣어놓을까? 영수증은 스티븐에 대한 기억을 떠오르게 하는 고통이 될 것이다.

해리슨은 어깨에 가방끈을 끌어올린 다음 태양 속으로 발을 디뎠다.

도로는 아직 젖어 있었다. 미로 그 자체도 훤하게 드러났다. 공을 들여 만든 철제 담도 햇빛 속에 빛났다.

해리슨은 차가 있는 방향으로 빠르게 걸었다. 두 시간이면 하트퍼드에 당도하게 된다. 비행기를 탈 때까지 한 시간, 비행기 타고 토론토까지 두 시간. 일요일 저녁식사는 집에 가서 먹을 수 있을 것이다. 일요일 저녁식사는 에블린과 해리슨이 두 아이에게 온 가족이 모이는 확고부동한 축제로 여기게끔 만든 구식 의례이다. 에블린은 해리슨이 좋아하는 양 목살이나 아이들이 좋아하는 돼지고기 허릿살을 요리할 것이다. 그들은 식사가 끝난 후에 서로 방해받지 않는 자신들만의 시간을 보낼 것이다. 오늘 저녁은 해리슨에게는 고문과 같을 것이다. 비록 다음 주에는 약간 나아지고, 그다음 주에도 좀 나아지다가 결국 이번 주말 결혼식 기억은 늘 그와 함께 하지는 않게 될 것이지만. 그래도 간헐적으로 떠오르게 될 것이다. 점심시간에 동료와 얘기하는 중에, 종이 냅킨에 있는 호텔의 뒤죽박죽 된 지붕 선을 보면서.

"얘기 좀 해줘" 노라의 말이 떠올랐다.

해리슨은 트렁크를 열고 가방을 넣었다. 뒤에서 왁자지껄한 소리가 들려와서 뒤돌아보았다. 가족과 친구들에게 둘러싸인 신혼부부가 호텔에서 나와 차를 기다렸다. 자동차는 뒤범퍼에 깡통을 붙인 채로 나타났다. 색색깔의 장식리본은 젖은 채로 자동차 보닛에 매달려 있었다. 해리슨은 두 사람을 힐끔 바라 보았다. 웨딩파티를 한 신랑 신부가 틀림없었다. 빌과 브리짓의 결혼과 비교되었다. 평상복인 티셔츠와 청바지를 입은 여자는 작고 유연했다. 어린 신부는 계단을 껑충 뛰어내려와 반짝이는 사랑스러운 미소를 지으며 친구와 포옹했다. 신부의 등에 손을 얹은 신랑은 마치 새롭게 펼쳐진 두 사람의 인생에 신부를 안내라도 하는 것처럼 보였다. 단단한 육체에 스웨터 셔츠를 입은 그는 돌아서서 친구들과 악수를 했다. 그는 등을 들썩하면서 웃었다. 군중 속에서 촬영기사가 소리쳤다.

"여기요, 이안. 여기를 봐요"

"잘해." 누군가가 말했다.

"너무 잘하지 마라." 다른 사람이 말했다.

입구에서 노라가 손을 흔들었다. 해리슨은 그것이 자신에게 하는 것인지, 아니면 신혼부부에게 하는 것인지 분간이 안 갔다. 그러면서 해리슨도 손을 흔들었다. 그의 작은 손동작은 거의 알아차리지 못할 정도였다.

신랑은 신부가 차에 타는 것을 도와주고 차를 출발시켰다. 해리슨은 요란한 깡통 소리를 내며 자동차가 주위를 빙 돌면서 자기 옆을 지나가는 모습을 지켜보았다. 어린 신부는 여전히 미소를 지으면서 해리슨을 흘끗 쳐다보았고, 그도 미소로 답해주었다.

두 사람 앞에는 많은 일이 놓여 있을 것이다. 비범한 아름다움. 짜릿한 위험. 사랑하는 아이들. 불화. 해결. 고통의 구원. 위대한 사랑. 배반. 엄청난 불행.

그가 타우러스 문을 열려고 돌아섰을 때 갑자기 속을 후벼 파는 듯한 고통을 느꼈다. 잠시 숨을 쉴 수 없었다. 그는 노라와 헤어지는 것이 이렇게 육체적으로 고통스러운 일인지 예상하지 못했다.

떠나는 것이 잘못되었다는 생각이 들었다. 그는 호텔 입구를 올려다보았다. 노라는 이미 안으로 들어간 상태였다.

다시 시작하는 것이 가능한 일일까? 그는 혼란스러웠다. 자신과 노라는 두 사람의 역사를 다시 쓸 수 있을까? 빌과 브리짓이 그러는 것처럼. 자신과 노라는 남은 세월을 함께 할 수 있을까?

그의 내면에서 거센 무모함이 밀려왔다.

그는 두 아들을 생각했다.

'찰리, 톰.'

해리슨은 자동차 문에 기대어서 한동안 그렇게 멍하니 서 있었다.

감사의 글

* * *

고마움을 전할 사람이 무척 많다. 우선 천부적인 편집자 캐서린 클레멘스. 내게 야구의 즐거움을 알게 해준 크리스 클레맨스. 필드하키에 대해 얘기해준 몰리 오스본. 발작적 정신착란을 이해하게 해준 셀레스테 쿠퍼. 문학과 그 밖의 것을 얘기해준 내 친구 엘리너 립먼. 제니퍼 루돌프 월시에게도 은혜를 입었다. 사랑하는 선장 마이클 피이치. 예리한 눈빛과 온화한 품성의 소유자인 아샤 머치닉은 특히 고맙다. 헤더 페인은 글 쓰는 작업을 훨씬 수월하게 해주었다. 카렌 랜드리는 나보다 훨씬 더 야구를 좋아하는 것처럼 보인다. 존 오스본은 늘 더 큰 그림을 보여 주었다.

그러나 무엇보다도 아버지 리처드 슈레브에게 감사하고 싶다. 아버지에게 이 책을 바친다. 아버지는 나와 내 자매들 자넷 마틀랜드와 베치 슈레브-깁에게 열심히 노력한다면 무엇이든 해낼 수 있다는 용기를 주었다. 가끔 삶은 우리에게 그렇지 않다는 걸 알려주기도 하지만 우리는 아버지를 절대로 실망시키고 싶지 않다.

토론을 위한 질문과 주제

* * *

1. 『12월의 웨딩』에서 다시 만난 동창생 각자는 졸업 이후 수많은 도전과 실망에 직면했었다. 특히 그들은 모두 사랑 때문에 곤경에 처했다. 등장인물 중 누가 사랑에서 가장 행운아인가? 또 성공적인 관계는 무엇으로 정의하는가?

2. "결혼 이야기를 한마디로 말할 수 있는 사람은 없어. 적어도 결혼은 두 사람 간의 서로 교차하는 이야기야. 우린 그 하나는 결코 알 수 없지." 노라가 해리슨에게 말한 내용이다. 노라는 무슨 뜻으로 이런 말을 했을까?

3. 주말 동창회가 펼쳐지면서 또 다른 이야기가 나온다. 아그네스는 이네스 핀치라는 의사에 대한 단편소설을 쓴다. 왜 작가는 소설 속에 또 다른 소설을 넣었다고 생각하는가? 아그네스의 삶에서 핼리팩스 비극의 중요성은 무엇일까?

4. 해리슨에게 노라는 완벽한 여성의 척도이다. 이네스에게 헤이즐도 같은 존재이다. 그러나 그들 각자의 만남은 상대적으로 짧다. 이 두 여성에게 남자들이 그렇게 매료되는 이유는 무엇일까? 이 두 남자는 진정으로 자신이 갈망하는 대상을 알고 있을까?

5. 소설의 등장인물 중 몇몇은 9 11사태를 "민주주의 재앙"으로 간주한다. 반면에 제리는 직접 이 비극을 목격한 사람들과, 멀리 집에서 TV로 안전하게 이 장면을 지켜본 사람들 사이에는 엄연한 차이가 있다고 구분 짓는다. 여러분의 생각은 어떤가?

6. 『12월의 웨딩』에는 해리슨, 아그네스, 브리짓, 이네스의 관점이 각각 다르다. 만약 노라의 눈을 통해 여과되었다면 이 소설의 중요 이야기는 어떻게 바뀌었을까? 핼리팩스 대폭발 이야기를 헤이즐의 견해로 들었다면 어떻게 바뀌었을까?

7. 주요 등장인물의 장점과 단점을 생각하자. 남자와 여자 등장인물을 서로 비교하면 어떨까?

8. 해리슨은 "외부에서 바라보는 사람은 결코 현실을 알 수 없다"고 말한다. 그는 노라에게 스티븐 사건의 진실을 얘기하길 간절히 바랐고, 아그네스의 놀라운 폭로로 말미암아 그들의 숨겨진 진실이 드러난다. 아무튼 이런 고백이 친구들을 변하게 한 것은 무엇인가? 결국 그들은 서로 다르게 받아들였는가?

9. 아그네스는 자신의 소설 속 등장인물 루이즈에 대해서 의식적인 결정을 내린다. 아그네스가 이렇게 결정을 내린 이유는 무엇인가? 그것이 정당하다고 생각하는가?

10. 해리슨은 소설의 마지막에서 가족에 대한 의무와 진정한 사

랑을 찾을 기회 사이에서 방황하며 갈림길에 있다. 그가 어느 길을 선택할 거로 생각하나? 어느 것이 올바른 결정이라고 생각하나?

11. 소설 초반에 아그네스는 좋은 사람이라는 정의에 대해서 곰곰이 생각한다. 이 소설의 등장인물 가운데 누가 "좋은 사람"이라고 생각되는가?

12. 소설의 등장인물은 삶에서 중요한 희생을 했거나 할 예정이다. 이런 희생에 대해 생각해 보자. 이런 것이 필요할까? 그것이 정당하다고 인정하는가?

13. 비록 소설이 결혼이라는 행복한 의식에 중점을 두었지만 등장인물은 거대한 환멸감을 경험한다. 이 소설은 희망의 메시지를 전달하며 끝을 맺는가? 왜 그렇다고 생각하는가? 아니면 왜 그 반대로 생각하는가?

14. 소설 속 동창회는 키드 고등학교를 졸업한 이후 친구들이 크게 변한 모습을 보도록 풍부한 기회를 제공한다. 각각 등장인물의 고등학교 시절과 현재 어른이 된 모습을 비교하면 어떤가?

15. 주말의 작은 동창회가 이들 모두에게 결과적으로 도움이 됐다고 생각하는가? 이들이 결혼식 이후 서로 연락하고 지낼 가능성이 있는가?

옮긴이 | 권혁정

영어영문학을 전공하고 학교에서 아이들을 가르쳤다. 외화를 다수 번역하였고, 전문번역가로 활동하다가 현재 출판사에서 일하고 있다. 옮긴 책으로『책벌레 만들기』『우주전쟁』『엑스를 찾아서』『내 마음의 크리스마스』『아프가니스탄의 눈물1.2. 3』『히치콕·공포의 미로 혹은 여행』『헤티, 월스트리트의 마녀』등이 있다.

12월의 웨딩

인쇄 | 2008년 12월 02일 초판 1쇄
발행 | 2009년 01월 05일 초판 1쇄

지은이 | 캐롤라인 냅
옮긴이 | 권혁정
펴낸이 | 권혁정
펴낸곳 | 나무처럼
주 소 | 경기도 고양시 일산서구 가좌동1086
전 화 | 02/ 337-7253(서울사무실)
팩 스 | 02/ 337-7230
이메일 | namubooks@naver.com
등록번호 | 제313-89-2004-000145

Namubooks
ISBN: 978-89-92877-08-4(03840)
가격은 뒤표지에 있습니다.
잘못된 책은 바꾸어 드립니다.